과학기술
글쓰기

시학과
향연 04

Science And Technical Writing

이론과 실제

개정판

과학기술 글쓰기

노상도 · 박상태 · 한기호 · 한영신 지음

성균관대학교
출판부

『과학기술 글쓰기-이론과 실제-』의 초판이 나온 지 벌써 2년 6개월이 흘렀다. 이공계 대학생들의 전공 연계적 의사소통 능력을 실질적으로 향상시키기 위해 기획된 이 책은 그동안 나름대로 소임을 다하였다고 생각한다. 보다 구체적으로 이 책은 성균관대학교의 〈과학기술 글쓰기〉 과목의 공통 교재로 채택되어져, 교수자의 전공에 따른 분반별 균질성 문제 및 교수 역량상의 한계를 극복하고 필자들이 기대하는 이공계 의사소통 교육을 담당할 교수자 수급의 문제를 개선할 수 있도록, 이공계 의사소통 교육을 위한 풍부하고 충실한 교육 내용을 제공해 주었다.

아마도 이러한 성과는 이 책이 이공계 전공의 교수자들과 인문사회계 전공의 교수자들 간의 철저한 협업을 통해 만들어진 결과물이었기에 가능했으리라고 본다. 그럼에도 불구하고 이 책의 초판에서는 상당히 많은 오류와 문제가 발견되었다. 필자들을 비롯한 〈과학기술 글쓰기〉 과목의 교수자들이 수업을 운영하는 과정에서 그리고 애정을 가지고 이 책을 검토해 주신 많은 감사한 분들로부터 오탈자는 물론이고, 불분명한 서술, 본서에 취지에 맞지 않는 내용, 누락된 필수 항목 등이 지적되었고, 이를 수정하고 보충할 필요성이 발생하였다. 또한 2년이 넘는 기간 동안 이루어진 필자들의 공동 작업이었음에도 불구하고, 공동 저술의 전형적 문제들 가운데 하나인 장(章)들 간의 내용 서술이 일관성 있게 이루어지지 못한 점 역시 시급히 개선하지 않을 수 없었다.

　그래서 이번 개정판은 상기한 오류와 문제를 해결하는 데 초점을 맞추었다. 즉, 이번 개정판은 초판의 "이공계 글쓰기 능력 향상 단계별 실습 프로그램"의 내용 구성과 과학기술 글쓰기를 위한 "이론과 실제"를 1부와 2부로 나누는 차례 형식을 그대로 유지하면서, 각 장이 담고 있는 내용상의 오류와 문제를 개선하는 데 주력하였다. 특히 명백한 오탈자와 불분명한 서술들을 수정하였고, 불필요해 보이거나 논점을 흐리는 사례들을 제거하였으며, 반드시 필요하다고 판단된 항목들은 새롭게 작성하여 보충하였다. 이를 위해 때때로 절이나 항의 순서를 바꾸거나 새로운 편집을 시도하였으며, 무엇보다 각 장의 내용에서 서로 불일치하는 여러 부분들을 일관되고 정합적인 용어와 구성으로 바로잡을 수 있었다.

　어떤 점에서 이번 개정판이 주로 내용상의 수정과 개선에 그쳤다고 볼 수 있을지라도, 현재 필자들로서는 이 책의 구성과 형식을 그대로 유지하기를 희망한다. 그것은 필자들이 그동안 경험한 이공계 의사소통 교육 과정에서 이 책의 교육적 효과를 여실히 확인할 수 있었기 때문이다. 하지만 필자들은 이 책의 초판을 활용하는 과정에서 발견하고 깨달은 교육적 경험 역시 충분히 반영하고자 하였다. 아무쪼록 이번 개정판이 적어도 이 책의 초판이 지닌 오류와 문제를 충분히 개선하였기를 바란다. 더불어 이 책의 초판을 기획할 때와 마찬가지로 이번 개정판 역시 우리 대학의 이공계 의사소통 교육의 개선과 발전에 더욱 기여할 수 있기를 진심으로 기대한다.

2018. 2. 22

성균관대학교 자연과학 캠퍼스에서

필자 일동

오늘날 과학기술자들은 자신의 전공 분야에서의 전문적 능력 못지않게 다양한 분야에서 원활하게 의사소통할 수 있는 능력을 요구받고 있다. 이는 현대 자연과학 및 공학 연구의 과정이 여러 학문들 간의 융·복합화를 요구하고 있어 다양한 전공을 가진 연구자들의 협동 작업을 필요로 하기 때문이다. 나아가 현대 과학기술자들의 이러한 연구 활동은 정부나 기업의 재정적 지원과 사회 구성원들의 윤리적 합의를 필요로 하므로 과학기술 분야의 전문적 연구 성과를 지원 단체와 일반 대중에게 효과적으로 전달하고 그것의 의의를 설득할 필요성이 과거 어느 때보다 크게 증가하고 있는 상황이다.

그 가운데서도 글쓰기 능력은 과학기술자의 필수적인 의사소통 능력으로 자리 잡고 있는데, 이는 과학기술자들의 기본적인 의사소통이 다양한 형식의 텍스트를 통해서 이뤄지기 때문이다. 하지만 우리 사회의 과학기술자들은 자신의 연구 성과를 동료에게, 다른 전공의 연구자에게, 나아가 재정 지원 기관이나 일반 대중에게 알리고 설득하는 데 있어서 미숙한 모습을 보여 왔다. 자신의 전문 분야의 실질적인 연구 활동에 있어서는 세계적 수준의 업적을 양산해 내는 연구자들이 의사소통 능력에 있어서 이처럼 미숙한 모습을 보여주는 것은 아직도 우리 사회의 과학기술자들이 자신의 연구 성과를 의사소통할 수 있는 주요 수단인 글쓰기에 대한 관심과 노력이 크게 부족하기 때문일 것이다.

　최근 들어 우리 사회의 이러한 현실을 극복하기 위해 유수한 대학들이 교양교육 과정 내에 의사소통교육을 도입하였고, 특히 한국공학교육인증제(ABEEK)를 채택한 대학들은 공학계열의 의사소통교육을 의무화하였다. 하지만 현행 대학 교양교육의 의사소통교육은 대체로 일상 언어적 문식력에 기초한 글쓰기 교육에 치중하는 경향이 있어 이공계 대학생들의 경우 일반적이고 범용적인 글쓰기의 기술과 방법을 통해 앞으로 자신의 전공 분야에서 활용할 의사소통 능력을 스스로 개발해야만 하는 실정이다. 그 결과 대부분의 이공계 대학생들은 인문사회계 대학생들에 비해 의사소통교육에 대한 관심이 상대적으로 부족하고, 학습 성과 역시 기대에 못 미치고 있다.

　물론 현재 대학 교양교육 과정 내에 이공계 대학생들을 위한 의사소통교육 과목이나 교재가 없는 것은 아니다. 하지만 기존의 이공계 의사소통교육의 과목들과 교재들은 대부분 과학기술 분야의 형식적이고 실무적인 의사소통의 기술과 방법에 초점을 맞추고 있을 뿐이다. 그러나 대학 교양교육 과정의 의사소통교육이 국지적인 특정 전문 분야의 형식적이고 실무적인 의사소통 매뉴얼을 교육하는 직능 교육의 수준에 머무를 수는 없다. 대학 교양교육 과정의 의사소통교육은 문서의 형식과 내용이 함께 고려되어야 하고, 문식력을 통해 사고력이 함양되어야 하며, 학문적 성격과 실천적 응용이 조화를 이루어야 한다.

　이 책은 바로 이러한 문제의식 속에서 이공계 대학생들의 의사소통에 대한 동기부여와 의사소통 능력을 실질적으로 향상시키기 위해 기획된 이공계 대학생들의 의사소통교육을 위한 교재이다. 이 교재에서 필자들은 무엇보다 이공계 대학생들의 의사소통교육에 대한 동기를 제고하기 위해서는 기존의 일반적이고 범용적인 의사소통교육과는 차별화된 의사소통교육이 반드시 필요하다고 생각한다. 즉 그동안의 연구 결과에 따라 이공계 의사소통교육은 과학기술 분야의 전공 연계성을 확보할 때 비로소 효과적으로 이루어질 수 있다고 판단한다.

이에 필자들은 과학기술 분야의 전공과 연계된 내용과 방법으로 이 교재를 구성하려고 노력하였고, 과학기술적 문식력과 분석적·비판적·창의적 사고력을 반영한 '이공계 글쓰기 능력 향상 단계별 실습 프로그램'을 마련해 보았다. 무엇보다 이 프로그램은 '분석→평가→생산'이라는 일련의 단계들을 점진적으로 진행해 나가면서, 이공계 대학생들의 과학기술 글쓰기 능력을 단계적으로 향상시키는 과정 중심의 실습 교육을 지향한다. 이 프로그램의 각 단계별 내용을 보다 자세히 살펴보면 다음과 같다.

1) 분석하기: 과학기술문의 두드러진 표현상의 특성은 일상 언어적 표현 이외에도 상당량의 수리·통계적 도표를 포함하고 있다는 점이다. 따라서 이 프로그램의 첫 번째 단계는 일상 언어적 표현과 수리·통계적 도표에 대한 논리적 분석에서 출발하며, 학생들이 도표를 포함한 텍스트를 이해하고 작성하는 능력을 배양하는 것을 목적으로 삼는다. 이를 위해 이 단계에서는 과학기술문을 이해하고 작성할 수 있는 언어적 표현 기법과 수리·통계적 도표에 대한 분석 및 작성 능력을 배양하는 이론 교육과 연습 문제를 제공한다. 그리고 이 단계에서 학생들은 과학기술 분야의 최신 기사문을 도표로 작성하거나, 교과서의 공식 혹은 제품설명서에 나온 도표를 글로 설명하는 해설적 글쓰기를 실습한다.

2) 평가하기: 이 프로그램의 두 번째 단계는 전 단계의 분석하기를 전제로 한다. 과학기술 분야의 경우 선행 연구에 대한 자료 조사와 분석 없이 새로운 연구 성과를 생산한다는 것은 불가능하다. 하지만 기존의 과학기술문을 분석하기만 해서는 기존의 성과가 지닌 한계와 문제점조차 발견할 수 없다. 그래서 이 단계는 기존의 과학기술문을 비판적으로 평가하는 작업에 주력한다. 이때 현대 과학기술 분야에서는 '가설-연역법'을 공통의 연구 방법론으로 채택하고 있으므로, 가설-연역적 방법이 과학기술 분야의 이론 혹은 모델의 평가 기준을 제공한다. 따라서 이 단계에서 학생들은 과학사, 기술사, 실험 보고서와 같은, 전 단계보다 높은 수준의 텍스트를 대상으로 가설-연역법에 따른 논증적 글쓰기를 실습한다.

3) 생산하기: 이 프로그램의 세 번째 단계는 과학기술 분야의 연구 과정에서 실제 활용 가능한 과학기술문을 생산하는 단계이다. 학생들은 이 단계에 진입하기 위해 앞의 두 단계를 학습해 왔지만, 이해하는 것과 생산하는 것 사이의 간격은 매우 크다. 이런 까닭에 이 단계에서는 과학기술 분야의 연구 여건을 현실적으로 반영한 구체적 실습을 수행하는 것이 바람직하다. 따라서 이 단계에서는 '팀 단위 프로젝트'의 형식으로 연구 계획서(제안서), 심사 면접, 학회 발표, 논문 작성 등을 순차적으로 실습한다. 그 결과 학생들은 현대 과학기술 분야의 두드러진 실천적 특성인 협동 작업을 체험하면서, 전문성과 대중성을 모두 요구하는 과학기술 분야의 다양한 의사소통의 기술과 방법을 모두 습득한다. 나아가 이 단계에서 학생들은 사회적 맥락 속에서 그들의 연구 성과가 지닌 윤리적 가치 역시 숙고해 볼 기회를 가질 것이다.

상기한 '이공계 글쓰기 능력 향상 단계별 실습 프로그램'에 따라, 필자들은 우선, 일상 언어뿐만 아니라 수리·통계적 도표를 분석할 수 있는 해설적 글쓰기와 가설-연역법에 근거한 논증적 글쓰기를 중심으로, 대학 교양교육 과정 내에서 이공계 의사소통교육을 운영할 수 있도록 교재의 전반부를 구성하였다. 그러고 나서 오늘날 과학기술 분야의 빈번한 협력 활동을 고려하여 과학기술 분야의 현장에서 직접 활용할 수 있는 각종 과학기술문을 팀 단위로 실습할 수 있도록 교재의 후반부를 구성하였다. 따라서 이 교재의 내용과 구성은 '과학기술 글쓰기 이론'에 해당하는 제1부와 '과학기술 글쓰기 실제'에 해당하는 제2부로 크게 나뉜다.

먼저, 제1부의 1장은 이공계 대학생들이 다루어야 할 이공계 텍스트인 과학기술문의 정의와 특성, 과학기술 글쓰기의 주요 지침을 소개한다. 2장은 과학기술문에 빈번하게 등장하는 일상 언어적 표현 기법을 사고의 일반적 패턴과 연계하여 소개하고 숙달하도록 한다. 3장은 과학기술 글쓰기에 등장하는 도표와 시각 자료를 분석하고 작성할 수 있도록 한다. 4장은 과학기술문의 논리적 분석을 위한 기본적인 틀로서 연역 논증과 귀납 논증을 학습하도록 한다. 그리고 제1부의 마지막인 5장은 현대 과학기술 분야의 방법론적 특성인 가설−연역법의 절차와 구조를 학습하고, 이를 과학기술문의 IMRAD 구조와 연계하여 논증적 글쓰기를 실습하도록 한다.

다음으로, 제2부 6장은 과학기술 연구 활동을 위한 정보 수집법으로부터 시작한다. 7장은 과학기술 분야의 현장에서 실제로 활용되는 각종 과학기술문들, 즉 연구 노트, 실험 및 과학기술 보고서, 연구 계획서(제안서), 학술 저널 논문과 학위 논문, 특허 문서, 그 밖의 각종 실용문 등에 관한 작성법을 총망라하여 소개한다. 한편 8장은 이 교재가 과학기술 글쓰기에 초점을 맞추고 있음에도 불구하고 과학기술 분야의 또 다른 중요한 의사소통 수단인 발표의 기술과 방법을 알려준다. 9장은 과학기술 분야의 실천적 특성인 협력 활동의 지침과 이를 위한 e−커뮤니케이션의 올바른 활용 방법을 소개한다. 끝으로 마지막 10장은 과학기술문을 작성할 때 학생들이 반드시 지켜야 할 학습 윤리와 다양한 현실 속에서 과학기술자의 의사소통을 돕는 몇 가지 조언을 제공한다.

본 교재의 이상과 같은 내용과 구성은 이공계 대학생들을 위한 의사소통교육 과목을 운영하기 위한 것이다. 필자들이 주로 몸담고 있는 성균관대학교의 경우를 살펴보면, 2005학년도부터 자연과학 캠퍼스에 개설되었던 〈과학기술문서 작성 및 발표〉 과목을 계승한 〈과학기술 글쓰기〉 과목이 바로 이에 해당한다. 2012학년도 2학기부터 〈과학기술 글쓰기〉로 과목명을 변경하면서 새롭게 개편된 이 과목은 과학기술 분야의 텍스트를 분석적으로 이해하고 비판적으로 평가함으로써, 이공계 대학생들이 자신의 전공 분야에서 다루는 다양한 과학기술문들을 창의적으로 생산할 수 있는 의사소통 능력을 함양하는 것을 목표로 삼는다. 그리고 이를 위해 이 과목은 과학기술 분야의 의사소통이 지닌 전문성과 특수성을 반영하고 분석적 · 비판적 · 창의적 사고력을 연계한 '이공계 글쓰기 능력 향상 단계별 실습 프로그램'에 의해 운영된다.

하지만 최근까지도 〈과학기술 글쓰기〉 과목은 여러 가지 운영상의 문제들을 충분히 해결하지 못한 채 개설되고 있는 상황이었다. 특히 이 과목에서는 인문사회계 전공 교수자와 이공계 전공 교수자에 따른 분반별 균질성 문제, 인문사회계 전공 교수자가 지닌 과학기술적 지식의 한계와 이공계 전공 교수자가 보인 의사소통교육 경험의 부재 문제, 자연과학 및 공학에 관심을 가진 인문사회계 전공 교수자나 의사소통교육을 체계적으로 운영할 수 있는 이공계 전공 교수자의 확보 문제, 그 밖에도 이 과목의 교육 목표를 달성할 수 있는 교육 내용을 충실히 구비하지 못한 교안 및 교재 문제 등이 반드시 해결되어야 할 당면 문제들이었다.

〈과학기술 글쓰기〉 과목의 성격상 인문사회계 전공 교수자나 이공계 전공 교수자가 단독으로 이 과목을 온전히 감당하기에는 제각각 일정한 한계를 지니고 있다. 그래서 이러한 문제들을 해결하기 위해서는 이 과목을 담당하고 있는 인문사회계 전공 교수자들과 이공계 전공 교수자들이 함께 모여 이 과목의 당면 문제들을 논의할 수 있는 장(場)이 절실히 필요하다. 다행스럽게도 2013년 8월 한국교양기초교육원의 지원으로 성균관대학교 학부대학의 의사소통센터가 과학기술 글쓰기 교육의 개선을 위한 워크숍을 개최하였고, 이 워크숍을 통해 성균관대학교의 〈과학기술 글쓰기〉 과목을 비롯한 대학 교양교육 과정 내의 이공계 의사소통교육을 개선하기 위한 다양한 방안을 모색할 수 있었다.

무엇보다 이 워크숍은 인문사회계 전공 교수자들과 이공계 전공 교수자들이 과학기술 글쓰기 교육의 위상과 정체성, 수업 운영 방안, 교재 개발 방향, 교강사 양성 프로그램, 글쓰기 클리닉 운영 방안, 교육 네트워크 구축 등에 관해 허심탄회하고 깊이 있는 논의를 함께 할 수 있는 좋은 기회를 제공하였다. 그리고 이 워크숍 결과 성균관대학교의 〈과학기술 글쓰기〉 과목을 담당한 교수자들은 분반별 균질성의 문제, 교수자 역량의 문제, 교수자 수급의 문제, 그리고 부실한 교육 내용의 문제 등을 해결하기 위해서는 새롭게 개편된 〈과학기술 글쓰기〉 과목에 부합하는 새로운 교재를 발간하는 일이 급선무라고 판단하였다. 이후 이 과목을 담당한 여러 교수자들은 지난 2년

여에 걸쳐 〈과학기술 글쓰기〉 과목의 새로운 교재를 준비하였고, 이제 2015학년도 2학기부터 새로운 교재를 가지고서 이 과목을 운영할 수 있게 되었다.

이 교재는 인문사회계 전공 교수자들과 이공계 전공 교수자들이 2년여에 걸친 공동 작업을 통해 완성하였다는 점에서 나름대로 적지 않은 의의를 지니고 있다. 무엇보다 인문사회계 전공 교수자들과 이공계 전공 교수자들의 협동 작업을 통해 내용의 충실성이나 구성의 체계성이 기존의 교안이나 교재에 비해 크게 향상된 것으로 보인다. 그리고 이런 점에서 이 교재는 교수자들의 전공에 따른 교수 역량상의 한계를 어느 정도 보완할 수 있을 것이다. 나아가 이 교재의 발간을 통해 그동안 해결의 여지가 보이지 않았던 〈과학기술 글쓰기〉 과목의 분반별 균질성 문제와 교수자 수급 문제를 해결하는 데에도 역시 기여할 수 있을 것이다.

물론 이 교재의 발간 이후에도 〈과학기술 글쓰기〉 과목에서는 또 다른 문제들이 생겨날 것이고, 교재의 완성도 역시 교육 여건과 환경 변화에 따라 지속적으로 개선되어야 할 것이다. 그러나 분명한 것은 성균관대학교의 〈과학기술 글쓰기〉 과목뿐만 아니라 대학 교양교육 과정 내에서 이공계 의사소통교육을 개선하는 것은 인문사회계 전공 교수자들과 이공계 전공 교수자들의 공동 작업과 노력 없이는 불가능해 보인다는 점이다. 비록 많은 어려움과 장애가 있었지만 이 교재가 대학 교양교육 과정 내의 이공계 의사소통교육을 개선하는 작지만 의미 있는 첫걸음이 되기를 희망한다.

2015. 8.

성균관대학교 율전캠퍼스에서

필자 일동

차 례

제2부

과학기술 글쓰기의 실제

10
과학기술 글쓰기와 학습 윤리

09
협력 활동과 e-커뮤니케이션

제1부

과학기술 글쓰기의
이론

01

과학기술문의 정의와
과학기술 글쓰기의 특징

1. 과학기술문의 정의와 특징

과학기술자는 자신의 연구 과정에 필요한 메모, 전자 서신과 같은 사적인 글에서부터 이력서(혹은 자기 소개서), 연구 계획서(제안서), 연구 노트, 실험 보고서, 학위 논문, 학술 저널 논문, 특허 문서, 혹은 과학 및 공학 관련 칼럼이나 에세이와 같은 공적인 글에 이르기까지 매우 다양한 종류의 글쓰기를 한다. 과학기술문은 이처럼 과학기술자들이 과학 및 공학 분야의 전문 지식을 의사소통하기 위해 사용하는 글로서, 주로 과학 및 공학 분야의 특정 자료나 정보를 기술하거나, 특정 개념이나 사실을 설명하거나, 특정 견해나 주장을 설득하는 내용을 담고 있다.

기본적으로 과학기술문은 재미를 위한 것이 아니라, 업무의 연장선상에서 혹은 학술적 필요에 의해 작성되는 글이므로, 글의 종류에 따라 정해진 형식을 엄격하게 준수하는 것이 매우 중요하다. 또한 일반적인 글에 비해 세분화된 독자층을 대상으로 명확하고 정확한 언어로 서술되며, 특히 표, 그래프, 다이어그램, 사진과 일러스트레이션 등 과학 및 공학 분야의 의사소통에 효과적인 도표를 잘 활용하여 작성해야 한다. 그리고 과학기술문은 과학 및 공학 분야의 전문 지식과 연관된 내용을 다루기 때문에 글의 형식이나 표현뿐만 아니라 내용 역시 객관적이고 체계적인 성격을 지녀야 한다.

2. 과학기술 글쓰기 지침

일반적으로 우수한 글쓰기 능력은 글의 종류 및 형식에 대한 적절한 이해와 바람직한 사고 습관과 지속적인 글쓰기 훈련에서 비롯된다. 모범적인 텍스트를 폭넓게 읽어보고, 거기에 사용된 문장 표현, 사고 구조, 글의 형식 등을 습득하며, 자신의 생각을 글로 쓰기를 반복하는 것만이 과학기술 글쓰기 능력을 향상시키는 유일한 방법이다. 더욱이 오늘날 과학기술문의 독자에는 해당 분야의 전문가들뿐만 아니라 비전문가들과 일반인들도 포함되어 있다. 그래서 오늘날의 과학기술자들은 과학 및 공학 분야의 전문적 내용을 비전공자가 쉽게 이해할 수 있도록 과학기술문을 작성해야 하는 매우 어려운 과제까지 수행해야 한다. 이런 점들을 고려하여 과학기술 글쓰기에 필요한 기본적인 몇 가지 지침을 마련해 보았다.[1]

---

1. 이 글의 일부 내용은 『과학 글쓰기를 잘하려면 기승전결을 버려라』(강호정, 이음, 2009)에 나온 "좋은 과학 글쓰기의 다섯 가지 원칙"을 참조하였다.

2.1 글의 종류

> **"글의 종류를 결정하라!"**

　과학기술문을 쓸 때 가장 먼저 염두에 두어야 할 것은 자신이 어떤 종류의 과학기술문을 작성할 것인지 결정하는 일이다. 과학기술자는 관찰과 실험을 통해 얻은 자료와 정보를 기술하기 위해, 자신의 전공 분야의 개념과 정보를 설명하기 위해, 과학적 혹은 공학적 쟁점에 관한 자신의 견해와 주장을 설득하기 위해, 그 밖에 여러 가지 목적을 위해 이에 적합한 용도의 과학기술문을 작성한다. 예를 들어, 관찰과 실험을 수행한 연구자는 연구 내용을 상세하게 기록하기 위해 연구 노트를 작성하고, 이러한 연구 노트에 근거하여 관찰 및 실험의 내용을 객관적으로 기술하는 실험 보고서를 작성한다. 또한 일정 기간 학업을 이수하고 자격을 갖춘 과학도와 공학도는 학문적 성취를 인정받기 위해 학위 논문을 제출하고, 새로운 과학적 발견을 했거나 참신한 공학적 발명품을 고안한 과학기술자는 자신의 연구 업적을 인정받기 위해 학술 저널 논문을 투고한다. 그 밖에도 연구 활동을 위한 연구 계획의 승인이나 연구비 수주를 위해 연구 계획서나 제안서를 작성하고, 과학 및 공학 분야의 특정 개념, 정보, 나아가 정책 등을 소개하고 안내하기 위해 과학 및 공학 관련 칼럼이나 에세이를 기고하기도 한다. 이처럼 과학기술 글쓰기에서는 필자의 목적에 따라 이에 적합한 용도의 여러 가지 과학기술문들이 세분화되어 있으므로 무엇보다 우선 자신의 목적에 적합한 과학기술문의 종류를 선택해야 한다.

2.2 독자 분석

> **"독자를 파악하라!"**

한편, 필자의 목적에 적합한 과학기술문이 선택되었다면, 이와 더불어 자신이 작성한 과학기술문을 누가 읽을 것인지 파악하는 것이 중요하다. 즉 다양한 과학기술문을 작성할 때 독자를 제대로 분석하지 못하면, 독자가 원하는 내용을 선택할 수도 이를 적절한 형식으로 가공할 수도 없다. 다양한 과학기술문의 독자에는 이공계 대학(원)생, 실험 조교, 지도 교수, 외부 전문가, 경영자, 행정가, 관심 있는 일반인 등이 있다. 이처럼 과학기술문의 독자층에는 해당 분야의 전문 지식을 가진 독자들과 그렇지 않은 독자들이 함께 어우러져 있다. 그리고 해당 분야의 전문 지식을 가진 독자라 하더라도 세부적 전문 지식을 공유하는 경우도 있고, 상대적으로 넓은 계열의 전문 지식만 공유하는 경우도 있으며, 단순히 과학자 혹은 공학자 공동체 전체를 독자로 삼는 경우도 있다. 따라서 이들 중 누가 자신의 과학기술문을 읽을 것인지 파악한 후 그들이 가장 효과적으로 이해할 수 있는 내용과 형식의 과학기술문을 작성하는 것이 중요하다.

이런 점에서 과학기술문의 종류에 따라 예상 가능한 독자와 이에 따른 내용 및 형식을 살펴보면 다음과 같다. 예를 들어, ① 연구 노트의 경우 그것을 주로 보는 이는 작성한 본인 자신이다. 이런 점에서 관찰 및 실험을 수행한 연구 노트는 내용과 형식의 구애 없이 어느 정도 자유롭게 작성할 수 있다. ② 이공계 대학생들이 주로 작성하는 실험 보고서의 경우 담당 교수 혹은 실험 조교가 주요 독자이며, 논문에 비해 상대적으로 느슨하지만 담당 교수와 실험 조교가 요구하는 내용과 형식을 갖추어야 한다. ③ 학위 논문은 지도 교수와 논문 심사 위원들에 맞추어 작성하는 것이 관건이다. 그리고 학위 논문은 학교마다 일정한 형식이 정해져 있지만 본문 내용에 관한 한 약간의 자유가 허용된다. ④ 학술 저널 논문이라면 해당 저널의 편집장과 전문 심사 위원들을 염두에 두어야 한다. 특히 학술 저널은 엄격한 자체 투고 규정과 게재 형식을 가지고 있기 때문에 이를 지키지 않을 경우 논문 심사와 게재가 거절되기도 한다. ⑤ 연구 계획서(제안서)는 해당 기관의 전문가들과 경영이나 행정을 담당한 이들이 주된 독자가 된다. 이 경우 연구의 필요성과 활용 가능성을 강조하는 것이 중요하다. 특히 재정 지원을 받기 위한 연구 제안서라면 비전문가인 경영자나 행정가가 읽을 것을 염두에 두고 작성해야 한다. ⑥ 과학 및 공학 관련 칼럼이나 에세이의 경우 해당 과학기술 분야에 관심이 있는 일반인들에 맞추어 작성해야 한다. 과학 및 공학 연구가 사회 전반에 미치는 엄청난 영향력을 고려할 때 전문가로서 책임 의식을 가지고 내용의 왜곡 없이 비전공자가 이해할 수 있는 내용과 형식의 글을 작성해야 한다. 이처럼 과학기술 글쓰기에서는 해당 과학기술문의 예상 독자에 따라 적절한 수준의 내용과 형식을 갖춘 글을 써야 한다.

2.3 표현과 구성

> **"이해하기 쉽게 써라!"**

필자의 목적에 따라 과학기술문의 종류가 결정되고, 독자의 수준에 따라 글의 내용 및 형식이 파악되었다면, 독자가 이해하기 쉽게 글쓰기를 해야 한다. 과학기술문을 이해할 때 독자가 겪는 기본적인 어려움 가운데 하나는 과학기술문의 문장 표현이 복잡하고 글의 구성이 혼란스럽거나 글의 분량이 부적절할 때 발생한다. 따라서 독자가 이해하기 쉬운 과학기술문을 작성하기 위해서는 ① 문장 표현을 간결하게 하고, ② 논의 전개가 논리적이어야 하며, ③ 글 전체의 분량이 적절한 균형을 유지해야 한다. 즉 ① 한 문장 안에 여러 개의 절이 들어가는 복잡한 문장은 과학기술 글쓰기에는 적합하지 않다. 물론 간결체로만 표현된 글은 다소 지루하고 단순해 보일 수 있지만, 이해를 방해하는 복잡한 문장보다는 이해하기 쉬운 간결한 문장이 더 낫다. 또한 ② 독자가 예측하면서 글을 읽을 수 있도록 글을 써야 한다. 상세한 내용까지 예측하기는 불가능하더라도 글이 어떤 방향으로 전개될지 정도는 충분히 예상할 수 있는 체계적 구성이 있어야만 독자 스스로 글의 전개에 따라 자연스럽게 결론에 도달할 수 있다. 끝으로 ③ 본문의 내용을 서론, 본론, 결론과 같은 구성 요소에 맞추어 적절한 분량으로 균형 있게 작성하는 것 역시 과학기술문에 대한 독자의 이해에 많은 도움을 제공한다.

[문제 1] 다음 글을 간결하게 수정하시오.

오늘날 음성 인식 기술은 비약적 발전을 하여 저 잡음 환경 하에서의 인식 성능은 충분히 신뢰할 만한 수준에 도달하였지만 심한 잡음 환경 하에서의 인식 성능은 신뢰감을 주지 못하고 있으며 이런 문제점을 해결하기 위해 심한 잡음 환경에서의 인식 성능을 향상시키기 위한 방법으로 잡음 제거 알고리즘 연구, 잡음에 강한 음성 파라미터 연구 등이 진행되었는데 여전히 만족할 만한 성능을 나타내지 못하고 있어 단일 모달리티에 의한 음성 인식 기술은 한계점을 가진 것으로 보인다.

[문제 2] **다음 글의 내용을 체계적으로 정리하시오.**

화석연료는 온실가스를 배출해 다양한 자연재해를 일으킬 뿐만 아니라 매장량이 정해져 있어 인구증가와 산업화에 따라 점점 고갈되어 세계적으로 원유 가격의 상승과 급격한 가격 등락에 의한 피해 및 지구 온난화를 비롯해 사막화, 공해 등 환경 파괴 문제 또한 커지고 있어 화석연료를 대신할 대체에너지 개발이 매우 시급한 실정이다.

물론 독자의 이해를 위해 과학기술문을 간결하고 체계적인 방식으로만 작성한다면, 아마도 그렇게 작성된 과학기술문은 너무 딱딱하고 볼품없는 글이 되고 말 것이다. 훌륭한 과학기술 글쓰기를 하기 위해서는 독자의 이해를 방해하지 않는 한 적절한 수사법도 요구된다. 그러나 이는 화려한 수사법을 동원하여 과학기술 글쓰기를 하라는 것은 아니다. 과학기술문의 진정한 품격은 필자가 지닌 높은 수준의 사고력에서 비롯된다. 따라서 과학기술문의 수사법과 관련하여 우리는 사고의 일반적 패턴과 연관된 글쓰기의 기법들을 훈련할 필요가 있다. 이러한 글쓰기의 기법들에는 묘사, 과정 기술, 분류, 비교와 대조, 정의, 예시, 인과, 논증 등이 있는데, 이것들은 다시 ① 기술, ② 설명, ③ 논증으로 크게 구분될 수 있다. 이와 관련한 내용은 별도의 장에서 상세히 학습할 것이다.

[문제 3] **다음 글을 읽고 올바르게 결론을 내린 것은?**

하버드 의대와 하버드 보건대학 연구진은 카페인과 고혈압의 인과관계를 분석하기 위해 각종 설문 조사와 관련 의학 보고서를 검토하였다. 이 연구에 따르면 특별한 병력이 없는 일반인은 커피(카페인 혹은 디카페인)를 마셔도 혈압이 그다지 상승하지 않았다. 한편 차를 즐기는 사람들의 경우에는, 젊은 사람들(26~46세)에서만 혈압이 조금 증가하였다. 정말 놀라운 결과는 콜라를 마시는 사람들이었다. 콜라를 좋아하는 사람들의 경우(하루에 4캔 혹은 그 이상, 설탕 또는 무설탕)에서는 고혈압 위험도가 16~44% 증가하였다(무설탕 콜라의 경우 문제가 상대적으로 적지만, 사실상 양쪽 모두 고혈압 위험도는 증가하였다). 이 연구진은 콜라에는 커피나 차와 달리 당과 단백질의 복합체인 최종당화산물(advanced glycation end products, AGEs)을 색소화시키는 캐러멜이 포함되어 있다고 밝혔지만, 콜라가 왜 이런 결과를 낳는지는 정확히 설명할 수 없다고 발표하였다. 최종당화산물은 불안정 화합물로 탄수화물의 조리, 가열, 산화로부터 생겨난다. 이것은 몇 가지 만성적 질병과도 관련이 있는데, 고혈압의 주요 원인이라는 주장도 있다. 이를 통해 우리는 다음과 같은 결론을 내릴 수 있다:

① 카페인은 고혈압의 원인 물질이다.
② 카페인과 고혈압 사이에는 상관관계가 없다.
③ 최종당화산물의 색소화가 고혈압의 원인이다.
④ 최종당화산물과 고혈압 사이에 상관관계가 성립한다.
⑤ 최종당화산물을 색소화시키는 캐러멜이 고혈압의 원인 물질이다.

또한, 표, 그래프, 다이어그램, 사진이나 일러스트레이션과 같은 '도표'는 독자의 이해를 돕는 과학기술 글쓰기의 핵심적 표현 방식이다. 이와 관련한 내용 역시 별도의 장에서 상세히 학습할 것이다.

2.4 전문 용어와 구조

> **"전문가답게 써라!"**

과학기술문은 당연히 과학 및 공학 분야의 전문 지식을 담고 있고, 그러한 전문 지식은 해당 전문 분야의 '전문 용어(technical term)'들로 표현되기 마련이다. 그런데 일반인들을 독자로 삼는 과학기술문에서는 과학 및 공학 분야의 전문 지식을 쉽게 전달하기 위해 전문 용어들을 일상적 용어로 풀어쓰거나 문학적 비유를 통해 설명해야 하는 경우들이 생긴다. 하지만 과학기술문에서 이러한 풀어쓰기와 비유를 남발하는 것은 해당 과학 및 공학 분야의 전문성을 왜곡할 가능성이 크다. 과학기술 글쓰기의 경우 내용의 쉽고 어려움을 떠나 해당 과학 및 공학 분야의 전문적 내용을 오히려 구체적으로 표현하는 것이 해당 분야의 전문가로서 그 책임을 다하는 것이다.

[문제 4] 다음의 일상적 문장을 〈보기〉의 용어를 활용하여 과학기술문에 적합한 문장으로 수정하시오.

(가) 이 연구는 제설제가 가로수에 미치는 영향에 관한 것이다.

⇒ 이 연구는 겨울철 도로의 제설제로 활용되는 (   )이 가로수로 쓰이는 (   ) 식
   물의 (   )에 미치는 영향에 관한 것이다.

(나) 본 실험은 포장 방법에 따른 가공 식품의 저장 기간을 비교해 보고자 한다.

⇒ 본 실험은 (　　)된 햄과 일반 포장된 (　　)의 (　　)와 (　　)의 변화를 비교·분석하고자 한다.

〈보기〉

① 생장 ② 염화칼슘 ③ 진공 포장 ④ 참나무과 ⑤ 총 균수 ⑥ 햄 ⑦ pH

그리고 과학기술문에서 전문 용어를 사용할 때에는 무엇보다 명확성과 일관성이 강조된다. 이처럼 전문 용어를 분명하게 규정하고 이를 일관되게 사용하는 것은 문예적 글쓰기와 구별되는 과학기술 글쓰기의 고유한 특징이다. 또한 전문 용어가 아니더라도 평범한 술어(predicate)보다는 해당 과학기술자 공동체의 관례적 술어를 사용하는 것이 바람직하다. 예를 들어, "~을 보았다"보다는 "~을 관찰했다"라거나 "~을 쟀다"보다는 "~을 측정했다"라고 표현하는 것이 일반적이다.

[문제 5] 다음 글에 나온 밑줄 친 ㉠, ㉡, ㉢의 명확한 의미를 밝히시오.

하천을 오염시키는 오염원은 점오염원과 비점오염원으로 구분할 수 있다. 점오염원은 폐수배출시설, 하수발생시설, 축사 등으로 관거·수로 등을 통해 일정한 지점으로 오염 물질을 배출하는 오염원을 말한다. 비점오염원은 도시, 도로, 농지, 공사장 등의 장소에서 쌓인 오염 물질이 강우 시 배출되는 오염원을 말한다. 이러한 ㉠오염원은 오염 물질의 유출 및 배출 경로가 불분명하여 오염 물질 처리 대책 수립에 어려움이 있다. 반면에 다른 ㉡오염원은 고농도의 오염 물질을 배출하여 특별한 처리를 하지 않으면 하천에 심각한 영향을 줄 수 있지만 배출 경로가 분명하여 대응이 비교적 용이하다. 특히 오염 물질이 많이 배출되는 ⓒ오염원의 토지 지목은 대지, 전, 답, 임야, 기타 순인데, 여기서 대지는 공장용지, 학교용지, 도로, 철도, 주차장 등을 포함한다.

[문제 6] **아래에 나온 용어의 일관성 문제를 모두 지적하시오.**

이번 연구는 친환경 에너지에 관한 것으로서 크게 두 번의 실험으로 이루어져 있다. 첫 번째 실험은 바이오 에너지의 동물성 원료와 식물성 원료를 비교하는 것인데, 동물성 원료로는 시장에서 얻을 수 있는 바비큐 기름을 활용하고, 식물성 원료로는 음식점에서 나오는 폐식용유를 활용한다. 시장과 음식점에서 얻어낸 동물성 유지와 식물성 유지를 본 실험에서 사용하기 위해 화학 촉매를 이용한 전환, 적정, 거름 과정을 거쳐 동물성 연료와 식물성 연료를 추출한다. 이때 원료 구입비용, 화학 처리에 따른 연료 수득률, 알코올램프를 이용한 불꽃 크기 및 지속 시간 등을 비교·분석하여 동물성 연료와 식물성 연료의 경제성과 효율성을 평가한다. 두 번째 실험은 보다 경제적이고 효율적인 신재생 에너지를 선택한 후 선택된 바이오 디젤을 경유와 어떤 비율로 섞었을 때 최대 효율이 나오는지 확인하는 것이다.

이처럼 과학기술문은 해당 분야의 전문 지식을 가진 과학기술자들이 작성하는 글이다. 따라서 과학기술문은 해당 과학기술 분야의 전문성을 잘 드러내는 글이어야 한다. 그리고 이와 관련하여 다양한 과학기술문들을 포괄하는, 소위 'IMRAD(Introduction, Materials and Methods, Results, And Discussion)'라고 부르는 과학기술문의 대표적 구조에 주목할 필요가 있다. 왜냐하면 상당수 과학기술문들이 연구 배경과 현안 문제를 소개하는 서론(Introduction), 사용한 재료와 방법(Materials and Methods), 관찰 및 실험의 결과(Results), 그리고 이에 대한 고찰 내지 토의(Discussion)의 구조로 구성되는 것이 일반적이고, 이러한 구조가 다른 유형의 글쓰기와 구별되는 과학기술 글쓰기의 고유한 특성을 잘 나타내고 있기 때문이다. 과학기술문의 IMRAD 구조에 대해서는 뒤에서 좀 더 자세히 다룰 것이다.

[문제 7] **다음에 나온 "신데렐라 이야기"를 과학기술문의 IMRAD 구조로 바꾸어 보시오.**

1) 발단: 신데렐라는 어머니를 여의고 계모와 언니들에게 시달린다.
2) 전개: 왕자의 배필을 뽑는 무도회가 열리지만 신데렐라는 무도회에 참석할 수 없는 상황이다.
3) 위기: 신데렐라는 요정의 도움으로 무도회에 참석하지만 구두를 잃어버린 채 자정까지 집에 돌아온다.
4) 반전: 왕자는 신데렐라가 잃어버린 구두를 단서로 신데렐라를 찾는다.
5) 결말: 왕자와 결혼한 신데렐라는 그 후로 오랫동안 행복하게 살았다.

1) 서론:

2) 재료 및 방법:

3) 결과:

4) 토의:

2.5 정보와 자료

> **"흥미롭게 써라!"**

끝으로 과학기술문은 독자의 관심을 끌기 위해 흥미로운 글이어야 한다. 그런데 여기서 '흥미롭다'고 말하는 것은 과학기술문이 오락과 여흥을 제공해야 한다는 뜻은 결코 아니다. 그것은 과학기술문이 지적으로 흥미로운 내용을 가지고 있어야 한다는 것을 의미한다. 즉 과학기술문은 독자가 읽었을 때 과학적 혹은 공학적 흥미를 제공하는 정보와 자료를 가지고 있어야 한다. 그렇다면 과연 어떤 내용이 과학기술문을 지적으로 흥미롭게 만들어 주는 것일까?

우선, 과학기술문에는 무엇보다 새로운 정보가 있어야 한다. 지적으로 흥미로운 글의 제일 요건은 이전에 알려지지 않았던 새로운 사실을 밝혀내거나 기존에 존재하지 않았던 새로운 이기(利器)를 처음으로 고안하는 것이다. 사실 모든 학문의 궁극적 목적은 새로운 사실을 발견하고 새로운 발명을 하는 것이며, 그래서 학술 저널 논문은 새로운 발견과 발명에 관한 정보를 담고 있다. 하지만 모든 과학기술자들이 매번 완전히 다른 새로운 것을 발표할 수는 없다. 만일 그래야만 한다면 대부분의 과학기술자들은 어쩌면 평생 한 편의 논문도 쓰기 어려울 것이다. 따라서 완전히 새로운 것은 아니더라도 '새로운 어떤 것(something new)'을 보여주어야 하는데, 그 방법은 실제로 다양하다. 기존의 가설이나 모델을 새로운 방법론으로 구축하는 것, 기존의 가설이나 모델을 새로운 연구 분야에 적용하는 것, 기존의 연구 결과와 상이한 새로운 점을 관찰하고 원인을 규명하는 것, 기존의 연구 결과로부터 새로운 함축을 이끌어내는 것 등이 모두 참신한 정보이다.

한편, 과학기술문은 문학 소설처럼 가공의 이야기를 새롭게 지어내는 것이 아니다. 과학기술문은 반드시 객관적 사실에 근거해야 한다. 그래서 과학기술문은 학문의 성격상 풍부한 자료를 제시해야 하고, 방대한 자료를 상세한 기술이나 정확한 도표를 통해 정리해야 한다. 그런데 독자들이 바로 이러한 과학기술문의 자료에서 오류를 발견하게 된다면 그들은 지적인 흥미를 잃을 뿐만 아니라 글 전체를 신뢰하지 않게 된다. 예를 들어, 어떤 수식의 계산 값이 논문에 제시된 숫자와 다르게 나온다거나, 원그래프에서 퍼센트 합계가 100%가 안 된다거나, 본문에 서술된 표나 그림의 번호가 실제 표나 그림의 번호가 일치하지 않는다거나, 참고 문헌에 제시된 문헌 자료의 인용이 부정확하다면, 이는 필자의 입장에서는 사소한 실수일지라도 글 전체의 신뢰성에 영향을 미치는 심각한 결함이 될 수 있다. 따라서 과학기술 글쓰기에서 자료의 정확성은 과학기술문의 지적인 흥미를 위해 반드시 전제되어야 할 기본 요건이다.

3. 과학기술문을 잘 작성하는 방법

지금까지 과학기술 글쓰기의 주요 지침들을 살펴보았다. 그러나 과학기술문을 잘 작성하기 위해서는 무엇보다 모범적인 과학기술문을 많이 읽어 보아야 한다. 특히 새로운 정보를 얻고 글쓰기 능력을 향상시키기 위해서는 자신이 연구하는 분야의 학술 저널에 실린 논문들을 읽는 습관을 길러야 한다. 전문 학술 저널에 실려 인용 횟수가 많은 논문의 필자들은 대부분 풍부한 저술 경험을 가지고 있고 엄격한 동료 심사를 거친 것들이기 때문에, 학술 저널 논문을 읽고 토론하는 것은 앞으로 과학기술문을 작성하는 데 많은 도움이 된다. 따라서 뜻 맞는 학생들끼리 스터디 클럽을 만들어 전공 분야의 학술 저널 논문을 읽고 토론하는 것이 과학기술문을 잘 작성할 수 있는 가장 효과적인 방법이다.

특히 이러한 스터디 클럽을 운영할 때는 자신의 전공 분야에만 국한되지 말고 관심 분야를 좀 더 폭넓게 설정하여 다양한 분야의 논문을 읽어 보는 것이 바람직하다. 왜냐하면 다른 분야의 글을 읽어 봄으로써 자신의 지식을 증가시킬 수 있을 뿐만 아니라 보다 넓은 안목과 지평을 가질 수 있기 때문이다. 다만, 학술 저널 논문들이 너무 전문적이어서 이해하기 어렵다면 이와 관련한 칼럼이나 에세이 혹은 교양서를 읽어 보는 것도 한 가지 좋은 대안이 된다. 이런 유형의 글들은 자연과학 및 공학과 관련한 내용을 엄격한 양식에 얽매이지 않고 쓴 것들이지만, 해당 분야의 전문 지식을 가진 필자들에 의해 작성된 것이라면, 기본적으로 전문적이고 체계적인 성격을 지니고 있다. 따라서 가벼운 마음으로 전공 이외의 과학 및 공학 관련 칼럼이나 에세이 혹은 교양서를 읽으면서도 과학기술 글쓰기의 좋은 사례들을 많이 배울 수 있을 것이다.

02

과학기술문의
언어적 표현기법

　내가 입 밖으로 내뱉는 말 몇 마디가 다른 이의 머릿속에 특정한 생각들을 떠오르게 만드는 기적[1] 외에도 언어가 해내는 기적적인 일들은 많다. 생존에 도움이 되는 정보를 교환하거나, 사냥과 전쟁을 위한 동맹을 통합 조정하고, 주거지와 도구나 무기를 만들도록 지시하는 등, 언어는 생존과 직결된 문제를 해결하기에 적합하게 적응해 왔다.[2] 특히 사고와 관련해서 언어는 다양한 능력을 발휘한다. 언어는 사고를 드러내주며, 구체화해주고, 보충해주고, 기록해주고, 방향을 설정해주고, 그럼으로써 이후 작업을 안내해주는 사고의 동반자이다. 그리고 때로는 그러한 보조적이고 부수적인 역할을 넘어 주도적이고 능동적인 역할도 수행한다. 심지어 많은 사고는 그 자체가 언어로 이루어지기도 한다. 따라서 언어를 통해 표현되는 과학기술문을 잘 작성하기 위해서는 이러한 언어의 역할과 사고와의 관계에 주목할 필요가 있다.

1. 스티븐 핑커, 『언어본능』 김한영 외 역, 도서출판소소, 2004, 19쪽
2. 데이비드 버스, 『진화심리학』 이충호 역, 웅진 씽크빅, 2012, 620쪽

일반적으로 과학기술문은 문학적 글과 달리 애매모호한 표현, 주관적 경험이나 느낌, 화려하고 장식적인 수사 등에 의존하지 않는다. 그러한 장치들이 문학적 글을 더욱 감동적이고 재미있게 만들어줄 수는 있겠지만 과학기술문은 감동과 재미를 목적으로 하는 글이 아니기 때문이다. 앞에서 살펴보았듯이, 과학기술문은 특정한 사실이나 현상을 설명하거나 논증함으로써 독자를 설득하고 안내하는 객관적 사실에 근거한 글이다. 그러므로 문학적 글과는 다른 글쓰기 전략이 필요하다. 물론 과학기술 분야의 활동과 글에서만 특별히 사용되는 사고 패턴이나 글쓰기 기법이 따로 있는 것은 아니다. 하지만 과학기술 활동을 수행하거나 글을 작성하려 할 때 좀 더 주의해야 할 것들은 분명히 있다.

1. 기술(description)

> **기술 =df 대상(예를들어, 사건, 현상, 사물)의 성질을 드러내는 언어적 표현**

그림이 사물의 모양을 모사해내듯이, 언어와 수식을 통해 대상(사물, 사건, 현상)의 성질을 드러냄으로써 표상을 제공하는 언어적 표현을 우리는 기술[3]이라 부른다. 그

---

3. 기술, 묘사, 서술: 영어 'description'은 우리말로 '기술記述'로도 번역되고 '묘사描寫'나 '서술敍述'로도 번역된다. 일상에서 그 단어들은 자주 혼용되지만 한자어로 풀어보면 미묘한 차이가 보인다. '기술記述'의 '記'는 '적는다'는 의미가 있어 사물이나 생각 따위를 말하거나 적어내는 것을 의미하는 가장 일반적인 개념으로 사용된다. 이에 반해 '묘사'는 마치 그림을 그리듯 있는 그대로 베껴내는 언어적 표현을 의미한다. 흔히 묘사는 사람의 마음 상태를 표현해내는 심리묘사와 사물이나 사건, 사실을 있는 그대로 그려내는 사실묘사로 구분된다. 하지만 타인의 마음의 상태도 외적으로 드러나는 '모습'에 근거해서만 표현해 낼 수 있으므로 결국 심리묘사도 사실묘사의 일종으로 보아야 할 것이다. '서술敍述'의 '敍'는 '차례'라는 의미가 있다. 따라서 '기술'은 '어떤 것을 기록한다'는 의미인 반면 '서술'은 '차례대로 적음'을 의미한다. 의미상으로만 보면 '서술' 보다 '기술'이 더 넓은 개념으로 이해되며, 흔히 서술의 대상은 시간적 흐름상에 있는 사건이나 과정 등이고, 기술의 대상은 그것들을 포괄하는 것으로 이해할 수 있다.

리고 그렇게 만들어지는 상, 또는 표상은 대상의 객관적인 성질이나 상태를 드러내주는 것으로 간주된다. 이러한 비주관성 또는 객관성은 기술의 대표적인 특징인데, 나중에 살펴볼 다른 언어적 표현 기법들과의 차이를 만든다. 그런데 기술이 제 아무리 객관성을 띤다고 해도 결국 기술은 우리의 감각 지각에 드러난 성질들을 대상으로 삼을 수밖에 없다. 이는 사물의 객관적인 성질이 연구자들의 주관을 통해 드러날 수밖에 없다는 것을 의미하는데, 그러다 보니 사물이 가진 성질과 주관이 구성해낸 성질을 분명히 구분해야 할 필요가 있다.

1.1 성질의 종류와 특징

일반적으로 대상의 성질은 1차 성질과 2차 성질로 구분된다.

① **1차 성질들** : 대상이 그 자체로 가지고 있다고 간주되는 객관적인 성질. 이러한 성질은 경험하는 주관이 어떤 상태에 있을지라도 변하지 않는 객관적인 성질로 간주된다.
  ex〉크기, 길이, 모양, 위치 등

② **2차 성질들** : 대상의 어떤 성질이 경험하는 주관을 촉발하여 가지게 하는 성질. 비유적으로 말해 1차 성질은 대상에 위치한다면 2차 성질은 대상을 지각하는 주관에 위치한다고 말할 수 있겠다. 그만큼 2차 성질은 주관 의존적이며, 주관의 인지 체계가 완전히 다른 동물이나 외계인이 있다면 인간이 느낀 성질과 완전히 다른 성질을 느낄 수도 있다.
  ex〉냄새, 맛, 색, 소리, 온냉, 촉감 등

사실 1차 성질과 2차 성질이 그렇게 뚜렷이 구분되는 것은 아니며, 과학이 발전함으로써 2차 성질로 간주되었던 주관적인 성질들이 사물이 가진 객관적인 1차 성질로 전환되어 왔다. 예를 들어, 같은 장소에 있는 두 사람이 서로 기온에 대해 다른 판단을 하는 경우는 우리가 흔히 겪는 일이다. 이런 경우 "날씨가 덥다", "날씨가 춥다"는 말보다는 "온도가 몇 ℃이다"고 객관적인 사실을 말함으로써 불필요한 논쟁을 없앨 수 있다. 이처럼 기온을 사람이 느끼는 주관적인 느낌이 아니라 물리적 세계 속의 사물들이 가지는 객관적인 성질로 전환하는 것은 일종의 과학의 발전이라고 할 수 있을 것이다. 이러한 성과들은 색이나 소리, 맛, 냄새 등과 같은 다양한 주관적 성질들에서도 나타나고 있다.

탐구 대상을 사물에만 한정한다면 1차 성질과 2차 성질로 대상들의 성질을 망라할 수도 있겠지만 시간적 연속성을 갖는 사건이나 현상으로 탐구 대상을 확장한다면 우리는 시간 성질들을 고려해야 한다. 그리고 실제로 과학적 탐구에 있어서 시간은 가장 중요한 요소 중 하나이다.

③ **시간 성질들 :** 시간이 진행됨으로써 발생하는 관계적 성질.
　　ex〉 선-후, 시작-끝, 원인-결과, 연속, 성장, 증가, 감소, 등

사물은 하나의 시공간에 위치할 수 있지만 사건은 흔히 시간의 흐름 속에서 나타나곤 한다. 시간 성질은 사건이 가진 기본적인 성질 중 하나이며, 시간의 차원에서 볼 때 두 항이 맺는 관계적 성질이다. '선'은 '후'와 함께 해야 의미가 있는 개념이며, 성장은 시간의 연속적인 흐름 속에서 의미를 갖는 현상이다. 과학기술 분야의 연구 현장에서 이뤄지는 다양한 관찰과 실험은 이러한 시간적 성질을 측정함으로써 특정한 가설을 증명하는 과정으로 이해할 수 있다.

1.2 기술의 일반적 규칙들

좋은 기술문은 사물의 성질을 객관적으로 드러내주는 것이어야 하지만 그것만으로 완성되는 것은 아니다. 결국 기술은 독자를 만족시키는 것이어야 하기 때문이다. 그래서 좋은 기술은 다음 규칙들처럼 사물의 특징과 독자의 조건을 모두 고려한 것이어야 한다.

① 방향을 유지하라

우리의 인지체계는 일정한 방향을 따르는 것을 선호한다. 따라서 사고를 반영 또는 안내하는 기술도 그러한 방향성을 따르는 것이 바람직하다. 흔히 방향은 공간적인 의미뿐만 아니라 시간적, 인과적, 기능적 의미도 함께 갖는데, 그것들도 특정한 방향을 따르는 것이 좋다.

- 위에서 아래로, 또는 아래에서 위로
- 좌에서 우로, 또는 우에서 좌로
- 전체에서 부분으로, 또는 부분에서 전체로
- 큰 것에서 작은 것으로, 또는 작은 것에서 큰 것으로
- 일반에서 특수로, 또는 특수에서 일반으로
- 시작에서 끝으로, 또는 끝에서 시작으로
- 원인에서 결과로, 또는 결과에서 원인으로
- 중심에서 외곽으로, 또는 외곽에서 중심으로

② 사실과 의견을 구분하라

두 번째 규칙은 객관적인 언어를 사용하라는 말로 이해할 수 있다. 2차 성질에

대한 기술은 감각 지각에 주어지는 대상의 성질을 드러내는 것이다. 지각의 주체로서 주관은 필수적이지만 대상이 촉발하는 성질과 주관이 평가하는 성질은 명확히 구분되어야 하며 혼동해서는 안 된다. 예를 들어, 장미꽃을 보고 '붉다'고 말하는 것과 '아름답다'고 말하는 것은 분명 다른 종류의 기술이므로 주의해야 한다. '붉다'는 말의 진위를 가리는 것은 의미 있는 과학적 활동이지만 '아름답다'는 말의 진위를 가리는 것은 불필요하거나 완전히 다른 종류의 작업을 필요로 하기 때문이다.[4]

[문제 1] 보기의 글은 아래에 나온 사진을 보고 기술한 것이다. 이 글에서 의견(밑줄)과 사실(괄호)을 구분하시오.

원자폭탄의 폭발은 소름끼치도록 무섭고, 동시에 황홀하다. 첫 번째 버섯구름이 푸른 하늘 속으로 퍼져감에 따라, 형태가 꽃 모양으로 바뀌었다. 큰 꽃잎들은 아래쪽으로 굽어졌는데, 흰 크림색 꽃잎은 바깥쪽으로, 장미색 꽃잎은 안쪽으로 굽어졌다. 우리가 약 200마일 떨어진 거리에서 그것을 마지막으로 보았을 때도, 그것은 여

4. 어쩔 수 없이 주관에 의존해야만 하는 2차 성질은 항상 객관성의 의심을 받는다. 그래서 현대 과학에선 2차 성질을 배제하고 가급적 1차 성질로 환원하여 설명하려는 시도들이 인기를 끌고 있다. 예를 들어, 어떤 특정한 색을 '붉다'고 기술하는 것보다는 '700nm 파장의 가시광선'이라고 기술함으로써 주관을 최대한 배제하는 방식의 기술을 사용하는데, 그럼으로써 혹시나 있을지 모를 인식 주관의 특징에 오염된 기술을 사전에 막을 수 있게 된다.

전히 그 형태를 유지하고 있었다. 또한 뒤범벅이 된 무지개들의 거대한 산과 같은 다양한 색깔의 격렬한 불기둥을 그 거리에서 볼 수 있었다. 살아 있는 많은 것들이 그 무지개들 속으로 사라졌다. 그 불기둥의 진동하는 상층부는 하얀 구름을 뚫고 매우 높이 치솟아 올랐는데, 마치 목 주위에 사방으로 퍼져 있는 폭신폭신한 깃털을 가진 선사시대의 거대한 괴물의 모습처럼 보였다.[나가사키에 원폭을 투하한 비행기에 탑승한 윌리엄 로렌스(William Laurence) 기자의 기사 내용 중에서]

③ 애매모호한 표현은 삼가라(뜻을 분명하게 표현할 것)

세 번째 규칙은 언어적 표현이 담고 있는 의미를 분명히 하라는 주문이다. 그러기 위해선 가장 먼저 애매모호한 표현을 삼가야 하는데, 여기서 '애매'와 '모호'의 의미를 분명히 할 필요가 있다. 흔히 애매하다는 것은 한 개념의 뜻이 분명하지 않음을 의미하며, 모호하다는 것은 한 개념의 지시 대상이 분명하지 않다는 것을 의미한다.[5] 대표적인 애매한 개념은 동음이의어이지만 우리가 흔히 사용하는 일상적인 용어들도 기본적으로 애매한 구석을 지니고 있다. '죄인'의 부모가 자신을 '죄인'이라고 하는 것이나 교회에서 예배를 드리는 신자를 보며 '죄인'이라고 부를 때 세 개념은 다른 뜻을 갖는다.

어떤 개념은 뜻은 분명하지만 그 개념이 가리키는 대상이 무엇인지 분명하지 않은 경우도 있다. 예를 들어, '대머리'라는 개념은 머리숱이 없거나 적은 사람을 일컫는 분명한 뜻을 갖지만 과연 머리숱이 몇 개인 사람부터 대머리에 속하게 되는지에

---

5. '애매'와 '모호'를 분명히 이해하기 위해선 개념의 구성에 대해 생각해봐야 한다. 하나의 개념은 뜻과 지시체를 통해 이해할 수 있는데, 흔히 집합을 정의할 때 사용하는 조건제시법과 원소나열법에서 말하는 '조건'과 '원소'를 '뜻'과 '지시체'와 유사한 것으로 이해할 수 있다. 마찬가지로 집합은 개념으로 이해해도 무방하다. 개념은 단어나 낱말과 조금 다른데, '젊은 남자'는 두개의 단어로 구성된 언어적 표현이지만 하나의 개념을 구성한다. 이런 뜻에서 집합을 개념과 같은 것으로 이해할 수 있다.

대해선 분명한 의견의 일치를 보기 힘들다. 기술문은 다양한 개념들로 구성되는데, 개념들의 애매모호한 사용을 피하기 위해선 다음과 같은 준칙을 따를 필요가 있다.

- 정의하라.
- 가능하다면 수량화하라(분명한 수치 값을 갖는 개념으로 표현하라).
- 단위를 분명히 밝혀라.

정의는 개념의 애매모호함을 없애주는 가장 대표적인 언어적 방법이다. 흔히 어려운 개념이나 낯선 개념을 정의한다고 생각하지만 정의해야 하는 개념은 애매하거나 모호한 개념들이다. 낯선 개념이라면 당연히 그 뜻이나 지시체를 정확히 몰라서 애매모호하겠지만 잘 아는 개념들도 충분히 애매모호할 수 있으므로 그런 경우 정의를 통해 뜻을 분명히 할 필요가 있다. 양을 나타내는 개념들이 그 경계를 분명히 하지 않는다면 모호함을 피할 수 없다. 따라서 그런 경우 정확한 수치를 갖는 표현으로 바꿔줌으로써 모호함을 피할 수 있다. 단위와 기준을 분명히 설정하는 것도 마찬가지로 이러한 모호함을 피하기 위한 좋은 전략이다. 정의에 대해선 뒤에서 자세히 설명하겠다.

④ 관점에 유의하라

기술은 흔히 누구의 관점에서 보느냐에 따라 세 가지로 구분된다. 물론 관점이라는 것은 어떤 수사법에도 요구되는 것이지만 기술의 경우 관점의 문제가 더욱 중요하게 작용하기에 좀 더 자세히 언급할 필요가 있다. 첫 번째 관점은 '나'를 중심으로 한 기술로서, "내가 그것을 어떻게 했는가"를 기술한다. 나의 관점에서의 기술은 독자로 하여금 필자의 관점을 취하도록 요구하는데 반해, 두 번째 관점인 '너'를 중심으로 한 기술은 "당신은 그것을 어떻게 하는가"를 기술한다. 이러한 관점의 기술은 〈매뉴얼〉이나 〈제품 안내서〉의 주된 기술 방식이다. 상대적으로 '나'를 중심으로 하는 기술보다는 '너'를 중심으로 하는 기술이 독자로 하여금 편하게 과정을 따라오게 하는 장점이 있으나 자칫 독자의 수준이나 관점을 제대로 포착하지 못하고 여전히 자신의 관점을 따라 기술하는 경우 이해의 어려움을 낳기도 한다.

세 번째 관점은 '나'도 '너'도 아닌 '사건 자체'를 중심에 두고 이루어지는 객관적인 기술이다. 첫 번째 관점과 두 번째 관점은 모두 객관적인 대상에 대비되는 주관의 관점에 비춰진 기술인데 반해 세 번째 방식의 기술은 주관을 배제한 사건만을 주목하는 방식으로서, 객관성을 중요시하는 과학기술 활동에 적합한 수사법으로 간주된다.

[문제 2] **가까이 있는 대상을 하나 골라서 기술문 작성의 일반 규칙을 따라 기술문을 작성하고, 각 기술이 어떤 성질을 드러내는지 설명하시오.**

_____

_____

_____

_____

_____

1.3 다양한 기술 유형

(1) 묘사

묘사 =df 대상의 상을 그려내는 언어적 표현

'기술'이 대상의 성질을 드러내는 것이라고 정의할 때, 대상이 가진 성질 중에서 시각적 성질을 드러내는 경우를 특별히 '묘사'로 표현한다. 실제로 우리가 사물이나 사건에 대해 갖게 되는 정보 중 상당히 많은 부분이 시각적 정보이기에 '묘사'는 '기술'의 의미를 대표하기도 한다. 앞에서 밝힌 '기술'의 다양한 특징들이나 규칙은 거의 대부분 '묘사'에 적용된다.

(2) 과정(Process) 기술

과정(기술) =df 시간이나 일의 절차에 따른 사건의 흐름(에 대한 기술)

흔히 "시간의 흐름에 따른 사건 기술"을 '서사'라 하는데, 이는 주로 문학적 개념으로 사용된다. 그런데 시간은 과학기술 분야에서도 중요한 척도이기에 시간의 흐름에 따른 사건 기술이 주요하게 등장한다. 이런 경우 흔히 쓰이는 표현은 '과정기술'이다. 사건을 단계별(혹은 위상별)로 기술하거나 선후관계로 기술할 때 글쓴이는 '과정기술'이라는 사고의 패턴을 따르게 된다. 최근의 과학기술문에서는 묘사와 과정기술 역시 여타의 기술과 마찬가지로 도표로 표현하는 것이 일반적이다.

(3) 분류(Classification)

> ### 분류 =df 전체 대상을 일정한 기준으로 나누어 범주화하는 작업

'분류'는 우리가 분석을 수행할 때 사용하는 사고 패턴들 중의 하나이다. 우리는 어떤 것을 사고할 때 자연스럽게 사물들을 범주 혹은 그룹으로 분류함으로써 그것들을 잘 이해하고 잘 평가할 수 있게 된다. 필자는 과학기술문에서 자료들을 자신의 분류 체계에 서로 중첩 없이 그리고 하나도 남김없이 배분하여야 한다. 이는 명확한 분류의 기준을 통해 분류 체계가 구조화되어야 한다는 것을 의미한다. 그래서 분류의 기준이 명확하다면 독자는 필자의 분류 체계를 쉽게 따라갈 수 있으나, 만일 그렇지 않을 경우 필자의 분류 체계는 오히려 독자의 이해를 방해하기도 한다. 이런 점에서 세계적인 경영 컨설팅 회사의 대명사인 맥킨지(McKinsey & Company)에서는 'MECE'라는 분류의 규칙을 만들어 유용한 글쓰기 기법으로 활용하고 있다. MECE는 'Mutually Exclusive, Collectively Exhaustive'의 약자인데, 이것이 의미하는 바는 어떤 자료를 여러 측면에서 분류할 때 '서로 겹치는 것이 없어야 하고 (Mutually Exclusive), 다 모아 놓으면 빠진 것이 없어야 한다(Collectively Exhaustive)'는 것이다.

[문제 3] **아래 나온 자료를 자신이 세운 기준에 따라 둘로 분류하시오.**

나일악어, 벨로키랩터, 매머드, 풍산개, 오리너구리, 페르시안 고양이, 청솔모, 물범, 긴수염고래, 진돗개, 하이에나, 아프리카코끼리, 푸들, 티라노사우루스, 시베리안 호

랑이, 펭귄, 반달가슴곰, 타조, 하늘다람쥐, 인간, 백상아리, 딱정벌레, 바다거북, 북극여우, 기린, 꿩

[문제 4] 위의 자료를 둘로 분류할 수 있는 다양한 기준을 찾으시오.

(4) 비교와 대조(Comparison & Contrast)

비교와 대조 =df 분류된 대상들의 유사성과 차이를 드러내는 기술

'비교'와 '대조' 역시 우리의 사고 과정에서 자연스럽게 발생하는 유용한 사고의 패턴들이다. 비교는 대상들 간의 유사점을, 대조는 대상들 간의 차이점을 기술하고 분석하는 것이다. 그런데 비교와 대조를 나누는 유사점과 차이점은 실제로 일의적으로 구분되는 것은 아니다. 유사점 속에는 차이가 있고 차이점 속에는 유사함이 항상 존재하기 때문이다. 철수와 영희는 학생이라는 점에서 유사하지만 남자와 여자라는 점에서 차이를 보인다. 하지만 남자와 여자라는 성질을 아우르는 '성을 가짐'이라는 성질은 철수와 영희의 공통점으로 간주된다. 이처럼 비교와 대조는 우리가 무엇을 부각시키고자 하느냐에 따라 선택되어 사용된다.

과학기술문에서 비교와 대조를 사용할 때에는 대상들을 각각 배치하여 비교하거나 대조하는 블록 패턴(대상우선방식)과 대상들의 성질들을 교차하면서 비교하거나

〈표 2.1〉 블록 패턴과 교체 패턴 사례

블록 패턴(대상우선방식)	교체 패턴(속성우선방식)
1. 도입	1. 도입
	2. 추진력의 원천
2. 자동차	가. 자동차
가. 추진력의 원천 : 엔진	나. 우주선
나. 추진수단 : 바퀴	3. 추진수단
다. 연료 : 석유	가. 자동차
라. 이동범위 : 평면이동	나. 우주선
마. 제동장치 : 브레이크	4. 연료
	가. 자동차
3. 우주선	나. 우주선
가. 추진력의 원천 : 로켓	5. 이동범위
나. 추진수단 : 노즐	가. 자동차
다. 연료 : 산소,수소	나. 우주선
라. 이동범위 : 공간이동	6. 제동장치
마. 제동장치 : 역추진 분사	가. 자동차
	나. 우주선
4. 맺음말	7. 맺음말

대조하는 교체 패턴(속성우선방식)이 있다. 블록 패턴(대상우선방식)은 두 대상의 비교와 대조가 효과적으로 드러나지 않는 단점이 있는 반면 각 대상의 체계적인 전체 윤곽을 볼 수 있는 장점이 있으며, 교체 패턴(속성우선방식)은 그 반대의 특징을 갖는다. 어떤 방법이 되었든 간에 비교와 대조는 정의나 분류에 비해 대상에 관한 보다 많은 정보를 전달하는 글쓰기의 기법이므로, 독자가 비교와 대조를 통해 대상의 성질과 특성을 보다 명확하고 풍부하게 파악할 수 있어야 한다.

언어적 기법 외에도 다양한 도표는 복잡한 기술문을 명쾌하게 보여주는 효과적인 매체이다. 그것을 적극적으로 활용하는 것은 과학기술문의 가치를 높여주는 방법이다. 도표의 활용이 일반화되면서 기술의 활용도나 효과가 많이 떨어지는 것 같지만, 본래 과학기술문의 자료는 세세한 관찰을 통해 확보되는 것이고 보다 객관적인 성격의 도표와 달리 독자의 감정적인 측면에도 영향을 미칠 수 있다는 점에서

기술은 여전히 과학기술문의 설득력을 높이는 중요한 방법이다. 기술을 대신하거나 보완하는 다양한 도표의 활용에 대해선 다음 장에서 자세히 다루겠다.

2. 설명(explanation)

2.1 궁금증과 설명

> 설명 =df 대상에 대한 정보를 제공함으로써 상대방의 궁금증을 해결하는 언어적 표현

　　우리는 항상 무엇인가를 궁금해 한다. 그러한 궁금증에 대답할 때 우리는 '설명한다'는 표현을 사용한다. 기술이 주관의 개입을 최대한 배제하려는 것과 비교하자면 설명은 주관을 적극적으로 고려할 것을 요구한다. 독자가 무엇을 궁금해 하는지에 따라 설명의 방향이 달라지기 때문이다. 물론 매 설명마다 명시적인 독자가 등장하는 것은 아니지만 설명문을 작성하는 경우 독자의 어떤 궁금증을 해소해줄 것인지는 먼저 결정되어야 한다.

　　독자가 가지는 궁금증은 실로 다양하다. 친구 집은 어디에 있는지, 새로 산 전자제품은 어떻게 작동하는지, 멈춰선 자동차는 어디가 고장난 건지, 왜 그런 건지, 어떻게 고칠 수 있는지, 이런 모든 궁금증에 대답하는 것이 설명이다. 그러니 약도나 사용설명서도 일종의 설명이라 할 수 있다. 다양한 설명 중에서도 우리가 주목해 볼 가치가 있는 것들이 몇 개 있다. 특히 과학기술 활동과 관련하여 가장 대표적인 궁금증은 "그것은 무엇인가?"와 "그것은 왜(어떻게) 그런가?"이다.

2.2 본질 설명으로서의 정의(definition)

> **정의 =df 개념의 의미를 분명히 드러내주는 언어적 표현**

"그것은 무엇인가?"라는 질문은 '그것'의 본질을 묻는 질문이다. 본질은 흔히 '그것'에 없어서는 안 되는 성질을 일컫는데, 컵의 본질을 묻는다면 재료나 모양, 크기, 색깔보다는 '물을 따라 마실 수 있는' 기능이라고 할 수 있을 것이다. 이러한 본질을 제시하는 설명을 다른 말로 정의라 부른다. 물론 경우에 따라 임의의 의미를 부여하는 정의도 가능하겠지만 그것도 주어진 맥락에서 특별히 사용되는 개념에 한정된 본질이라고 할 수 있을 것이다.

'정의'는 과학기술문의 가장 기초적인 언어적 표현기법이다. 과학기술문의 필자는 자신의 글 속에 들어 있는 개념들이 지닌 사전적 의미뿐만 아니라, 문장 내에서의 의미, 확장된 의미, 역사적으로 변천해 온 의미 등을 제시한다. 특히 종설(review) 계열의 학술 논문이나 새로운 패러다임(paradigm)을 제시하는 논문의 경우 정의는 매우 중요한 글쓰기의 기법이기도 하다. 또한 엄밀성과 객관성을 중요시 하는 과학기술문은 애매모호한 표현을 피해야 하는데, 앞에서 살펴보았듯이 개념의 정의는 이러한 엄밀성과 객관성을 확보해주는 주된 방법이다.

(1) 정의의 목적

정의는 개념들의 뜻을 분명히 드러내주는 것을 목적으로 한다. 흔히 개념들은 그것의 뜻과 지시체를 통해 그 의미를 분명히 이해할 수 있는데, 그것이 분명하지 않은 경우 정의가 필요하다. 사람들은 개념의 의미를 사전을 통해 찾곤 하지만 사전은 우리가 사용하는 개념들의 의미를 정리해놓은 것에 불과하다. 다시 말해 우리가 사용하는 개념의 의미는 우리가 만들어가는 것이며, 시대와 장소에 따라 충분히 변할 수 있는 것이다. 예를 들어, '죽음'에 대한 정의가 기존의 심장사의 개념에서 뇌사의 개념으로 전환되어 가는 과정은 바로 그러한 개념의 의미 변화를 보여준다. 또 데모크리토스로부터 돌턴, 그리고 현재에 이르는 '원자' 개념의 변화 또한 정의의 변천을 보여주는 좋은 사례이다.

정의는 그저 하나의 언어적 활동에 불과한 것이 아니라 행위에 대한 전반적인 평가를 달리하게 해주기도 한다. 앞에서 말한 것처럼 죽음의 정의가 바뀌는 것은 그저 언어적 의미의 변화에 머무는 것이 아니라 한 사람의 행동을 극명히 다르게 평가하도록 하기도 한다. 뇌사로서의 죽음 개념을 사용할 경우 정당한, 또는 훌륭한 행동으로 평가되던 장기이식 행위는 심장사 개념을 죽음의 개념으로 사용한다면 살인 행위가 될 수도 있기 때문이다. 마찬가지로 '인간'이나 '마음' 개념이 인공지능체로 확대된다면 지금의 관점에서 볼 때 단순한 폐품처리에 해당하는 행위가 살인 행위로 바뀌는 날이 올지도 모른다.

(2) 정의의 종류

통상 정의는 외연적 정의(extensional definition)와 내포적 정의(intensional definition)로 나뉘는데, 외연적 정의는 그 뜻을 드러내기가 쉽지 않을 때 그 개념이 가리키는 대상을 드러냄으로써 이뤄진다. 직시적 정의(ostensive definition)와 열거적 정의(enumerative definition)가 대표적인 외연적 정의이다. 내포적 정의는 개념의 뜻을 드러냄으로써 이뤄지는데, 사전적 정의(lexical definition), 약정적 정의(stipulative definition), 명료화 정의(precising definition), 이론적 정의(theoretical definition), 설득적 정의(persuasive definition) 등이 있다. 그 밖에도 특수한 정의의 유형으로 맥락적 정의(contextual definition), 조작적 정의(operational definition), 기능적 정의(functional definition) 등이 있다. 물론 이러한 구분은 정의에 대한 절대적인 구분이라기보다는 두드러진 특징에 따른 상대적인 구분이라고 할 수 있을 것이다. 다음의 정의들은 각 유형의 정의 사례들이다.

---

① 직시적 정의 ⇒ '☎'은 전화기를 지시한다.

② 열거적 정의 ⇒ '인간'은 흑인종, 백인종, 황인종 등을 가리킨다.

③ 사전적 정의 ⇒ '자동차'는 휘발유나 경유 등을 이용한 엔진으로 힘을 일으켜 움직이는 운송 장치이다.

④ 약정적 정의 ⇒ '1미터'는 빛이 진공에서 2억 9,979만 2,458분의 1초 동안 진행한 거리이다.

⑤ 명료화 정의 ⇒ '학업우수자'는 평균 학점이 A 이상이고 D학점이 없는 등록 재학생이다.

⑥ 이론적 정의 ⇒ '힘'은 질량과 가속도의 곱에 비례한다.

⑦ 설득적 정의 ⇒ '정치인'은 국민을 현혹하여 권력을 잡은 후 개인의 사리사욕을 추구하는 자이다.

⑧ 맥락적 정의 ⇒ '절대온도'는 보통의 섭씨온도계로 측정한다면 273.16℃를 더한 온도이다.

⑨ 조작적 정의 ⇒ '산성액'은 푸른색 리트머스 시험지를 담갔을 때 붉게 변하는 액체이다.

⑩ 기능적 정의 ⇒ '발전기'란 외부의 물리–화학적 에너지를 내부의 구조를 통해 전기로 전환시켜주는 장치이다.

---

(3) 정의의 구조

내포적 정의의 다양한 종류들은 사실 엄밀히 구분될 수 있는 것은 아니며, 흔히 하나의 정의가 다양한 정의 유형에 속하기도 한다. 하지만 형식적으로 이해하면 내포적 정의들은 모두 동일한 구조를 띠고 있는데, 종차와 최근류[4]를 드러냄으로써 정의하고 있다는 것이다.

〈정의문 표기법〉

정의 기호('df'는 'definition'의 약자)
⇧
총각 =df 결혼하지 않은 남자
⇩　　　　⇩　　　　⇩
피정의항　　정의항(종차　+　최근류)

---

(4) 정의의 조건

정의항은 일반적으로 최근류와 종차로 구성되는데, 종차로는 그것의 본질적인 성질이나 목적, 발생 기원 등이 언급된다. 정의항은 피정의항 이외의 다른 것이 포함될 정도로 너무 넓어서는 안 되며, 거꾸로 피정의항을 다 담아내지 못할 정도로 너

---

4. 범주(category), 유(genus)와 종(species) – 종차와 최근류. '종차'는 종적인 차이를 말하며, '최근류'는 가장 가까운 류를 말한다. 이 말을 이해하려면 '종'과 '류'의 의미를 알아야 하는데, 일반적으로 그 둘을 합하여 '종류'라는 일상어로 표현한다. '종'과 '류'는 집합을 이해한 방식으로 이해할 수 있는데, 집합과 부분집합의 관계를 통해 유비하자면 '종'은 부분집합으로 '류'는 그것을 포함하는 더 큰 집합으로 이해할 수 있다. 하지만 큰 집합은 더 큰 집합의 부분집합이 될 수 있는 것처럼 '종'을 포함하는 '류'는 더 큰 '류'의 '종'이 될 수 있다. 이처럼 '종'과 '류'는 상대적인 개념이다. 예를 들어, '사람'은 '흑인', '백인'과 비교하여 유개념이지만 '포유류', '동물'과 비교하여 종개념이 된다. 그리하여 유개념의 유개념, 그 유개념의 유개념, 이런 식으로 계속 범위를 확장하여 올라갈 때 최후의 가장 큰 유개념을 '범주'(category)라고 한다.

무 좁아서도 안 된다. 그러한 본질적인 성질을 담아내기 힘든 특별한 경우 외연적 정의를 하기도 한다.

〈본질을 드러내지 못한 잘못된 정의의 사례〉

① '냉장고'는 음식을 차게 보관하는 가전제품이다.

⇒ '냉장고'에 화장품 냉장고나 약품 냉장고를 포함시킨다면 음식을 보관한다는 정의는 너무 좁아서 냉장고의 본질을 정확히 드러내주지 못하고 있다. 이러한 문제를 해결하기 위한 더 나은 정의는 다음과 같다.

② '냉장고'는 음식이나 주류, 화장품, 약품 등을 차게 보관하는 가전제품이다.

또한 정의는 인식적 조건을 만족시켜야 한다. 즉 정의항은 피정의항보다 인식적 개선을 가져다주거나 적어도 악화시켜서는 안 된다. 예를 들어 의미가 분명하지 않은 개념을 정의했는데 오히려 더 분명해지지 않았다면 정의는 실패한 것이다. 정의도 일종의 설명이므로 이것은 당연히 갖추어야 할 조건이다. 인식적 개선을 가져오기 위해서는 정의항에 애매모호한 표현이 등장해서는 안 된다. 원래 정의가 개념의 애매모호함을 없애기 위한 것인데, 애매모호한 개념을 사용한다면 말이 되겠는가. 그런 의미에서 피정의항이 정의항에서 다시 등장하거나 다른 개념을 매개로 해서 간접적으로 등장하는 순환적 정의는 전혀 좋지 않으며, 자신에 대해 정의하는 것이 아니라 자신을 제외한 나머지에 대해서 언급함으로써 자신을 간접적으로 정의하는

부정적 정의도 바람직하지 않다.

〈직접적인 순환적 정의〉

죽음 =df 생명이 멈춘 죽음의 상태

⇒ '죽음'을 정의하면서 '죽음'을 사용하는 건 선결문제 요구의 오류를 범하는 것이며,
결국 '죽음'의 의미는 드러나지 않게 된다.

〈간접적인 순환적 정의〉

홀수 =df 짝수가 아닌 모든 자연수

짝수 =df 홀수가 아닌 모든 자연수

⇒ 홀수가 정의되어야 한다면 짝수 또한 정의되어야 한다. 이런 식의 정의는 정의되
지 않은 개념을 사용하여 정의하는 순환적 정의이다.

〈부정적 정의〉

전자 =df 양성자와 중성자를 제외한 원자의 나머지 구성 성분

**[문제 5] 다음은 어떤 개념에 대한 정의이다. 피정의항을 밝히고 정의항을 평가
하시오.**

① "차를 운행하는 도중에 고의뿐만 아니라 과실에 의하여 발생하는 사고로 인하여
   사람을 사망하게 하거나 다치게 하거나 물건을 손상시키는 것"

② "소리를 소재로 하여 박자·선율·화성·음색 등을 일정한 법칙과 형식으로 종합

해서 사상과 감정을 나타내는 예술"

③ "생리적으로는 호흡과 심장의 고동이 영구적으로 정지하는 일, 법률적으로는 생활 기능이 절대적·영구적으로 정지함으로써 권리능력이 상실되는 일"

④ "프로그래밍이 가능한 전기적 장치로서 입력 자료를 받아들여서 처리하여, 그 처리된 정보를 저장하고 검색하여 결과를 출력하는 일을 하는 기계"

[문제 6] **다음 개념들을 최근류와 종차를 밝힘으로써 정의하시오.**

① 스마트폰 =df

② 사랑 =df

③ 생명 =df

④ 원자 =df

⑤ 신문 =df

[문제 7] **최근 발행된 신문에서 최근류와 종차를 통한 개념 정의를 찾고, 피정 의항, 종차와 최근류를 구분하여 표시하시오.**

2.3 인과적 설명

인과관계 =df 시공간적으로 인접하고 한 사건이 다른 사건보다 시간적으로 선행하는 두 사건 사이의 필연적 연결 관계

"그것이 왜 발생했는가?" "그것은 왜 발생하지 않았는가?" "무엇이 그것의 발생을 막았는가?" "만약 그것이 발생했다면, 그것의 결과는 무엇이겠는가?" 이러한 질문들은 '인과'와 관련된 질문들이다. 예를 들어, 아침 출근 시간에 전날까지 잘 운행되었던 자동차가 시동이 걸리지 않는다면, 당신은 당연히 "자동차의 시동이 왜 걸리지 않을까?"라는 의문이 들 것이고, 이와 더불어 "배터리가 방전되었을까?", "제너레이터가 망가진 것일까", "휘발유가 떨어진 것일까?" 등 그 원인을 여러 가지로 추정해볼 것이다. 이처럼 '인과'는 우리의 일상생활 속에서 빈번하게 발생하는 사고의 패턴일 뿐만 아니라 과학기술문에서도 매우 큰 비중을 차지하는 사고의 패턴이다. 실제로 자연과학의 대부분의 연구는 원인과 결과를 통해 우리가 발견한 복잡한 자연 현상을 설명하는 것이라고 말할 수 있으며, 이런 점에서 우리가 인과를 제대로 분석해낼 수 있다면, 우리는 우리가 작성하려는 과학기술문을 훨씬 더 우수한 글로 만들 수 있을 것이다.

(1) 인과관계의 일상적 이해

"세상만사 인과응보"라는 말처럼 모든 일들은 서로 사슬처럼 엮여 있기 마련이다. 이것이 우리가 인과관계에 대해 가지고 있는 일상적인 의미이다. 그런데 이처럼 단일한 의미 내용을 지닌 것처럼 보이는 인과관계는 사실 다양한 세부 구조를 가지고 있다. 그 구조를 우리는 두 가지 틀로 바라볼 수 있다. 첫 번째는 일상적인 틀로 바라보는 인과관계이다. 현재의 사건에 선행하는 다양한 원인적 사건들은 모두 현재의 사건의 인과적 원인 역할을 한다. 하지만 그것들은 시간적 순서에 따라, 또는 역할의 분담 정도에 따라 구분해볼 수 있다.

① **간접원인(원인遠因)과 직접원인(근인近因) :** 인과 연쇄의 원근遠近에 따라 구분할 때 결과를 직접적으로 야기한 사건을 직접원인, 그 직접원인을 야기함으로써 그

것을 통해 간접적으로 결과 사건을 야기하는 사건을 간접원인이라고 할 수 있다. 또 직접원인을 '가까울 근'을 사용한 '근인'近因, 간접원인을 '멀 원'을 사용한 '원인' 遠因이라고 부를 수 있을 것이다.

〈그림 2.1〉 간접원인과 직접원인

② **공동원인(연접원인)** : 복수의 부분 원인이 결합하여 하나의 결과를 낳는 인과 관계를 일컫는다. 손바닥도 마주쳐야 소리가 난다는 말처럼 어떤 일들은 양자, 또는 그 이상의 원인 사건들이 조건으로 주어졌을 때에만 발생하기도 한다. 지난 주 있었던 빗길교통사고는 비가 온 사건과 과속이 결합하여 벌어졌다고 이해할 때, 그 둘 중 어느 하나라도 갖춰지지 않았다면 그 교통사고는 일어나지 않았을 것이다.

〈그림 2.2〉 공동원인

③ **다수원인(선접원인)** : 하나의 결과를 낳는 독립된 원인이 다수로 존재하는 인과 관계를 말한다. 공동원인과 달리 하나의 개별적인 원인들이 독립적으로 결과를 야기하는 경우들도 있다. 예를 들어, "사망원인"을 연구할 때 암, 교통사고, 자살, 타살 등은 각각이 사망을 야기하는 개별적인 원인적 사건이라고 할 수 있다. 그것들은 독립적으로 결과를 야기하기 때문이다.

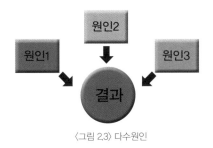

<그림 2.3> 다수원인

(2) 조건으로서의 인과관계(논리적 구조로 이해되는 인과관계)

일상적으로 인과관계를 이해하는 것과 달리 논리적인 조건 관계를 통해 인과관계를 이해할 수도 있다. 흔히 알고 있는 '필요조건', '충분조건', '필요충분조건'은 인과관계의 다양한 모습을 표현하는 이름들이다. 이러한 조건으로서의 인과관계를 사례에 적용시켜보면 다음과 같다.

① 필요조건으로서의 원인

원인과 결과에 대해 말할 때 하나의 원인이 그에 따르는 결과의 필요조건이라고 말하는 경우가 있다. 그 말은 "그 원인이 없다면 그 결과도 없다"거나 "그 결과가 있다면 그 원인도 있다"는 말로 이해할 수 있다. 말라리아 감염의 예를 들어보자. 말라리아는 얼룩날개모기를 통해서만 감염된다. 얼룩날개모기에게 물리는 것은 말라리아 감염의 원인이며, 물리지 않는다면 말라리아에 감염되지 않는다. 이때 얼룩날개모기에게 물리는 것은 말라리아 감염의 필요조건이라 할 수 있다. 이 경우 원치 않는 결과를 제거하고자 한다면 필요조건으로서의 원인을 제거하면 된다. 즉, 우리는 얼룩날개모기에게 물리지 않음으로써 말라리아 감염으로부터 자유롭게 된다.

② 충분조건으로서의 원인

원인과 결과에 대해 말할 때 하나의 원인이 그에 따르는 결과의 충분조건이라고 말하는 경우가 있다. 그 말은 "그 원인이 있다면 그 결과도 있다"거나 "그 결과가 없다면 원인도 없다"는 말로 이해할 수 있다. 기말과제로 보고서를 제출하도록 했는데 한 학생의 보고서가 지난 학기 제출했던 다른 학생의 보고서와 토씨 하나 안 틀리고 똑같을 경우, 그것은 F학점을 받기에 충분하다. 이때 똑같은 과제를 제출한 사건을 F학점의 충분조건이라고 부른다. 만일 F학점을 받고 싶다면 충분조건으로서의 원인을 야기하면 된다. 하지만 충분조건을 야기하지 않았다고 해서 그 결과가 야기되지 않는 것은 아니다. 즉, 보고서를 지난 학기 것과 똑같이 제출하지 않는다고 해서 F학점을 필연적으로 면하는 것은 아니다. F학점을 받는 방법은 다양하다. 말라리아에 관한 이야기로 돌아가서 현실적으로 봤을 때(수혈에 의한 감염을 제외하고) 얼룩날개모기에게 물리는 것은 말라리아 감염의 필요조건이지만 충분조건은 아니다. 얼룩날개모기에게 물리더라도 말라리아에 감염되지 않는 경우도 종종 있기 때문이다.

③ 필요충분조건으로서의 원인

원인과 결과에 대해 말할 때 하나의 원인이 그에 따르는 결과의 필요충분조건이라고 말하는 경우가 있다. 그 말은 "그 원인이 발생했다면 반드시 그 결과가 야기되고, 그 결과는 반드시 그 원인을 통해서만 나온다"는 말로 이해할 수 있다. 자연과학의 많은 법칙들은 바로 이러한 필요충분조건으로서의 인과관계를 표현하는 것들이다. 뉴턴의 만유인력의 법칙이나 아인슈타인의 상대성 이론은 모두 엄밀한 필요충분조건을 표현한 것들이다. 일상적인 사례에 대입하여 이해하면 좀 더 쉽게 이해될 수 있을 것이다. 어떤 과목에서 A학점을 받기 위해선 중간고사와 기말고사에서 높은 점수를 받고 결석을 하지 않아야 하며, 주어진 과제를 빼먹지 않고 제출해야 하는 경우, 그리고 이러한 조건만 만족시킨다면 누구라도 예외 없이 A학점을 받을 수 있다면, 이때 "중간-기말고사에서 높은 점수를 받고 결석을 하지 않아야 하며, 주어진 과제를 빼먹지 않고 제출하는 것"은 A학점을 받기 위한 필요충분조건이라고 부른다.

④ **확률적 원인(그 원인이 발생한다면 그 결과가 발생할 확률이 더 높아지는 경우)**

어떤 인과관계는 원인과 결과가 다른 것들처럼 딱 떨어지지는 않지만 충분한 확률을 지니고 일어나는 경우들이 있다. 그래서 "그 원인이 발생한다면 그 결과가 발생할 확률이 더 높아지는 경우" 확률적 원인이라고 부른다. 연구에 따르면 실제로 흡연은 폐암의 필요조건도 아니고 충분조건도 아니다. 하지만 흡연과 폐암 사이에는 일정한 연관관계가 존재하며, 그런 의미에서 확률적 원인이라고 부를 수 있다.

> [문제 8] 학교 내규에는 2/3 이상 출석을 하지 않을 경우 무조건 F를 주도록 되어 있다. 그렇다면 "2/3 이상의 출석"은 "D 이상의 학점"을 받기 위한 어떤 원인인가? 위의 네 가지 조건 중에서 고르시오.

(3) 인과관계의 중요성

인과관계에 대한 탐구는 객관적 학문의 주된 관심사이다. 인과관계에 대한 지식과 통제는 결과를 낳기 위해 원인을 야기하거나, 결과를 막기 위해 원인을 제거하는 방식으로 활용되며, 그것은 모든 과학기술문명의 기초를 이루고 있다. 하지만 인과관계가 생각만큼 쉽게 파악되는 것은 아니다. 그것은 인과관계가 직접 경험으로 확인할 수 있는 종류의 성질이 아니기 때문이다.

두 사건 간의 인과관계는 흔히 시공간적으로 인접한 경우 잘 드러나지만 시공간적 인접이 반드시 인과관계를 보장해주는 것은 아니다. "까마귀 날자 배 떨어진다"는 우리의 속담이 지적하는 것이 바로 인과관계의 이러한 특징이다. 인과관계가 성립하기 위해서는 두 사건 간의 필연적 연결이 보증되어야 하지만 필연성은 우리의 귀납적 일반화를 통해서는 확립될 수 없는 이념적 규준일 뿐이다. 세상에 대한 인과적 이해를 확대하기 위해선 인과관계와 단순한 상관관계를 구분해야 한다.

〈주의해야 할 상관관계들〉

① 까마귀 날자 배 떨어진다.(선후인과의 오류, 우연적 선후 관계)

  : 시간적 선후관계는 인과관계의 전제조건이지만 선후관계가 모두 인과관계인 것은 아니다. "까마귀 날자 배 떨어진다"는 우리 속담이 그런 실수를 함축적으로 보여준다.

② 번개와 천둥(동일한 현상의 두 양상)

  : 번개는 천둥의 원인이 아니다. 선후 관계의 파악은 생각보다 쉬운 것이 아니다, 어떤 경우에는 동시에 일어난 사건을 선후관계로 착각하는 경우가 있으며, 같은 사건을 다른 사건으로 착각하는 경우도 있다.

③ 달의 모양과 조수 간만(공통 원인 무시의 오류)

  : 지구에서 바라보는 달의 모양은 지구와 태양과 달의 위치 관계에 의해 변한다. 그런데 밀물과 썰물이 들고 나는 현상과 달의 모양은 특정한 상관관계를 가지고 변해 가는데, 이러한 상관관계를 인과관계로 착각해서는 안 된다. 이 경우의 인과적 원인은 그 세 천체의 위치 관계이며, 달의 모양과 조수 간만은 아무런 인과적 영향력도 미치지 않고 있다.

2.4 예시(Exemplication)

> **예시 =df 구체적인 예를 들어 보임**

자신의 주장을 설득하기 위해 일반적으로 취할 수 있는 가장 손쉬운 방법은 주장을 지지하는 구체적 사례를 증거로 제시하는 것이다. 예를 들어, "모든 까마귀는 검다"는 보편적 주장은 "이 까마귀는 검다"는 경험적 증거를 통해 지지된다. 이렇게 이해할 경우 귀납적 일반화는 예시 사례를 통해 보편적 법칙을 도출해내는 논증으로 이해할 수 있다. 예시는 또 독자의 이해를 돕기 위해서도 자주 사용되는데, 방금 귀납적 일반화의 사례를 통해 예시에 대한 설명을 제공한 것이 바로 그러한 사례라 할 수 있겠다. 막연한 설명으로 부족한 경우 구체적인 예시는 비어 있는 형식에 내용을 채워준다. 예시는 정의에서도 등장하는데, 직시적 정의나 열거적 정의가 바로 예시를 통한 정의들이다. 그 밖에도 비교와 대조, 분류, 과정 등등 설명이나 기술의 내용을 구체적으로 보충하고자 할 때 예시는 자주 사용된다. 이처럼 예시는 다양한 수사법에서 사용되는데, 대부분 설명적 역할을 하는 것으로 이해된다.

3. 논증(argumentation)

> **논증 =df 정당화된 명제(근거)들을 통해 진위가 의심되는 명제(주장)를 정당화하는과정, 또는 그 과정을 표현한 명제들의 합**

과학기술문의 다양한 수사법 중에서도 논증은 가장 대표적이고도 중요한 수사법이라 할 수 있다. 대표적인 과학기술문인 논문은 전체적으로 일정한 결론을 지지하기 위한 논증의 형태를 띠고 있으며, 논문 외의 다양한 과학기술문도 그 안에 논증을 주요한 부분으로 포함하고 있기 때문이다. 이처럼 논증은 단순한 수사법을 넘어 과학기술문의 전체적인 구도와도 연관되어 있기에 4장에서 자세히 다루도록 하겠다.

03

과학기술문의 도표

1. 도표의 역할

과학기술 분야의 연구에서는 물리적인 대상의 수치 자료들이 자주 등장하는데, 그러다 보니 그것들을 효과적으로 작성하는 방법을 아는 것이 무척 중요하다. 도표는 그러한 일을 효과적으로 수행해내는 좋은 도구이다. 도표는 표와 그림을 포함하는데, 표는 수치 자료를 규칙적인 배열로 표현하는 방법이고, 그림은 표를 제외한 사진, 지도, 차트 및 그래프 등을 일컫는다. 표는 많은 자료를 논리적으로 정연하게 나타낼 수 있기 때문에 그림보다 더 정확하고 쉽게 자료를 보고할 수 있다. 반면 그림은 수치 자료를 직관적으로 한눈에 평가할 수 있게 한다는 장점이 있다.

표와 그림 같은 시각 자료는 글이 갖지 못하는 표현력을 갖고 있다. 또한, 연구한 결론을 한눈에 보여줌과 동시에 증거 자료로서의 구실을 할 수 있다. 그러나 주의를 끌거나 화려한 보임새를 위해서 본문과 관련이 적거나 불필요한데도 마구 포함 시켜서는 안 된다. 본문의 설명으로 충분함에도 불구하고 표나 그림을 더하는 것은 과학기술문의 질을 떨어뜨릴 수 있다.

　도표의 적절한 사용은 구구절절한 설명을 간단하게 대신할 수 있다. 실험 결과의 설명이 주요한 목적인 논문의 경우, 극단적인 경우 어떤 독자는 본문에 포함된 표만 보고 논문 전체의 가치를 판단하기도 한다. 따라서 비록 도표가 본문의 글보다 적은 공간을 차지하더라도, 작성 시 더욱 많은 시간을 할애하여 작성하고, 자기가 의도한 바가 잘 표현되었는가를 면밀히 검토해야 한다. 반면에 같은 내용을 되풀이하여 나타내는 도표가 있지 않도록 주의하며, 가급적이면 꼭 필요한 경우에만 사용하도록 한다.

　도표의 사용은 연구 결과를 표현하는 중요한 수단이다. 도표에는 시간에 따른 관련 데이터들의 변화치를 보여주거나 통계적으로 정리하여 표현하는 형식, 두 개 이상의 변수들 사이의 관계성을 표현하는 형식 등이 있으며, 또한 모델, 사진, 도면, 그래프, 컴퓨터를 이용한 그래픽 등과 같이 다양한 표현 방법들이 있다. 도표를 사용하면 독자들의 이해도를 높이고, 효과적으로 내용을 전달할 수 있으므로, 그림이 천 마디의 글을 대신할 수도 있다.

　도표 사용의 첫 번째 이점은 구체성이다. 하나의 사물을 논의할 때, 물체를 직접 보여주거나 그림을 보여주면 전달하고자 하는 내용을 구체적으로 표현할 수 있다. 도표를 사용함으로써 보다 쉽게, 정확하게 전달하고자 하는 내용을 표현할 수 있다. 두 번째 이점은 흥미로움이다. 흥미롭게 작성된 도표는 내용을 보다 강하게 전달할 수 있다. 사진, 그림, 동영상 등 도표는 자료를 명확하게 하면서 흥미롭게도 한다. 세 번째의 이점은 기억이다. 시각적 이미지는 언어적인 것보다 오랫동안 기억에 남는다. 또한 정확하게 기억하고, 다른 것과 시각적으로 구별 가능하며, 어떤 사물에 대한 색깔 및 모양에 대한 이해와 판단이 가능하다. 언어는 귀로 듣는 청각적인 것에 기반을 두지만 도표는 그것을 기억 속에 지속적으로 남게 만든다. 도표는 좀 더 분별력 있고 좀 더 좋은 이해를 줄 수 있고 집중력을 갖도록 하며, 어떤 내용을 보다 전문적으로 표현하는 것을 돕는다. 그러한 이유들 때문에 연구 결과의 표현에 다양한 시각 자료들이 많이 사용된다.

도표 작성 시, 하나로 묶을 수 있는 것은 최대한 묶되 지나치게 복잡해서 알기 어렵게 만들어서는 안 된다. 도표의 위치는 기본적으로 본문 내용 중 해당되는 부분이며, 경우에 따라 적절한 위치 조절이 가능하다. 즉, 도표는 본문에서 설명하거나 참조한 문단이 끝났을 때, 혹은 그 도표의 내용이 처음 언급되는 쪽이나 관련된 설명이 있는 쪽에 놓는 것이 좋다. 그 이유는 독자들이 본문을 읽으며 도표를 대조하기 위해 페이지를 넘기는 수고를 줄일 수 있기 때문이다.

과학기술문에서 사용되는 그림, 사진이나 표는 〈그림 2〉, 〈표 3〉 등과 같이 번호를 매기어 순서대로 붙여서 표시한다. 일반적으로 표, 그림과 사진은 각각 따로 따로 번호를 매긴다. 영문으로 작성된 경우는 〈Fig. 1〉 (혹은 〈Figure 1〉), 〈Table 1〉과 같이 표시한다.

본문이 여러 개의 장(chapter)으로 구성된 경우, 경우에 따라 표나 그림의 번호에 장 번호를 추가하고, 장마다 개별적으로 번호를 매기는 경우도 있다. 예를 들어 3장의 첫 표는 〈표 3.1〉, 두 번째 그림은 〈그림 3.2〉로 표시한다.

본문에서 도표를 참조할 때에는 해당 도표의 번호를 사용한다. "아래의 그림…" 등과 같은 표현은 바람직하지 않은데, 그 이유는 편집하는 동안에 도표의 위치가 얼마든지 변할 수 있기 때문이다. 또한 도표에는 반드시 제목을 붙여야 한다. 제목은 본문을 읽지 않고도 그 내용을 파악할 수 있도록 간결하면서도 설명이 가능하게 붙이도록 한다. 일반적으로 도표의 제목은 번호 다음에 마침표를 찍고, 한두 칸을 띄운 다음 쓰며, 제목 끝에는 마침표를 찍지 않는다. 도표의 제목이 영문인 경우에는 첫 문자만 대문자로 쓴다. 표에 대한 설명은 그 상단 중앙에 나타내고, 그림에 대한 설명은 해당 그림의 하단 중앙에 나타내는 것이 일반적이다.

도표와 제목, 도표와 본문 사이, 제목과 본문 사이에는 충분한 공간을 둔다. 또한 표, 그림의 경우도 필자가 작성한 것이 아니면 반드시 그 출처를 밝혀야 하며, 제목의 끝에 괄호로 묶어 표시하거나 혹은 아래에 표시하는 것이 일반적이다.

도표는 많은 양의 자료를 효과적으로 표현할 수 있다는 장점이 있으나, 그렇다고 해서 너무 많은 내용을 포함시켜 복잡하게 작성해서도 안 된다. 특히 일반 독자의 입장에서는 자료 자체보다는 그 자료가 의미하는 바에 관심이 있으며, 도표는 이를 뒷받침하는 용도로 사용하되 되도록 간략화하여 전하고자 하는 의미만 쉽게 전달되도록 작성한다.

도표가 너무 크면 옆으로 돌려 넣거나 두 페이지에 걸쳐야 하므로 좋지 않다. 옆으로 돌려 넣어야 하는 경우에도 페이지 번호는 제자리에 쓴다. 도표를 옆으로 돌려 넣을 때에는 넣고자 하는 도표의 위쪽이 책 안쪽으로 향하도록 배치한다.

2. 표

일반적으로 표는 많은 양의 정보를 논리적으로, 적은 공간을 통하여 요약 정리하기 위하여 사용되며, 통계치를 요약 정리하거나 일정한 리스트 형식으로 표현된다. 표를 작성할 경우 독자의 이해도를 높이기 위하여 명확하고 간략하게, 그리고 혼동되지 않도록 한다. 〈그림 3.1〉은 실제 과학기술 논문에 사용된 표의 작성 예를 보여준다.

표는 기본적으로 직사각형의 테두리 안에 행과 열을 구분하여 자료를 표시하며, 여러 가지 속성을 갖는 자료를 표현하는 데 매우 적합하다. 표는 해당 열이나 행의 항목을 나타내는 부분과 데이터를 나타내는 부분으로 구성된다. 표에서 사용된 데이터의 단위를 제시할 필요가 있는 경우는 〈표 3.1〉의 작성 예와 같이 주로 표의 오른쪽 상단에 표시하며, 경우에 따라선 표의 제목 옆에 괄호를 사용하여 표기하기

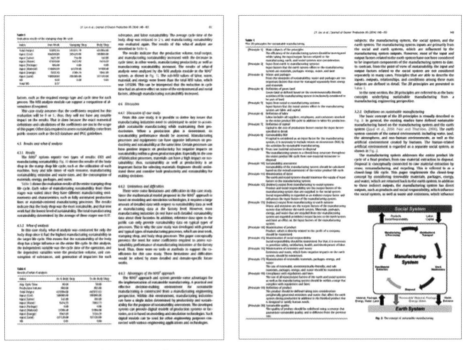

〈그림 3.1〉 과학기술 논문에서 표의 실제 사용 예
(출처: Ju Yeon Lee, Hyoung Seok Kang, Sang Do Noh, "MAS2: An Integrated Modeling and Simulation-Based Life Cycle Evaluation Approach for Sustainable Manufacturing", Journal of Cleaner Production, Vol. 66, pp. 146~163, March 2014)

도 한다. 현재 널리 이용되고 있는 워드프로세서들은 대부분 표의 형식을 쉽게 지정할 수 있는 다양한 자동서식 기능들을 제공하고 있으므로, 이러한 기능들을 적극 활용하면 보기 좋은 표를 편리하게 작성할 수 있다.

〈표 3.1〉은 최근 4년간 A, B, C 세 개의 도시의 연도별 인구수를 나타낸다. 첫 행은 도시 이름을 나타내며, 첫 열은 연도를 나타낸다. 과학기술문에 등장하는 표에서는, 특정 칸에 해당 값이 없는 경우 '-', 'N/A', 'n/a', 'TBD', 'TBA', '미정' 등과 같이 단순 인쇄 오류가 아니라 어떤 이유로 데이터가 없음을 명확하게 표시해야 한다.

〈표 3.1〉 세 도시의 연도별 인구수에 대한 표의 작성 예

(단위: 명)

연도	A	B	C
2015	83413030	87342100	54215400
2016	42101310	32245130	13425660
2017	75452208	45612300	25463150
2018	54315213	34167230	-

(자료: 인구 연감, 2003)

〈표 3.1〉에서는 데이터가 대부분 숫자로 되어 있으며, 이러한 경우 숫자들의 크기 비교가 쉽도록 우측 정렬을 하고, 세 자리마다 쉼표 표시를 하여 그 자릿수가 한눈에 들어오도록 하면 더욱 쉽게 표의 내용을 파악하는 것이 가능하다. 이때 너무 우측에 밀착시키면 각 열의 항목과 너무 동떨어져 보기가 안 좋을 수 있는데, 이런 경우는 각 자료의 우측에 여백을 주어 보다 보기 좋은 표를 만들 수 있다. 또한 표의 외곽선, 항목과 데이터 부분의 구분선을 굵게 하여 확실하게 구별되도록 하고, 데이터 부분의 가로 선을 삭제하여 제시되는 데이터의 가독성을 높이기도 한다. 〈표 3.2〉의 경우는 그와 같은 요령으로 자료를 정리한 것이다. 두 개의 표를 비교하여 보면 〈표 3.2〉가 훨씬 보기 좋음을 한눈에 알 수 있다.

〈표 3.2〉 세 도시의 연도별 인구수에 대한 표의 작성 예 (개선 후)

(단위: 명)

연도	A	B	C
2015	83,413,030	87,342,100	54,215,400
2016	42,101,310	32,245,130	13,425,660
2017	75,452,208	45,612,300	25,463,150
2018	54,315,213	34,167,230	—

(자료: 인구 연감, 2003)

3. 그래프

〈그림 3.2〉는 실제 과학기술 논문에서 그래프를 사용한 작성 예를 보여준다. 그래프를 이용하여 수치 자료를 표현하는 방법은 표를 이용하는 방법에 비하여 많은 자료를 표현하기가 상대적으로 불리하다는 단점이 있으나, 보다 직관적으로 데이터를 표현할 수 있다는 장점이 있다. 복잡한 숫자의 나열보다는 그래프에 의하여 통계적 변화나 비교치를 제시하면, 독자들이 보다 쉽게 이해할 수 있으며, 이것은 어떠한 물체의 크기를 시각적으로 비교하는 것이 숫자를 읽고 비교하는 것보다 훨씬 쉽기 때문이다. 과학기술문에서 사용되는 그래프는 데이터를 간단하고 명확하게 표

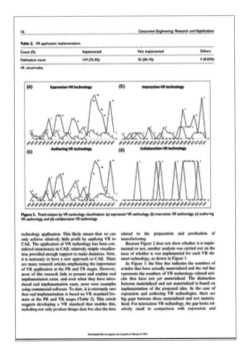
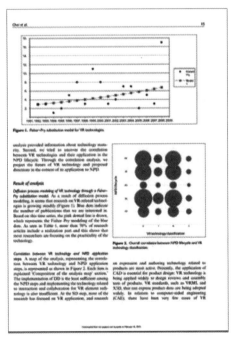

〈그림 3.2〉 과학기술 논문에서 그래프의 실제 사용 예
(출처: SangSu Choi , Kiwook Jung and Sang Do Noh, "VR Application in Manufacturing Industry: Past research, present findings, and future directions", Concurrent Engineering, Vol 23, No. 1, pp. 40-63, March 2015)

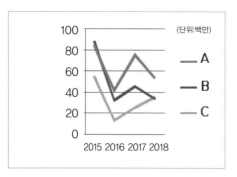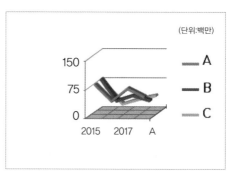

〈그림 3.3〉 꺾은선그래프의 실제 사용 예

현할 수 있는 좋은 방법이며, 일반적으로 꺾은선그래프, 막대그래프, 원그래프 등이 널리 사용된다.

〈그림 3.3〉은 꺾은선그래프의 실제 사용 예를 보여준다. 꺾은선그래프를 이용하면, X축과 Y축의 변수 변화에 따라 변화되는 선들을 통하여 변화의 폭과 양 그리고 시간을 표현할 수 있다. 또한 여러 개의 데이터에 대해 꺾은선그래프를 비교하여 사용하면 변화의 폭과 양, 시간에 따른 변화 등을 쉽게 비교할 수 있다.

막대그래프는 〈그림 3.4〉와 같이 데이터를 여러 항목에 따라 서로 비교할 때 많이 쓰인다. 수평으로 표현하거나 수직으로 표현하는 방법이 있으며, 여러 변수를 3차원

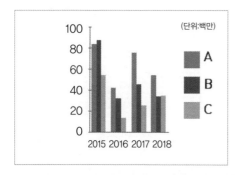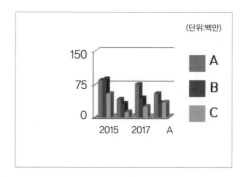

〈그림 3.4〉 막대그래프의 실제 사용 예

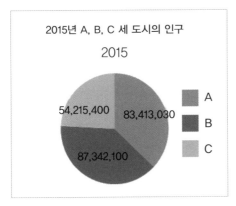

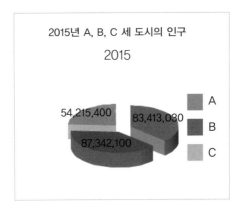

〈그림 3.5〉 원그래프의 실제 사용 예

적으로 보여주는 표현 방법도 많이 사용된다.

원그래프는 〈그림 3.5〉와 같이 여러 데이터를 100%에 대한 각 항목의 비율로 표현하고자 할 때 효과적으로 쓰인다. 원그래프는 전체적인 틀에서 부분 요소들의 구성비를 쉽게 파악할 수 있도록 사용하는데, 작성 시 부분 요소들은 2~5개 정도가 적절하며, 일반적으로 8개를 넘지 않는 것이 좋다.

분산형그래프는 여러 가지 측정값을 각각의 점으로 나열하는 것으로, 특히 서로

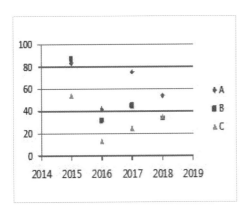

〈그림 3.6〉 분산형그래프의 실제 사용 예

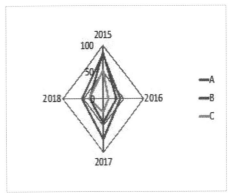

〈그림 3.7〉 방사형그래프의 실제 사용 예

다른 변수들 간의 상관성을 보여주는 데 효과적이다. 또한, 방사형그래프는 여러 가지 요소들의 상대적 분포나 이러한 요소들이 다른 기간이나 지역에서 어떻게 다르게 나타나는지 한 눈에 알아보기 쉽다. 반면에 자료의 실제 값을 쉽게 알아보기 어려운 단점이 있다.

4. 기타 시각 자료(다이어그램, 사진과 일러스트레이션 등)

〈그림 3.6〉은 실제 과학기술 논문에서 다이어그램, 사진, 일러스트레이션 등 시각 자료를 사용한 작성 예를 보여준다. 일반적으로 사진 등 시각 자료의 사용은 그 크기에 상관없이 내용을 확실하게 전달해 줄 수 있다. 예를 들어, 빈센트 반 고흐에 대한 설명을 위하여 미술 포스터를 직접 사용할 수 있으며, 아마추어와 전문가의 차이를 설명하기 위하여 또는 다양한 열대어들의 차이점을 설명하기 위해 사진이나 일러스트레이션을 보여주며 설명하는 것이 매우 효과적이다.

여러 가지 표현들 중에서 사진이나 실제 화면 등은 가장 사실적이고 구체적으로 내용을 전달할 수 있는 시각적 표현 방법이다. 설명하고자 하는 각각의 대상들을 실제로 보여주는 것이 제일 정확하다. 말로만 전달하는 것이 아니라 관련된 실제 사례들을 보여줌으로써 설명하고자 하는 내용을 훨씬 쉽게 전달할 수 있기 때문이다. 또한 실제 사례에 대한 사진들은 극적인 효과를 가져올 수 있으며, 여러 장을 사용하면 어떤 사례의 일련의 변화 과정까지도 실감나게 표현하고 설명할 수 있다.

표현하고자 하는 내용이 너무 크거나 작은 경우, 또는 적절한 표현 방법을 찾기 어려운 경우는 모델 사진을 가지고 표현할 수 있다. 표현 내용을 설명하기 위하여 제작된 축소 모델 사진은 사실을 표현하는 데 많은 도움을 준다. 예로서 배의 구조나 침몰 과정을 설명하는 데 유용하게 사용되는 타이타닉 모델 사진을 들 수 있다.

확대 모델 사진은 주로 교수자가 학생들에게 분자 구조와 같은 것을 시각화하여 이해를 돕도록 하는 것이다. 이외에 인간의 신체를 실물 크기 모델 사진으로 표현하거나 생물체에 대한 모조 모델 사진 등을 활용하기도 한다.

한편, 다이어그램(diagram)은 다양한 종류의 관계들을 표현하는 데 적합한 도표이다. 역학의 관계도, 전기 회로도, 알고리즘, 작업 순서나 과정을 표현한 흐름도, 공간적 위치 관계를 표시한 지도 등이 모두 다이어그램이다. 다이어그램을 적절하게 사용하면 상관관계, 종속관계, 인과관계 등을 알기 쉽게 표현할 수 있다. 다이어그램을 그릴 때는 효과를 극대화하기 위해 최소한의 도형과 선을 사용해야 하고, 동일한 대상과 관계를 나타낼 때는 동일한 도형과 선을 사용하는 일관성을 보여 주

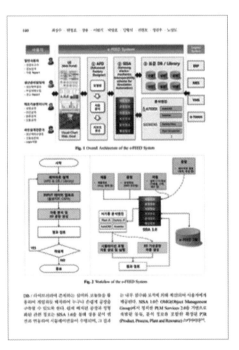

〈그림 3.8〉 과학기술 논문에서 다이어그램, 사진과 일러스트레이션의 실제 사용 예
(출처: 최상수, 현정호, 장용, 이범기, 박양호, 강형석, 전찬모, 정진우, 노상도, "제조라인 통합 설계 및 분석(I) – 디지털 가상생산 기술 적용을 위한 모델링 & 시뮬레이션 자동화 시스템", 한국 CAD/CAM 학회 논문집, 제19권 제2호, pp. 138–147, 2014년 6월)

어야 한다.

컴퓨터에 의하여 사용될 수 있는 시각적 표현 방법은 소프트웨어의 종류에 따라 단순한 다이어그램에서부터 고도의 복합적인 칼라로 된 도면이나 사진까지 매우 다양하다. 스캐너를 이용하여 기존의 사진, 글, 도면 그리고 다른 시각 자료들을 디지털화하여 컴퓨터에 저장하여 사용할 수 있으며, 이러한 디지털 파일들은 컴퓨터 소프트웨어를 사용하여 표현 용도에 맞게 수정하고 가공하여 사용할 수 있다. 근래에는 인터넷이나 상용 데이터베이스를 이용하여, 유용한 그림, 사진 이미지들을 검색한 후 다운받아 사용하는 경우가 많은데, 이때는 저작권에 대하여 특히 주의하고, 항상 출처를 밝혀 적절하게 인용한 후 사용하도록 한다.

5 단위와 수식

과학기술 글쓰기에서 요구되는 다양한 정보 표현 과정에서 단위와 기호의 표현, 숫자와 수식의 작성 등에 유의할 필요가 있으며, 주요한 사항들을 정리하면 다음과 같다.

5.1 단위와 기호

과학기술문에서 처음 사용한 기호는 반드시 정의하도록 하고, 한 기호의 설명이 두 줄 이상이면 둘째 줄부터는 들여 쓰기를 사용한다. 또한, 영문기호를 첨자로 붙일 때에는 괄호, 위첨자, 아래첨자를 사용하되, 일관성 있게 사용한다. 또한 우리나라를 포함하여 국제적으로 SI 단위체계가 널리 통용되고 있으므로, 가능한 모든 단

〈표 3.3〉 주로 사용되는 SI 단위 및 기호

양	명칭	기호
길이	미터(meter)	m
질량	킬로그램(kilogram)	kg
시간	초(second)	s
전류	암페어(ampere)	A
열역학적 온도	켈빈(kelvin)	K
물질량	몰(mole)	mol
광도	칸델라(candela)	cd
넓이	제곱미터	m^2
속도	초당 미터	m/s
밀도	세제곱미터당 킬로그램	kg/m^3
자기장의 세기	미터당 암페어	A/m
농도	세제곱미터당 몰	mol/m^3
휘도	제곱미터당 칸델라	cd/m^2

위는 SI 단위를 표준화하여 사용한다. 주로 사용되는 SI 단위는 〈표 3.3〉과 같다.

5.2 숫자와 수식

숫자로 수량을 표시할 때는 특별한 이유가 없는 경우, 일반적으로 아라비아 숫자
로 표기한다. 1 이하의 소수는 소수점 앞에 반드시 0을 쓰도록 하며, 분수는 2/3와
같이 임의로 약식 표기하지 않는다. 일반적으로 분수보다는 소수를 사용하는 것이
편리하다. 또한 네 자리 이상의 수를 적을 때는 반드시 세 자리마다 자리 표시(콤
마)를 쓰도록 한다. 또한 숫자를 표기할 때 아주 크거나 아주 작은 수의 표시는 멱
수를 사용하고, 백분율(percentage)은 숫자와 % 사이를 띄지 않도록 한다. 논리 혹
은 수식기호들, 가령 +, −, *, /, 〈, 〉, ! 등과 같은 기호의 양 옆으로는 좁은 공간

을 두는 것이 바람직하다.

　수식은 줄을 바꾸지 않고 한 줄에 씀을 원칙으로 하되, 부득이 2행 이상에 걸칠 때에는 = 기호부터 줄을 바꾸되, 위치를 통일하도록 한다. 또한 수식 오른쪽에 (1), (2), (3) 등의 일련번호를 넣는다. 수식의 번호는 수식의 오른쪽 끝에 괄호 속에 표시한다. 그리고 본문에서 수식을 언급할 때에는 "식 (1)"과 같이 부른다. 〈그림 3.7〉은 실제 과학기술 논문에서 수식을 사용한 작성 예를 보여준다.

　$X_3(x_3,\ y_3)$를 공구 원점의 좌표라 하면 X의 좌표는

$(c_1+t(c_2-c_1),\ d_1+t(d_2-d_1))$이며　$\left|\overrightarrow{X_3X_2}\right|^2=R^2$로부터

$$(c_1+t(c_2-c_1)-x_2)^2+(d_1+t(d_2-d_1)-y_2)^2=R^2 \qquad (5)$$

이 된다. t 값에 의해서 X_3와 X'_3가 구해지며, 여기서

작은 t 값이 공구가 모서리에 접히는 값이므로 작은

t 값을 선택한다. 따라서

$$\overrightarrow{X_3X_2} = \{(x_2-c_2+t(c_2-c_1)),\ (y_2-d_2+t(d_2-d_1))\} \qquad (6)$$

이다. $\overrightarrow{X_3X_2}$와 직각인 vector를 구한다.

$$\vec{v} = \left\{ -\frac{y_2-d_2+t(d_2-d_1)}{x_2-c_2+t(c_2-c_1)} +1 \right\} \qquad (7)$$

위의 식 (6)과 (7)로부터 $\vec{v}$ 벡터의 방향을 다음과 같이 결정한다.

〈그림 3.9〉 과학기술 논문에서 수식의 실제 사용 예

04
과학기술 연구의
논증적 구조

1. 과학기술 연구 방법론으로서의 논증

다양한 형태의 과학기술문이 존재하지만 그 중에서도 과학기술 분야의 가장 핵심적인 글을 꼽으라면 아마도 논문일 것이다. 논문은 현안 문제와 관련한 자신의 주장과 이를 뒷받침하기 위한 근거들을 제공하는 방식으로 작성되는데, 이것이 바로 논증의 형태를 띠게 된다. 그러므로 과학기술문을 이해하는 데 있어서 논증에 대한 이해는 필수적이다. 논증은 주장과 그것을 뒷받침 하는 근거(들)로 구성된다. 그런데 근거와 주장 사이의 연결 방식과 관련하여 논증을 연역과 귀납의 2가지 유형으로 분류할 수 있다.

연역은 근거의 참이 주장의 참을 절대적으로 보장해 주는 논증이다. 이러한 연역논증은 일반화된 법칙을 토대로 구체적인 사례를 예측하는 것을 포함한다. 그러나 연역논증은 새로운 정보나 지식의 확장을 가져다주지 못한다. 우리는 과학 및 공학에서 새로운 정보를 추구할 때 실제로 어떠한 것도 절대적 확실성을 가지고 예측할 수 없다는 것을 이미 알고 있다. 그럼에도 불구하고 연역논증은 확립된 법칙을 근거로 그것에 함의된 세부 정보를 도출할 경우 과학기술문에서 우리가 활용할 수 있는 가장 완전한 사고의 패턴이자 글쓰기의 기법이다.

반면에 귀납은 근거가 주장을 절대적으로 보장해 주는 것이 아니라 개연적으로만 보장해 주는 논증이다. 즉 근거가 참이라 하더라도 주장의 참이 완벽하게 보장되지 않지만 높은 신뢰도를 지닌 논증이다. 귀납논증에는 구체적 사례들을 먼저 제시하고 그 후 그것들에 대한 일반화를 시도하는 '귀납적 일반화'가 포함된다. 특히 귀납적 일반화는 과학과 공학의 가장 흔한 사고의 패턴이다. 즉 과학자들과 공학자들은 자료를 관찰하고 관찰된 내용을 토대로 일반화된 결과를 이끌어 낸다. 그러나 귀납적 일반화를 포함한 어떠한 귀납 논증도 결코 주장의 참됨을 결정적으로 증명할 수 없다는 사실에 유의해야 한다. 따라서 우리가 과학기술문을 작성할 때 귀납논증의 이러한 성격에 면밀한 주의를 기울이지 않는다면, 우리는 어리석은 결론에 도달하는 오류를 범하게 된다.

2. 논증(argument)이란 무엇인가?

> **논증 = df 하나의 결론과 하나 이상의 전제로 이뤄진 명제(진술, 문장)들의 합**

하나의 명제는 하나의 사태, 사건, 사실을 보여준다. 만일 내가 "청계천은 아마존보다 짧다"고 말한다면 사람들은 어떤 반응을 보일까? 아마 십중팔구 "근데?", "어쩌라고?" 이런 반응을 보일 것이다. 내가 이런 명제를 주장하고자 할 때엔 아무런 부수적인 근거도 필요치 않다. 또는 만일 내가 "지금 밖에는 비가 오고 있다."고 주장할 때 누군가 그 주장을 의심한다면 밖을 봄으로써 그것이 참인지 거짓인지를 확인할 수 있다. 하지만 어떤 주장은 여러 이유로 그것이 참임을 믿기 어렵거나 그것이 참임을 즉각적으로 확인하기 힘든 경우가 있다. 그럴 때 다른 명제들을 동원함으로써 그 주장이 참임을 증명 또는 설득 또는 정당화(이하 '설득')할 수 있다. 이렇게 설득하는 명제들과 그 명제들을 통해 설득되는 명제를 합쳐서 논증이라고 부른다.

논증은 누군가 내 주장을 받아들이지 않거나 의심할 때 요구된다. 논증은 의사소통과 설득의 한 형식으로서 논증이 동원되지 않고도 완벽하게 설득되는 주장이 있는 반면, 어떤 주장은 논증을 통해 정당화되어야 설득력이 생기기도 한다. 논증을 제시하는 것은 불일치를 해결하려는 시도이며, 이것은 불일치를 해결하려는 다른 시도들, 예를 들어 소리 지르기, 위협하기, 물리력을 동원하는 것보다 훨씬 합리적이고 덜 위험한 방식이다. 혹시 논증을 통해 의견의 일치에 도달하지 못한다 하더라도 서로의 생각을 구체적으로 확인할 수 있게 해준다는 부수적인 효과도 있다.

의견의 일치를 통해 달성하고자 하는 논증의 최종적인 목표는 주장의 정당화와 그를 통한 상대방의 설득이다. 논증에서 정당화되어야 할 명제를 결론, 그 결론을 정당화해주는 명제를 전제라고 부른다. 전제는 결론을 받아들일 수 있도록 해주어야 하기에 결론이 의심스러운 명제인데 반해 전제는 쉽게 동의하고 받아들일 수 있는 명제여야 한다. 만일 하나의 논증에서 전제가 받아들일 수 없는 것이라면 논증은 실패하고 만다. 그러니 논증을 제시하는 사람은 다음과 같은 두 가지를 함께 주장하고 있는 것이다. 첫째, 전제를 받아들일 수 있다면 결론도 받아들일 수 있다. 둘째, 전제는 실제로 받아들일 수 있다. 따라서 둘 중 하나라도 만족시키지 못한다면 논증은 실패한다. 첫째 조건인 '전제가 참이면 결론도 참이 되는 구조'에 관심을 갖는 활동이 논리학이며, 둘째 조건에 관심을 갖는 전형적인 활동이 경험과학과 공학적 연구활동들이다.

논증에는 여러 종류가 있지만 크게 연역논증과 귀납논증으로 구분된다. 그리고 그 구분은 전제와 결론의 논리적 관계가 어떠냐에 따른, 즉 전제가 결론을 지지해 주는 확실성이 어느 정도 되느냐에 따른 구분이다. 연역논증은 전제가 결론을 필연적으로 도출하며 귀납논증은 단지 개연적으로만 지지해준다.

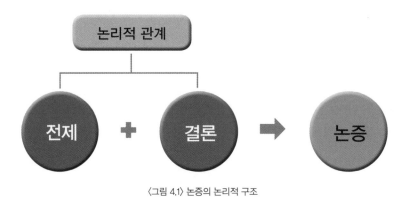

〈그림 4.1〉 논증의 논리적 구조

[문제 1] 다음과 같은 주장을 친구에게 제시할 경우 논증이 필요한 주장과 필요하지 않은 주장을 구분하고, 필요하다면 논증을 어떻게 구성해야 할지, 필요하지 않다면 왜 그런지 설명하시오.

① "태양계에는 지구 외에도 생명체가 존재할 가능성이 있는 천체가 존재한다."

② "단원 김홍도의 〈씨름〉에는 추사 김정희의 〈세한도〉에서는 느낄 수 없는 역동성이 담겨있다."

③ "백악기에 살았던 벨로키랍토르는 화려한 색깔의 깃털로 덮여있었다."

④ "태양의 강한 중력은 별빛조차 끌어당겨서 휘어서 진행하게 만든다."

3. 연역논증

연역논증을 정의하는 방식은 다양하다. "전제가 참이면 결론은 반드시 참이 되는 논증", "전제가 참이면서 결론이 거짓일 수 없는 논증", "결론이 전제에서 말한 것 이상을 넘어서지 않는 논증". 이런 특징으로 인해 연역논증은 결론의 필연성을 확보하게 되지만 지식의 확장은 얻어내지 못하게 된다. 흔히 '연역'을 "주어진 법칙으로부터 개별적인 사실을 도출해내는 과정"쯤으로 이해하여 연역논증을 "법칙으로부터 개별적인 사실을 도출하는 논증"으로 정의하는 경우가 많은데, 사실 연역논증은 꼭 법칙문 형태인 일반명제를 전제로 삼아야 하는 것은 아니다. 개별적인 사실들에 대한 기술만으로 이루어지는 연역논증도 많기 때문이다.

하나의 논증이 연역논증이라면, 즉 필연적으로 결론의 참을 보장해주는 논증이라면 다음과 같은 두 가지 조건을 만족시켜야 한다. 첫째 조건은 연역논증의 정의에서 말하는 것처럼, 전제가 참일 경우 결론이 참일 수밖에 없는 구조여야 한다는 것이다. 그리고 둘째 조건은 실제로 전제가 참이어야 한다는 것이다. 논리학은 첫째 조건을 타당성 조건, 둘째 조건을 건전성(을 위한 진리) 조건이라 부른다. 그리하여 하나의 연역논증이 건전하다는 말은 만일 그 전제들이 참일 경우 결론을 반드시 받아들여야 하고, 전제들은 모두 참이라는 것을 의미한다.

하나의 명제가 참인지 거짓인지 판가름하는 일은 주로 우리가 현실 속에서 경험을 통해 이루어 내거나 과학자들이 다양한 연구를 통해 밝혀낸다. 반면 하나의 논증이 타당한지 아닌지를 밝혀내는 일은 주로 논리학자들의 일이다. 하지만 꼭 논리학자만이 논리적 타당성을 이해하는 것은 아니다. 결국 논리학자들의 타당성 판단은 사람들의 판단을 종합해낸 것에 불과하기 때문이다. 논리학자가, 그리고 우리가 연역적으로 타당하다고 판단하는 논리적 구조는 매우 다양하다. 과학기술문은 주로 귀납적 논증에 의존하기에 여기서는 이해를 돕기 위한 몇 가지 사례들만 예로 들어보겠다.

〈대표적인 타당한 논증의 종류〉

① 전건긍정식 : p→q, p ∴ q[5]

〈ex1〉 만일 오리너구리가 포유류라면 새끼에게 젖을 먹일 것이다.

　　　오리너구리는 포유류이다.

　　　그러므로, 오리너구리는 새끼에게 젖을 먹일 것이다. .... (타당하고 건전한 논증)

② 후건부정식 : p→q, -q ∴ -p

〈ex2〉 만일 오리너구리가 포유류라면 새끼를 낳을 것이다.

　　　오리너구리는 새끼를 낳지 않는다.

　　　그러므로, 오리너구리는 포유류가 아니다. .... (타당하지만 건전하지 않은 논증)

※〈cf〉전건부정식(p→q, -p ∴ -q)과 후건긍정식(p→q, q ∴ p)은 부당한 논증 형식

③ 연쇄논법 : p→q, q→r ∴ p→r

〈ex3〉 만일 그가 드라큘라 백작이라면 그는 일종의 뱀파이어다.

　　　그가 뱀파이어라면 그는 사람의 피를 빨아먹을 것이다.

　　　따라서 그가 드라큘라 백작이라면 그는 사람의 피를 빨아먹을 것이다.

---

5. 'p', 'q', 'r'은 각기 하나의 명제를, '→'은 '만일 ~라면'을, '-'은 '~아닌'을, '∴'는 '그러므로'를 의미한다.

4. 귀납논증

> 귀납논증 = df 전제의 참이 결론의 참을 개연적으로 지지해 준다고 주장하는 논증

귀납논증은 전제에 담겨 있는 내용을 넘어선 결론을 주장한다. 결론이 전제로부터 엄밀하게 도출되지 않으며, 전제를 받아들이는 동시에 결론을 거부하는 것이 전혀 모순되지 않는 논증이다. 따라서 받아들여진 귀납논증은 지식의 확장을 가져오지만 자명한 것으로 인정된 전제보다 더 많은 것을 주장하고 있기에 항상 틀릴 수 있는 가능성을 내포하게 된다. 흔히 '귀납'을 "개별적인 사례들을 모아서 일반 법칙을 도출해내는 과정"쯤으로 이해하여 귀납논증을 "개별적인 사례들을 모아 법칙을 도출하는 논증"으로 이해하는 경우가 많은데, 사실 귀납논증도 꼭 법칙을 전제해야 하는 것은 아니다. 단 하나의 사례만으로도 귀납논증은 가능하며, 법칙을 도출하지 않고 개별적인 사례를 결론으로 이끌어 내는 귀납논증도 많기 때문이다.

4.1 귀납논증의 특징

① 지식 확장적 논증으로서의 귀납논증

귀납논증은 전제의 내용을 통해 전제에서 말하지 않은 확장된 사실을 추론해낸다. 따라서 귀납논증은 지식의 확장을 가져온다. 물론 그 지식은 언제나 틀릴 수 있는 잠정적인 지식일 뿐이다. 이와 비교하자면 연역논증은 전제에 담겨 있는 내용 중 일부 또는 전부를 드러냄으로써 결론을 도출해낸다. 따라서 연역논증은 필연적

이며, 지식의 확장을 가져오지 못한다.

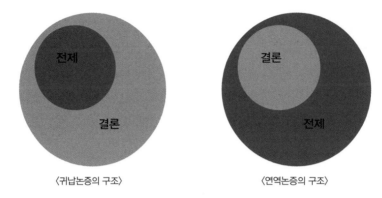

〈귀납논증의 구조〉　　　　　　　〈연역논증의 구조〉

〈그림 4.2〉 논증별 전제와 결론의 포함관계

② 비증명적 논증으로서의 귀납논증

귀납논증은 전제를 통해 결론을 설명해줄 뿐 증명해주지는 못한다. 우리는 연역
논증만을 증명적 논증으로 이해할 수 있다.

〈논증 1〉

철수는 급하게 화장실로 뛰어 들어갔다.

따라서, 철수는 볼일이 급한 게 분명해.

〈논증 2〉

영희는 같은 전공 남학생들을 좋아하지 않는다.

철수는 영희와 같은 전공 남학생이다.

따라서, 영희는 철수를 좋아하지 않는다.

〈논증 1〉의 경우 철수가 화장실로 급하게 뛰어 들어갔다 하더라도 '급한 볼일' 때문이 아니라 화가 나서 쫓아오는 영희를 피하기 위해서일 수도 있다. 철수의 급한 볼일은 철수가 급하게 뛰어 들어간 행동에 대한 좋은 설명은 될 수 있을지언정 그것을 증명해준다고 할 수는 없다. 반면 〈논증 2〉에서 영희가 같은 전공 남학생을 좋아하지 않는다는 사실과 철수가 같은 전공 남학생이라는 사실은 영희가 철수를 좋아하지 않는다는 사실을 증명해준다. 증명적 논증이라는 말로 의미하는 바가 바로 이것이다.

③ 실패한 연역논증으로서의 귀납논증

귀납논증과 연역논증은 워낙 달라서 연역논증의 눈으로 보면 귀납논증은 그냥 오류일 뿐이다. 하지만 우리는 종종 부당한 논증에 기대어 살아간다.

〈논증 3〉

(비가 오면 지붕이 젖는다.)

지붕이 젖었다.

따라서, 비가 왔다.

〈논증 4〉

(비가 오면 지붕이 젖는다.)

비가 오지 않았다.

따라서, 지붕이 젖지 않았다.

〈논증 3〉과 〈논증 4〉는 각각 후건 긍정식과 전건 부정식으로 대표되는 부당한 논증 형식이다. 하지만 실제로 누군가는 아침마다 뒷집의 지붕을 바라보며 아침 날씨에 대한 정보를 얻는다. 그리고 수 십년동안 그 정보가 틀린 적은 한 차례도 없었다. 그리고 그렇게 정보를 얻는 방식에 대해 회의하거나 부정하지 않을 것이다. 왜냐하면 그것은 상당히 유용하기 때문이다.

④ 무책임한 연역을 보완하는 논증으로서의 귀납논증

연역적으로 보면 불확실성은 모두 부당한 것으로 취급되며 무가치한 것으로 간주된다. 하지만 그러한 판단들 사이에도 무수한 단계가 있으며, 그 안에서 진리는 농도의 차이를 보이며 녹아 있다.

〈그림 4.3〉 진리의 다양성과 각 논증의 관심사

연역논증은 확실한 참이 아닌 모든 논증을 부당한 것으로 거부한다. 하지만 우리의 삶에는 그렇게 확실한 것이 오히려 별로 없다. 연역논증은 삶에서 분리된 채 형식만을 고려함으로써 "확실한 참의 보장"이라는 목표를 달성하지만 그럼으로써 우리 삶에서 가치 있는 다양한 지식의 체계들을 살려내지 못한다. 귀납논증은 바로 그런 것들을 대상으로 한다.

4.2 귀납논증의 평가

귀납논증은 전제의 참이 결론의 참을 보증하지 못하며, 단지 개연성을 증가시켜 줄 뿐이다. 좋은 연역논증이 갖는 성질이 타당성이라면 개연성은 좋은 귀납논증이 갖는 성질이다. 그런데 타당성과 달리 개연성에는 정도의 차이가 있다. 즉 개연성이 더 높은 논증이 있고, 덜 높은 논증이 있다. 반면 더 타당하다거나 덜 타당하다는 말은 성립하지 않는다. 타당성은 개연성과 달리 정도의 차이나 중간을 허용하지 않는다.

'개연성'과 '확률'은 둘 다 영어로 'probability'로 표현한다. 이는 거꾸로 '개연성'과 '확률'을 비슷한 개념으로 이해할 수 있음을 의미한다. 대체로 '확률'은 수적으로 표현 가능할 경우 사용하는 개념이며, 그렇게 딱 떨어지는 숫자를 말하기 힘들 때 일상적으로 '개연성' 개념을 사용하곤 한다. 그런데 확률과 달리 개연성은 몇몇 개연성 표지어들을 활용하여 개연성의 정도 차이를 보여주는데, 그것이 그리 명확하게 규정되는 것은 아니다. 예를 들어, "반드시", "언제나", "필연적으로" 같은 개념들은 개연성의 정도를 100%에 가깝게 가져가는데, 만일 100%를 만족시킨다면 그 논증은 연역논증이라고 말해야 할 것이다. 그보다 낮은 개연성의 수준은 다음과 같은 표로 표현할 수 있겠다.

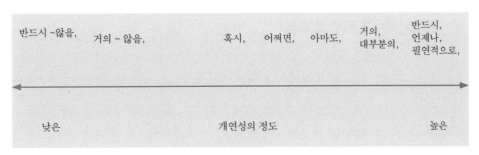

〈그림 4.4〉 개연성의 다양한 수준

[문제 2] 다음 논증들에서 전제가 결론을 지지해주는 강도가 어느 정도인지 판단한 후 높은 순서대로 배열하고 왜 그런지 설명하시오.

① 이 수업의 수강생이 아닌 사람은 누구도 이 수업을 들을 수 없다. 나는 이 수업 수강생이 아니다. 따라서 나는 이 수업을 들을 수 없다.

② 내가 전에 들었던 김철수 교수의 수업은 세 과목인데, 그것들 모두 A학점을 받았으며 수업은 모두 재미있었다. 그러므로 분명 지금 듣는 김철수 교수의 이 과목도 A학점을 받을 것이고 수업도 재미있을 것이다.

③ 귀가 가려운 걸 보니 누가 내 흉을 보고 있는가 보다.

④ 철수는 영희가 거짓말쟁이라고 말했다. 그런데 철수는 존경할 만한 사람이다. 그러므로 영희는 틀림없이 거짓말쟁이일 거야.

⑤ 기상통보관은 저기압 층이 이 지역으로 이동 중이라고 말했다. 하늘은 잔뜩 흐려 있다. 나는 거리에서 몇 사람이 우산을 들고 가는 걸 보았다. 기상통보관의 예보는 거의 정확했다. 그러므로 비가 올 것이다.

4.3 다양한 귀납적 탐구 방법들

16세기 영국의 철학자 프랜시스 베이컨(Francis Bacon)은 자신의 저서 『신 기관 (*Novum Organum*)』을 통해 아리스토텔레스 이래로 학문 탐구의 방법론으로 자리 잡고 있던 연역법을 대신할 새로운 방법론으로서 귀납적 방법론을 제안하였다. 그가 이러한 새로운 방법론을 제안할 수 있었던 데에는 다음과 같은 믿음이 있었기에 가능했을 것이다. 첫째, 우리는 경험을 통해 세상에 대한 다양한 정보를 얻을 수 있다. 둘째, 다양한 개별적 사실들에 대한 정보를 통해 우리는 일반화된 법칙을 얻을 수 있다. 셋째, 그렇게 일반화된 법칙은 과거 사건에 대한 설명과 미래 사건에 대한 예측을 가능하게 해준다. 과학기술 분야의 연구활동은 관찰과 실험을 기초로 진행되는데, 이는 바로 베이컨의 믿음을 구체화한 결과로 이해할 수 있다.

논증의 관점에서 봤을 때 관찰과 실험은 논증의 결론을 뒷받침하기 위한 전제를 마련하는 과정이다. 따라서 과학적 탐구는 그 자체로 논증의 구조로 이해할 수 있다. 그리고 그 논증들은 주로 다음과 같은 귀납적 형태를 띠고 있다.

(1) 귀납적 일반화

> 귀납적 일반화 =df 다양한 사례들을 모아서 그것의 공통 특징들을 일반 법칙으로 정립하는 추리 방식

같은 일이 반복적으로 일어날 때 우리는 그것들을 법칙화하여 이해함으로써 미래에 대한 대비를 할 수 있게 된다. 봄, 여름, 가을, 겨울의 반복적 패턴에 대한 이해는 미래를 계획함으로써 농사를 가능케 했으며, 인류가 문명을 발전시킬 수 있게 해주는 원동력이 되었다. 반복되는 개별적 사례들을 모아서 하나의 법칙을 만들어 내는 추론을 귀납적 일반화라 부른다. 귀납적 일반화는 귀납논증의 가장 대표적인 논증으로서 과학기술 활동뿐만 아니라 일상생활 속에서도 자주 사용되는데, 변형된 귀납적 일반화 논증까지 포함한다면 훨씬 더 많은 논증이 귀납적 일반화에 포함된다. 귀납적 일반화는 대표적으로 다음과 같은 형태를 띤다.

〈귀납적 일반화 사례〉

수성은 타원형 궤도를 그리며 태양 주위를 돈다.

금성은 타원형 궤도를 그리며 태양 주위를 돈다.

지구는 타원형 궤도를 그리며 태양 주위를 돈다.

화성은 타원형 궤도를 그리며 태양 주위를 돈다.

따라서, 태양계의 모든 행성은 타원형 궤도를 그리며 태양 주위를 돈다.

좋은 귀납적 일반화는 다음과 같은 조건을 만족시켜야 하는데, 그 조건들은 정도의 차이를 인정하는 것들이다. 따라서 조건을 더욱 잘, 많이 만족시킨다면 더 좋은 귀납적 일반화라 할 수 있을 것이다.

〈조건 1〉 사례들은 동일한 유형에 속하는 것들이어야 한다.
〈조건 2〉 사례는 대표성을 띨수록 좋다.

각 사례들을 모아 하나의 일반화된 결론을 도출하는 것이 귀납적 일반화의 목표이니 당연히 각 사례는 일반화를 구성할 수 있는 동일한 유형에 속하는 것들이어야 한다. 첫째 조건은 어찌보면 너무나 당연해서 있으나 마나 한 것처럼 보일 수도 있다. 하지만 오리너구리의 사례처럼 같은 포유류인지 아닌지가 그 자체로 문제가 되는 맥락에서 이 조건은 해결하기 어려운 문제를 던져주기도 한다. 그리고 그 유형의 각 구성원들이 균질적이라면 아주 소수의 대표만으로도 전체를 향한 일반화가 가능할 것이다. 잘 섞인 콜라의 한방울만으로도 콜라 한 병의 성분비를 대표할 수 있는 것처럼 소수의 사례가 전체를 대표할 수 있다면 굳이 많은 사례를 동원할 필요는 없다. 하지만 각 지역의 유권자들처럼, 소수의 사례가 대표성을 갖기 힘들다면, 또는 그 사례들이 균질적인지 아닌지 조차 아직 알려지지 않은 상황이라면 다음의 조건이 추가된다.

〈조건 3〉 사례가 다양할수록 좋다.
〈조건 4〉 사례가 많을수록 좋다.

각 사례들의 균질성이 보장되지 않는 경우, 사례들은 다양한 조건하에서 선택된 것들이야 하며, 기왕이면 많을수록 귀납적 일반화의 개연성을 높여준다. 이러한 조건을 만족시키지 못할 때 성급한 일반화의 오류나 편향된 통계의 오류를 범할 수 있으니 주의해야 한다.

[문제 3] 앞에서 제시된 〈귀납적 일반화 사례〉의 결론을 "따라서, 모든 은하계 행성은 타원형 궤도를 그리며 태양 주위를 돈다."로 고칠 경우 개연성 판단을 어떻게 할 수 있을지, 앞에서 제시된 네 가지 조건을 고려하여 답하시오.

(2) 인과논증

인과논증 =df 논증의 전제나 결론에 인과적 진술이 포함된 논증

'인과관계'는 두 사건들 사이에 존재한다고 가정되는 특수한 상관관계이다. 인과

관계를 표현하는 전형적인 문장은 "a가 b를 야기한다"이며, 그 의미는 다음과 같다.

"a가 b를 야기한다" =df a는 b에 시간적으로 앞서며, b에 공간적으로 연결되어 있으며, a(또는 a와 비슷한 것)가 발생할 때면 항상 b(또는 b와 비슷한 것)가 발생한다.

위의 정의에서 나타나 있듯이, ① 시간적 선후, ② 공간적 연접, ③ 법칙성은 인과관계의 근본적인 특징으로 간주된다. 인과관계를 파악하는 데 있어서 어려움이 바로 여기서 발생한다. 시간적 선후관계와 공간적 연접관계는 우리가 경험적으로 확인할 수 있는 조건이다. 물론 경우에 따라 그것도 현실적으로 파악하기 곤란할 수도 있겠지만 그것은 현실적인 문제이고, 원칙적으로 시공간적 관계는 경험의 대상이다. 하지만 법칙성은 사정이 다르다. 법칙이 자연 세계에 실재하느냐의 철학적인 문제와는 별개로 법칙은 우리가 오감을 통해 경험할 수 있는 대상이 아니기 때문이다. 그리고 실제로 많은 법칙들은 과거 사건의 귀납적 일반화로부터 도출된 귀납적 사실일 뿐이다. 알다시피 귀납적 일반화는 필연성을 보장해주지 못한다. 결국 인과관계는 필연성을 보증하지 못하며, 인과성에 근거한 과학적 법칙성은 필연성을 보증하지 못한다는 결론으로 나아간다.

게다가 우리가 '원인'이라는 개념을 자연적 사물뿐만 아니라 인간적 행동에도 사용할 때 문제는 더욱 복잡해진다. 친구가 왔기 '때문에' 수업에 결석한 철수의 행동이 지닌 인과성과 폭약의 특정한 질량 '때문에' 발생한 그 폭발의 파괴력이 가진 인과성은 차원이 다른 인과성이다. 전자의 경우 우리는 전형적인 인과성이라고 말할 수 없다. 철수의 행동은 단지 친구가 왔기 '때문에' 야기된 게 아니라 친구와 놀기

'위해서' 야기된 것으로 설명하는 게 더 그럴듯하기 때문이다. 그리고 이것은 원인은 결과에 앞선다는 인과관계의 제1조건을 위배하는 것이다.

인과관계에 관한 이러한 어려움은 과학이론가들이나 과학철학자들 사이에서 아직까지 논쟁 중이다. 하지만 그렇다고 해서 사건들 사이의 인과관계에 대한 탐구가 손을 놓고 처분을 기다리고 있는 것은 아니다. 다양한 현장에서 사용되는 인과관계의 분석 원칙에 대한 논의는 예전부터 활발히 이뤄지고 있다. 그 중에서도 인과관계 발견의 몇 가지 방법은 다음과 같으며, 이는 영국의 철학자 밀에 의해 체계화되었다.

① 일치법(Direct Method of Agreement)

탐구하려는 현상의 두 개 이상의 사례들 가운데 어느 한 가지만을 공통으로 지닌다는 일치점이 발견된다면 그 일치점을 탐구하려는 현상의 원인이거나 결과로 추리하는 방법. 또는 복수의 사례에서 공통된 결과가 나왔을 때, 그 사례들의 선행하는 조건에서 공통된 것을 찾음으로써 원인을 밝혀내는 방법.

② 차이법(Method of Difference)

연구하는 현상과 일치하는 경우가 다수일 때 그 중 어느 것이 원인인지 가려내기 어려운 경우에 사용하는 방법으로, 탐구하려는 현상이 들어 있는 사례와 이런 사례와 다른 점에서는 같으나 탐구하려는 현상이 들어 있지 않은 사례를 비교하여 그 차이점에 착안해 추리하는 방법. 특히 인위적으로 어떤 요소를 없애는 통제에 의해 인과관계를 알아내려는 실험에서 자주 사용된다.

③ 일치차이병용법(Joint Method of Agreement and Difference)

일치법을 통해 원인의 후보들을 추려내고, 그 후보들이 다수일 때 차이법을 통해 원인 사건을 적시해내는 방법.

④ **잉여법**(Method of Residue)

복수로 발생하는 다수의 사건들 사이에서 이미 인과관계가 밝혀진 것을 제외하고 남은 사건들 간의 인과관계를 추론하는 논증.

⑤ **공변법**(Method of Concomitant Variation)

두 사건 간의 변화의 상관관계를 통해 원인을 추리해내는 방법. 또는 달리 설명하면, 어떤 조건일 때 어떤 유형의 사건이 발생하는 빈도를 다른 조건일 때 그와 동일한 유형의 사건이 발생하는 빈도와 비교해서, 두 현상 간의 인과관계를 확인하는 방법.

밀의 인과관계 탐구 방법론은 실제로 흔하게 사용되고 있다. 다양한 실험실과 현장에서 조건을 달리함으로써 달라지는 결과의 차이에 주목하는 방식으로 활용되고 있으며, 일상생활 속에서도 자주 접한다. 특히 식중독이나 독극물에 의한 중독의 원인을 탐구할 때 자주 동원된다. 다음의 예시 사례를 통해 좀 더 구체적으로 살펴보자.

〈논증 1〉

어느 날 2박 3일 MT를 떠난 학과 친구들 사이에서 식중독 증상의 학생들이 나오기 시작했다. 명석한 영희는 다음과 같은 표를 그려서 식중독의 원인을 찾아냈다.

〈표 4.1〉 일치법의 사례

	식중독 여부	빵	밥	국	과일	음료
철수	○	×	○	○	○	○
경수	○	×	○	○	○	○
민수	○	×	○	○	×	○
희수	○	×	○	×	○	○

⇨ 이 경우 밥과 음료가 식중독 환자에게 일치하는 요인이므로 식중독의 원인은 그 둘 중에 있다고 추리하는 것이 합당하다. 영희는 일치법을 사용하여 원인을 추리하였다.

〈논증 2〉

반면 총명한 경희는 다음과 같은 표를 그려서 식중독의 원인을 찾아냈다.

〈표 4.2〉 차이법의 사례

	식중독 여부	빵	밥	국	과일	음료
철수	○	×	○	○	○	○
명수	×	○	○	×	○	×

⇨ 이 경우 식중독에 걸린 철수와 걸리지 않은 명수의 차이는 국과 음료에 있으므로 그 차이에서 식중독의 원인을 찾는 것은 합당하다. 경희는 차이법을 사용하여 원인을 추리하였다.

〈논증 3〉

다음날 영특한 명희는 영희와 경희의 표를 모아서 식중독의 원인을 찾아냈다.

〈표 4.3〉 일치차이병용법의 사례

	식중독 여부	빵	밥	국	과일	음료
철수	○	×	○	○	○	○
경수	○	×	○	○	○	○
민수	○	×	○	○	×	○
희수	○	×	○	×	○	○
명수	×	○	○	×	○	×
						일치+차이

⇨ 이 경우 일치법으로 내린 결론과 차이법으로 내린 결론의 미확정 원인을 좀 더 좁혀서 찾을 수 있다. 식중독을 일으킨 사람들의 일치하는 요소로서 밥과 음료 중에서 식중독을 일으키지 않은 사람과의 차이인 음료가 바로 이 사건의 원인이 되는 것이다. 명희는 일치차이병용법을 사용하여 원인을 추리하였다.

〈논증 4〉

반면 기발한 정희는 다음과 같은 표를 그려서 식중독의 원인을 찾아냈다.

〈표 4.4〉 잉여법의 사례

	빵	밥	국	과일	음료
살모넬라균 잔류 가능성	×	×	×	○	○

⇨ 식중독의 원인균이 살모넬라균으로 밝혀졌는데 살모넬라균은 섭씨 75℃ 이상에서 1분 이상 가열 조리된 음식의 경우 잔류하지 않는 것으로 알려져 있다. 정희는 잉여법을 사용하여 원인을 추리하였다.

〈논증 5〉

그런데 그날 밤 식중독 걸린 친구들의 체온이 높아지는 것을 관찰한 똑똑한 성희는 다음과 같은 표를 그려서 음료의 양과 체온의 상관관계를 밝혀내었다.

	식중독 여부	먹은 음료의 양(ml)	체온(℃)
철수	○	500	39
경수	○	300	38
민수	○	200	37.5
희수	○	100	37
명수	×	0	36.5*

*정상체온

⇨ 식중독의 증상인 체온의 변화와 먹은 음료의 양 사이에는 일정한 상관관계가 보인다. 음료의 양이 증가할수록 체온의 규칙적으로 증가하는 것으로 보아 체온 상승의 원인은 음료 양의 증가로 보는 것이 합당하며, 성희는 공변법을 통해 이러한 인과관계를 추리하였다.

[문제 4] 다음은 어떤 사건의 보도문이다. 사건의 원인을 찾는 연구를 진행한다면 어떤 과정을 거쳐야 할지 구상하시오.

"7월 11일 오후 1시쯤, 119 구급차에 신경마비와 호흡곤란 증세를 보인 근로자 6명이 병원으로 실려 왔습니다. 4명은 의식이 돌아왔지만 2명은 간질 증세와 발작 증세를 일으키며 아직 의식불명 상태입니다. 모두 같은 식당에서 점심으로 곰국을 먹었으며 반찬으로 나온 파전을 나눠 먹었습니다. 이에 앞서 어제 오후에도 몸의 산도가 갑자기 높아져 경련을 일으키는 이른바 대사성 산증 증세를 보인 근로자 5명이 병원으로 후송됐습니다. 어제와 오늘 발생한 11명의 환자 모두 이 인근의 식당에서 음식물을 먹고 쓰러진 것으로 추정하고 있습니다. 병원 측은 식중독 증세인 구토와 설사가 없는 반면 간질과 신경마비 증세를 보여 독극물에 중독된 것으로 추정하고 있습니다."

인과논증의 오류들

인과관계에 대한 논증은 주의해야 할 오류들이 많이 있다. 전형적인 인과관계는 시공간적으로 인접해 있으며, 시간적으로 원인은 결과에 앞선다. 그러나 현실적인 사건에서 시간적 선후를 분간하기 어려운 경우가 많으며, 그것들 간의 필연적 연결 관계를 경험적으로 확인하는 것은 더욱 어렵다.

〈오류 논증 1〉 선후인과의 오류—선후관계를 인과관계로 착각

"까마귀 날자 배 떨어진다."

"아침에 장례식 차를 보면 재수가 없다."

"세차만 하면 비가 온다."

⇨ 인접한 두 사건의 우연적 연속이 인과관계로 잘못 파악되는 사례

〈오류 논증 2〉 인과혼동의 오류—원인과 결과를 뒤집어서 생각하는 오류

"부자들은 모두 최고급 세단을 몰고 다니잖아. 그래서 이번에 나도 최고급 세단을 뽑았어. 이제 우리도 떵떵거리며 살 수 있을 거야."

⇨ 고급 세단은 부자의 원인이 아니라 결과이다.

〈오류 논증 3〉 공통원인 무시의 오류—하나의 공통원인이 야기한 두 사건을 인과관계로 파악하는 오류

"요즘 갈증이 자주 느껴져서 물을 많이 마시거든. 근데 요즘 들어 상처가 생기면 잘 낫지 않더라고. 아마 물을 많이 마셔서 그런 것 같아."

⇨ 갈증과 상처의 더딘 회복은 당뇨병의 전형적인 증상들이며, 그것들 간의 인과관계가 아닌 인슐린 분비의 부족에 의한 결과들이다.

(3) 유비논증

유비논증 = df 두 사물이 가진 유사하거나 동일한 성질을 통해 다른 성
질을 도출하는 논증

귀납적 일반화가 다수의 사례들을 통해서 하나의 일반적 법칙이나 새로운 사실
을 추리하는 데 반해, 유비추리는 하나(또는 소수의) 사례나 일반 원리에서 그것과
유사한 다른 종류의 사례나 일반 원리를 도출해내는 추리 형식이다.

cf〉 연역적 유비논증

유비추리는 흔히 귀납논증의 일종으로 분류하지만 수학적 비례식(3:4=9:x)과 같은 경
우 연역적인 유비논증으로 분류하기도 한다.

(가) 유비논증의 기본적인 형식들

〈형식 1〉

a와 b의 관계는 c와 d의 관계와 유사하다(동일하다).

a와 b는 R관계를 갖는다.

그러므로 c와 d도 R관계를 갖는다.

〈형식 2〉

X와 같은 형태의 대상들은 F, G, H 등의 성질을 가지고 있다.

Y와 같은 형태의 대상들은 F, G, H 등의 성질을 가지고 있다.

Y와 같은 형태의 대상들이 I 성질을 가지고 있음이 밝혀졌다.

그러므로 X와 같은 형태의 대상들도 I라는 성질을 갖는다.

(나) 유비논증의 평가

〈논증 1〉 "타조도 분명 똑똑할 거야! 왜냐구? 걔네들도 두 발로 걷잖아."

〈논증 2〉 "타조도 분명 알을 낳을 거야! 왜냐구? 걔네들도 날개가 있잖아."

유비논증을 평가하는 중요한 기준은 논증에서 사용된 유사성이 과연 본질적인 유사성이냐는 것이다. 그 유사성이 얼마나 본질적이냐에 따라 유비논증의 개연성이 달라질 수 있다. 예를 들어, 〈논증 1〉은 인간과 타조의 "두 발로 걸음"이라는 유사성을 토대로 "똑똑함"을 논증해냈지만 그 유사성이 똑똑함을 낳는 본질적인 유사성이 아니기에 개연성이 낮은 논증이다. 반면 그것과 비교하자면 〈논증 2〉에서 "날개를 가짐"이라는 유사성은 알을 낳음을 도출할 만한 그럴듯한 유사성이다. 하지만 이것도 상대적으로 나아졌을 뿐 필연성을 갖는 논증으로 만들어주지는 않는다.

이렇듯 본질적 유사성이라는 유비논증 평가의 기준이 있기는 하지만 그러한 유사성에 대한 판단은 탐구의 기준이라기보다는 탐구를 통해 도출해내야 할 결론에 가깝다. 그것이 본질적인 유사성인지 우연적 유사성인지 탐구를 시작하지 않고는 알 수 없는 경우가 대부분이기 때문이다. 따라서 유비논증의 평가에는 또 다른 기준이 필요한데, 주로 다음과 같은 두 가지 기준을 만족시킬 때 더 좋은 유비논증으로 평가된다.

① 두 사물이 지닌 공통점이 많을수록 좋다.
② 두 사물에 속하는 개체의 수가 많을수록 좋다.

비록 유비논증이 단 하나의 사례만으로 이뤄지는 경우가 많기는 하지만 비교하는 두 사물의 수나 공통점의 수는 많을수록 논증을 더욱 탄탄하게 만들어준다는 점에서 귀납적 일반화의 특징을 공유한다.

(다) 유비논증의 사례 : 러더퍼드의 원자모형

1808년 영국의 돌턴은 고대 그리스의 데모크리토스에 의해 가정되었던 '원자'를 현대적으로 부활시킨다. 그에 따르면, 그리고 데모크리토스에 따르면 원자는 더 이상 쪼갤 수 없는 가장 작은 알갱이여야 했다. 그러나 1896년에 프랑스의 베크렐이 원자에서 방사선이 나온다는 것을 발견하고, 퀴리 부부가 1898년에 방사선을 내는 또 다른 원소인 폴로늄과 라듐을 발견하자 원자가 쪼개지지 않는 가장 작은 알갱이라는 것은 더는 사실로 받아들일 수 없게 되었다. 더 이상 쪼개지지 않는 알갱이로부터 무엇이 나온다는 것은 있을 수 없는 일이기 때문이다. 이후 전자를 발견한 영국의 톰슨은 1903년 원자 속에 골고루 퍼져 있는 양성자 사이에 전자가 여기저기 박혀 있는 플럼 푸딩 모형을 제안했다. 그러나 톰슨의 원자 모형은 톰슨의 제자였던 러더퍼드에 의해 1911년에 새로운 원자 모형으로 대체되었다. 그는 α입자 산란 실험을 통해 양전하를 띤 원자핵 주위를 전자가 돌고 있는 원자 모형을 제시했다.
러더퍼드가 제안한 원자 모형은 태양계와 아주 비슷한 모양을 하고 있다. 태양계에서 질량의 대부분을 차지하고 있는 태양 주위를 여러 개의 행성들이 돌고 있는 것처럼 원자에서는 원자 질량의 대부분을 가지고 있는 원자핵 주위를 가벼운 전자들이 돌고 있다.

중력과 전기력은 모두 거리 제곱에 반비례하는 힘이다. 태양계와 원자의 구조가 비슷한 것은 두 체계를 구성하는 힘이 모두 거리 제곱에 반비례하기 때문이다. 그러나 태양계와 원자는 겉보기와 달리 근본적인 차이가 있다. 태양계에서 행성들이 달아나지 못하도록 붙들어두는 힘은 질량 사이에 작용하는 중력이다. 하지만 원자에서 전자들이 달아나지 못하도록 붙들어두는 힘은 전하 사이에 작용하는 전기력이다.

이처럼 중력과 전기력은 전혀 다른 면이 있다. 중력이 작용하는 행성들은 태양 주위를 돌아도 에너지를 잃지 않기 때문에 계속적으로 태양 주위를 돌 수 있다. 따라서 태양계는 항상 안정한 상태를 유지할 수 있다. 그러나 원자핵 주위를 돌고 있는 전자는 전하를 가지고 있기 때문에 원자핵 주위를 돌면 전자기파를 방출해야 한다. 전자기파를 방출하면 에너지를 잃게 되고 결국은 원자핵 속으로 끌려 들어가야 한다. 따라서 러더퍼드 원자 모형에 의한 원자는 오랫동안 안정한 상태로 존재할 수 없다. 원자핵 주위를 전자가 돌고 있는 러더퍼드의 원자 모형은 실제로 존재하면 안 되는 원자의 모형이었던 것이다. 러더퍼드의 문제는 이후 닐스 보어에 의해 해결된다.

(4) 최선의 설명으로서의 논증

(가) 논증의 구조와 특징

> 최선의 설명으로서의 논증=df 논증이 요구되는 현상에 대해 최선의 가설 (설명)을 제시함으로써 결론을 입증하는 (것으로 간주하는) 논증

하나의 현상에 대한 설명이 요구되는 경우는 그 현상에 대한 부분적인 정보가 결여된 경우이다. 하지만 그 현상 자체에 대한 의문이 드는 경우라면 보다 근본적인 질문을 하게 되는데, 그것이 요구하는 것은 논증이다. 예를 들어, 출근길에 접촉 사고가 나서 지각을 하게 된 회사원이 직장 상사에게 "사고가 나서 좀 늦겠어요."라고 말했는데 상사가 "왜?"라고 묻는다면 설명을 요구하는 것이지만 "진짜로?"라고 묻는다면 논증을 요구하는 것이다. 이처럼 설명을 요구하는 맥락과 논증을 요구하는 맥락은 분명 다르며, 각기 다른 대답을 해야 한다. "최선의 설명으로서의 논증"은 어찌 보면 태만한 논증이다. 논증이 요구되는 맥락에서 설명으로 대답하기 때문이다. 하지만 보다 완전한 논증이 완성되기 전까지 이 논증은 우리가 의존할 수 있는 최선의 설명이며, 그러기에 논증을 대신한다.

최선의 설명으로서의 논증에서 전제는 특정한 가설이 문제적 현상을 가장 잘 설명한다는 것을 보여주어야 한다. 따라서 제시된 가설이 단지 좋은 설명임을 보여주는 것에서 멈춰서는 안 되며, 다른 가설과의 비교 검토를 통해 제시된 가설이 최선임을 입증해야 한다. 그러기 위해선 다음의 세부 성질들 중 몇몇을 만족시켜야 한다.

① 진리 : 진리 조건은 모든 논증의 전제가 갖추어야 할 기본 조건이다. 다른 것과 비교하기에 앞서 절대적 조건은 그 설명이 참되다는 것이다. 진리가 아닌 설명은 망상이나 지어낸 이야기에 불과하며, 그것은 문제되는 현상에 대해 우리가 알고 싶어 하는 객관적인 사실 정보가 아니다.

② 예측성 : 설명뿐만 아니라 미래의 현상을 예측할 수 있는 가설이 더 좋은 가설이다.

③ 포괄성 : 더 많은 사례를 포괄한다면 더 좋은 가설이다.

④ 정합성 : 우리가 이미 진리로 받아들이고 있는 다른 믿음이나 지식에 잘 들어맞는다면 더 좋은 가설이다.

⑤ 단순성 : 경쟁하는 가설이 다수일 경우 단순한 가설이 더 좋은 가설이다.

(나) 예시 사례

〈데즈먼드 모리스의 『털 없는 원숭이』의 논증〉

〈전제 1〉 인간이 털 많은 원숭이로부터 진화하면서 털을 없애버리게 된 것은 사냥을 위해 오래 달릴 때 땀을 흘려 체온을 식히기 위해서이다.

〈전제 2〉 인간수생설이나 성적기원설 등의 가설들은 과학적으로 검증된 다른 이론들이나 자료들과 부합하지 않는다.

〈결 론〉 따라서 그 가설은 받아들일 수 있다.

〈재레드 다이아몬드의 『총, 균, 쇠』의 논증〉

〈전제 1〉 유럽과 아시아가 세계를 지배할 만한 문명으로 성장하게 된 궁극적인 원인
은 유라시아 대륙이 가진 특수성 때문이다. 즉, 유라시아 대륙에는 길들여
질 수 있는 동식물 후보가 많았으며, 동서로 생긴 대륙의 모양이 그것들의
이동을 가능케 해주었는데, 이로 인해 도시가 발달하여 인구가 밀집하며
문명의 씨앗을 잉태하기 시작했기 때문이다.

〈전제 2〉 이러한 설명은 생물학과 지리적 상식을 토대로 한 객관적 사실에 근거해
있으며, 여타의 가설들(인종주의적 설명 등)보다 객관성을 갖는 최선의 설
명이다.

〈결 론〉 따라서 그 가설은 받아들일 수 있다.

05

가설-연역법과
과학기술 글쓰기의 구조

과학기술 연구 활동을 논리적인 관점에서 보면 그 핵심에는 다양한 논증들이 자리잡고 있다. 흔히 과학기술 연구에서 실험과 관찰의 내용은 귀납적 논증의 전제로서 역할을 하며 하나의 결론을 지지해준다. 이러한 논증적 구조를 과학기술 연구 방법론의 미시적인 과정이라고 본다면, 좀 더 거시적인 관점에서 과학기술 연구 활동을 바라볼 수 있다. 그것은 바로 "가설-연역법"이라 불리는 과학기술 연구 방법론으로서 연구의 과정뿐만 아니라 글쓰기 과정을 안내하는 주요 지침을 제공해준다.

가설-연역법이란 과학적인 가설의 참, 거짓을 시험하는 한 방법을 일컫는다. 즉 어떤 과학적 가설이 참인지 아닌지를 알기 위해 우선 그것으로부터 연역적으로 도출되는 하나의 단칭 진술[1]을 구성한다. 그리고 그것이 관찰이나 실험에 의해 참이라고 밝혀지면 그 가설은 검증되고, 그렇지 않으면 그 가설은 검증되지 않는다. 여기서 '가설-연역

---

1. 단칭 진술이란 하나의 대상에 대한 진술을 말한다. 예를 들어, "이 사람은 키가 크다"와 같은 진술은 단 하나의 대상에 관한 진술로서 "모든 사람은 죽는다"는 형태의 전칭 진술이나 "어떤 사람은 남자이다"와 같은 특칭 진술과 구별된다.

적'이라 함은 가설에서 하나의 진술을 도출해내는 과정이 연역적이라는 뜻이다.

가설-연역적 방법은 칼 포퍼(Karl R. Popper, 1902년~1994년)에 의해 현대 자연과학의 방법으로서 널리 알려진 것이다. 그는 자연과학의 방법론을 귀납법에서 찾는 기존의 입장과 대비시켜 현대 자연과학의 방법을 '가설-연역법(hypothesis-deductive method)'이라고 부른다. 포퍼에 따르면, 현대 자연과학의 핵심은 관찰이나 실험을 통해 확보된 개별 현상에 대한 진술들로부터 이론이나 모델로 표현되는 일반 진술을 추론하는 데 있는 것이 아니라, 대담한 추측을 통해 이론이나 모델을 먼저 제안하고 이로부터 경험적으로 확인 가능한 진술들을 논리적으로 연역한 후 이를 관찰이나 실험을 통해 재차 시험함으로써 제안된 이론이나 모델을 수용하거나 폐기하는 데 있다. 즉 포퍼는 개별 관찰이나 실험으로부터 귀납을 통해 일반 진술에 이르는 '귀납적 일반화'가 아니라, 가설로부터 개별 진술을 도출하고 이를 관찰이나 실험을 통해 시험함으로써 잘못된 가설을 연역적으로 부정하는 것을 현대 자연과학의 본령이라고 주장하며, 현대 자연과학의 이러한 연구 절차를 일컬어 '가설-연역법'이라고 명명했던 것이다.

포퍼에 의해 제안된 가설-연역법은 그 이전의 지배적인 과학관이었던 귀납적 과학관의 문제점들을 수정 보완하며 전개된다. 따라서 귀납적 과학관과의 비교를 통해 이해하는 것이 좋을 것이다. 포퍼가 제시한 과학에 대한 새로운 관점은 "과학은 관찰과 함께 시작한다."는 오랜 믿음을 흔들어 놓았다. 순수한 관찰을 통해 자료들을 모으고 그것들을 귀납적으로 일반화하여 하나의 법칙을 만들어가는 과정은 귀납적 개연성만을 가져다줄 뿐 과학이 추구하는 확실성이나 필연성과는 거리가 멀다는 것이었다. 과학은 관찰이 아니라 문제(기존의 이론이 설명하지 못하는 현상의 등장)에서 출발하며, 그 문제를 해결하기 위한 창의적이고도 과감한 가설을 통해 문제를 해결해 나가는 도전적 과정으로 이해하였다.

1. 가설의 검증과 반증

1.1 가설

> **가설 =df 하나의 현상을 설명하는 명제**

가설은 하나의 물음에 대한 대답으로 주어진다. 흔히 해결해야 할 문제가 주어질 때 그 문제에 대한 대답으로서 하나의 추측을 내놓는데, 그것들을 우리는 가정이라고 한다. 그리고 다양한 가정들 중에서 좀 더 그럴듯한 근거가 있는 가정을 가설(hypothesis)이라고 한다.

가설은 아직 진리가 밝혀지지 않았고, 거짓으로 드러나지도 않은 합리적 설명이며, 과학적 작업을 안내하는 역할을 한다. 그리고 그것이 합리적이고 과학적인 영역에 포함되기 위해서는 검증 가능한 형태로 주어져야 한다. 과학적 영역에서 하나의 가설이 정당화 과정을 통과하는 경우 지식이 되고 이론이 된다.

가설의 형태는 문제의 구조에 따른다. 만일 가설을 요구하는 하나의 문제 상황이 단칭적이고 비반복적인 구체적 사건이라면 그것에 대한 가설도 단칭적인 형태로 주어질 것이다. 예를 들어,

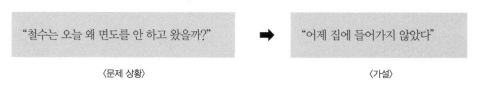

"철수는 오늘 왜 면도를 안 하고 왔을까?" ➡ "어제 집에 들어가지 않았다"

〈문제 상황〉 〈가설〉

반면, 가설을 요구하는 하나의 문제 상황이 일반적이거나 규칙적으로 반복되는 사건이라면 그것에 대한 가설도 일반 법칙문 형태로 주어진다. 예를 들어,

"왜 고위도 국가들에 선진국이 많을까?"	→	"추운 겨울의 존재는 경제 발전의 필수 조건이다."
〈문제 상황〉		〈가설〉

일반문이나 법칙문의 형태를 띠는 가설들은 과학적 활동의 핵심을 차지하는 부분이다. 그리고 이러한 법칙문을 통해 그 가설에 포함되어 있는 개별적인 사례에 대한 진술을 연역적으로 도출해 낼 수 있고, 그러한 단칭진술을 검증하거나 반증하는 과정이 전형적인 과학적 활동의 방식이다.

1.2 검증과 반증

일반적으로, 검증(verification)은 "하나의 진술이 참임을 입증하는 것"을 의미하며, 반증(falsification)은 "하나의 진술이 거짓임을 입증하는 것"을 의미한다. 그런데 가설에 대해서 검증과 반증을 말할 때 주의해야 할 것이 있다. 가설의 검증은 하나의 가설이 참임을 입증하는 것을 의미한다. 그런데 가설은 흔히 "모든 S는 P이다"와 같은 일반문 형태를 띠는데, 그 S가 열린 집합인 경우가 대부분이다. 그럴 경우 가설을 완벽히 검증한다는 것은 논리적으로 불가능하며 다만 잠정적으로만 검증할 수 있을 뿐이다. 반면 가설의 반증은 하나의 가설이 거짓임을 입증하는 것을 의미하는데, "모든 S는 P이다"와 같은 형태를 띠고 있는 가설이 거짓임을 입증하는 것은 단 하나의 S라도 P가 아닌 경우를 보여주면 된다. 즉 가설의 반증은 단 하나의 단칭진술로도 가능하다. 예를 들어, "모든 까마귀는 검다"는 가설에 대해 오늘 아침 발견한 까만 까마귀는 그 가설을 검증하는 하나의 사례가 되지만 잠정적인 검증일 뿐이다. 반면, 그 가설에 대해 언젠가 까맣지 않은 까마귀가 발견된다면 그 사실은 그 가설에 대한 반증 사례가 된다. 즉 가설에 관한 검증과 반증은 그 논리적 지위가 확연히 다르다는 것이다.

2. 가설-연역법의 절차와 구조

포퍼의 가설–연역법에 따른 과학기술의 연구 절차를 정리하면 다음 그림과 같은 두 가지 유형의 구조를 지닌다.

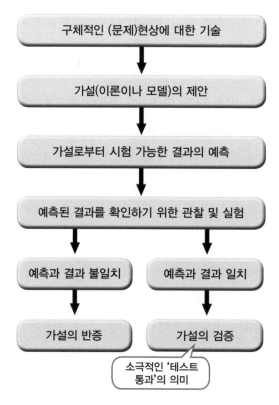

〈그림 5.1〉 가설–연역법의 절차와 구조

이를 각 단계별로 자세히 살펴보면 다음과 같다.

① 구체적 현상에 대한 기술

모든 연구는 어떤 구체적 현상이 우리의 관심의 대상이 되는 것에서부터 시작한다. 어떤 현상이 우리의 주목을 끌게 되는 이유는 실제로 매우 다양하다. 어떤 현상이 기존의 이론이나 모델로 설명이 되지 않기 때문일 수도 있고, 어떤 현상이 우리를 불편하게 만들기 때문일 수도 있으며, 어떤 현상에 대한 지식이 물질적 혹은 비물질적 이익을 우리에게 가져다줄 것이라는 기대감 때문일 수도 있다. 어떤 경우이든 여기에서 중요한 것은 현상에 대한 우리의 관심은 기본적으로 지적인 호기심, 즉 과학기술적 호기심과 연관된 것이라는 점이다.

② 가설(이론이나 모델)의 제안

가설-연역법의 핵심은 문제시된 현상을 설명할 수 있는 가설을 추측을 통해 과감하게 제안하는 것이다. 그러나 가설을 제안하는 이 단계에는 아직 어떠한 확정적 방법도 존재하지 않는다. 물론 실제로 과학기술의 각 분야에 따라 어느 정도 일정하게 통용되는 가설 제안의 방법들이 있다. 그렇지만 그것들은 사실의 문제일 뿐 반드시 그렇게 하지 않으면 안 되는 규범이 아니다. 다시 말해 현장의 과학기술자 사이에 모종의 방법이 통용되기는 하지만 그것이 정당화된 가설 제안의 방법이라고 볼 수는 없는 것이다. 따라서 과학기술 분야의 정당화된 가설 제안의 방법은 존재하지 않는다. 오히려 이 단계에서 정당하게 말할 수 있는 것은 문제시된 현상을 설명할 창의적 가설을 제안하는 모험이야말로 과학적으로 혹은 공학적으로 진정한 가치를 지닌다는 점이다.

③ 가설로부터 시험 가능한 결과의 예측

일단 가설이 제안되면 가설을 시험할 수 있는 구체적 내용이 마련되어야 한다. 가설 자체는 경험을 통해 직접 확인이 불가능한 주장이므로 가설-연역적 방법의 성패는 어떻게 비경험적 가설을 경험적으로 확인 가능한 진술로 연결시키느냐에 따라 결정될 것이다. 그래서 이 지점에서 하나의 가설이 과학기술의 가설이 되느냐 안 되느냐가 판가름 난다. 포퍼는 이를 '반증가능성'으로 설명한다. 즉 하나의 가설이 과학적 혹은 공학적으로 유의미한 가설이 되려면 그 가설이 경험에 의해 반증 가능해야 한다. 즉 그 가설을 반증할 수 있는 경험적 진술이 반드시 존재해야 한다. 예를 들면, "내일 여기에 비가 오거나 오지 않을 것이다"는 반박할 수 있는 경험적 진술이 아니다. 반면에 "내일 여기에 비가 올 것이다"는 반박할 수 있는 경험적 진술이므로 과학기술적으로 유의미한 진술이다.

[문제 1] **다음 진술들을 반증가능성이 있는 진술과 없는 진술로 구분하고 그 이유를 설명하시오.**

① 지난 수요일 런던에 눈이 왔다.

② 모험적인 투기에서 행운이 온다.

③ 모든 물체는 열을 받으면 팽창한다.

④ 지난 수요일에 눈이 오거나 오지 않았다.

⑤ 유클리드 기하학에서 원주상의 모든 점은 중심에서 등거리에 있다.

⑥ 빛이 평면거울에서 반사될 때, 입사각의 크기와 반사각의 크기는 동일하다.

④ 예측된 결과를 확인하는 관찰 및 실험

　가설–연역법에서는 가설 자체를 확인하는 것이 아니라 가설로부터 연역적으로 추리 혹은 계산된 경험적 진술을 확인한다. 과학기술에서는 이러한 경험적 진술을 확인하기 위해 다양한 관찰 및 실험의 절차들을 마련한다. 다만 이때 현재 수준의 기술적 한계로 관찰 및 실험을 할 수 없다는 것과 원리적으로 관찰 및 실험을 할 수 없다는 것은 분명히 구분되어야 한다. 전자는 포퍼가 말한 반증가능성에 부합하는 것이지만, 후자는 포퍼의 반증가능성에 부합하지 않는 사이비 과학 혹은 사이비 공학의 영역인 것이다.

⑤ 예측된 결과와 관찰 및 실험의 불일치/일치

　포퍼가 '검증가능성'이 아니라 반증 가능한 것을 과학(혹은 공학)과 사이비 과학 (혹은 공학)의 구별 기준으로 삼는 이유는, 경험적으로 확인되는 단칭진술(singular statement)로부터 경험적으로 확인되지 않는 보편진술(universal statement)을 도출하는 것이 검증을 통해서는 정당화될 수 없지만, 반증을 통해서는 정당화될 수 있기 때문이다. 이를 논리적으로 검토해 보면, 검증의 논리적 형식은 "P→Q, Q, 따라서 P"이고 이는 후건 긍정의 오류를 범하는 부당한 논증이지만, 반증의 논리적 형식은 "P→Q, ~Q, 따라서 ~P"이고 이는 후건 부정식(modus tollens)으로 타당한 연역 논증이다.

⑥ 가설의 반증/검증

　포퍼에 따르면 모든 가설은 연구가 종결되어도 잠정적으로만 참일 뿐이다. 왜냐하면 연구 결과에 따라 가설이 반증되지 않는다 하더라도 그 가설이 참이라는 결론은 절대 나오지 않기 때문이다. 따라서 포퍼의 반증주의를 엄격하게 적용하면 현대 자연과학의 모든 이론들이나 과학적 모델들은 반증의 위험 속에 하루하루를 위태롭게 버티고 있는 가설에 불과하다. 아무리 잘 확립된 이론이나 모델이라고 할지라도 이러한 도전으로부터 벗어날 수는 없다. 또 그것을 벗어나는 수단을 강구하는 순간 그것은 더 이상 자연과학의 이론이나 모델이 아니다. 따라서 포퍼는 경험의 결정적 역할은 이론이나 모델을 확증하여 참으로 만드는 데 있는 것이 아니라, 이것들을 퇴출시키고 거짓으로 만듦으로써 우리가 점진적으로 진리에 근접할 수 있도록 유도하는 데 있다고 주장한다.

이처럼 가설이 반증 가능할 때 그것은 과학기술의 가설이 될 수 있지만 결코 정당화된 진리가 될 수 있는 것은 아니다. 그러나 하나의 이론이나 모델이 성립하려면 그것은 반증 가능하지만 실제로는 반증되어서는 안 된다. 즉 반증은 가능적으로 반드시 존재해야 하지만 현실적으로 존재해선 안 되는 것이다. 관찰이나 실험에 의해 그 가설이 실제로 반증되면 그 가설 또는 그와 관련한 진술들은 어떤 식으로든 수정되거나 폐기되지 않으면 안 되기 때문이다. 따라서 우리는 논리적으로 정당화될 수 없다 할지라도 적어도 반증되지 않고 관찰 및 실험에 의해 검증될 때 우리는 그 가설이 예전보다 강화되었다고 말할 수 있다. 이런 점에서 우리는 포퍼의 가설- 연역법을 논리적 정당화의 관점에서뿐만 아니라 새로운 지식의 발견과 발명이라는 관점에서 좋은 귀납을 포함하는 방법으로 이해하는 것이 더욱 유용할 것이다.

3. 가설-연역법의 적용 사례들

가설을 세우고, 그 가설에 포함된 예측들을 도출한 후 구체적이고 개별적인 실험 관찰을 통해 검증하거나 반증되는 과정은 과학사에서 무수히 반복된다. 그 중 인상적인 사례 두 가지를 가설-연역법의 절차에 따라 재구성하면 다음과 같다.

① 10번째 행성 '벌컨'의 존재에 관한 가설

1781년에 윌리엄 허셜이 천왕성을 발견한 이후 1846년까지 그 궤도가 계산되어 왔으나, 천문학자들은 천왕성의 궤도에서 만유인력의 법칙만으로는 설명할 수 없는 불규칙성을 발견한다. 이것을 통해 뉴턴의 중력 법칙이 틀렸음을 주장할 수도 있겠지만, U. J. J. 르베리에는 천왕성의 궤도를 어지럽히는 또 다른 천체의 존재를 가정한다. 그리고 수학적 계산을 통해 새로운 행성의 위치를 예측하여 1846년 베를린 천문대의 J. G. 갈레에게 보내주었으며, 갈레는 단 하루 만에 여덟 번째 새로운 행성을 찾아내게 된다. 해왕성은 이렇게 수학적 계산을 통해 발견되었다. 해왕성 발견에 고무된 과학자들은 해왕성의 궤도 계산을 통해 똑같은 방식으로 명왕성의 존재를 유도해내고, 결국 1930년 미국의 천문학자 C. 톰보에 의해 발견된다.

해왕성과 명왕성의 발견은 이론이 과학적 발견을 유도해내는 전형적인 성공 사례로 자주 인용되는데, 똑같은 시도가 수성의 궤도를 설명하기 위해 동원되었다. 수성의 궤도는 다른 행성에 비해 이심률이 매우 크기 때문에 근일점을 측정하는 것이 상대적으로 쉬웠다. 그런데 측정 결과 수성의 근일점이 백년에 574"만큼 이동하는 것이 밝혀진다. 그 중 대부분인 약 530"는 뉴턴의 이론을 통해 설명되었지만 나머지 43"는 뉴턴의 이론으로 설명할 수 없었다. 해왕성을 발견한 르베리에는 이 현상을 설명하기 위해 수성 궤도 안쪽에 또 다른 행성이 있을 것이라고 예측하고 '벌컨'(Vulcan)이라고 이름까지 지어 주었다. 그리고 많은 천문학자들이 수십 년간 찾아 헤맸지만 허사였다. 결국 아인슈타인의 이론이 나오면서 가상의 벌컨은 존재하지 않음이 밝혀진다. 아인슈타인의 일반상대성이론에 따르면 수성 궤도의 이동이 설명되지만, 뉴턴 역학에서는 그런 일은 일어날 수 없었기 때문이다.

벌컨의 존재에 관한 이론이 나타나고 폐기될 때까지의 과정을 가설-연역법의 절차에 따라 재구성하면 다음과 같다.

〈1단계(구체적 현상으로부터의 문제 인식)〉

뉴턴의 만유인력의 법칙은 행성의 궤도를 정확히 계산할 수 있게 해준다. 그런데 수성의 궤도를 조사해보니 근일점이 이동하는 현상이 발견되었다. 그것은 뉴턴의 역학으로 예측한 것과는 다른 결과였다. 뉴턴 역학의 절대적 진리성을 의심하지 않던 당시 이 현상은 반드시 해결해야 할 문제였다.

〈2단계(가설의 제안)〉

이 문제에 대한 대답으로써 몇몇 과학자들은 수성 궤도의 주변에 수성 궤도를 교란하는 새로운 천체(행성)가 존재한다는 가설을 제안한다.

〈3단계(결과의 예측)〉

이 가설에 따르면 수성의 중력이 미치는 범위 안에 새로운 천체가 존재해야 한다. 그런데 오랜 관찰을 통해 수성과 금성 사이의 궤도에 다른 행성이 존재하지 않는다는 사실이 밝혀졌다. 반면 수성 안쪽 궤도는 아직까지 특별한 탐사가 이뤄지지 않았으므로 만일 존재한다면 그 안에 존재할 것이다. 하지만 수성 안쪽 궤도는 태양과 너무 가까워서 망원경을 통한 발견이 거의 불가능하므로 특별한 경우, 즉 일식과 같은 경우에만 관찰할 수 있을 것이다.

〈4단계(관찰 및 실험의 자료)〉

태양 근처에 있을 것으로 추정되는 새로운 행성 '벌컨'을 찾기 위해 개기 일식이 있는 동안 관측도 해보고 당시의 다양한 첨단 관측 장비들을 통해 찾아보았지만 결국 벌컨은 발견되지 않았다.

⟨5단계(예측과 자료의 불일치)⟩

가설의 예측과 관찰의 결과는 분명히 일치하지 않는다. 수성 주변 어디에서도 새로운 천체는 발견되지 않았다.

⟨6단계(반증)⟩

비록 벌컨을 찾는 데 실패했지만 그 사실만으로는 벌컨이 존재하지 않는다는 가설이 확실히 반증되는 것은 아니다. 아직 우리의 기술이 그것을 찾는 데 부족할 수도 있기 때문이다. 하지만 이후에 발표된 아인슈타인의 일반상대성이론은 수성 궤도의 불규칙성의 원인을 정확히 설명해준다. 아인슈타인의 이론이 뉴턴의 이론보다 더 일반적인 이론으로 받아들여지므로 현재 벌컨의 존재에 관한 가설은 반증되었다고 말할 수 있다.

② KT사건(백악기 말 대멸종 사건)에 관한 소행성 충돌 가설

현대 인류가 유발한 환경오염에 의해 수많은 생물 종들이 멸종하거나 멸종 위험에 빠져 있다고들 말하지만 생물의 역사를 돌이켜보면 진화의 역사는 곧 멸종의 역사라고 할 만큼 멸종은 진화적으로 자연스러운 현상이다. 하지만 수많은 종이 한꺼번에 사라진다면 좀 다른 이야기가 된다. 지질학적 증거에 따르면 생물의 역사 속에서 다섯 번의 대량 멸종 사건들이 있었다. 그 대멸종 사건들은 전 지구적으로 다수의 종에 걸쳐 일어났으며, 가장 규모가 컸던 약 2억 5,000만 년 전 페름기(Permian Period) 대멸종 사건 때에는 바다에 살던 생물 종의 96%와 육지에 살던 생물종의 70%가 사라져 지구 역사상 최악의 참사가 일어났다. 그런데 일반적으로 대중의 관심을 끄는 대멸종 사건은 가장 최근에 있었던 마지막 대량 멸종인 다섯 번째 대멸종 사건이다. 6,500만 년 전 있었던 그 사건으로 지구상의 생물종 75%가 멸종했으며, 1억 6천만 년 동안 지구를 지배하던 공룡이 돌연 사라져버렸다.

공룡의 멸종은 다양한 분야의 과학자들에게 흥미를 유발했는데, 생물학자나 고생물학자들뿐만 아니라 지질학, 의학, 물리학, 화학, 기상학, 해양학, 우주물리학 등실로 다양한 학문 분야의 전문가들이 공룡의 멸종을 설명하는 가설을 제시하였다. 공룡의 멸종을 설명하는 가설 몇 개만 살펴보아도 그 다양성을 짐작할 수 있다. 척추디스크에 의한 멸종 가설, 뇌하수체 항진증에 의한 멸종 가설, 성기능 감소에 의한 멸종 가설, 비관적 세계관에 의한 멸종 가설, 꽃가루 알레르기에 의한 멸종 가설, 변비에 의한 멸종 가설 같은 낯선 이론부터 포유류의 침략, 기후의 변화, 해수면의 변화, 대기 조성의 변화, 갑작스런 화산 활동의 증가, 외계에서 유입된 유해인자의 갑작스런 증가 등, 다양한 멸종 원인에 대한 가설들이 경쟁적으로 제시되었다. 하지만 이렇듯 제시된 가설의 다양성에 반비례하여 대멸종에 대한 논의는 비전문적인 논의의 장이 되어버리는 것 같았다. 마이클 J. 밴턴의 말마따나 "그냥 '공룡 멸종'만 언급해도 과학자들은 안도의 한숨을 내쉬며 정상적인 과학적 가설 검증의 부담을 덜어버려도 된다"고 느끼는 듯[2]했다.

마이클 J. 밴턴은 공룡의 멸종을 가져온 KT사건의 이론 후보들이 지닌 문제점을 논변의 형태 측면에서 지적한다. 대멸종을 설명하기 위해 다양한 가설들이 등장하는데, 그들의 변론은 전형적으로 "자기변론"의 형태라는 것이다.[3] 예를 들어, "만일 백악기 자외선 복사가 증가했다면…", "만일 먹이를 두고 애벌레들과 초식공룡들이 경쟁했다면…", "만일 기후가 점점 더워졌다면…"과 같은 형태를 띤다는 것이다. 이러한 형태의 논변은 전형적으로 자신의 주장에만 관심을 갖고 입증의 책임을 망각하는 경향을 띤다. 특히 경쟁적 가설이 난무하는 상황에서는 더욱 이런 변론의 형태는 별 실효가 없다. 좀 더 적극적인 태도를 갖는다면 "내 주장과 부합한다"는 사실을 보여주는 것에 만족하지 않고 "내 주장을 부정할 수 없다"는 사실을 보여주어

---

2. 마이클 J. 밴턴, 『대멸종』, 류운 역, 도서출판 뿌리와이파리, 2007, 129쪽
3. 같은 책, 130쪽

야 한다. 그리고 그것을 해낸 사람들이 있다.

1968년 아원자 입자들을 확인한 공로로 노벨물리학상을 받은 루이스 앨버레즈는 지질학 교수인 아들 월터 앨버레즈, 그리고 그의 동료인 핵화학자 프랭크 아사로, 헬렌 미첼과 함께 지구에 충돌한 지름 10km의 거대한 소행성 때문에 공룡이 멸종했다는 제안을 담은 논문을 1980년 사이언스지에 발표한다. 그 논문은 20세기 지구과학 분야의 최고 논문 중 하나로 평가받는데, 그 이유는 공룡의 멸종을 잘 설명해 주기 때문이 아니라 제안된 가설이 무척이나 대담했으며 언제라도 논박될 수 있는 것이었기 때문이었다. 물론 논박되지 않았다.

중생대의 마지막 시기인 백악기(K)와 신생대의 첫 시기인 제3기(T) 사이에 "K/T경계층"이라 불리는 점토층이 있다. 그 지층의 아래에는 공룡의 화석이 발견되지만 그 위에서는 전혀 발견되지 않는다. 도대체 그 사이에서 무슨 일이 벌어진 것일까? 앨버레즈는 처음에 지층의 퇴적 시간을 정확히 읽어내는 방법을 찾고 있었다. 통상 지층의 두께는 퇴적 시간과 비례하지 않는다. 얇은 지층이라 해도 수백 년에 걸쳐 서서히 퇴적된 것일 수도 있고, 두께가 수십 미터가 넘는 지층이 몇 시간이나 며칠간의 격변에 의해 형성될 수도 있기 때문이다. 앨버레즈와 동료들은 그 문제를 이리듐을 통해 해결하고자 했다. 이리듐은 아주 무거운 금속으로 지구 생성 당시에 핵 속으로 가라앉아서 지구 표면에는 거의 남아 있지 않다. 그럼에도 불구하고 미세하게나마 검출되는 이리듐은 주로 우주 먼지나 운석 등을 통해 서서히 지구 표면에 쌓인 것들이다. 그들은 일정 기간 동안 이리듐이 지구 표면에 내려앉는 양을 계산함으로써 지층의 퇴적 기간을 측정하고자 했다. 그리하여 이리듐 분포 값이 높으면 오랜 시간 퇴적된 층이고 낮으면 빠르게 퇴적된 층으로 간주할 수 있었다. 조사 결과 평균 이리듐 농도는 0.3ppb로 나왔다. 그런데 KT경계층에서 특이한 현상이 발견되었다. 평균보다 무려 30배나 많은 이리듐이 검출된 것이다. 원래 이 경우 앨버레즈는 KT경계층의 퇴적 기간이 다른 층보다 30배 오래 걸렸다고 결론을 내려야 했지만 반대의 결론을 선택한다. 외계에서 30배나 많은 이리듐이 내려왔다는 것이다.

앨버레즈와 동료들은 이리듐의 농도를 기준에 두고 역산하는 방법을 통해 6,500백만 년 전 지름이 10킬로미터인 소행성이 지구와 충돌했으며, 그 충돌의 여파로 지름 100킬로미터의 구덩이가 파이고, 소행성과 지각의 파편들이 대기를 떠돌며 지구 생태계를 교란시켜 대멸종이 일어났다고 결론 내린다. 이후 세계 각지의 지층에서 연구팀의 가설을 지지해주는 결과들이 속속 발견되었으며, 1990년에 앨버레즈의 이론에서 가정된 소행성 충돌구가 멕시코 유카탄반도의 치크술럽에서 발견되며 이제는 정설로 받아들여지고 있다.[4]

KT사건에 관한 앨버레즈의 소행성 충돌 가설이 제안되고 검증될 때까지의 과정을 가설-연역의 절차에 따라 재구성하면 다음과 같다.

〈1단계(구체적 현상으로부터의 문제 인식)〉

2억 3천만 년 전인 중생대 트라이아스기 후기에 나타나 전 지구에서 번성하던 공룡이 6,500만 년 전인 백악기 말 돌연 사라져버렸다. 공룡의 멸종 원인을 설명하는 다양한 가설들이 있지만 신뢰할 수 있을 만큼 검증된 과학적 가설이 없다.

〈2단계(가설의 제안)〉

앨버레즈는 '점진적인 멸종'을 주장하던 학계의 주류 입장에 반대하여 소행성의 충돌로 인한 기후 변화와 그로 인한 생태계의 교란에 의해 공룡이 멸종했다는 가설을 제안한다.

---

4. KT사건에 관한 앨버레즈의 연구 내용은 앞의 책 5장을 참조하였다.

〈3단계(결과의 예측)〉

만일 가설이 맞다면 전 세계 공룡을 멸종시킬 만한 크기의 소행성 충돌 흔적이 남아 있어야 한다.

〈4단계(관찰 및 실험의 자료)〉

이탈리아 북부의 화석층을 조사한 결과 30배나 높은 이리듐 농도가 관측되었으며, 덴마크의 지층에서도 비슷한 결과가 나왔다. 이러한 결과를 통해 거꾸로 계산해보면 6,500만 년 전 지름 10킬로미터 크기의 소행성이 지구에 떨어졌으며, 그 영향으로 태양광이 차단되고 그 영향으로 식물이 말라 죽으며 차례로 생태계에 피해를 입히게 되었을 것이다. 실제로 최근의 거대한 화산 활동의 영향을 조사한 후 소행성 충돌의 상황에 맞게 재구성해보면 이러한 사실을 뒷받침 해주고 있으며, 1990년에는 멕시코의 유카탄반도의 치크술럽에서 KT사건을 야기한 소행성 충돌구가 발견되었다.

〈5단계(예측과 자료의 일치)〉

앨버레즈의 가설은 KT경계층의 특징을 정확히 설명해주며, 그것에 의한 기후 변화의 가능성을 화산 모델을 통해 설명해주고 있다. 따라서 예측과 관측 자료들은 잘 일치하고 있다.

〈6단계(검증)〉

다른 경쟁적인 가설들의 설명적 한계에 비해 앨버레즈의 가설은 확실히 설득력을 가지고 있으며, 새로운 문제와 예측을 효과적으로 드러내줌으로써 이론의 발견적 역할까지 훌륭히 수행해내고 있다. 따라서 앨버레즈의 가설은 검증된다고 볼 수 있다.

과학사에 등장했던 벌컨 가설과 KT경계층에 대한 가설은 각기 가설이 반증되고 검증된 예시 사례들이다. 그런데 검증과 반증이 항상 분명하게 이뤄지는 것은 아니다. 반증이 되었다고 판단하는 경우라도 오류 가능성은 항상 염두에 두어야 한다. 반증의 토대를 이루는 관찰이 부정확하거나 자료 처리에 있어서의 오류 등은 과학기술 활동에서 언제라도 있을 수 있기 때문이다. 또한 가설이 검증되었다고 판단하는 경우도 마찬가지이다. 본디 검증이란 최종적일 수 없기에 항상 다른 경쟁적 가설의 가능성을 준비해야 하며, 언제라도 보다 나은 가설을 맞이할 준비가 되어 있어야 한다.

4. 가설연역법과 IMRAD

일반적으로 글에는 관습적 형식이 있다. 소설 같은 산문에서는 '발단-전개-위기-절정-결말'의 이야기 구조를 통해 독자로 하여금 팽팽한 긴장감을 유지하도록 만들고, 시와 같은 운문은 일정한 운율을 통해 시적 아름다움을 전달한다. 이러한 형식은 비단 문학적 글에만 국한된 것이 아니어서 일반적인 학술적 논문은 서론-본론-결론이라는 전형적인 형식을 갖는다. 과학기술문은 대표적인 학술적 글이지만 인문학이나 사회과학 글쓰기와 구분되는 독특한 형식을 가지고 있다. 그러한 독특한 형식은 "IMRAD"라 부르는데, 이러한 글쓰기 형식은 과학기술 연구 활동의 경험과학적 특징이 서론-본론-결론의 글쓰기 구조와 결합하여 탄생한 것이다.

코페르니쿠스로부터 뉴턴에 이르는 과학혁명의 시기를 지나며 자연과학은 하나의 거대 분과 학문의 위상을 정립해왔다. 이제 관찰과 실험이라는 자연과학의 특징적 방법은 막강한 정보 산출력과 함께 진리로 안내하는 가장 강력한 무기가 되었다. 그런데 글쓰기의 관점에서 보자면 아주 최근까지도 자연과학은 여전히 인문학적 글쓰기에 머물고 있었다. 150여 년밖에 되지 않은 최근의 글인 다윈의 『종의 기원(1859)』만 봐도 현대의 과학기술문의 전형적인 형식은 찾아볼 수 없다. 하지만 같은 시대를 살았던 루이 파스퇴르(Louis Pasteur)는 실험적 방법을 전면에 내세우며 새로운 글쓰기 방법론을 보여주는데, 그것이 요즘 실험적 연구를 특징으로 삼는 과학기술문의 전형적인 형식인 IMRAD의 뿌리를 이룬다.

IMRAD란 '도입(Introduction)', '재료와 방법(Material & Method)', '결과(Result)', '그리고(And)', '토의(Discussion)'의 머리글자를 딴 과학기술 글쓰기의 대표적 형식을 의미하는 것으로서, 오늘날 과학기술 분야의 실험 기반 보고서와 보론 계열의 학술논문과 같은 전문적 과학기술 텍스트들은 거의 예외 없이 IMRAD라는 구성 형식을 따르고 있다. IMRAD는 관찰 및 실험과 같은 경험적 탐구 과정을 통해 가설을 테스트하는 실험보고서와 논문에 형식적인 틀을 제공해주는데, 이는 가설-연역법의 내용적 구성 단계에 맞추어 그 기술 내용들을 구성해볼 수 있다.

〈표 5.1〉 가설 연역법, 관찰 및 실험 보고서, IMRAD의 내용적 상관성

	가설-연역법	실험보고서 또는 논문	IMRAD
텍스트 내용	① 문제 발생의 배경과 문제 설정 ② 문제 해결을 위한 가설의 제안	① 실험 목적과 필요성 ② 실험 내용과 범위 ③ 실험 이론	① 도입
	③ 가설로부터 연역된 예측값	(③ 실험 이론) ④ 실험 장치 및 방법	② 재료와 방법
	④ 관찰 및 실험을 통한 실측값 ⑤ 예측값과 실측값의 일치 혹은 불일치 여부	⑤ 실험 결과	③ 결과
	(⑤ 예측값과 실측값의 일치 혹은 불일치 여부) ⑥ 가설과 관찰 및 실험에 대한 평가: 검증/미결정/반증/오류 ⑦ 평가 이후의 과제	⑥ 고찰	④ 토의

5. IMRAD 구성 내용

(1) 서론((Introduction)

학술적 글에서 서론이 하는 일은 독자가 본문의 내용을 쉽게 이해할 수 있도록 돕는 것이다. 과학기술 분야의 학술적 글에서도 서론이 하는 역할은 다르지 않다. 통상 과학기술문에서 서론의 주요 기능은 크게 다음의 세 가지이다. ① 독자의 관심 유도, ② 목적과 내용을 정의하고 설명, ③ 연구 방법이나 결과 및 결론 등을 제시. 이런 까닭에 논문의 필자는 서론에서 논문 주제와 관련한 선행 연구를 요약 평가함으로써 연구의 배경과 필요성을 제기하고, 자신의 연구 목적과 내용을 명확히 제시한 후, 연구 수행 방법, 나아가 연구 결과와 결론 등을 간략히 기술함으로써 논문 본론에서 다루는 연구 전반을 소개한다. 때때로 긴 논문의 경우 서론 마지막 부분에 본론의 전반적 구성을 간략하게 안내하기도 하는데, 이는 논문을 읽는 독자에게 많은 도움을 줄 수 있다. 결국 논문의 서론은 ① 이 연구를 왜 하는지(연구 배경과 필요성)? ② 이 연구가 무엇인지(연구 목적과 연구 내용)? ③ 이 연구가 어떻게 수행되는지(연구 방법 외)?라는 세 가지 질문에 대한 답변을 그 주요 내용으로 삼는다.

(2) 재료 및 방법(Material & Method)

과학기술 분야의 대표적인 연구 방법은 관찰과 실험이다. 이 점은 과학기술 연구의 특징이면서 글쓰기의 특징을 요구하는 것이기도 하다. 재료 및 방법에 대한 상세한 기술과 설명은 독자로 하여금 관찰과 실험을 이해하거나 평가하고, 때로는 재연할 수 있도록 해주는 주요한 역할을 하기에 독립된 부분으로 작성된다. 여기서는 우선 실험 기구와 재료에 대해 기술해야 한다. 그리고 실험 방법, 즉 수학적 혹은 통계적 분석 방법 역시 제시해야 한다. 특히 실험 장치의 세목, 재료의 출처, 실험 방법의 근거를 착오 없이 기록하는 것이 중요하다. 왜냐하면 이러한 기초적인 부분에서의 실수로 인해 다른 연구자들의 재연 실험과 공개적 검증에서 오류가 자주 발생하기 때문이다. 또한 이 부분에서는 실험 과정이 어떤 식으로 진행되는지 그 과정을 상세히 기술하기도 한다. 복잡한 실험의 경우 실험 과정은 재연 실험과 공개적 검증의 매뉴얼이 되기 때문에 가감 없이 작성해야 한다. 그래서 긴 논문의 경우 실험 과정을 재료 및 방법 부분에서 분리하여 별도의 항목으로 작성할 수도 있다. 다만 이때 주의할 점은 재료 및 방법 부분에서 설명되지 않은 실험 기구, 재료, 방법 등이 실험 과정에서 갑자기 서술되지 않도록 유의해야 한다.

(3) 결과(Result)

결과에서는 관찰이나 실험을 통해 나온 자료, 수학적 계산과 통계적 분석을 통해 얻은 정보, 즉 관찰이나 실험으로부터 직접 도출된 내용만을 서술한다. 과학기술문에서 결과는 무엇보다 객관적 관점에 입각하여 작성되어야 한다. 이런 점에서 기술(description)은 연구 결과를 객관적으로 표현하는 효과적인 글쓰기 기법이다. 하지만 언어적 기술만으로 방대한 연구 결과를 정리하기는 어렵기 때문에 연구 결과를 압축적으로 정리하고 나아가 여러 결과를 분류, 비교, 대조할 수 있도록 표와 그래프를 활용하는 것이 매우 효과적이다. 다만 도표가 연구 결과를 효과적으로 표현하는 도구라 하더라도 연구 결과를 도표만으로 작성해서는 안 된다. 도표를 작성할 때에는 항상 도표에 대한 간략한 부연 설명을 해야 한다. 무엇보다 연구 결과를 작성할 때 많은 연구자들이 흔히 범하는 잘못 가운데 하나가 연구 결과에 대해 자의적 의미나 이론적 해석을 덧붙이는 것이다. 엄밀히 말해 연구 결과의 의미나 해석은 토의 부분에서 다루어야 할 내용이지 결과 부분에 포함시켜서는 안 된다.

(4) 토의(Discussion)

토의 혹은 논의는 과학기술문을 작성할 때 가장 중요한 부분이면서 동시에 가장 작성하기 어려운 부분이다. IMRAD 형식의 다른 부분들은 대체로 자신이 수행한 연구를 객관적으로 기술하는 것인 반면에, 토의에서는 연구 결과를 논리적으로 분석하고, 이를 비판적으로 평가함으로써, 자신의 주장을 명확히 제시해야 한다. 즉 토의 부분은 필자가 단순히 정보를 전달하는 것이 아니라 연구 결과를 분석 평가함으로써 연구 주제에 대한 필자의 고유한 주장을 제시하는 곳이다. 따라서 토의에서는 연구 결과의 독창적 의의에 초점을 맞추어야지 연구 결과의 내용을 단순히 반복해서는 안 된다. 그러나 토의 부분을 작성하는 과정 역시 엄밀한 논리적 추론을 통해 진행되어야 하는 것은 물론이고, 그 결과 논문을 읽는 독자가 논리적으로 설득되어 필자의 분석, 평가, 주장에 동의할 수 있어야 한다. 이런 점에서 토의 부분은 과학기술문에서 연구자의 창의성과 논리성이 가장 필요한 부분이라고 할 수 있다.

토의 부분에 포함될 내용을 구체적으로 살펴보면 다음과 같다. ① 연구 결과에 대한 분석 – 연구 결과의 의미, 구조적 메커니즘 분석, ② 연구 결과에 대한 평가 – 연구 가설이 연구 결과에 의해 검증되었는지, 반증되었는지, 혹은 실험 오류가 있었는지에 대한 판단을 통해 연구 가설 평가, ③ 연구 주제에 대한 주장 – 기존에 발표된 다른 연구 결과물들과 이번 연구 결과와의 유사점 혹은 차이점이 무엇인지 그리고 그러한 차이가 나타나는 이유가 무엇인지를 비교 대조하여 최종적으로 필자가 연구 주제에 대한 자신의 입장을 명확하게 주장하는 것이다. 그 밖에 ④ 토의 부분의 말미에서 연구 결과의 중요성 및 응용 가능성 등을 논의하고, 향후 연구 방향에 대해 추가적인 제안 등을 할 수 있다.

제 2 부

과학기술 글쓰기의
실제

06

과학기술 활동을 위한
정보 수집법

1. 과학기술 정보원의 종류

과학기술 관련 연구나 실험을 수행하게 되면, 그 결과로 과학기술 데이터를 얻게 된다. 이 과학기술 데이터는 누구에게나 동일한, 해석되지 않은 내용이다. 이후 과학기술 데이터는 연구자의 경험을 바탕으로 조직화되고 체계화되며, 이 결과를 과학기술 정보라고 한다. 즉, 과학기술 정보란 실험이나 조사 등을 통해 수집된 과학기술 데이터를 의미 있는 형태로 조직화하고 체계화한 것이라고 할 수 있다. 과학기술 정보는 상황에 따라 내용이 달라질 수 있으며, 사회적 상호작용에 따라 역동적으로 해석될 수 있다. 나아가 생성된 과학기술 정보를 조합, 분석하고, 분석된 내용을 토대로 주어진 현상의 이면을 근원적으로 이해하는 행위를 거쳐 얻어지는 것이 과학기술 지식이다. 일반적으로 구조화해야 할 정도나 처리량은 과학기술 데이터가 가장 크지만 연구적인 가치는 과학기술 정보나 지식이 더 크다고 할 수 있다.

과학기술 정보는 기업 활동과 연구 활동 수행에 핵심적 역할을 수행한다. 기업에서는 연구개발, 기술 개발, 신제품 및 신기술 개발 동향 등의 과학기술 정보를 기반으로 생존 전략을 수립하고 신제품을 개발하게 된다. 연구 활동에서는 기존 연구와 차별화되는 독창적인 연구 수행을 위한 기초로서 과학기술 정보가 활용되며, 선정된 연구 주제의 타당성을 검증하기 위해서도 유용하게 활용된다. 즉, 과학기술 정보는 기업 및 연구 활동에서 없어서는 안 될 중요한 요소이며, 기업 및 연구 활동을 수행하는 데 가치 있는 정보를 보유하고 있거나 또는 그 정보가 있는 곳을 아는(know-where) 기업이나 연구자는 그렇지 않은 기업이나 연구자에 비해 더 큰 경쟁력을 갖게 된다.

무엇보다 연구란 특정 관심 주제에 대해 깊이 있는 조사, 실험 및 시뮬레이션 등을 수행함으로써, 새로운 정보나 관계를 발견하고 현존하는 지식을 증명하는 행위를 총칭하며, 과학기술 분야의 진보를 이루어 나가는 의미 있는 활동이다. 이러한 연구는 일련의 단계나 절차를 거쳐 수행하며, 연구 과정의 각 단계는 순환적이어서 연구자의 필요 또는 연구의 특성에 따라 이전의 단계로 되돌아가는 것(feedback)이 가능하다는 특징을 가지고 있다.

연구를 수행하는 데 있어서 과학기술 정보는 핵심적인 역할을 수행한다. 연구자에게 있어 자신이 수행하는 연구의 독창성을 입증하는 것은 매우 중요하다. 아무리 훌륭한 연구라 할지라도 누군가 먼저 동일한 연구를 수행했다면 그 연구는 독창성을 가질 수 없고, 연구에 투입된 노력은 물거품이 되기 때문이다. 연구의 독창성을 유지하기 위한 가장 좋은 방법은 이미 수행된 기존 연구들에 대한 조사와 검토이다. 이 과정을 통해 연구자가 수행하고자 하는 연구가 다른 연구자들의 그것과 중복되지 않음을 확인하게 된다. 또한 과학기술 정보는 연구의 타당성 검증을 위해서도 널리 활용된다. 과거에 비하여 과학기술 분야에서 유통되는 정보량이 비약적으로 증가하고 있으며, 비록 자신의 전문 분야의 정보라 할지라도 연구개발 활동에 종사하는 연구자나 기술자가 모든 정보를 입수하여 조사하는 것은 현실적으로 불가능하다. 그러므로 과학기술 정보가 가지는 특성을 정확히 이해한 후, 1차 정보의 안내 정보라 할 수 있는 2차 정보를 중심으로 조사함으로써 중복 연구나 뜻하지 않은 연구의 지연을 방지할 수 있다.

과학기술 정보는 표시 형식, 축적성, 생산 주체에 따라 분류할 수 있다. 표시 형식에 따라서는 문자, 수치, 화상, 영상, 음성 정보 등으로 분류되며, 축적성 여부에 따라 축적형 정보와 비축적형 정보로 분류된다. 마지막으로 생산 주체에 따라 조직 내부에서 생산한 정보는 내부 정보 그리고 조직 외부에서 생산된 정보는 외부 정보로 분류된다. 과학기술 정보는 그 특성에 따라 보관 장소나 매체 등이 다를 수 있기 때문에, 정보의 특성을 제대로 이해한 후 수집을 시도해야 비로소 원하는 과학기술 정보를 손쉽게 획득할 수 있다.

1.1 표시 형식에 따른 분류

과학기술 정보를 표시 형식에 따라 구분해 보면 문자 정보, 수치 정보, 화상 정보, 영상 정보, 음성 정보 등으로 분류된다. 문자 정보는 과학기술 문헌 정보, 신문 기사 정보, 특허 정보 등과 같이 문자를 이용해 정보를 표시한 것을 말하며, 수치 정보는 각종 생산 수치, 주가 지수, 장기적인 경제 지표 등과 같이 숫자를 이용해 표시한 과학기술 정보를 의미한다. 화상 정보에는 도형 정보, 사진 정보, 회화, 디자인 정보 등이 포함되며, 영상 정보로는 텔레비전, 영화, 비디오 정보 등이 있고, 음성 정보에는 디지털로 저장 관리되고 있는 각종 소리 관련 데이터베이스들이 해당된다.

1.2 축적성에 따른 분류

과학기술 정보는 시간 변화의 흐름에 따라 축적형과 비축적형으로 구분된다. 시간 변화에 따라 데이터의 축적이 가능한 정보 즉, 과학기술 문헌 정보, 신문기사정보, 특허 정보 등의 문헌형 정보가 있는가 하면, 수록된 데이터가 시간이 지남에 따라 사라지거나 갱신되는 비축적형 정보인 주가 데이터베이스나 기상 데이터베이스 등이 있다. 그러나 비축적형 정보라고 할지라도 모두 사라지거나 의미가 없어지는 것은 아니다. 예를 들어, 비축적형 정보의 대표적인 사례인 기상 데이터베이스의 경우, 장기적으로 기상 정보를 축적함으로써 재해 예방을 위한 기초 자료로 활용할 수 있다.

1.3 생산 주체에 따른 분류

과학기술 정보는 조직의 내부에서 생산되거나 발행되는 정보와 외부에서 입수하는 정보로 구분하기도 한다. 일반적으로 내부 정보에 해당하는 것은 다음과 같다.

- 기술 개발, 신제품 개발, 설비 신증설 등의 계획이 담긴 계획 자료
- 기술 개발 동향, 수요 동향의 조사 자료
- 기술의 개발이나 개선 등에 유효한 아이디어 제안 자료
- 각종 기술 검토 및 해석 자료
- 설계 데이터, 설계 계산서 등의 설계 자료
- 기술 개발, 시험, 시운전 등의 보고 형태인 기술 보고 자료
- 잡지 등에 투고하거나 학회 등에 발표하는 원고 등 대외 발표 자료

- 특허출원 자료

- 설비기기

- 시스템의 관리 자료나 사내의 기획, 기준, 취급설명서 등의 관리 자료

- 회의의 의사록 및 토의 자료인 회의 자료

- 해외 출장 보고 등 출장 보고 자료

- 각종 PR자료, 팸플릿 류 등

기업이나 조직의 내부에서 생산된 내부 정보와는 달리, 외부 정보는 기업이나 조직의 외부에서 생산하거나 발행한 자료를 의미한다. 외부 정보는 정보의 공개 정도에 따라 공개 정보, 반공개 정보, 비공개 정보로 나눌 수 있다.

- 공개 정보: 신문, 잡지, 도서, 정부와 지방 자치 단체의 관보나 공보에 기재되어 있는 정보, 또는 상용데이터베이스에 실려 있어 누구나 쉽게 입수할 수 있는 정보를 지칭한다.
- 반공개 정보: 시중 판매망을 이용하지 않고 특정 조직에 한해 무상으로 제공하거나 판매를 하는 정보로, 회보나 기술 보고서류 등이 이에 속하며, 회색문헌(gray literature)이라고도 한다.
- 비공개 정보: 시중에는 공개하거나 판매하지 않고 기업이나 조직 내부에서만 활용하는 정보를 의미한다.

2. 과학기술 정보의 검색 및 활용

2.1 과학기술 정보의 수집

과학기술 정보는 기업 활동과 연구 활동을 성공적으로 수행하기 위해 필수적이며, 효율적인 정보 입수 여부는 연구개발(R&D) 성과에 큰 영향을 미친다. 과학기술자가 자신의 연구에 직접적으로 활용되는 과학기술 정보를 원활하게 입수하지 못하거나, 관련된 새로운 연구 방향과 신기술의 추이를 잘 이해하지 못하면 좋은 연구를 수행할 수 없음은 주지의 사실이다. 한 조사에 따르면, 기업의 경우 연구개발을 수행하기 위해 투입하는 전체 시간 중에서 과학기술 정보를 수집하기 위해 소요되는 시간이 전체의 60%에 육박하며, 비용 측면에서도 전체의 50% 정도를 차지한다고 한다. 과학기술 정보가 어디에 있으며(know-where), 누가 가지고 있고(know-who), 어떻게 입수할 수 있는지(know-how)를 알고 있는 경우와 그렇지 않은 경우는 큰 차이를 보인다는 것이다.

과학기술자의 능력은 연구 자체를 효율적으로 수행하는 능력과 적절한 정보 수집 능력이 결합된 것이라고 볼 수 있다. 과학기술자들은 시간과 비용을 절감하고 연구나 업무 능률을 향상시키기 위해 체계적인 정보의 입수 능력과 각종 검색 도구들의 효과적인 사용 방법들을 숙지하고 있어야 한다. 과학기술자들이 주로 탐색하는 정보원은 크게 기업이나 조직 내부에서 보유하고 있는 내부 정보원과 외부 정보원으로 분류할 수 있다. 일반적으로 내부 정보원이 보유하고 있는 정보는 정보가 조직 내부에 위치하고 있기 때문에 획득이 그리 어렵지 않으나, 외부 정보를 수집하기 위해서는 많은 시간과 노력이 투입된다. 외부 정보의 경우 원하는 정보가 어디에 위치해 있는지, 어떤 연구자에 의해 산출되었는지, 또 그것을 어떻게 얻을 수 있는지를 확인하는 것은 쉽지 않은 작업이다.

과학기술 정보를 수집하기 위해서는, 첫째, 작성하려는 문서가 어떤 것인지 명확하게 결정해야 한다. 작성하고자 하는 문서가 보고서인지, 특허 청구서인지, 학술논문인지, 학위 논문인지 또는 연구 제안서인지를 정확히 결정한 후, 문서의 특성에 맞는 정보 수집 절차를 진행한다. 먼저 해당 문서를 작성하기 위해 어떤 종류의 정보를 필요로 하는지 파악한다. 실용적인 정보인지, 이론적인 정보인지, 법규/표준/정책인지, 생산 정보인지 등을 고려한다. 아울러 지적 재산권 등 추가로 필요로 하는 정보로는 어떤 것들이 있는지에 대해서도 생각한다. 작성하는 문서의 종류와 그 종류에 맞는 자료와 정보를 조사하고 결정했다면 다음에는 이러한 자료들을 수집하는 데 투자할 수 있는 시간은 얼마나 되는지, 자료를 수집하는 데 드는 비용은 어느 정도인지를 파악한다. 이를 기초로 하여 마지막으로 사용 가능한 정보원들이 어떠한 것들이 있는지, 작성하고자 하는 문서의 종류에 적합한 정보원이 어떤 것인지를 파악하여 정보를 수집한다.

일반적으로 정보 찾기의 처음 단계는 주제 선정을 위한 기초 조사이다. 기초 조사란 주제 선정 등을 위한 기초 자료 조사를 통해 관련 주제에 대한 이해를 얻기 위한 작업이다. 기초 자료 조사는 자신의 관심 분야 또는 연구 주제 선정을 위해 백과사전(encyclopedia), 사전(dictionary), 편람(handbook), 색인(index), 뉴스 등에 대한 폭넓고 면밀한 조사를 하는 것으로 시작한다. 통상 이미 출판된 논문(article)에 대한 조회는 전자 저널이나 웹 DB를 많이 이용한다. 온라인 자료를 포함해 많은 도서와 참고 자료 등은 소속 대학이나 기관의 도서관에 소장되어 있을 가능성이 크므로, 과학기술 정보의 맨 처음 탐색 장소는 도서관, 특히 전자도서관이 될 것이다.

본격적으로 과학기술 정보를 수집하기 전에 정보원들에는 어떠한 것들이 있는지를 알아두는 것이 좋다. 일반적인 과학기술 정보원의 종류에는 학술 저널, 특허정보, 연구/기술보고서, 회의 자료, 회색문헌, 표준과 규격, 학위논문, 2차 정보 등이 있다.

(1) 학술 저널

학술 저널은 전문 조직이나 연구기관의 학회지나 상업 출판사들의 학술 저널, 산업체와 회사에서 발행하는 연구 관련 간행물 등을 의미한다. 학술 저널을 출판하는 대표적인 해외 전문 조직이나 연구기관으로는 American Chemical Society(화학 분야)나 Institute of Electrical and Electronics Engineers(전기, 전자 분야) 등이 있으며, 국내외에 활동 중인 모든 학회들이 이에 해당된다. 이들은 자체 웹사이트를 통해 기관에 대한 일반적인 소개와 함께 자신들이 발행하는 학술 저널의 목록과 저널에 게재된 논문 등에 대한 서지 정보와 유료 원문 제공 서비스를 수행하고 있다. 또한 많은 상업 출판사들도 자체적으로 학술 저널을 출판하거나 출판 대행을 한다. 주요 출판사나 대행업체에는 Academic Press(IDEAL), Elsevier Science, Springer-Verlag, SilverPlatter, UMI, ACS Publications, Institute for Scientific Information(ISI), Ebsco, McGraw-Hill 등이 있다. 이들 출판사들은 자신들의 웹사이트를 통해 유료 원문 제공 서비스를 하고 있으며, 보통 논문의 서지사항은 무료로 제공한다. 이외에도 산업체와 회사에서 발행하는 연구 관련 간행물들이 있다.

Journal Citation Reports는 세계적으로 가장 많이 인용되고 있는 1,000여 종의 과학 잡지 인용도를 정기적으로 평가한다. JCR을 이용하면, 자신이 필요로 하는 학문 분야의 권위 있는 학술 잡지를 파악할 수 있다. 논문에 대한 색인이나 초록지를 검색하는 것도 정보를 효율적으로 입수할 수 있는 방법이다. 연구자들이 많이 활용하는 색인이나 초록지에는 Applied Science and Technology(Wilson), Chemical Abstracts(ACS), Current Contents(ISI), Engineering Index(Ei), Science Citation Index(SCI)가 있으며, 이들은 온라인 DB로 상품화되어 제공된다. 국내에서 제공하는 서비스에는 NDSL이 있다.

(2) 연구/기술보고서

　연구/기술보고서는 연구개발의 진행과정과 조사결과를 기록한 문헌으로서, 보고서 자체와 발행기관을 식별할 수 있는 번호를 포함하고 있다. National Technical Information Service(NTIS)는 미국 정부 예산을 사용하여 수행한 연구 개발 성과를 체계적으로 공개하는 역할에서 점차 발전하여 지금은 연구보고서의 메카가 되었다.

　연구/기술보고서를 입수하기 위해서는 직접 발행기관에 의뢰하거나 이러한 보고서를 취급하는 기관을 통해서 입수할 수 있다. NTIS 등은 현재 온라인 상용 DB에 올라와 있으므로 검색 후 곧바로 주문하거나, yesKISTI(http://www.yeskisti.net)와 NDSL에서 원문 제공 서비스를 대행하고 있다.

　국내에서 발행된, 국책 및 공공과제의 수행 결과물로 출판된 보고서는 해당 기관에 의뢰하여 입수하거나 도서관이나 자료실에 비치된 자료의 열람을 통해 입수할 수 있다. 그러나 기업이 발간한 보고서는 대외비의 성격이 강해 쉽게 입수할 수 없다. 국내에서 발행하는 연구/기술보고서 중 정부 예산을 이용해 수행한 연구/기술 보고서는 과학기술 정보 포탈인 yesKISTI와 NDSL에서 찾아볼 수 있다. 해외에서 수행 중이거나 종료된 연구/기술보고서와 관련된 대표 초록집 또는 인덱스로는 미국 정부 기술보고서 정보를 입수할 수 있는 NTIS 발간 Government Report Announcements & Index, 항공 우주 관련 기술보고서 정보를 파악할 수 있는 NASA 발행 Scientific and Technical Aerospace Report, 에너지 분야의 기술보고서 정보인 OSTI발행 Energy Research Abstract 및 INIS 발행 INIS Atomindex 등이 있다.

　특정 국가에서 수행된 연구 과제는 그 나라 과학기술의 발전에 큰 영향을 미칠 수 있기 때문에, 이들 연구/기술보고서는 국가적 차원에서 수집 관리하고 있다. 이러한 업무를 수행하는 기관으로는 미국의 NTIS, 영국의 BLDSC(British Library Document Supply Centre), 일본의 JICST(Japan Information Center of Science and

Technology), 독일의 TIB(Technische Informtions Bibliothek), 프랑스의 INIST(Institut de l'Information Scientifique et Technique) 등이 있다. 국내에서는 산업기술정보연구원(KISTI)이 이와 같은 업무를 수행하고 있다.

(3) 학술회의 자료

학술회의 자료는 학술대회의 부산물로 생성되는 연구 정보원이다. 학술대회는 목적과 규모에 따라 conference, colloquium, congress, convention, seminar, symposium, workshop 등으로 불리며, event나 fair에서 동시에 개최되는 회의도 있다. 학술대회를 개최한 후 그 자료는 일반적으로 proceedings, transactions, advanced in-, progress in-, lecture notes on-, suplement 등의 명칭을 붙여 출판하게 된다.

회의 발표 논문의 색인지로는 Index to Scientific & Technical Proceedings가 ISTP라는 온라인 DB와 CD-ROM의 형태로 제공된다. 국내외에서 개최되는 회의 및 전시회 정보를 제공하는 국내 기관으로는 무역협회 운영사이트인 KITA(국내외 전시회 정보, http://www.kita.net)와 한국 전시산업연구원 사이트인 KOEX(각종 전시회 및 학술대회 정보, http://www.koex.or.kr)가 있다. 회의 및 전시회 정보를 통합해서 제공하지는 않지만, 각종 학회나 협회의 웹사이트에서도 해당 분야의 학회 또는 협회의 학술회의 예정 내역을 조회할 수 있다. 국외 정보를 알아보려면 다음의 사이트들이 도움이 되며, QUESTEL의 Agenda, BRS의 FAIRBASE, STN International의 CONF 등에서도 회의 개최 정보를 얻을 수 있다.

- World Meetings(http://www.worldmeetings.com): Macmillan에서 운영하는 웹사이트로 전 세계 120개국에서 개최되는 회의 정보 제공
- International Congress Calendar(http://www.uia.org/meetings): Union of International Association에서 편집한 전 세계 전 분야의 국제회의나 주요 단체 개최 예정 회의 정보지
- AISWorld net(http://www.isworld.org): Association for Information System에서 운영하는 웹사이트로 정보시스템 분야 학술대회 개최 계획에 대한 정보 제공
- EVENTLINE: Elsevier에서 발행되는 것으로 DIALOG에서도 검색 가능

학술회의록 출판정보지는 다양한 회의록 출판 형태의 출현에 따라 회의록 자체의 목록이 필요하게 되어 출판되고 있으며, 학술대회 발표논문 색인지를 통해서도 특정 학술회의에서 발표된 개인의 논문에 대한 정보를 얻을 수 있다. 또한 학술회의록 소장 목록은 과거에 진행된 각종 회의록의 기관별 소장 유무를 알려주는 정보지이다.

- InterDok(www.interdok.com): InterDok Corp.에서 운영하는 웹사이트로서 1965년 이후 개최된 회의에 대한 상세 정보를 제공
- Index to Scientific & Technical Proceedings(ISTP): ISI에서 발행하며 과학기술 전반에 대한 인덱스를 제공하는 웹사이트. 학술대회에 대한 상세 정보와 논문 및 출판 정보 등을 제공
- Conference Paper Index: ProQuest를 운영하는 Cambridge Scientific

Abstracts(CSA)에서 제공하는 컨퍼런스 정보 사이트

- Index of Conference Proceedings: 영국 도서관이 수집한 전 세계 학술대회 개최 정보(현재까지 개최된 45만 개의 학술대회 정보)를 제공
- JICST 자료소장목록 · 회의자료 편: JICST에서 발행. 과학기술 분야의 회의 자료로 단행본, 잡지, 기술보고서 형식의 자료를 수록하고 있으며 온라인 이용 가능

대부분의 학술회의 자료는 책으로 만들어지기 전까지는 뉴스성 자료로 학회지나 협회지에 수록되므로, 해당 기관이나 개최 담당기관을 통해 자료를 받아 보는 것만이 가능하다. 그러나 최근에는 대부분의 학술회의 자료를 웹사이트에서 확인하고 획득할 수 있으며, 소속 기관의 도서관은 사용자들의 편의를 위해 학술자료 정보를 웹 DB 형태로 구독하므로 전자도서관을 이용하면 된다.

(4) 특허 정보

특허(patent)란 '공개한다'는 뜻을 가진 라틴어에서 유래된 것으로서, 국가가 개인에게 일정 기간 동안 배타적인 독점권을 주는 특권을 의미한다. 특허 정보는 기술의 현황을 나타내는 가장 신속하고 새로우며 공식적으로 공개된 정확한 정보이다. 특허는 권리자에 심사 과정을 거쳐 일정 기간 배타적인 독점권을 부여하는 대신, 기술을 공개함으로써 산업 발달을 촉진하고자 하는 제도이므로, 고부가가치의 정보가 공개된다. 특허 정보의 대표적인 예로는 특허 공보와 특허 공개가 있다. 특허 공보는 특허를 취득하고자 특허청에 특허를 출원한 출원인의 기술 내용을 법적인 절차에 따라 일반인에게 알리는 관보이며, 특허 공개는 특허 출원 후 일정 기간이 경과된 발명을 조기에 공개하는 것을 의미한다. 이외에도 실용신안 공보, 실용신안 공개, 의장공보, 상표공보, 결심공보, 판결, 공업소유권에 대한 제도 및 특허

침해에 대한 뉴스 등이 있다.

특허 정보를 찾기 위해서는 소속 기관의 도서관이나 특허를 관리하는 기관의 웹사이트를 방문하는 것이 좋다. 국내 특허의 경우 일반적으로 소속 기관의 도서관이나 자료실에서 비치하고 있을 가능성이 높으며, 자료실에 비치되어 있지 않다면 특허청, 산업기술 정보원 등을 통해 손쉽게 구할 수 있다. 최근에는 전문적으로 국내 특허뿐만 아니라 일본이나 미국의 특허까지도 온라인에서 검색한 후 원문을 다운로드하게 해주는 상용 서비스가 등장하였다. 이들 기관의 웹사이트에서 제공하는 검색 기능을 통해 해당 특허를 검색한 후, 온라인을 통해 원문을 구입하면 된다. 특허 정보를 입수하기 위해서는 아래 사이트를 방문해 본다.

· 한국 특허청(KIPO) http://www.kipo.go.kr

· 한국과학기술정보연구원 http://www.kisti.re.kr

· Patent Server(IBM) http://patent.womplex.ibm.com

· U.S. Patents at Cndir http://www.cndir.com

· World Intellectual Property Organization(WIPO) http://www.wipo.org

· EPO homepage http://www.european-patent-office.org/index.htm

· Patrom(한국특허): 각국 특허청에서 발행되는 전 세계의 특허 통합 DB를 CD-ROM으로 구축하여 제공하는 서비스

---

(5) 표준과 규격

표준이란 제품의 규격 등에 대한 통일된 기준을 만들어 공공에게 공표한 자료 또는 공중이 이용할 수 있는 기술명세서로서, 반복되는 계량 문제들을 해결할 수

있는 최신의 방법으로 공인기관이 인정한 명세이다. 표준은 제품의 규격뿐만 아니라 재료, 생산 공정, 서비스, 측정 단위, 언어 및 컴퓨터 S/W 등을 제정 대상으로 한다. 표준은 적용 범위에 따라 사내표준, 단체표준, 국가표준, 지역표준, 국제표준으로 나뉜다.

· 사내표준: 회사 내에서 통용되는 표준

· 지역표준: 유럽 표준 등 특정 지역에서 활용되는 표준으로, 국가 사이의 계량에 대해 통일을 도모, 구성 국가 간의 통상 거래를 촉진, 기술 협약을 수월하게 하기 위해 업종별로 제정함. CEN과 CENELEC 등이 대표적인 지역표준임

· 국제표준: 세계를 대상으로 하는 표준으로, ISO(International Standard Organization)와 IEC(International Electrotechnical Commission) 등이 있음

이외에도 한국의 Korean Standard(KS), 일본의 Japanese Industrial Standards(JIS), 미국의 American National Standards Institute(ANSI) 등과 같은 공공기관이 정한 표준인 공적 표준(de jure standard)과 공적으로 표준이라고 정한 바는 없으나 시장에서 표준으로 인정받는 것을 의미하는 사실상의 표준(de facto standard)이 있다.

한국 표준 목록집으로는 「KS총람」, 기관으로는 한국표준협회가 있고, 미국 표준 기구로는 NIST가 있다. 각국 규격으로는 미국의 American National Standards Institute(ANSI), 영국의 British Standards Institution(BSI), 독일의 Deutsches Institut fur Normung(DIN), 일본의 Japanese Industrial Standards(JIS), 프랑스

의 Association francaise de normalisation(AFNOR)이 있다. 규격은 일반적으로 책자 형태와 CD-ROM 형태로 되어 있는데, 고가이므로 수시로 이용이 되지 않는다면 한국 표준 과학 연구원의 기술 정보실과 표준협회 등을 통해 원문을 구하면 된다.

(6) 학위 논문

학위 논문은 dissertation이나 thesis라고 한다. 전 세계에서 수여되는 학위 논문에 대한 서지 정보 및 원문 정보를 보고자 할 경우에는 UMI(http://www.umi.com)를 방문한다. 이외에도 영국의 BLDSC 역시 학위 논문 서비스를 제공한다. 국내에서 출판되는 학위 논문에 대한 정보는 국회도서관(http://www.nanet.go.kr), 국립중앙도서관(http://www.nl.go.kr), 과학기술원 도서관(http://www.ndsl.or.kr)에서 제공한다. 이외에도 자신이 다니고 있는 대학교의 도서관에는 본교에서 수여된 학위 논문을 책자와 파일 형태로 보관하고 있으므로 도서관이나 전자도서관을 이용하면 학위 논문에 대한 정보를 수집할 수 있다.

(7) 회색문헌(Grey Literature)

회색문헌은 기업의 내부 문서로서, 배포 대상을 기업 내부로 제한하는 것은 아니지만(경우에 따라 배포 대상을 기업 내부로만 제한하는 회색문헌도 있을 수 있음), 일반적인 출판물 유통과정을 거쳐 배포되지 않기 때문에, 인터넷이나 서점 및 도서관 등을 통해서 입수하는 것이 용이하지 않은 문헌이다. 배포 대상이 소수의 특정인으로 제한되어 있는 경우가 많으며, 이로 인해 간행 부수가 적고, 대개는 비매품이며, 서지사항이 불충분하고, 통일성이 없는 등의 특징을 가지고 있다. 최근에는 이러한 회색문헌을 회원으로 가입한 사용자들에 한해 기업의 웹사이트에서 서비스하는 경우가 증가하고 있다.

(8) 2차 정보

과학기술 정보의 검색에 가장 많이 사용되는 도구가 바로 2차 정보(색인 정보)이
다. 최근에는 2차 정보가 CD-ROM이나 책자가 아닌 웹사이트를 통해 제공됨으로
써 사용자들의 편의를 도모하고 있다. 한국과학기술정보연구원(KISTI)이 운영하는
과학기술 정보 포탈인 yesKISTI(http://www.yeskisti.net)에서는 논문(국내 학술 저널,
해외 학술 저널, INSPEC, FSTA), 국내외 학술회의, 과학기술 분석/동향 연구보고서
(국가연구개발보고서, 정부산하기관의 재정 지원을 받아 수행된 연구개발보고서, 미국연구개
발보고서), 특허(국내, 미국, 일본, 유럽, 국제), 인력 정보에 대한 색인 정보와 원문 제
공 서비스를 제공하고 있다.

2.2 과학기술 정보의 검색과 인터넷 활용

과학기술 정보를 수집하는 방법은 수집하고자 하는 정보에 따라 달라질 수 있다.
예를 들어, 수집하고자 하는 정보가 이미 존재하는 정보라면 가장 먼저 도서관이
나 전자도서관을 방문하는 것이 바람직하다. 도서관은 단행본, 정기간행물 및 잡지
류 이외에도 자교 졸업생의 학위 논문, 사전, 핸드북, 신문/잡지기사, 오디오 및 비
디오 자료 등을 보유하고 있으며, 최근에는 더욱 다양한 전자 자료 제공 서비스를
제공하고 있기 때문이다. 근래에는 인터넷을 통하여 필요한 자료를 검색하고, 얻는
것이 가능하므로, 과학기술 정보를 입수하는 데 인터넷을 활용하는 방법을 파악하
여 적절하게 활용하는 것이 바람직하다.

(1) 도서관의 활용

최근에는 도서관에 직접 가지 않아도 인터넷을 이용한 자료 조사의 범위가 점점

커지고 있지만 아직도 도서관은 우리에게 가장 널리 이용되는 정보 제공 기관이다. 단순히 장서를 구비하여 필요한 사람에게 이를 제공하는 형태는 이미 과거의 도서관이 되어버렸고, 지금의 도서관은 구비하고 있는 자료를 전자매체를 이용하여 쉽고 빠르게 검색할 수 있도록 데이터베이스화하고 있으며, 각종 전자 저널, 전자정보, e-Book, CD-ROM 등을 구비하고 있고, 정보 서비스업체 등과 계약하여 개인적으로 구매하기에 고가인 외부 데이터베이스의 다양한 정보를 제공하고 있다.

자료를 수집하는 데 있어서 공개 정보인 인터넷에서의 조사만으로는 불충분하므로, 도서관이나 연구실의 전문 학술 정보원(전문 DB포함)을 통해 검색을 먼저 수행하는 것이 좋다. 특히 대부분의 단행본 도서나 백과사전 같은 참고서적 등은 아직 웹사이트에서 그 내용을 볼 수 없으므로 인터넷으로 과학, 공학 관련 정보를 얻기에는 한계가 있으며, 이 한계는 직접 도서관을 찾아가 자료를 찾아봄으로써 극복할 수 있다.

도서관에서 정보를 활용하는 단계를 살펴보면, 첫째, 내가 찾고자 하는 자료의 저자, 서명, 키워드, 주제어 등에는 어떤 것들이 있는지 목적에 맞게 구분하고, 둘째, 도서관의 검색 시스템을 이용하여 찾고자 하는 자료들을 검색한다. 이때 자료 검색을 효율적으로 수행하기 위해서는 간단검색 또는 단순검색뿐만 아니라 고급검색 기능을 사용할 수 있어야 한다. 셋째, 실물을 확인하여 찾고자 하는 자료인지를 대조하여 확인하고, 넷째, 확인이 되었으면 관외로 대출할 수 있는 자료는 대출을 신청하고 그렇지 않은 자료는 복사실을 이용하거나 열람하여 내가 필요로 하는 정보를 취득한다. 다섯째, 대출이나 복사 자료로부터 원하는 정보를 취합한다. 마지막으로, 도서관의 자료는 소속기관원 모두의 공유 자료임을 인지하고, 빠른 시간 내에 반납해야 한다.

각 도서관에서는 대개 동일한 분류 방법에 의해 소장도서를 분류하여 관리하고 있다. 기본적으로 일정한 분류법에 의해 도서를 주제, 저자, 서명 등으로 구분하여 도서의 고유청구번호를 매기는 방식이다. 대학 도서관에서 가장 널리 활용되는 분류 방법은 듀이 십진 분류표인데, 듀이 십진 분류표는 총류 000에서 역사 900까지 10개의 대분류를 나눈 후, 이 숫자들을 다시 더 세분화시킨 것이다. 이 분류표를 이용하면 저자명이나 서명을 모를 때 자신이 원하는 도서를 찾을 수 있는데, 기술 과학의 경우 우선 600 단위로 찾아간 후, 더 세분화된 분류표에 따라 자신이 찾으려는 분야를 찾아가면 된다.

최근에는 이러한 분류법을 이용해 도서를 검색하는 경우는 거의 없으며, 도서관에서 제공하는 검색 엔진을 이용하여 소장 도서나 자료들을 검색한다. 검색 엔진에서는 단순검색(빠른 검색)과 상세검색(복합검색이나 고급검색 등이 모두 동의어로 사용됨)을 제공함으로써, 사용자들의 편의를 도모하고 있다. 자신이 소속한 대학의 도서관 이외에도 쉽게 활용이 가능한 전자 도서관들을 소개하면 다음과 같다.

- 국가 전자도서관 (http://www.dlibrary.go.kr)
- 한국 교육학술 정보원(KERIS)의 학술 정보 서비스 (http://www.riss4u.net)
- 한국 과학기술 정보연구원(KISTI) (http://www.kisti.re.kr)
- 국가 과학기술 전자도서관(NDSL) (http://www.ndsl.or.kr)

전자도서관은 인터넷과 IT 기술을 활용해 시간과 장소의 제약 없이 도서관이 보유한 정보를 제공할 수 있기 때문에, 거의 모든 기관의 도서관들이 전자도서관을 기존의 도서관과 병행하여 운영하고 있다. 전자도서관은 사용자들이 직접 도서관에 가야 하는 시간, 공간상의 불편함을 최대한으로 줄임으로써 사용자들의 도서관 활용도를 높이는 데 큰 기여를 하고 있다. 일반적으로 전자도서관이 제공하는 서비스

는 다음과 같으며, 특히 연구자들에게 활용가치가 매우 높지만 고가여서 개인적으로 구매하기 어려운 전자 저널이나 학술 web DB 등에 대한 검색, 조회 서비스를 제공함으로써 연구의 편의성에 크게 기여하고 있다.

· 검색 엔진을 이용해 보유 자료를 검색할 수 있으며, 대출이 필요한 자료의 현재 상태, 즉 대출이 가능한지 아니면 예약을 해야 하는지에 대한 정보를 실시간으로 제공한다. 사용자는 검색결과를 근거로 웹을 통해 대출 신청을 하거나 예약신청을 한 후, 자료를 입수한다.
· 유관기관의 전자도서관 등과의 상호 협력을 통해 원문 복사 서비스나 상호 대차 서비스 등을 제공함으로써 정보획득 시간을 단축시켜준다.
· 전자 저널, 학술 web DB, e-Book, CD 등 다양한 전자매체에 대한 서비스를 제공한다.

전자도서관의 가장 큰 장점 중 하나는 도서관이 보유하고 있는 소장 자료에 대한 빠른 검색 및 상세 검색 기능을 제공한다는 것이다. 빠른 검색은 검색 상자에 단어를 입력함으로써 구동된다. 이때 입력한 단어와 관련된 항목 또는 해당 단어가 포함된 항목은 관련성에 따라 정렬되어 검색 결과 목록에 표시된다. 검색 상자에 단어를 많이 입력할수록 검색 결과의 정확성과 유용성이 높아지며, 구에 포함된 개별 단어를 검색하는 대신 구 전체를 검색하려면 구 전체를 큰따옴표로 묶어 검색한다. 예를 들어, "공학 수학"이라는 구를 검색하려면 검색 상자에 "공학 수학"을 입력해야 하며, 공학 수학을 따옴표로 묶지 않고 입력하면 "공학"과 "수학"이라는 개별 단어와 연관된 검색 결과를 얻게 된다. 빠른 검색의 경우, 입력한 검색어와 관

련이 있는 자료에서부터 관련이 없는 자료까지 너무 많은 검색 결과를 되돌려 주는 단점이 있다. 고급 검색은 항목 유형과 속성을 기반으로 더 복잡한 쿼리를 사용하여 항목을 검색하는 방법이다. 단순 검색에서 사용할 수 있는 옵션과 함께 다양한 묶는 방법을 통해 검색 결과를 볼 수 있으며, 특정 속성을 기준으로 검색 결과를 정렬할 수 있다. 또한 고급 검색은 다양한 불리언 연산자(AND, OR, NOT 등)를 이용해 검색함으로써 검색의 정확도를 높일 수 있기 때문에 널리 활용된다.

전자도서관이 보유하고 있는 정보는 도서관이 보유하고 있는 일반 도서나 자료에 대한 서지 정보, 전자 저널, 학술 Web DB, e-book 등과 같이 매우 다양하다. 사용자가 찾고자 하는 정보의 유형을 정확히 모르거나 전자도서관이 보유하고 있는 전체 유형의 정보에 포함된 과학기술 정보를 찾고자 할 경우, 정보의 유형별로 검색을 반복하는 것은 매우 소모적이고 비효율적인 방법이다. 이런 경우에는 메타 검색을 활용하는 것이 바람직하다. 메타 검색의 원래 의미는 인터넷상에서 자체 검색 능력을 가지고 있지 않기 때문에 다른 검색 엔진들을 이용하여 원하는 자료를 찾아주는 검색을 의미하지만, 전자도서관에서의 메타 검색은 전자도서관이 보유하고 있는 정보의 전체 유형을 망라한 검색 방식을 의미한다. 즉, 전자도서관이 제공하는 국내외 전자 저널, 국내외 웹 DB, 교내 보유 자료 등을 총 망라한 검색을 메타 검색이라고 하며, 일반 검색에서와 마찬가지로 빠른 검색과 상세 검색이 가능하다. 메타 검색에서는 우선 검색할 키워드를 검색창에 입력하고, 검색할 대상이 되는 국내외 전자 저널, 국내외 웹 DB, 교내 보유 자료 등을 선택한 후에 검색을 수행한다.

(2) 국내외 전자 저널 검색 활용

과거에는 저널을 책자 형태로만 출판하여 판매하였으나, 최근에는 자신들의 웹사이트를 통해 서지정보 및 원문 제공 서비스를 하고 있다. 그러나 높은 연구 가치에도 불구하고 개인적으로 서비스를 활용하기에는 경제적인 부담이 크기 때문에, 대부분의 도서관에서는 활용도가 높은 전자저널을 구독하고, 이를 개인이 이용하는 것이 일반적이다.

대표적인 국내외 과학기술 분야 전자 저널 서비스 기관은 다음과 같다. 국내의 경우 국가 과학기술정보도서관(NDSL, http://www.ndsl.or.kr)이 서지정보, 논문(Article) 정보, 볼륨/이슈정보, 전자원문 링크 정보 등을 데이터베이스로 구축하여 제공하고 있다. 국외에서는 Science Direct: Elsevier, Pergamon, North-Holland, JAI, Academic Press, Harcourt Health 출판사가 여러 개의 전자 저널을 제공하며(http://www.sciencedirect.com), Taylor & Francis: Talyer & Francis Pub. 역시 다양한 전자 저널을 제공(http://www.informaworld.com)한다.

(3) 국내외 웹 DB 검색 활용

웹 DB는 특허 정보, 연구자 정보, 논문 인용 정보, 통계지표 자료 DB 등에 대한 검색 및 원문 제공 서비스를 제공한다. 웹 DB를 검색하는 방법에는 빠른 검색과 상세 검색 방법 이외에, 가나다 리스트나 주제별 리스트로 분류·정렬한 후 검색하는 방법이 있다. 가나다 리스트나 주제별 리스트는 다시 서명, 저자명, 출판사명 또는 출판년도로 재 정렬한 후 정보를 이용하게 된다.

전 세계적으로 다양한 웹 DB가 있으며, 국내에서 가장 많이 활용되는 웹 DB에는 한국 사회과학 데이터 센터가 운영하는 KSDC DB(http://www.ksdc.re.kr/databank)가 있다. KSDC DB에는 국내 통계지표 자료 DB, 국내외 여론조사 자료 DB(설문지DB, Raw Data, code book, 보고서), 해외 통계 지표 자료 DB 등이 포함되어 있다. 이외에도 국가 과학기술정보도서관(NDSL)에서는 논문(학술 저널, 학술회의, 학위논문 및 오픈 액세스 저널), 분석 리포트/글로벌 동향 브리핑/동향지식지, 미국 연구개발 보고서, 국내외 특허, 국내 연구계·학계·산업계에 종사하는 과학기술 인력 정보, 세미나 및 워크숍 동영상 자료 등을 DB로 구축하고 있다. 국외 웹 DB로는 전 세계 주요 대학에서 수여된 석/박사 학위논문의 서지정보, 초록 및 원문 정보를 제공하는 ProQuest Dissertations & Theses(PQDT) (http://proquest.umi.com), 여러 과학기술 분야 저널에 게재된 논문에 대한 색인, 초록, 인용 정보를 수록하고 있는 Web of Science(SCIE, SSCI, A&HCI) (http://isiknowledge.com) 등이 있다.

(4) 인터넷 활용을 통한 과학기술 정보 입수

인터넷을 통한 정보 활용이 보편화되면서 인터넷에 실려 있는 학술 분야의 정보 이용률이 높아지고 있다. 특히, 과학기술 분야에 종사하는 이용자의 경우 수시로 동향이나 각종 자료를 찾기 위해 인터넷을 통해 과학기술 정보를 입수하는 것을 업무의 한 부분으로 인식하는 것이 일반화되어 가는 추세이다. 한편으로 인터넷을 사용함에 있어서 반드시 집고 넘어가야 될 부분들을 간과하고 맹목적으로 인터넷에 빠져드는 경우를 종종 볼 수 있는데, 이는 인터넷의 올바른 사용법과 인터넷의 기능을 정확히 파악하지 못해 발생하는 것이다. 과학기술 분야에서 인터넷을 어떻게 활용해야 맹신의 과오를 범하지 않고 자신의 분야에서 잘 이용할 수 있을지 숙고해 보아야 할 것이다.

인터넷의 활용을 위해서는 인터넷의 한계점을 인식하고 정보를 입수하는 것이 필요하다. 인터넷은 무료(물론 상용도 존재하지만)의 개념에서 출발한 도구로서 비록 다양하고 방대한 정보를 담고 있지만 정확한 정보에 대한 요구를 만족시켜줄 수는 없다. 특히, 과학기술 분야의 정보에 대해서는 정보의 가치 측면을 더욱 고려하지 않을 수 없다. 이럴 경우 반드시 상용 DB나 학회지 등을 통해 부족한 부분에 대한 보충자료나 정확한 자료 확보가 이루어질 수 있도록 해야 한다. 인터넷 맹신을 통해 정확하고 깊이 있는 연구 정보를 자칫하면 상실해버릴 수 있기 때문이다. 인터넷을 이용하여 효율적으로 정보를 찾기 위해서는 하이퍼링크, 검색 엔진, 북마크 등을 적절하게 활용하는 것이 필요하다.

(가) 하이퍼링크(Hyperlink) 기능의 이용

인터넷은 하이퍼링크라고 하는 연결 방식을 이용해 자료들을 검색할 수 있다. 즉, 하나의 자료를 찾아낸 후, 그 자료에 하이퍼링크된 정보를 찾는 방식으로 자료를 검색할 수 있다. 그래서 원하는 정보를 찾아내기 위해서는 주요한 부분의 실마리만 잡을 수 있다면 이미 반 이상의 정보를 찾아낼 수 있는 것이다. 예를 들어, 컴퓨터 분야의 정보를 찾아내려고 한다면 각종 검색 엔진의 컴퓨터 관련 웹 사이트 한 곳을 접근한 후, 그 사이트가 하이퍼링크하고 있는 컴퓨터 관련 웹 사이트를 계속해서 살펴볼 수 있다. 이는 가장 초보적이면서도 가장 효율적인 인터넷 정보 접근 방법이 될 수 있다.

(나) 검색 엔진 이용

해당 정보의 위치(URL)를 알고 있을 경우에는 해당 웹 사이트로 들어가 정보 검색을 하면 된다. 그러나 주제에 관련된 웹 사이트 주소를 모두 알고 있는 것은 불가능하기 때문에 검색 엔진을 이용하여 주제어를 입력하고 해당 사이트의 정보를 찾은 후 요약문을 보고 해당 웹 사이트로 이동하여 자료를 수집하는 것이 일반적이다. 인터넷이 전 세계를 대상으로 하는 네트워크인 만큼 인터넷에서 정보를 검색하기 위해서는 원하는 정보를 가지고 있는 서버에 접속해야 한다. 하지만 원하는 정보가 어느 컴퓨터에 저장되어 있는가를 찾기 위해 모든 컴퓨터를 열어 살펴본다는 것은 거의 불가능한 일이다. 인터넷에 많은 정보가 있다고 해도 정보를 찾는 데 엄청난 시간이 걸린다면 거의 대부분의 사람들은 지쳐 포기하고 말 것이다. 바로 이와 같은 어려움을 해결해 주는 서버를 검색 엔진이라고 한다. 즉, 어떤 컴퓨터에 어떠한 정보가 들어 있는지를 알려주는 특별한 일을 하는 웹 서버가 검색 엔진인 것이다. 이제 인터넷의 모든 정보 검색은 대부분 이 검색 엔진을 통해서 이루어진다고 생각해도 무방할 것이다.

현재 인터넷을 효율적으로 사용할 수 있도록 다양한 검색 엔진들이 개발되어 널리 사용되고 있다. 국내에서 널리 활용되는 검색 엔진에는 포털 사이트인 네이버(http://www.naver.com)나 다음(http://www.daum.com)이 제공하는 검색 엔진 등이 있으며, 국외의 경우 Google(http://www.google.com) 등이 강력한 검색 툴로 널리 활용되고 있다. Google의 경우에는 한글 문서에 대한 검색기능도 제공한다. 일반적으로 검색 방법은 해당 웹 사이트에 들어가면 예제나 도움말 기능에서 충분히 찾아볼 수 있는데, 숙지를 한 후 정보 검색을 수행하는 것이 필요하다. 단순한 키워드 입력에 의한 검색뿐만 아니라 특정 필드를 지정하여 검색하거나 불리언 연산자를 사용하여 검색하는 등 고급 검색 기능을 제공하기 때문이다. 또한 검색 엔진에는 주제별 검색 엔진, 단어별 검색 엔진, 메타 검색 엔진 등이 있다. 주제별 검색 엔진은 정치, 경제, 사회, 문화, 스포츠 등 각 분야별로 분류되어 있는 항목을 마우스로 클릭하여 그 분야의 세부 항목으로 찾아 들어가 원하는 정보를 찾는 방식이며, 단어별 검색 엔진은 인터넷에 있는 홈페이지의 내용과 주소를 자체 데이터베이스로 구축해 둔 것이다. 메타 검색 엔진이란 로봇 에이전트를 이용하여 여러 검색 엔진을 참조해 정보를 제공해주는 검색 엔진을 말한다. 메타 검색 엔진은 검색어 입력 상자를 하나만 제공하면서도 다양한 검색엔 진을 동시에 활용할 수 있다.

다. Bookmark(즐겨찾기) 이용

하이퍼링크 기능을 이용하거나 검색 엔진을 이용해 검색할 경우, 일정한 단계를 거치면 원하는 정보에 접근할 수 있게 된다. 이러한 정보는 대개 추후에 다시 활용할 가능성이 높기 때문에 그 주소를 기억해두는 것이 유용하다. 이렇게 유용한 인터넷 주소를 기억하는 것을 '북마킹한다'라고 말하며, 북마킹한 주소는 적절한 분류 방식을 적용하여 웹브라우저에 저장하게 된다. 특히, 특정 분야에 종사하는 이용자의 경우 반드시 북마킹을 이용한 정보의 체계적인 관리가 필요하다. 북마킹의 적절한 활용이 이루어진다면 최신 정보 입수에 남다른 강점을 지닐 수 있기 때문이다.

07

다양한 과학기술문의
형식과 내용

　"구슬이 서 말이라도 꿰어야 보배"이듯이 훌륭한 연구 활동은 적합한 형식과 절차를 준수하여 작성될 때 그 빛을 발한다. 그런데 구슬을 꿰어서 반지를 만들지, 팔찌를 만들지, 목걸이를 만들지에 따라 서로 다른 매듭이 요구되듯이 연구 활동의 각 국면에 따라, 그리고 과학기술문의 종류에 따라 요구되는 형식과 내용은 상이하다. 이러한 상이한 형식과 내용은 각 문서의 목적에 따라 최적화된 관습으로 굳어지는 경우가 많으므로 기존의 형식과 내용을 숙지하여 작성할 필요가 있다. 이 장에서 살펴볼 다양한 과학기술문은 과학기술 분야의 연구 활동, 그리고 그 연구 활동 결과의 출간 및 보고에서 만들어지는 글을 최대한 망라하였다. 이러한 문서들이 모든 연구 분야에서 요구되는 것은 아닐 것이며, 각자의 필요에 따라 참조하면 될 것이다.

1. 연구 노트

연구 노트는 연구에 참여하는 연구자가 연구를 진행하는 동안에 그 과정을 상세히 기록하는 문서이다. 연구 노트는 추후에 논문이나 보고서를 작성하기 위한 기초 자료로 사용되기에 내용을 정확하고 분명하게 기록해야 하며, 객관적인 사실에 근거하여 작성되어야 한다. 또한 연구 내용과 관련한 윤리적이거나 법적인 문제가 발생할 경우 판단 근거로 활용될 수도 있으므로 신중하게 작성해야 한다.

연구 노트는 연구자 각자가 별도의 노트로 작성하는 것이 바람직하며, 그 내용에 있어서 위조, 변조 없이 객관적인 사실만을 정확하고 분명하게 기록해야 한다. 또한 연구 주제의 목적과 연구 방법, 실천 계획과 분석 내용, 그 결과에 이르는 과정을 순차적으로 상세히 기록해야 한다. 그리하여 제3자가 작성된 연구 노트를 보고 동일한 연구를 재연할 수 있을 정도로 작성해야 한다. 연구 노트 작성 시에 보관이 힘든 자료(동영상, 음성 파일 및 기타 컴퓨터 파일로 작성된 결과물, 변질되기 쉬운 물질 등의 원본 데이터)는 별도 보관 관리를 하여야 한다.

〈연구 노트 기입 요령〉

- 연구 활동에 대한 기록은 가급적이면 당일 기록하는 것이 바람직하며, 연구 중에 메모한 것을 옮기는 것보다는 시간 순서별로 기입하는 것이 바람직하다.
- 불가피한 연구의 공백(휴가, 출장 등 연구를 할 수 없는 상황)이 있는 경우에는 사유를 기록하고 점검자의 서명을 받는다.
- 연구 노트에 직접 기입할 수 없는 것(사진, 출력물, 다른 연구 실험결과)은 일자순으로 노트에 접착제 등을 사용하여 붙여 넣으며, 사후에 다른 자료로 대체하는 것

을 막기 위해 사인하고 날짜를 기록한다.

- 잘못된 부분을 지울 때는 수정액 혹은 지우개 등으로 지우는 것이 아니라 볼펜으로 줄을 그어서 수정한다. 수정된 사항에 대해서는 일자를 기입하고 사인을 한다.
- 중요한 수정인 경우에는 잘못 작성된 오기를 설명하는 주석에 일자를 기재하고 증인과 함께 서명한다.
- 추후에 추가로 작성할 가능성이 있을 수 있기 때문에 이를 배제하기 위해 빈 공간에는 사선을 긋는다.
- 연구 노트의 단 한 페이지라도 찢거나 분실해서는 안 된다.

〈연구 노트의 기본적인 기재 사항〉

- 작성일자(Date): 연구 및 실험의 진행 내용을 작성한 날짜 기록
- 연구명(Title): 연구 및 실험의 주제 및 제목
- 조교(Assistant): 연구 및 실험 조교의 확인 서명
- 지도교수(Professor): 연구 및 실험 지도교수의 확인 서명
- 지도사항: 실시한 연구 및 실험에 대해 조교, 지도교수의 지도 내용 작성
- 내용 및 결과(Method/Process & Result): 연구 및 실험을 진행하는 방법과 결과 작성
- 쪽번호: 연구노트의 일련번호

「국가연구개발사업의 관리 등에 관한 규정」 제29조에 따라 연구자들의 연구 노트 작성 및 관리가 의무화되었다. 연구 노트의 양식은 〈그림 7.1〉과 같으며, 기본적으

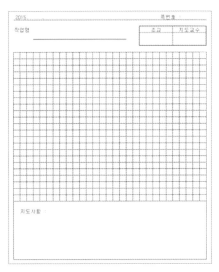

〈그림 7.1〉 연구노트의 기본적 양식 (성균관대학교 정보통신공학부 양식)

로 삽입이나 삭제가 쉬운 바인더 형태의 노트는 지양한다. 노트의 상세 내용은 아래와 같으며, 제본된 묶음 노트를 사용한다.(제8조 1항 1호)

- 내구성 및 보존성이 좋은 종이로 된 내지: 발명자, 발명일을 특정하는 증거물이므로 장기 보존
- 테두리가 있는 페이지 구성(제8조 1항 3호): 테두리 안쪽에 데이터를 기재
- 페이지 상단이나 하단에 일련번호 기재(제8조 1항 3호): 연구 과정이 순차적으로 적절히 기재, 관리, 보전되는 것을 증명
- 지워지지 않는 필기구 사용(제8조 1항 2호): 기록 내용이 변질되지 않고 장기간 보존이 가능해야 함
- 연구 프로젝트명, 제목, 목적 등 기재: 한 가지 프로젝트에 여러 권의 연구 노트가 발생되는 경우, 관리를 위해 기본 사항을 기재

- 발명자, 기록자, 증인의 서명 및 각 일자 작성란 구비(제8조 1항 3호) : 확인란에는 발명자 서명 및 실험 일자, 기록자 서명 및 기록 일자, 증인 서명 및 확인 일자가 포함되어야 한다.

2. 보고서

과학기술 분야의 기초적인 저술인 보고서는 연구, 조사, 관찰, 실험 등을 통해 자료를 수집하고, 수집한 자료를 체계적으로 정리하여, 이를 효과적으로 전달하기 위한 과학기술문이다. 보고서에는 연구 기관에서 수주한 연구의 결과물을 발간한 연구 보고서, 정부 기관에서 정책 관련 조사 자료를 수록한 정책 보고서, 기업체에서 경영 상황이나 제품 판매 현황을 파악하고자 작성한 경영 보고서, 산업체에서 기술적 문제를 공학적으로 분석한 기술 보고서, 대학에서 관찰 및 실험을 통해 주로 과제물로 제출하는 학습 보고서에 이르기까지 매우 다양한 종류가 있다. 여기서는 학습 목적을 위해 작성되는 실험 보고서와 일반적인 형태의 과학기술 보고서 두 종을 구체적으로 살펴볼 것이다.

2.1 실험 보고서

(1) 실험 보고서의 특징

여러 종류의 보고서들 가운데 이공계 대학생들이 주로 작성하는 학습 보고서는 흔히 '리포트(Report)', 혹은 'Experimental Write-up'이라고 부르는 실험 보고서이다. 실험 보고서는 실험 노트를 바탕으로 실험 결과를 형식을 갖추어 정리한 과학기술문의 하나이다. 대체로 실험 보고서는 학문적 성과를 담은 논문에 비해 주제 범위나 논의 내용이 좁고, 산업 현장에서 사용되는 과학기술 보고서와 달리 당장의 실용적 목적을 지니고 있지 않다. 실험 보고서는 그 이름처럼 실험 후 작성하는 보고서이기는 하지만 그렇다고 본격적인 연구 활동의 일환으로 작성되는 연구 논문은 아니다. 학부생들에게 부과되는 실험 보고서 과제는 이미 알려진 연구 성과를 재연하고 기록함으로써 가치 있는 가설의 의미, 그것을 입증하기 위해 진행되었던 역사적 실험의 절차와 내용 등을 직접 체험하는 것을 주된 목적으로 한다. 따라서 여타의 과학기술 연구 결과물들과 비교하여 좀 더 엄격하게 형식을 따라야 할 필요가 있으며, 그 형식들의 역할과 의미를 충분히 이해하고 내용을 작성하는 것이 중요하다. 그러기 위해 실험 보고서 작성 시에는 항상 근거를 가지고 의견을 개진해야 하며, 작성자의 근거 없는 주관적인 느낌이나 감상은 가급적 배제해야 한다. 또한 관찰 및 실험의 결과를 일정한 논리와 형식에 따라 체계적으로 정리해야 한다. 실험 보고서를 작성할 때 일반적으로 유의할 주의 사항들을 살펴보면 다음과 같다. ① 실험 목적과 내용이 분명하게 드러나야 한다. ② 실험 관련 이론에 대한 이해가 충분해야 한다. ③ 적절한 실험 방법이 선택(혹은 설계)되어야 한다. ④ 실험 결과가 체계적으로 정리되어야 하고 시각적으로 잘 표현되어야 한다. ⑤ 실험 과정 전반의 모든 내용이 가감 없이 담겨 있어야 한다.

(2) 실험 보고서의 형식과 내용

실험 보고서는 일반적인 형식과 내용을 만족시켜야 한다. 그 형식과 내용은 실험 보고서의 목적을 달성하기 위해 설계된 것이므로 충실히 따를 필요가 있다. 실험 보고서의 표준적 형식은 다음과 같다: ① 표지 ② 본문 목차와 도표 목차 ③ 실험 목적 ④ 실험 내용 ⑤ 실험 이론 ⑥ 실험 장치 및 방법 ⑦ 실험 결과 ⑧ 고찰 ⑨ 결론(선택 사항) ⑩ 참고 자료(및 부록 등)

① 표지

실험 보고서의 표지는 사람의 얼굴과 같은 역할을 한다. 얼굴을 통해 그 사람에 대한 첫인상과 중요한 정보를 입수하듯이 실험 보고서의 표지에는 문서의 중요 정보를 깔끔하고 충실하게 담아낼 필요가 있다. 표지에는 실험 제목, 수강 과목명, 실험 시간 및 장소, 작성자의 소속 학과(계열), 학번, 이름, 제출일, 담당교수 등을 적는다. 표지에 화려한 치장을 하거나 장식을 다는 것은 오히려 산만한 느낌을 주어 좋지 않다. 특히 실험 보고서의 제목은 해당 실험이 무엇에 관한 것인지 한눈에 파악할 수 있도록 실험 내용을 간결하게 표현해야 한다. 한눈에 의미 파악이 되지 않거나 혼동을 주는 제목은 좋지 않다. 이런 점에서 제목이 너무 길어지면 독자의 관심을 집중시키지 못해 정보 전달의 효과가 떨어진다. 또한 너무 추상적이거나 지나치게 독특한 제목 역시 바람직하지 않다.

② 본문 목차와 도표 목차

본문 목차는 실험 보고서의 제목과 본문이 시작되기 전에 위치시키는데, 목차의 분량이 많을 경우 페이지를 따로 내어 적는다. 무엇보다 독자는 목차를 통해 본문 전체에 대한 이해를 도모하므로 목차를 작성할 때 본문 전체의 구성을 일목요연하게 보여주어야 한다. 이때 본문의 장, 절, 항 등을 표시하는 방법은 대개 다음과 같은 방식을 따른다.

• 수문자식: 수문자식은 숫자와 문자를 번갈아 가면서 장, 절, 항 등을 표시하는 방식이다. 관례적으로 장에는 로마 숫자를 사용하고, 절에는 알파벳 대문자를 사용하며, 항에는 아라비아 숫자를 사용한다.

• 숫자식: 숫자식은 숫자만으로 장, 절, 항 등을 표시하는 방식이다. 예를 들어 장에는 한 자리 수인 1, 2, 3 등을 쓰고, 절에는 두 자리 수인 1.1, 1.2, 1.3 등을

쓰며, 항에는 세 자리 수인 1.1.1, 1.1.2, 1.1.3 등을 쓴다.

•장절식: 장절식은 장, 절, 항 등을 표시하는 가장 전통적인 방식이다. 예를 들어 '제1장', '제1절' '제1항'과 같은 방식으로 표시한다.

그 밖에 장, 절, 항의 구분 없이 단락 구분만을 통해 본문 전체를 쓰기도 하고, 단락마다 일련번호를 붙이기도 하지만, 이러한 방식은 독자의 편의를 거의 고려하지 않는 방법들이므로 삼가는 것이 바람직하다.

실험 보고서에 작성된 모든 도표들은 제목과 일련번호를 가지고 있다. 그러므로 실험 보고서에 작성된 도표들 역시 목차를 따로 작성해야 한다. 실험 보고서 내의 도표의 수가 많지 않을 때에는 본문 목차 다음에 작성할 수도 있고 수가 많을 때에는 별도의 페이지를 내어 작성할 수도 있다. 어느 경우에나 과학기술문서에서 도표가 지닌 중요한 역할을 고려할 때 독자가 본문 목차와 도표 목차를 손쉽게 구별할 수 있도록 작성해야 한다.

③ 실험 목적

실험 보고서는 해당 실험의 목적을 서술하면서 시작한다. 이 부분에서 작성자는 해당 실험을 수행하는 목적, 즉 이 실험을 통해 어떤 결과를 얻고자 하는지 혹은 이 실험을 통해 확인할 이론이나 모델(가설)이 무엇인지 등을 서술한다. 또한 필요하다면 관련 문헌의 조사 내용, 기존 연구의 한계 등을 지적하면서 해당 실험의 배경이나 의의 등을 나타낸다. 즉 이 부분에서 작성자는 실험의 필요성을 독자에게 분명하게 전달해야 한다. 그리고 이는 작성자에게도 해당 실험을 통해 얻어야 할 결과에 대해 생각할 수 있는 좋은 기회를 제공한다. 하지만 실험 목적 부분은 실험 보고서의 서론에 해당하므로 너무 길지 않게 작성하는 것이 좋다. 만일 목적이 여러 가지라면 세부 목적에 따라 개조식으로 작성할 수도 있다.

④ 실험 내용

실험 내용 부분은 위의 실험 목적을 달성하는 데 필요한 실험이 무엇인지, 즉 해당 실험의 내용과 범위를 밝히는 부분이다. 실험 내용 부분 역시 실험 보고서의 서론을 구성하는 항목이므로 이 부분에서 작성자는 실험 전반의 내용과 범위를 압축적으로 전달해야 한다. 이때 주요 항목들을 개조식으로 설명할 수도 있다.

⑤ 실험 이론

실험 이론 부분에서는 해당 실험의 내용과 관련한 이론이나 모델에 대하여 설명한다. 이를 통해 실험 내용에 대한 기본 원리를 파악할 수 있고, 관련된 구체적 현상을 잘 이해할 수 있으며, 실험에서 측정한 자료가 어떤 경로를 통해 나오고, 이러한 자료가 어떻게 측정되는지 등을 이해할 수 있다. 따라서 실험 이론 부분은 해당 실험이 적절한 것인지, 실험 자료가 어떤 의미를 가지는지 판단할 수 있는 근거가 된다. 실제로 이 부분은 실험 보고서를 작성하기 이전에 미리 작성해두는 것이 좋다. 우선 실험 이론을 작성하기 위해서는 관련 자료를 조사해야 한다. 그리고 참고 자료를 충분히 이해한 후 실험에 관련된 이론이나 모델을 정리한다. 끝으로 참고한 자료들은 모두 정리하여 실험 보고서 말미의 참고 문헌 부분에 수록한다.

⑥ 실험 장치 및 방법

실험 장치 및 방법 부분에서는 먼저 실험에 필요한 실험 장치나 자료를 얻기 위해 사용하는 재료 및 계측 장비 등에 대하여 구체적으로 기록한다. 실험 장치의 경우 이러한 장치들이 어떻게 연결되어 작동하는지 상세하게 기술한다. 만약 실험 도중 실험 장치를 수정 혹은 보완하였으면 이 또한 상세하게 기술한다. 또한 실험 방법의 경우 각 부분에서 측정하여야 하는 항목(압력, 온도, 변위, 속도 등)에 대해 설명하고, 이러한 변수들의 변화를 측정하기 위한 측정 장비에 대해서도 상세하게 기술한다. 통상 이 부분은 실험 순서, 실험 장치, 실험 조건, 측정 원리 및 방법, 자료 작성의 순서로 작성한다. 이때 실험 순서와 측정 방법의 흐름을 표시한 그림, 실험 조건과 관련된 표, 측정 원리의 모델이 되는 그림 등 도표를 작성할 필요가 있을 경우 스스로 도표를 작성해 보도록 한다. 이를 통해 해당 실험의 내용을 좀 더 깊이 있게 이해할 수 있다.

⑦ 실험 결과

학부생의 실험 보고서의 경우 실험 결과는 일반적인 학술 논문에 비해 보다 상세하게 기록해야 한다. 그리고 실험 과정에서 수집한 자료를 어떻게 처리하여 최종적 결과를 도출하게 되었는지도 설명해야 한다. 무엇보다 이 부분에서는 실험을 통해 수집한 자료를 독자가 잘 이해할 수 있도록 실험 결과를 논리적이고 체계적으로 정리하는 것이 중요하다. 이때 측정의 정밀도와 수치 자료의 유효 숫자에 유의해야 한다. 그리고 수치 자료로 나타난 실험 결과는 반드시 도표로 보여 주어야만 독자들이 손쉽게 이해할 수 있다. 끝으로 실험 결과는 정확해야 한다. 자료가 마음에 들지 않는다고 조작하거나 추정만으로 결과를 예측해서는 안 된다. 실험 결과 부분을 작성할 때 유의할 주의 사항들을 정리하면 크게 다음의 3가지이다.

- 수집된 자료를 논리적이고 체계적으로 정리해야 한다.
- 도표를 작성하여 효과적인 표현을 해야 한다.
- 수집된 자료를 가감 없이 그대로 기록해야 한다.

⑧ 고찰

실험 보고서의 고찰 부분에서는 지금까지의 내용을 토대로 실험 결과가 어떤 의미를 가지고 있는지 그리고 어떤 결론을 내릴 수 있는지 등에 대해서 논의한다. 기본적으로 실험에서 얻은 결과가 실험에 관련된 이론이나 모델과 일치하는지 여부를 검토한다. 만약 일치하지 않는다면 그 원인을 찾아보고, 이를 통해 실험 설계의 오류 혹은 실험 장치 및 방법의 오류 등에 대하여 서술한다. 또한 이 부분에서는 실험 전체에 대한 평가가 이루어지기도 한다. 예를 들어 실험 목적이 달성되었는지, 오류가 있었다면 향후 실험은 어떻게 개선할 수 있을지 등을 평가한다. 그리고 이럴 경우 실험 보고서에서는 결론을 별도의 항목으로 작성하지 않을 수 있다.

⑨ 결론(선택 사항)

실험 보고서에서 결론은 지금까지 수행한 실험 내용 전반에 대하여 간략하게 재서술하고, 실험 목적 및 내용(서론)에 비추어 실험 결과 및 고찰에서 확인한 사실을 평가한다. 하지만 서론 항목을 별도로 만들지 않았고, 실험 결과 부분과 고찰 부분을 분리하여 작성한 실험 보고서의 경우 고찰이 결론을 대신할 수 있다.

⑩ 참고 문헌(및 부록)

참고 문헌 부분은 실험 보고서를 작성하면서 참고한 문헌 및 자료를 기록하는 곳이며, 일반적인 참고 문헌 목록 작성 요령을 따른다. 이에 대해선 마지막 단원에서 자세히 다루고 있다. 또한, 실험 보고서 본문 안에 포함시킬 수 없었던 실험 원리나 모델, 도표 등을 부록으로 작성하여 첨부할 수 있다. 부록은 실험 보고서의 맨 뒤에 붙이며, 두 개 이상의 부록이 있을 경우 '부록 1(Appendix 1)', '부록 2(Appendix 2)' 등으로 번호를 붙여준다.

2.2 과학기술 보고서

과학기술 보고서는 과학기술 분야에서 의사전달을 위해 사용되는 실무적인 글로서, 과학기술의 특정한 사실에 대해 최신 동향을 설명하거나, 어떤 생각이나 이해를 사실에 근거하여 설득하거나, 그리고 어떤 결과물을 안내 및 지시하는 내용으로 구성된다. 과학기술 보고서는 주로 과학자, 공학자, 해당 분야의 전문가 등 해당 과학기술 분야에 전문적인 지식을 가지고 있는 사람에 의해 작성된다.

과학기술 보고서는 정확하고 객관적이어야 하며, 최신의 동향에 대해 저자를 포함한 해당 과학기술 분야의 제3자가 쉽게 이해할 수 있을 정도로 작성해야 한다. 따라서 단순한 결과뿐만 아니라 수행의 목적, 방법과 재료, 결과가 어떻게 해석될 수 있는지 등을 서술해야 한다.

과학기술 보고서는 단순히 자료를 수집하여 보고하는 데 그치는 것이 아니라 해당 분야 연구의 연장선으로 이해해야 하며, 전문적 의사소통을 전제로 작성하는 것이므로 다른 보고서와 마찬가지로 정해진 형식을 충실히 따를 필요가 있다.

(1) 과학기술 보고서의 특징

과학기술 보고서는 특정한 필요와 목적에 의해 작성되기 때문에 일반적으로 제한된 독자층을 가지며, 그 독자층에 최적화된 글쓰기가 되어야 한다. 또한 과학기술 관련 내용으로 구성되기 때문에 논리적이고 체계적으로 작성되어야 하며, 표, 그래프, 다이어그램, 사진 등 원활한 의사소통에 필요한 도표를 사용하여 작성한다.

과학기술 보고서는 프로젝트의 성공 여부를 평가할 수 있는 지표로 삼을 수 있으며, 특정한 연구 과정에서부터 시작해서 현재까지의 연구 결과에 대한 논평을 다룰 수도 있다. 또한 기술영향평가, 환경영향평가, 문화영향평가 등과 같은 평가 과정의 요약이 될 수도 있다. 그러므로 과학기술 보고서에서 제시하고 다루는 내용은 논리적이고 객관적인 사실을 바탕으로, 검증이 가능한 내용으로 구성되고, 데이터와 수치 등은 정확해야 한다. 과학기술 보고서를 작성하는 것은 공표(publish)를 위한 것이기 때문에 연구 내용, 방법, 결과, 분석 및 해석 등에서 객관성과 정확성이 만족되어야 하고 신중하게 작성해야 한다. 그리고 주제, 대상, 해결방법, 결과 및 해석 등에서 기존의 문헌이나 자료와 저자가 주장하고자 하는 내용은 엄격히 구분되어야 한다.

(2) 과학기술 보고서의 주의사항

과학기술 보고서는 독자에게 제한 없이 공개되는 것을 원칙으로 하며, 대상 독자들이 읽는 데 최대한 어려움이 없도록 작성되어야 한다. 과학기술 보고서는 다양한 목적으로 읽히는 것이기 때문에 독자 누구나 자신의 관심 분야에 맞추어 보고서를 발췌할 수 있도록 배려해야 한다. 일반적으로 독자 중 80%는 문서의 20%만을 읽는다고 한다. 따라서 보고서의 작은 부분이라도 소홀해서는 안 되고, 내용을 충분히 전달할 수 있도록 하며, 되도록이면 문서 전체 내용을 모르더라도 독자가 찾아보는 목차에 따라 내용을 쉽게 파악할 수 있도록 서술해야 한다.

(3) 과학기술 보고서의 작성요령

과학기술 보고서는 일반적으로 논문과 유사한 성격으로서 연구 내용에 대한 결과 및 분석 내용을 포함한다. 과학기술 보고서는 일반적으로 제3자 입장에서 객관적이며 정량적으로 작성해야 한다. 일반적으로 과학기술 보고서는 다음과 같이 구성된다.

- 표지: 제목, 작성자, 작성일, 제출 기관 등을 표시
- 목차: 본문 목차, 그림 목차, 표 목차, 수식, 용어 설명
- 요약문: 보고서의 전체 내용을 간략하게 소개
- 서론: 보고서의 배경, 작성 목적을 제시하고, 내용을 요약
- 본론(주요 내용): 보고서의 주요 내용 및 연구 방법, 결과 등을 작성

- 결론: 요약, 결과 해석, 향후 연구 및 추진 방향 등을 제시
- 기타: 참고문헌, 참고자료, 부록 등

① 표지

과학기술 보고서의 제목은 독자가 처음 읽는 부분이므로, 제목을 정할 때는 제 3자가 문서의 필요성을 판단할 수 있게 보고서의 내용이 함축적으로 명료하고 정확하게 드러나도록 결정한다. 제목은 일반적으로 다루는 내용, 주제에 대한 주요 용어(Key word)를 포함한다. 이때 약어 및 은어 등의 사용과 선입견이 있는 단어의 사용을 피하는 것이 좋다.

② 요약문

요약문(Abstract)은 보고서 전체 문서의 내용을 간략하게 요약하는 것이다. 연구 내용과 목적(무엇을, 왜), 연구 방법(어떻게), 연구 결과가 포함되도록 작성한다. 또한 연구 결과의 의미를 드러내준다. 요약문에는 도표와 참고 자료를 넣지 않으며, 본문에 포함되지 않은 내용을 담아내서는 안 된다. 보고서의 종류에 따라 다르지만, 일반적으로 100~300단어(영문 250단어) 정도에서 1~2페이지 정도까지 작성한다. 요약문을 작성할 때는 전체 문서의 주요 요점들을 작성하고, 내용을 연속적인 문장으로 연결하여 완성한다. 제3자가 요약문을 처음 읽었을 때, 모든 내용을 함축적으로 이해할 수 있게 작성한다.

③ 서론

서론은 보고서의 주요 목적과 필요성을 서술하는 부분이다. 서론을 작성할 때는 연구의 핵심 내용을 일목요연하게 작성하며, 연구의 목적과 의미를 함축적으로 간

〈그림 7.2〉 과학기술 보고서의 표지 및 요약문

단하게 서술한다. 서론에서 주로 다루는 내용은 다음과 같다.

- 문제정의 : 대상 문제, 관련 연구에 대한 서술을 통해서 독자의 이해를 도모
- 중 요 성 : 관련 연구의 검토를 통하여 연구의 의미와 이론적인 근거를 제시
- 해결방법 : 연구 방법에 대해 기술, 다른 방법과의 비교를 통해 타당성을 제시

문제에 대해 서술할 경우, 일반적인 문제에서 시작하여 연구의 범위를 한정지어 특수한 문제로 순차적으로 작성하는 것이 좋으며, 문제와 해결방법 사이의 관련성을 서술하며, 문제에 대한 선행연구를 제시하고 그 선행연구와의 관련성 및 차별성을 드러내야 한다.

④ **본론**

– 장치 및 방법

과학기술 보고서의 이 부분에서는 문제의 접근 과정 및 해결방법과 그 과정에서 어떤 도구를 사용했는지(재료, 장비, 데이터, 소프트웨어 등), 해결 단계마다의 진행 내용에 대해서 절차를 순차적으로 상세하게 기술하며, 연구 방법과 결과를 명확하게 구분하여 작성한다. 새로 사용하게 되는 도구에 대해서는 그림과 함께 알아보기 쉽게 작성한다.

– 결과

결과 부분에는 실험으로부터 무엇을 찾아내었는지 기술한다. 알리고자 하는 연구 내용과 결과를 가능한 효과적으로 전달할 수 있도록 해야 한다. 실험 내용과 결과 데이터들에 의해 입증된 주요 사실들을 제시하며, 일반적인 실험 표본을 선정, 재연 가능한 결과를 서술하고, 가장 전형적인 사례 또는 예외적인 사례의 경우에는

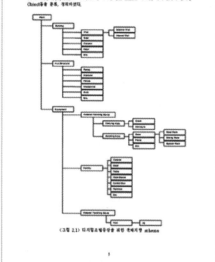

〈그림 7.3〉 과학기술 보고서의 서론 및 본론

별도로 서술하는 것이 좋다.

결과 부분에서는 실험을 통해 얻은 데이터를 제시하기 때문에, 제3자가 알기 쉽게 표나 그래프로 제시하는 경우가 많다. 표와 그래프는 각각 장단점이 있기 때문에 적절히 선별하여 사용할 필요가 있다. 결과를 서술할 때는 단순한 내용에서부터 복잡한 내용으로 서술하고, 방법 또는 대상별로 구분하여 정리하고, 과거 시제는 사용하지 않으며, 실험 결과와 관련 없는 불필요한 단어들은 제거하고 서술한다.

⑤ 결론

과학기술 보고서의 결론에서는 주요 결과들을 요약한 후, 결과들의 의미를 논하고, 패턴이나 원리 관련성을 제시하며, 기존 연구와 본 연구 결과의 차이를 설명한다. 또한 연구 결과의 이론적인 논평을 서술하고 적용성, 확장성 등이 제시되어야

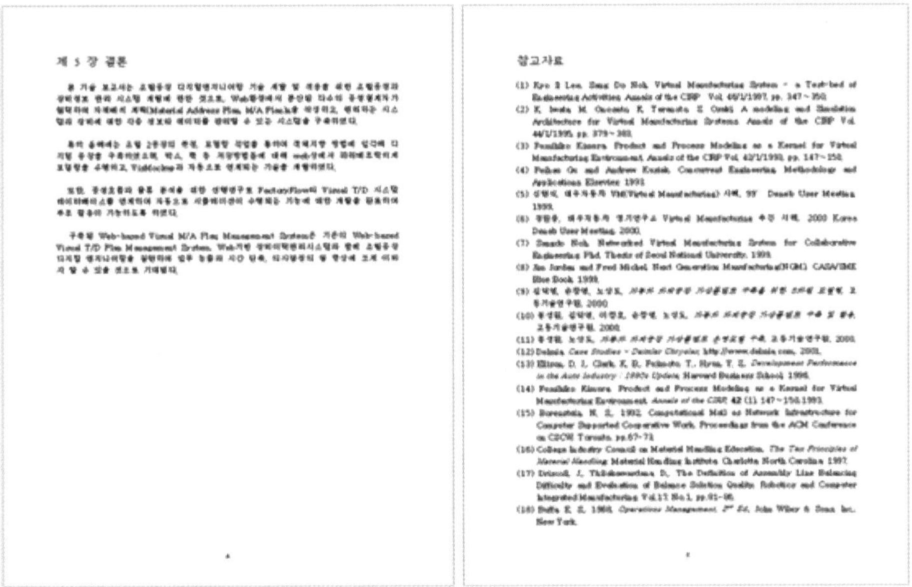
제 5 장 결론

참고자료

〈그림 7.4〉 과학기술 보고서의 결론

한다. 결론 부분을 작성할 때는 개별적인 것부터 전체적인 것으로 넓혀가며 논의
한다. 이때 너무 일반적이고 추상적인 문장은 피하며, 의미를 추측하기 어려운 문
장을 포함하지 않아야 한다. 제3자가 결론을 통해서 전체의 내용을 알 수 있도록
작성하는 것이 좋다.

[문제 1] 다음 양식을 참조하여 연구 노트를 작성해 보시오.

□ 필수 기재 사항
- 과제명
- 실험명
- 목적
- 실험 방법
  - 50단어 이상
  - 도표 활용 가능
- 실험 결과
  - 30단어 이상
  - 도표 활용 가능
- 작성자 서명 및 실험일자
- 증인 서명 및 확인
  - 수업 지도교수 확인

[문제 2] 작성한 연구 노트를 참조하여 연구 보고서를 간단하게 작성하시오.

- 실험 보고서 추가 내용 : 표지, 요약문, 서론, 결론, 참고문헌 및 참고자료

• 표지예제

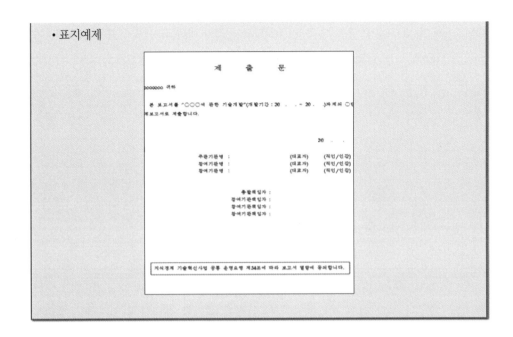

3. 연구 계획서

3.1 연구 계획서의 특징

연구 계획서(제안서)는 특정 과학기술의 최신 문제와 해결방안을 제시함으로써 최종적으로 연구 계약을 목표로 하는 문서이다. 정부 과제의 대부분과 산업체 프로젝트의 일부는 지원 기관이 제안 요청서를 공지하고, 평가를 통해 과제 수행자를 선정한다. 기본적으로 계획서의 양식이나 작성 방법과 요구사항이 제공되며, 작성자가 해당 항목을 채움으로써 완성된다.

계획서의 작성 방법은 지원 기관이 제시하는 제안 요구서(RFP, Request for proposal)의 유무에 따라 달라진다. 제안 요구서는 연구 수주 기관에서 연구 프로젝트의 중요성과 의의, 개발 내용, 수행 기간, 요구 사항 등을 종합하여 제시하는 문서이다. 제안 요구서가 있을 경우 그 요구에 충실히 계획서가 작성되어야 한다. 제안 요구서에서는 연구 계획서의 구체적인 양식을 지정하거나 제공하는 경우가 일반적이다. 만약에 양식이 제시되지 않았다면 자유롭게 작성할 수 있지만, 내용과 구성이 연구 계획서의 성격에 부합하도록 하고, 연구 제목, 필요성, 목표, 내용, 활용 방안, 계획, 예산, 연구 책임자의 이력 등을 빠뜨리지 않아야 한다.

3.2 연구 계획서의 중요성

연구를 추진함에 있어서 반드시 연구 계획서가 준비되어야 한다. 처음 연구 계획서를 작성할 때 성의 없게 작성하였다가, 이후에 목표와 무관하게 연구가 진행되어 버린다면 결코 좋은 연구가 될 수 없다. 연구 계획서는 연구 과정에서 아래와 같은 중요한 역할을 한다.

- 연구 계획서는 연구를 이끌어가는 지침서로서의 역할을 한다. 연구의 기획부터 최종 목표까지의 과정이 구체적으로 작성되어야 하며, 연구가 진행되면서 시행 착오가 발생할 정도로 허술하게 작성되어서는 안 된다. 처음 연구 계획서를 체계적이고 논리적으로 작성해 놓으면 연구의 추진은 매끄럽게 진행될 수 있다.
- 연구자의 생각을 체계적으로 정리하는 데 도움을 줄 수 있다. 연구를 기획, 준비하고 연구 계획서를 작성하는 동안 참신하고 도전적인 아이디어들이 스쳐 지나가는 경우가 흔히 있다. 그런 좋은 생각들은 정리하고 준비해두지 않으면 어느덧 기억에서 사라져 좋은 연구 기회를 놓치게 되는데, 연구 계획서는 그런 생각들을 체계적으로 정리하고 방향을 구체적으로 설정해줌으로써 연구에 실질적인 도움을 주기도 한다.

- 연구 계획서는 전문가의 조언을 받고 협의하기 위한 의사소통의 수단으로 활용될 수도 있다. 현대의 과학기술 연구 활동은 혼자의 힘으로 진행하는 것이 불가능할 정도로 대규모 장비와 인원을 필요로 한다. 이는 단지 사람의 수가 중요하다는 것이 아니라 각기 다른 분야의 전문 지식이 필요하다는 것을 의미한다. 그럴 경우 주변의 전문가들에게 조언을 구해야 하는데, 일반적으로 구두로 조언을 구하는 경우는 드물다. 연구 계획서는 전문가들의 조언을 구할 때 매우 중요한 역할을 한다.

3.3 연구 계획서의 고려사항

연구 계획서 작성 시 고려해야 할 사항은 제안서를 읽는 독자(평가자)의 전문성에 맞추어 서술하는 것이다. 일반적으로 평가자는 해당 과학기술 분야의 전문가이기 때문에 계획서가 가지는 문제 해결의 중요성을 전문용어와 지식을 사용해서 명확히 서술하는 것이 중요하다. 또한, 연구 목표, 수행 방법, 성과 목표 등도 합리적이고 체계적으로 기획하여 서술해야 한다.

평가자가 계약을 결정하는 의사결정 권한을 가지고 있지만 전문 분야가 다를 경우에는 계획서의 목표와 중요성, 그리고 기대효과 및 활용방안에 대한 서술에 특히 주의를 기울여야 하며, 전문용어는 가급적 쉽게 풀이해서 작성하는 것이 바람직하다. 연구 계획서를 작성할 때의 유의사항은 다음과 같다.

- 필요한 사항만을 간단명료하게 서술한다. 평가하는 입장에서는 모든 사항을 읽지 못하는 경우가 대부분이다. 따라서 체계적이지 않고 불필요한 내용을 많이 포함하고 있으면 평가자는 좋은 점수를 주기가 어렵다. 계획서의 내용을 이해

시키는 것은 작성자의 몫이기 때문에 평가자를 이해시키는 서술 방법이 중요하다. 평가자는 다른 경쟁자의 계획서도 검토하기 때문에 평가자의 입장에 맞추어 서술해야 한다.

- 계획서의 항목들을 잘 이해하고 요구 사항에 맞추어서 서술해야 한다. 일반적으로 분류체계 코드에 맞추어 작성하라고 명시되어 있다. 계획서의 성격과 다른 코드로 분류되면 다른 분야의 전문가들이 평가하기 때문에 제대로 된 평가가 어렵다. 또한 계획서의 요구 사항은 매번 바뀌기 때문에 생소한 항목들이 제시될 수도 있다. 이러한 경우에는 회피하거나 이전의 내용을 그대로 서술하지 말고 새로운 항목의 작성 내용과 방법을 학습하여 요구 사항을 반영하는 것이 바람직하다.

- 계획서가 통과되기 위해서 달성할 수 없는 목표를 제시하지 말아야 한다. 계획서가 채택될 수도 있지만, 연구가 끝나고 목표를 달성하지 못할 경우, 나쁜 평가를 받게 되며 향후 연구 업무 수행에도 나쁜 영향을 미치게 된다. 즉, 목표를 달성하지 못하면, 다음 계획서를 제출할 때 페널티가 부과될 수 있다.

3.4 연구 계획서의 작성 요령

연구 계획서는 목표로 하는 연구에 대한 계약을 체결하기 위한 문서이기 때문에 평가자를 설득할 수 있는 체계적인 구조와 전문용어의 선택이 중요하다. 또한 연구를 통해 달성하려는 목표에 따라 연구의 모든 과정을 서술하되, 불필요한 사항을 배제하여 간결하면서 체계적으로 구성해야 한다. 일반적으로 연구 계획서의 구성은 아래와 같다.

- 표지: 과제 사업명, 과제명, 연구비, 연구기관, 의뢰기관, 수행기관, 연구책임자의 서명
- 연구의 필요성과 목적: 요약문, 문제점, 해결 방안, 관련 현황 및 동향
- 연구 목표: 연도별, 단계별 연구 목표를 함축적으로 제시
- 연구 내용: 연도별, 단계별 연구 내용과 연구 방법, 수행 일정 등을 설명
- 연구 수행 실적 및 능력: 사업 목표와 관련 있는 대표적인 업적(논문, 특허 등록에 한함), 경력, 연구 수행 및 관리 등 주관 연구책임자로서의 적정성에 관해 서술
- 기대효과 및 활용: 예상되는 연구 성과물과 활용방안 서술, 평가 기준, 완료 시점 등에 대해 서술
- 예산: 연구를 수행하는 데 필요한 예산 편성 내용과 산출 근거를 제시
- 부록: 참고자료, 도면, 사진 등의 증빙 서류 제공

(1) 연구의 필요성과 목적

연구의 전체적인 방향과 목표를 이해할 수 있도록 핵심어 중심으로 간략히 서술한다. 연구가 왜 필요한지, 동기가 무엇인지 서술하고, 궁극적인 연구의 목적을 명시적으로 밝힌다. 그러기 위해 제안하는 연구와 관련된 최근의 국내외 연구 동향 및 기존 연구의 문제점과 한계 등을 철저히 조사하여 드러내줌으로써 본 연구의 가치를 높일 수 있도록 서술한다. 특히 제안하는 연구는 기존의 연구들이 해결하지 못한 문제를 해결하거나, 기존의 지식을 개선하거나, 기존의 원리를 새롭게 규명하는 등 창의적인 내용을 담고 있음을 구체적으로 보여주어야 한다.

①공모부문(대분류)	
②연구분야(중분류)	
③연구과제(소분류)	

20○○년도 학부생 연구프로그램 신청서

연구과제명	국문	
	영문	
연구비 규모		

<table>
<tr><td colspan="4" align="center">참여 학생 정보</td></tr>
<tr><td rowspan="12">이름

(생년
월일)</td><td rowspan="4"></td><td>소속기관</td><td>학교 :   학과 :   (학년 :   )</td></tr>
<tr><td>학점</td><td></td></tr>
<tr><td>연구경험</td><td></td></tr>
<tr><td>휴대폰</td><td>e-mail</td></tr>
<tr><td rowspan="4"></td><td>소속기관</td><td>학교 :   학과 :   (학년 :   )</td></tr>
<tr><td>학점</td><td></td></tr>
<tr><td>연구경험</td><td></td></tr>
<tr><td>휴대폰</td><td>e-mail</td></tr>
<tr><td rowspan="4"></td><td>소속기관</td><td>학교 :   학과 :   (학년 :   )</td></tr>
<tr><td>학점</td><td></td></tr>
<tr><td>연구경험</td><td></td></tr>
<tr><td>휴대폰</td><td>e-mail</td></tr>
</table>

참여학생 서약	본인은 '20○○년도 학부생 연구프로그램'에 선정될 경우 연구를 성실히 수행하며, 만일 과제수행 불성실, 파견, 휴학, 자퇴, 제적 등의 개인적인 사유로 중도에 그만둘 시에 잔액 연구비를 반납할 것을 서약합니다. 20○○년 월 일 학생1 (인) 학생2 (인) 학생3 (인)

연구책임자	성명	소속기관	
	연구분야		
	휴대폰		e-mail

연구조원 (조교)	성명	소속기관	(과정 학기)
	연구분야		
	휴대폰		e-mail

연구지도 및 지원 승인	위 연구 과제를 수행하는 학생의 연구지도 및 지원을 승인합니다. 20○○년 월 일 연구책임자 : (인)

- 1 -

〈그림 7.5-1〉 연구 계획서 양식 예시

20○○년도 학부생 연구프로그램 자기소개서

소속(학교)	
학년/생년월일	
연구과제명	
이름	

연구책임자 :   (인)

〈그림 7.5-2〉 연구 계획서 양식 예시

1. 연구수행계획서

연구과제명	국문	
	영문	

가. 연구의 필요성과 목적

나. 연구목표 및 독창성

다. 선행연구 혹은 관련연구

라. 연구내용 및 방법

마. 기대효과 및 활용

바. 참고문헌

- 3 -

〈그림 7.5-3〉 연구 계획서 양식 예시

2. 연구추진 일정표

추진일정	연구추진계획	연구지도(연구책임자 작성)

3. 연구비 집행계획

(단위 : 원)

비목	세목	세세목명	산 출 내 역	금 액
직접비	연구장비재료비	기기장비 및 시설비		
		시약 및 재료비		
	연구활동비	인쇄·복사비 등 수용비		
		기술정보수집비		
	연구추진비	시내·국내 출장비		
		사무용품비		
		회의비		
		식대		
	연구수당 (10% 이내)	연구수당		
간접비	간접비 (5% 이내)	연구지원비		
합 계				

- 4 -

〈그림 7.5-4〉 연구 계획서 양식 예시

(2) 연구 목표

연구 기간 동안에 목표로 하는 연구 내용에 대해서 세부적으로 구분하며, 간략하게 요약하여 연구 목표와 세부 목표를 서술한다. 연구 목표와 세부 목표는 연구의 흐름이 합당하게 흘러가는지 고려하여 최종 연구 목표와 관련 없는 내용은 배제하는 것이 바람직하다. 가능한 한 연구 목표의 범위를 축소시키며 광범위한 내용을 피하고 연구를 통해 얻고자 하는 성과가 무엇인지 구체적으로 서술한다.

(3) 연구 내용

연구 목표와 세부 목표를 정한 이후, 구체적인 연구 내용과 이를 체계적으로 진행하는 방법에 대해 서술한다. 세부 목표에 따른 연구 내용들은 표나 그림을 이용하여 표현할 수 있으며, 연구 설계 및 범위에 대해 자유롭게 서술한다. 이때 측정 도구, 결과 분석 방법, 평가 착안점 등을 매우 상세하게 서술한다. 또한 추진 전략 및 추진 체계 등과 같은 세부적인 연구 흐름을 작성하고, 연구 수행 일정을 체계적이고 세부적으로 제시한다.

- 연구 설계: 연구 수행에 있어서 적절한 연구 설계(Study Design)는 매우 중요하며 주의를 기울여야 하는 부분이다. 특히 연구 방법을 자세히 서술하여 어떻게 적용되는지 서술해야 한다.
- 연구 수행 일정: 연구 수행 일정은 연구를 시작하고 최종 보고서를 완료하는 시점까지의 연구 진행 과정을 단계별로 나누어 설명한다. 연구 일정은 총 연구 기간과 이에 따르는 세부적인 연구 진행에 필요한 기간을 단계별로 구분하여 나누고, 각 단계마다 진행 기간을 연별, 월별 혹은 주별로 표시한 하나의 연구일정표(간트차트 등)로 제시한다. 연구일정표는 연구자가 시간과 이에 따르는 공수를 적절히 분배하고 효과적으로 연구를 진행시키는 데 매우 중

요한 역할을 하므로 연구의 흐름을 한눈에 파악할 수 있도록 작성하는 것이 좋다.

- 측정 도구: 측정 도구(실험 장치 및 방법)는 현재 사용되고 있는 잘 알려진 것을 이용하는 경우와 연구자가 직접 제작하여 사용하는 경우가 있다. 기존의 측정 도구를 사용하는 경우는 신뢰도와 타당성을 보이기 위해 해당 도구의 관련 자료를 제시한다. 측정 도구를 직접 제작하는 것은 매우 복잡하기 때문에 측정 도구 개발 자체가 하나의 연구가 될 수도 있다.

- 결과 분석 방법: 연구 문제 혹은 연구 가설에 대한 해답을 얻기 위해서 어떤 결과 분석 방법을 사용할 것인지를 설명한다. 결과 분석 방법은 수학적인 방법, 기술통계적인 방법, 그리고 추리통계적인 방법 등을 이용할 수 있다. 결과 분석 방법은 해당 과학기술 분야에서 기존에 연구 성격이 비슷한 관련 연구에서의 측정 방법을 사용하는 것이 좋으며, 예외적인 분석 방법을 사용할 경우 그 방법을 사용하는 이유에 대해서 설명해야 한다. 결과 분석 방법을 통해서 산출되는 내용에 대해서 평가 착안점을 작성하는 것이 바람직하다.

(4) 기대 효과 및 활용

연구 수행 중 혹은 연구가 완료된 시점에서 나올 수 있는 성과에 대해서 개략적으로 작성한다. 연구 성과물은 논문, 특허, 시제품, 표준안 등 여러 가지의 형식으로 제시할 수 있으며, 연구 목표에 부합하는 연구 성과들을 작성하는 것이 용이하다. 즉, 연구 목표에 따라서 성과물이 나올 수 있는 수준을 개략적으로 상정하고 합당한 연구 성과물이 나올 수 있게 작성해야 한다. 또한, 연구 성과물에 대해서 학술적, 교육적, 산업적 가치와 시장 진출 가능성 등을 언급하는 것도 좋은 방법이다.

(5) 예산

연구를 수행하는 동안에 필요한 총 예산을 작성하는 단계이다. 연구 목표를 달성함에 있어서 예산은 굉장히 민감한 부분이다. 인건비, 장비 및 재료비, 연구 활동비 등에 대해서 체계적으로 정확하게 작성해야 한다. 세부 예산에 대해서도 산출근거가 연구 성과에 어느 정도 영향을 미치는지 분명하게 서술해야 한다. 예산 집행 시 계획과 상이할 경우, 예산을 반환하는 경우도 생기게 된다. 예산을 집행하는 과정에서는 각 기관의 가이드라인을 반드시 준수해야 하며, 부정 집행 사례에 대해 숙지한 후 예산안을 작성하는 것이 바람직하다.

[문제 3] 계획서의 요약문을 아래를 참조하여 간단하게 작성하시오.

연구 목적	(30단어 이상)
연구 내용	(80단어 이상)
연구 기대 효과	(20단어 이상)
키워드	(2개 이상)

[문제 4] 작성한 요약문을 기반으로 하여 연구 목표와 내용을 아래를 참조하여 간단하게 작성하시오.(각 부분별 300자 이내, 도표 활용 가능)

연구의 필요성과 목적	
연구 목표 및 독창성	
연구 내용 및 방법	
기대 효과 및 활용	
연구 추진 일정	

4. 학술 논문과 학위 논문

학부생들은 논문을 작성할 기회가 거의 없다. 학부 졸업을 위한 졸업 논문이나 논문 콘테스트에 제출하기 위해 쓰는 정도가 학부생이 쓰게 되는 논문들이다. 이런 사정을 고려하면 학부생들에게 논문 작성을 위한 자세한 정보를 제공하는 것이 무의미해 보일 수도 있다. 하지만 논문의 형식과 내용에 대한 자세한 지식을 습득하고 훌륭한 논문을 쓸 수 있는 능력을 기르는 것은 과학기술 분야의 합리적이고도 전문적인 의사소통 능력을 기르는 가장 중요하고 효과적인 방법이기에 논문 작성법을 습득하는 것은 매우 중요하다. 게다가 졸업 후 진학을 하거나 관련 연구 분야에 취직을 하는 사람들에게 논문 작성 능력은 주요한 업무 능력이 되기에 경력에 큰 도움을 줄 수 있다.

4.1 일반적인 논문 작성법

논문이라 하면 사람들은 학문의 최전방에서 이뤄지는 치열한 연구 성과를 담아내는 가장 전문적인 글을 떠올린다. 과학기술 분야에 몸담고 있지 않은 일반인들도 언론을 통해 다양한 과학기술 분야의 성과들이 논문을 통해 발표된다는 사실을 잘 알고 있다. 그러므로 논문에 대한 이러한 인상은 당연한 것이다. 그런데 이러한 인상 때문에 논문을 작성해야 하는 예비 연구자들은 오히려 막연한 두려움을 갖기도 한다. 그러다 보니 논문을 작성하는 것을 '남의 일'처럼 느끼기도 하고 오히려 관심에서 멀리하기도 한다. 하지만 기본에 충실하다면 논문을 쓰는 것도 그리 어려운 일만은 아니다.

물론 당연하게도 좋은 논문은 훌륭한 연구를 통해서만 산출된다. 연구 내용이 부실하다면 좋은 논문이란 터무니없는 욕심일 뿐이다. 하지만 연구의 내용이 훌륭하다고 해서 그것이 곧바로 좋은 논문으로 연결되는 것은 아니다. 좋은 논문을 쓰는 데는 연구와는 또 다른 능력과 기술이 필요하기 때문이다. 단도직입적으로 말해 논문을 잘 쓰는 법에 대한 해답은 바로 '논문 양식'에 있다. 논문이란 연구자가 생각하는 주제와 그에 따른 연구 결과를 다른 사람에게 알리는 것이다. 즉, 연구자 본인의 생각을 논리적인 절차를 통해 입증하는 '논증문'의 골격을 잘 갖추어야만 논문이 성립될 수 있는 것이다. 이 논리적인 절차가 흔히 말하는 '논문 양식'이다. 분야마다 혹은 학회마다 제시하는 외적인 양식은 조금씩 다를 수 있지만 과학기술 분야에서 요구되는 논문의 내적인 양식은 대부분 공통적이다. 이는 대부분의 과학기술 분야의 연구가 실험이나 관찰을 토대로 하기 때문이다.

(1) 논문 작성 순서와 주의사항

학술 저널에 실리는 학술 논문이든 졸업을 위한 학위 논문이든 논문을 작성하는 기본 원칙은 IMRAD 양식을 따르는 것이다. 이는 논문뿐만 아니라 관찰이나 실험에 토대를 두고 진행되는 연구에 기반한 모든 과학기술문에 해당된다. 하지만 글의 종류에 따라 요구하는 것이 다르고 독자의 관심과 수준도 상이하기에 각각의 글에 맞는 특이사항들을 고려해야 한다. 일반적으로 과학기술 분야에서 논문을 작성하는 경우에는 다음과 같은 절차와 주의사항을 고려해야 한다.

① 연구 결과물 정리

연구 결과물이란 연구 주제, 연구 흐름, 실험 내용, 그리고 연구 결과가 정리되어 있는 간이 결과물을 말한다. 연구자 본인이 연구를 수행한 기간 동안에 전산 혹은 수기로 남겨두었던 모든 기록을 취합하여 시간 순서에 따라 정리한 간이 결과물을 만들어야 한다. 본인이 간이 결과물을 보고 연구의 처음부터 끝까지를 모두 떠올릴 수 있다면 그것으로 충분하다. 논문 양식에는 포함되지 않는 부분이지만 첫 단추를 잘 꿰어야 한다.

② 제목

제목은 미지의 독자들로부터 눈길을 끌 만한 것이어야 하지만, 그보다 중요한 것은 올바른 정보를 제공하는 것이다. 논문의 핵심 키워드를 정확하게 포함시켜 논문 DB에서 검색될 수 있도록 해야 하며, 제목의 길이는 10단어 이하가 좋다. 혹자는 연구자 본인이 개발한 구조나 새로이 정립한 패러다임의 명칭을 그대로 쓰는데, 이런 경우에는 독자들의 이해를 위해 반드시 부제를 달아주어야 한다.

③ 저자명

연구에 참여한 저자들을 표기하면 된다. 일반적으로 연구에 대한 비중이 높은 연구자 순서대로 왼쪽부터 작성하며, 교신저자는 맨 마지막에 표기한다. 학회마다 작성 요령이 다를 수 있으므로 해당 내용은 사전에 확인하는 것이 좋다.

④ 초록(요지)

초록은 서론부터 결론까지 논문의 초고가 완성되었을 때 논문을 작성하는 연구자의 입장이 아닌 심사위원의 마음으로 논문 전체를 읽은 후에 작성하는 것이 좋다. 어색한 부분이나 논리적 전개가 아쉬운 부분을 수정하고, 전체적인 연구의 흐름을 완전히 정리한 후에 초록을 작성한다. 다음은 일반적인 초록의 구조이다.

〈초록의 구조〉

① 추세 및 경향: 논문 작성 시점에서의 해당 분야에 대한 연구 추세 및 경향을 작성

② 문제점: 연구 배경에서 어떠한 부분이 문제점인지를 지적

③ 해결 방안: 본 논문의 주제 즉, 제시하는 해결 방안에 대해 작성

---

④ 연구 결과: 본 연구에서 수행한 실험 결과에 대해 작성

⑤ 결론: 실험 결과를 토대로 도출된 결론을 작성

초록은 한글 250자 이내, 영어 500자 이내가 보통이며, 초록 구조의 5가지 항목 중 적어도 3가지 이상을 포함하는 것이 좋다. 초록의 일부 문장에 대한 강조를 위해 5가지 항목의 순서가 바뀌는 경우가 있지만, 되도록이면 위의 순서대로 작성하는 것을 권장한다.

⑤ 본문(서론)

본문의 작성 순서와 요령은 IMRAD의 큰 틀에서 대동소이하다. 서론은 연구 배경 및 필요성, 문제 제기, 연구 목적이 명료하게 나타나 있어야 한다. 연구 배경은 논문의 연구 주제가 어떠한 배경에서 비롯되었고, 그에 따른 연구의 필요성에 대해 근거를 제시할 수 있는 중요한 부분이다. 예를 들어, 연구자 본인의 연구 주제가 '자동차의 수요 증가에 따른 국내 원유 가격 동향'인데, 자동차의 수요가 감소하고 있다거나, 수소를 이용한 전기 자동차의 개발로 자동차와 원유 가격 간의 상관관계가 적어지고 있다는 배경을 제시한다면, 논문의 연구에 대한 설득력을 잃게 될 것이다. 즉, 본인이 제시한 연구에 대한 배경이 연구의 목적과 결과에 되레 칼을 겨누고 있는 것은 아닌지 확실히 따져볼 필요가 있다.

문제 제기는 연구 배경과 궤를 같이한다. 연구 배경에서 발생되는 문제에 대해 정확하게 지적하고, 그것을 연구 목적에 대한 이야기로 이어나갈 수 있도록 해야 하는 것이다. 이어서 연구 목적은 앞서 제기한 문제에 대한 적절한 해결책을 제시할 수 있는 방향으로 서술해야 한다.

⑥ 본문(관련 연구 검토)

　관련 연구 검토는 자칫 소홀해질 수 있는 부분이다. 혹자는 본인의 연구 주제에 나오는 키워드가 포함된 연구를 적당히 넣기도 한다. 하지만 관련 연구 검토의 목적은 아주 뚜렷하며 대충 지나칠 부분이 아니다. 관련 연구 검토의 가장 중요한 목적은 포지셔닝(positioning)이다. 포지셔닝이란, 본 논문의 연구가 해당 연구 분야라는 넓은 땅에서 어떤 지점에 깃발을 꽂고 있는지에 대해 정확하게 설명하는 것을 말한다.

⑦ 본문(본론 – 실험 소개 및 설계)

　논문이 다루고자 하는 문제에 대한 가설을 제시하고 그 가설을 테스트하기 위한 관찰이나 실험을 소개하고 설계함으로써 연구 주제의 핵심적인 아이디어를 담아내는 부분이다. 주로 소재를 중심으로 제목을 정하는 경우가 많다. 그런데 주의해야 할 것은 아무리 같은 분야의 연구자들이 주된 예상 독자라 할지라도 가능한 한 일반적인 용어법으로 작성해야 한다는 것이다. 학제 간 연구가 활발해진 요즘에는 다른 분야의 연구자들 또한 잠재적 독자이므로 연구자 본인의 참신한 아이디어가 어려운 용어의 선택으로 인하여 인용될 기회를 놓치는 불상사를 방지해야 한다. 또한, 이해를 돕기 위하여 다양한 도표를 사용하는 것이 좋다. 처음 설명하는 개념의 경우 문자 텍스트보다는 시각자료에 의한 전달 효과가 더욱 크기 때문이다.

⑧ 본문(본론 – 실험 결과)

　연구 결과를 제시하는 부분이다. 연구 주제가 참신하더라도 도전하는 데 의의를 둔 연구 결과를 가진 논문은 게재될 기회가 적으므로 성공적인 실험 결과가 중요한데, 모든 상황을 아우를 수 있는 성공적인 실험 결과를 도출하는 것은 매우 어렵다. 그런 경우에 자신이 어떤 가정을 세우고 어떤 실험을 했으며 실험 결과는 어떤 의미를 갖는지에 대해 서술하는 것이 필요하다. 이 부분은 같은 실험 결과를 가지고 글을 여러 번 다듬다 보면 자연스럽게 완성될 수 있을 것이다.

⑨ 본문(결론)

결론에서는 논문의 제목, 실험 과정, 실험 결과 그리고 자체적인 결론을 서술하면 된다. 서론에서 언급했던 연구의 목적이 결론에서 실험 결과로서 나타나야 하며, 본 연구의 학술적 기여도를 언급하는 것도 나쁘지 않다. 단, 향후 연구에 대한 너무 상세한 계획을 언급한다면 이는 스스로에게도 부담으로 작용할 수 있으므로, 해당 논문에서 진행한 연구의 발전방향을 제시하는 정도로만 서술하는 것이 좋다.

⑩ 참고문헌

참고문헌은 본 논문에서 인용된 모든 참고문헌을 정리하는 부분이다. 참고문헌을 작성하는 양식은 여러 가지 형태가 있는데, 표준적인 양식은 본 교재의 마지막 장에서 자세히 제시해 두었다. 다만 해당 학회에서 제시하는 특별한 양식이 있을 경우 그 양식을 따르는 것이 우선이다.

논문을 잘 쓰는 법에 대한 해답이 '논문 양식'에 있다는 것은 목차 하나하나의 본질을 잘 파악하라는 것이다. 목차의 흐름 그대로가 논증적 절차에 입각한 골격임을 잊지 말아야 한다. 이러한 공통된 특징과 더불어 고려해야 할 것은 논문의 세부적인 형식들에 따른 주의사항들이다. 흔히 논문이라 하면 학술 저널에 실리는 학술 저널 논문, 학술대회에서 발표되는 논문, 학위 논문으로 구분된다. 그리고 각각의 논문은 그 맥락에 따라 세부적인 특징을 갖는다.

4.2 학술대회(Conference) (발표) 논문

　학술대회는 특정 분야의 연구자들이 모인 비영리 조직인 학술단체의 대표적인 행사들 중 하나이다. 학술대회는 새로운 연구 결과를 공유하고, 연구 관심사를 공유하는 동료들과 교류할 수 있는 장(場)을 제공한다. 학술대회 참석을 통해 자신이 연구하는 분야의 최신 동향을 빠르게 파악할 수 있으며, 연구 분야에 대한 이해를 높이는데 큰 도움을 얻을 수 있다.

(1) 학술대회 논문의 특성과 접근 방향

　학술대회(발표) 논문은 해외 및 국내에서 열리는 학술대회에 발표할 목적으로 투고하는 논문이다. 학술대회는 개최 시점에 진행되고 있는 다양한 연구에 대해 폭넓게 다루므로, 학술대회 논문은 이러한 특성을 잘 반영해서 작성해야 한다.

　학술대회는 규모와 인지도에 따른 차이는 있지만 일반적으로 1년에 1회 이상 여러 번 개최된다. 이미 자체적으로 모든 시스템을 갖추어 인지도가 높고 규모가 큰 국제 학술대회부터 최소한의 기준을 갖추고 타 학술대회와 공동으로 개최하는 소규모의 국내 학술대회까지, 학술대회의 종류는 매우 다양한 편이다. 학술대회는 매번 개최될 때마다 발표된 학술대회 논문들을 엮어서 학술대회집을 발간하므로, 논문 DB 검색을 통해 투고할 학술대회에서 다루는 분야와 성격에 대해 미리 알아보는 것이 좋다. 학술대회 논문의 경우, 학술 저널에 발간되는 논문에 비해 주최 학회에서 요구하는 작성 분량이 비교적 적으며 심사 기간 또한 짧다. 국내 학술대회의 경우 논문 심사는 2~3개월 이내로 끝내게 되므로 '수정 후 게재' 혹은 '수정 후 재심'의 절차는 생략되며, 주최 측에서 게재 여부만 통보한다. 학술대회는 그 수가 많고 다양하며 개최 주기도 짧기 때문에 '게재 불가' 통보를 받았다 하더라도 연구자의 논문을 유사한 다른 학술대회에 다시 제출할 수 있다.

(2) 학술대회 논문 작성 요령

앞서 언급한 것과 같이 학술대회 논문은 작성 분량이 적은 편이다. 일반적인 요구 양식은 더블 스페이스(수직 2분할) 기준으로 A4 3~4장이다. 학술대회 논문은 작성 분량에 한계가 있기 때문에, 연구에 대한 모든 내용을 논리적으로 전개하여 완성에 이르기가 쉽지 않다. 즉, 여러 번의 수정과 축약이 필요하다. 수정 및 축약의 방향에 대한 힌트는 비교적 짧은 주기를 가진 학술대회의 특성에서 얻을 수 있다. 학술대회는 주로 최신 연구 동향을 알기 위해 참석하는 학회 회원들이 많고, 심사위원들도 그런 점을 고려하여 투고 논문을 심사하므로 연구자는 본인의 연구 주제에 대하여 소개하는 부분을 극대화시키고 실험 결과는 간단한 테이블만 첨부하는 방향으로 작성함으로써 게재 승인에 한걸음 다가갈 수 있다. 이는 학술대회의 취지에 맞게 자신의 논문을 수정 및 축약할 수 있는 좋은 방법이다.

학술대회 논문의 양식을 맞추고 수정하여 분량을 잘 조절하였다면 마지막으로 학술대회의 논문 심사 기간에 맞추어 논문을 등록하고 심사 결과를 기다리면 된다. 학술대회에 따라 회원 등록비 혹은 심사비를 선 지급해야만 논문을 등록할 수 있는 경우가 있으므로, 연구자 본인의 논문이 제대로 평가될 수 있는 분야의 학술대회를 잘 선정하는 것이 중요하다.

(3) 국내 학술대회(Domestic Conference)

국내 학술대회는 일반적으로 1년에 2회씩(춘계학술대회, 추계학술대회) 개최 지역을 옮겨 가며 열린다. 일반적으로 백 명에서 천 명 정도의 인원이 참석하며, 참가자의 수가 적은 학술대회는 심포지엄(Symposium)이나 워크숍(Workshop) 등의 명칭으로 부르기도 한다.

(가) 논문 등록 유형

국내 학술대회의 논문 등록 유형에는 크게 구두 발표(Oral Presentation)와 포스터 발표(Poster Presentation)가 있다.

- 구두 발표 – 발표자가 연단에 서서 파워포인트 등의 발표 자료를 사용하여 말로 발표하는 방식(발표 15분/질의응답 5분 정도)
- 포스터 발표 – 논문 요약 자료를 부착한 A1사이즈 크기의 포스터를 붙여놓고, 청중이 말을 걸면 발표(토의)하는 방식

(나) 논문 유형

인터랙티브 스토리텔링을 위한 시간 그래프 연구

Timegraph Management For Interactive Virtual Reality Storytelling

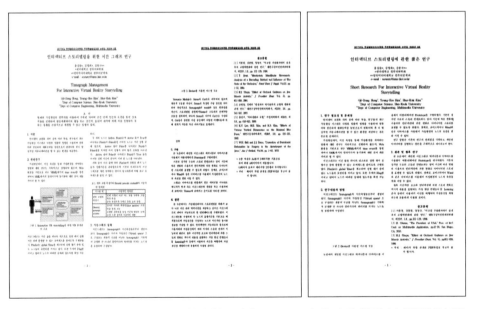

〈그림 7.6-1〉 한국멀티미디어학회 학술대회 논문 양식

인터랙티브 스토리텔링에 관한 짧은 연구

Short Research For Interactive Virtual Reality Storytelling

〈그림 7.6-2〉 한국멀티미디어학회 학술대회 논문 양식(1page 용)

(다) 논문 등록

- 논문 등록비 납부
- 논문 등록 신청

◉ 등록

(▾) 표시는 필수항목입니다.

논문메타정보	
논문제목(원어) ▾	
논문제목2(타언어)	
논문제목(영어)	
저자명 ▾	-- 저자유형 -- ▾ ☐ 발표자와 동일 ＋
소속기관	
언어	- 선택 - ▾
초록(원어) ▾	**초록** 논문에서 다루는 문제와 제시한 해결 방안 그리고 그 해결방안의 장점에 대해 간략하게 요약한다.
초록2(타언어)	
초록(영어)	
키워드(원어) ▾	**키워드** 논문에서 다루어지는 분야, 하위분야, 연구 쟁점들을 규정하여 키워드로 작성한다.
키워드2(타언어)	
키워드(영어)	
발표유형 ▾	◉ 구어발표 ◉ 포스터발표
발표자정보	
발표자명 ▾	**발표자명** 학술대회에서의 논문 발표자를 표기한다.
소속기관	
전화번호	- 선택 - ▾
핸드폰 ▾	- 선택 - ▾
이메일 ▾	@ -- 직접입력 -- ▾

[등록] [목록]

〈그림 7.7〉 국내 학술대회 논문 등록 신청 예시

(4) 국제 학술대회(International Conference)

학문 발달이 빠르게 이루어지는 첨단 과학 분야의 유명한 국제 학술대회에서 논문이 발표되는 경우, 학술 저널에 발표된 논문과 동등하게 혹은 그 이상으로 중요성을 인정받는다. 국제 학술대회에서 논문 발표를 할 수 있다는 것은 매우 명예로운 일로서, 그 연구가 국제적으로 높이 평가되고 있음을 알 수 있다. 국제 학술대회의 기본적인 참가 형식은 국내 학술대회와 같다.

(가) 논문 등록 유형

국제 학술대회의 논문 등록 유형에는 크게 Full paper submission과 Abstract submission이 있다. 국제 학술대회에 등록되는 논문은 영어로 작성되어야 한다.

- Full paper submission – 출판 및 발표를 위한 최소 4페이지 이상의 논문 제출
- Abstract submission – 출판 없이 오직 발표를 위한 200–400 단어로 구성된 초록 제출

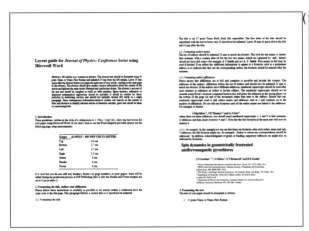

〈그림 7.8-1〉 Full paper 양식(ICECC)

〈그림 7.8-2〉 Abstract 양식 (ICECC)

나) 논문 등록

- 논문 등록비 납부

해외에서 개최되는 국제 학술대회의 경우 국내 학술대회보다 고액의 등록비가 요구된다.

The registration fee details are listed below. Please choose the item(s) you fit in.

Category	Author	Presenter Only	Listener
Regular	550 USD	400 USD	300 USD
Students/IACSIT Members	500 USD	----	----
Additional Paper(s)	350 USD/paper	----	----
Additional Page(s)	60 USD/page	----	----
Onsite Registration	----	----	350 USD

〈그림 7.9〉 국제 학술대회 등록비 예시

- 논문 등록 신청

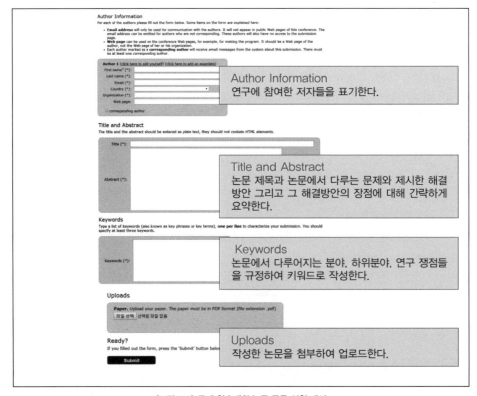

〈그림 7.10〉 국제 학술대회 논문 등록 신청 예시

4.3 학술 저널 논문

(1) 학술 저널 논문의 특성과 접근 방향

학술 저널 논문은 국제 및 국내 학회에서 발간되는 학술 저널에 게재할 목적으로 작성하는 논문이다. 대부분의 학회는 자체적으로 학술 저널을 발간하는데, 주로 해당 학회가 주최하는 학술대회에서 연구자가 직접 발표한 논문들 중 일부를 재심사하여 저널에 게재한다.

저널은 학회의 규모와 성격에 따라 차이가 있지만 일반적으로 1년에 1회~4회 이상 발간된다. 하지만 분야의 특성에 따라 발간 주기가 상이하므로 주의해야 한다. 또한 저널은 해당 학회의 수준과 성격을 나타내기 때문에 연구자들의 논문들 중에 비교적 우수한 것들만 뽑아서 게재한다.

학술 저널 논문은 학회에서 요구하는 작성 분량이 많고, 심사 기간 또한 길다. 일반적으로 논문 심사는 아주 빠른 경우에 학술대회 논문 심사 기간 정도인 3개월 이지만, 늦어질 경우 1년을 넘기는 경우도 다반사이기 때문에 해당 학회가 공시하는 심사 기간을 주시해야 한다. 학술 저널 논문은 말 그대로 학회가 발간하는 저널에 실리는 논문이기 때문에 수정을 위한 심사 절차가 있는데, 다음은 연구자의 논문에 대한 학회의 결정(답변) 종류이다.

〈학회의 일반적인 결정(답변)〉

① '게재 가능'

말 그대로 연구자 본인이 쓴 논문을 수정 없이 저널에 게재하겠다는 의미이다. 흔한 경우는 아니다.

---

② '수정 후 게재'

학회 측에서 저널에 싣기 위해서 연구자의 논문에 약간의 수정을 요구하는 경우로, 논문 심사위원들의 의견이 서술된 의견표가 동봉된다. 연구자 본인은 심사위원들의 의견을 검토한 후에 논문을 수정하여 다시 제출하면 게재된다.

③ '수정 후 재심'

앞의 '수정 후 게재'는 수정을 할 경우에 거의 게재가 되지만, '수정 후 재심'은 일단은 거절하겠다는 의미이다. 즉, 저자가 심사위원들이 서술한 의견표대로 대폭 수정한 후에 다시 심사 절차를 차례대로 거쳐야 한다.

④ '게재 불가'

말 그대로 연구자의 논문을 완전히 거절하는 것을 의미하며, 대폭 수정한다고 하더라도 게재에 대해 재고하지 않을 것임을 밝힌 것이다. 이런 경우에는 다른 저널을 찾는 것이 좋다.

(2) 학술 저널 논문의 작성 요령

학술 저널 논문은 요구하는 작성 분량이 많은 편이다. 일반적인 요구 양식은 싱글 스페이스 혹은 더블 스페이스(수직 2분할) 기준으로 최소 8~10장이며, 최대 50장에 달하는 경우도 많다. 학술대회 논문과 달리 작성 분량에 한계를 느끼는 경우가 거의 없으며 연구의 모든 내용을 총 망라해도 부족한 경우가 많으므로, 연구자 본인의 연구가 해당 저널의 작성 분량 요구 기준을 충족할 수 있을지 미리 고려해야 한다. 모든 연구 내용을 총 망라할 정도의 분량을 학회에서 학술 저널 논문의 기준으로 제시한다는 뜻은 앞서 설명한 '논문 작성법'에 주어진 공통 양식과 같이 목차별로 모두 작성해야 한다는 뜻이므로, 심사위원 의견표가 빽빽해지지 않도록 모든 내용을 빠짐없이 서술해야 한다. 즉, 학술대회 논문과 같이 일부 내용을 전략적으로 간소화하는 것을 피해야 한다는 뜻이다.

　학술 저널 논문의 양식을 맞추고 분량에 맞게 꼼꼼히 작성하였다면 학술 저널 논문 또한 심사 기간에 맞추어 논문을 등록하고 심사 결과를 기다리면 된다. 단, 학술 저널 논문은 심사가 비교적 장기간이므로 심사 결과가 나오기만을 기다리지 말고 사전에 계획한 향후 연구를 이어나가는 것이 모든 면에서 도움이 될 것이다. 학술 저널 논문은 이미 학술대회를 통해 회원등록비 혹은 심사비를 지불한 연구자들이 기존의 학술대회 논문을 확장하는 경우가 많다. 그래서 학술대회를 거치지 않은 논문에 대한 채택률이 떨어질 수 있는 점을 고려하여, 연구자가 하나의 논문을 여러 학회의 심사를 동시에 거치도록 요청하는 경우가 있는데, 논문을 심사하는 학회의 입장에서 반기는 상황은 아니므로, 하나의 학회에서 긍정적인 결정(답변)이 왔다면, 다른 곳에 심사를 요청한 논문에 대해서는 논문 투고를 철회하는 것이 바람직하다.

4.4 학위 논문

(1) 학위 논문의 특성과 접근 방향

　학위 논문은 연구자가 속한 대학교 혹은 대학원에서 학위 취득을 목적으로 작성하는 논문이다. 국내 환경에서는 주로 대학원에서 석사 혹은 박사 학위를 취득하는 과정에서 작성하는 논문을 학위 논문이라 하는데, 연구자가 수료 과정에서 수행한 연구 결과들이 누적되어 포함되는 경우가 많으므로, 자기표절(self-plagiarism)에 유의하여 작성해야 한다.

　최근에 해외 및 국내의 대학원에서는 석사학위 논문과 박사학위 논문의 작성 양식을 구분하지 않고 '학위 논문양식'을 통합하여 제시하는 경우가 많아서 전체적인 틀에서는 차이가 없으나, 연구자의 연구 기간과 학위 수준에 따라 결과물이 질적 혹은 양적 차이를 보인다. 또한 학위 논문은 연구자의 지도교수, 연구자가 속한 대학원의 교수진, 연구자가 연구한 분야에 속한 외부 교수 등으로 이루어진 심사위원들의 심사 과정을 거치므로 연구의 학술적 가치를 부각시키는 것을 잊어서는 안 된다.

(2) 학위 논문의 작성 요령

학위 논문은 연구자 본인이 학위를 취득하고자 하는 목표 학기에 맞추어 작성해야 한다. 학술대회 논문이나 학술 저널 논문은 연구 성과가 예상보다 늦게 나타나더라도 때에 맞추어 투고할 수 있지만, 학위 논문의 심사 및 통과가 늦어지면 연구자의 학위 취득, 나아가 취업 시기에도 영향을 줄 수 있기 때문에 제출기한에 대한 중요도가 높다.

논문 계획서는 학위 논문을 작성하는 데 있어 필수 선행 요소이다. 연구자 본인의 수료 과정에서 수행한 연구 결과를 정리하고, 동료 대학원생 및 지도교수와 관심 분야에 대한 피드백을 주고받는다면, 논문 계획서 준비는 조금 수월해질 수 있다. 학위 논문의 경우 연구자 스스로 생각하기에 학술적 가치가 높은 주제에 대해 다루며 비교적 오랜 기간에 걸쳐 완성시키는 경우가 많으므로, 주변 전문가들과의 피드백이 이루어지지 않는다면 심사 기간이 다 되어서야 유사한 연구의 진행 혹은 완료에 대한 소식을 접하게 되어 낭패를 보는 상황이 발생할 수 있다. 학위 논문 적성 과정에서 이러한 점은 반드시 유의해야 한다.

논문에 대한 계획이 끝났다면 연구를 성공적으로 수행하는 것이 중요하다. 전문가로의 도약을 위해 꼭 거쳐야만 하는 학위 논문 연구는, 연구자 본인이 꼭 하고 싶으면서 스스로 생각하기에 성공할 가능성이 높은 연구를 정했을 것이므로 그에 따르는 어려움 또한 스스로 극복해내야 한다는 것을 잊지 말아야 한다. 학위 논문의 대체적인 작성법은 '논문 작성법'에서 제시한 것과 크게 다르지 않으므로 생략하

〈그림 7.11〉 학위 논문 양식 및 규격 (성균관대학교)

고, 다음의 학위 논문양식 예시를 통해 설명을 이어가고자 한다.

〈그림 7.10〉은 성균관대학교 대학원에서 제공하는 학위 논문양식 및 규격이다. 여타 학술대회집 혹은 학술 저널의 양식과 비슷하게 용지 설정 규격, 글자 크기, 논문 라벨, 논문 요약, 논문 구성 요소별 목차, 그리고 논문 정식 목차 등을 상세하게 제시하고 있다. 이러한 양식에 맞추어 연구 결과물을 배치하면 된다. 이는 '논문 작성법'에서 제시한 공통 양식에서 크게 벗어나지 않으며, 대부분의 학교에서는 성균관대학교 대학원과 같이 학위 논문양식 및 규격을 아주 자세하고 엄격하게 제시하므로 연구자는 이를 잘 따르기만 하면 된다.

연구자 본인이 학위 논문의 초안 작성을 마쳤다면 지도교수의 피드백을 고려하여 수정을 거듭하는 것이 순서이다. 수정이 끝나면 역시 지도 교수와 상의하여 심사 위원들에게 논문 초안을 배부한 후 예비 심사를 받는다. 연구자는 예비 심사에서 지적된 심사 위원들의 수정 및 요구 사항들을 반영하여 다시 본 심사를 받는다. 본 심사를 통과하면 인준서에 심사 위원들의 날인을 받고 인준된 논문을 제본하여 대학원에 제출하면 된다. 이러한 일련의 과정에서 지도 교수는 연구자의 가장 강력한 조력자이다. 연구 및 논문 작성 과정뿐만 아니라 심사 과정의 모든 사항들을 지도 교수와 긴밀하게 상의하는 것이 바람직하다.

> **[문제 5] 다음 중 논문 작성 요령으로 옳은 것은 'O', 틀린 것은 'X' 표시하시오.**
>
> ① ( ) 어느 분야가 되었든, 잘 쓴 논문의 기준은 명확히 존재한다.
> ② ( ) 연구자는 연구 수행기간 동안에 전산 혹은 수기로 연구 기록을 남겨두어야 한다.
> ③ ( ) 제목은 미지의 독자들로부터 눈길을 끌 만한 것이라면 길이는 크게 상관없다.

④ ( ) 일반적으로 연구 비중이 제일 높은 저자를 맨 마지막에 표기한다.

⑤ ( ) 논문 초록은 논문 전체의 초고가 완성되었을 때 작성하는 것이 좋다.

⑥ ( ) 논문 초록은 자신의 연구에 대해서 작성하는 것이므로, 추세·경향은 필요 없다.

⑦ ( ) 관련 연구는 자신의 연구를 해당 분야에서 포지셔닝할 수 있게 한다.

⑧ ( ) 연구 주제가 참신하다면, 연구 성과가 크지 않더라도 채택될 가능성이 매우 높다.

[문제 6] 다음 중 '학술대회 투고 논문'에 대한 설명으로 틀린 것은? (   )

① 학술대회 투고 논문은 학술대회에 발표할 목적으로 작성하는 논문이다.

② 학술대회는 개최 시점에서 진행되고 있는 다양한 연구에 대해 폭넓게 다룬다.

③ 학술대회 투고 논문은 '수정 후 게재' 혹은 '수정 후 재심'의 답변을 받는 경우가 많다.

④ 학술대회를 주관하는 곳에서는 학술대회 발표 논문을 엮어서 '학술대회집'을 발간한다.

[문제 7] 다음 중 '학술 저널 논문'에 대한 설명으로 맞는 것은? (   )

① 학술 저널 논문은 작성 분량이 적고, 연구 성과에 관계없이 폭넓게 게재를 승인한다.

② 학술 저널 논문에 대한 학회의 일반적인 결정(답변) 중에는 '게재 가능'이 존재한다.

③ '수정 후 재심'이라는 답변을 받았다면 일단은 통과이며, 수정은 선택사항이라는 뜻이다.

④ '게재 불가'라는 답변을 받았더라도, 대폭 수정 후에 다시 심사를 요청하면 된다.

[문제 8] 다음 중 '학위 논문'에 대한 설명으로 틀린 것은? (   )

① 학위 논문은 연구자가 속한 대학교 혹은 대학원에서 학위 취득을 위해 작성하는 논문이다.

② 일반적으로 학위 논문의 양식은 학교 자체에서 제공하는 경우가 많다.

③ 학위 논문을 작성하는 데 있어서 논문 계획서는 필수 선행 요소이다.

④ 기존의 우수한 연구가 있다면, 유사하게 학위 논문을 작성하는 것이 허용된다.

5. 특허 문서 및 명세서

5.1 특허란 무엇인가?

특허(特許)의 한자를 그대로 풀어서 해석하면 '특별히 허락한다'는 의미이며, 산업 및 기술 분야에서 말하는 특허는 개인 또는 법인을 비롯한 단체에서 고안한 '발명'에 대하여 독점적 권리를 특별히 허락한다는 의미를 나타낸다. 이러한 특허제도는 국가별로 제정한 특허법에 의거하여 시행되고 있으며, 각 국가에서 설치한 유관기관에서 발명에 대한 심사와 특허 등록을 통한 권리 부여 및 관리를 담당하고 있다.

5.2 특허의 목적

산업 및 기술에 관한 독점적 권리를 허락하는 행위는 자유경쟁을 표방하는 현대 경제학적 관점에서 바람직하지 않은 것으로 보일 수 있다. 하지만 특허는 발명자에게 스스로 고안한 발명에 대하여 특별한 권리를 허락하여 경제적 이득을 제공하고, 이를 통해 사람들의 발명 의욕을 고취함으로써 새로운 기술의 개발을 적극 장려하는 것을 보다 중요한 목적으로 삼는다. 또한 우수한 발명이 널리 보급되어 산업이 발전할 수 있도록 하는 목적 역시 포함하고 있다. 이러한 특허의 목적은 대한민국 특허법 제1조에서도 발명을 보호·장려함으로써 국가산업의 발전을 도모하기 위한 제도라고 명시함으로써 드러나 있다.

우리나라뿐만 아니라 세계 각국에서도 이와 동일한 목적으로 특허법을 제정하여 제도를 시행하고 있다. 또한 특허협력조약(Patent Cooperation Treaty: PCT)을 통해 발명자가 속한 국가뿐만 아니라, PCT에 가입한 타국의 특허제도에서도 동일한 혜택을 받을 수 있도록 제도가 마련되어 있다. 이는 세계경제가 밀접하게 연관되어 가고 있는 현대 세계에서 발명에 대한 동일한 권리와 그에 따른 혜택을 단순히 발명자가 속한 국가에 한정지을 것이 아니라, 범세계적으로 누릴 수 있도록 보장하기 위한 목적을 가진다.

5.3 특허의 요건

특허는 스스로 발명한 것이 있다면 누구라도 자유롭게 신청할 수 있다. 하지만 특허를 받을 수 있는 '발명'인가 아닌가의 문제는 각 국가에서 제정한 특허법에 따른다. 대한민국 특허법 제2조 1항에서는 '발명이란 자연법칙을 이용한 기술적 사상의 창작으로서 고도(高度)한 것을 말한다.'로 정의하고 있다. 그리고 이러한 정의로 인해서 발명을 한정짓는 요건이 발생한다.

우선 발명의 핵심 요건은 '자연법칙을 이용한 기술적 사상'으로 자연계의 현상을 설명하는 법칙을 이용하지 않는 유형적 발명품이나 무형적 방법 및 기술은 해당되지 않는다. 가장 대표적인 사례가 바로 '영구기관'이다. 그 다음 요건으로 '고도한 것'이란 제약이 있으나 해당 발명이 고도한 것인가를 평가하는 기준은 모호하므로 이는 심사를 통해 결정되는 요건이다.

또한 특허제도의 목적에는 국가산업의 발전을 포함하고 있다. 이로 인해 대한민국 특허법 제29조 1항에서는 '산업상 이용할 수 있는 발명'으로 범위를 명시하고 있다. 따라서 제2조 1항에서 정의한 요건을 충족했어도 산업에서 이용할 수 없고, 설령 이용할 수 있더라도 그 어떠한 기여도 할 수 없는 발명이라면 특허를 받을 수 없다.

그 외에도 위조지폐 제조기와 같이 명백하게 '공공의 질서 또는 선량한 풍속에 어긋나거나 공중의 위생을 해칠 우려가 있는 발명'은 대한민국 특허법 제32조에 따라 거절 대상이며, 자연법칙 그 자체와 수학공식 등은 불특허 사유에 해당하므로 특허를 받을 수 없다.

5.4 특허 명세서 작성 요령

특허제도는 발명자가 대중에게 기술을 공개하는 것을 전제조건으로 하고 있으며, 해당 기술을 사용하고자 하는 사람이라면 누구나 자유롭게 열람하여 이용할 수 있도록 보장하고 있다. 따라서 발명자는 스스로 고안한 발명을 사실에 근거하여 양식과 규격에 맞게 서술해야 한다. 이러한 문서를 '특허 명세서'라 부르며, 이러한 명세서와 관련 서류를 유관기관에 제출하여 심사를 요청하는 것을 '출원'이라고 부른다.

한 가지 주의할 사항은 특허를 출원한다고 해서 바로 특허권을 인정받는 것은 아니라는 것이다. 기관에서는 제출한 특허가 합당한 요건을 갖췄는지에 대한 심사를 진행하며, 절차를 모두 통과해야 최종적으로 특허 등록 승인을 통해 그 권리를 인정받는다. 이러한 심사 기간은 짧게는 수개월에서 길게는 수년이 걸리며, 심사 결과에 따라 이를 보정하는 절차 등이 수반되므로 세심하게 준비할 필요가 있다.

또한 특허권을 취득하기 위한 과정은 복잡한 법적인 문제들을 포함하기 때문에 발명자 스스로 특허 등록 절차를 진행하는 것이 아니라 특허법에서 인정한 적법한 대리인, 즉 '변리사'를 통해 관련 절차를 위임할 수 있다. 따라서 발명자가 특허에 관련된 모든 문서의 작성 및 절차를 직접 진행할 필요는 없다. 대신에 대리인이 필요한 문서를 준비할 수 있도록 긴밀하게 연락을 주고받고, 자료를 제공하면서 절차가 원활히 진행될 수 있도록 상호 협력하는 것이 중요하다.

발명에 대한 요약 명세를 작성하는 부분까지 대리인에게 위임하는 것은 발명자의 선택에 달려 있으나, 이로 인한 절차의 지연이 발생할 수 있다. 무엇보다 대한민국에서는 먼저 출원한 사람이 권리를 인정받는 선출원주의를 원칙으로 하고 있다. 또한 아무리 유능한 대리인을 섭외했더라도 해당 발명에 대해서 가장 잘 알고 있는 사람은 발명자 본인 자신이다. 따라서 발명자가 작성할 수 있는 부분은 미리 준비하여 대리인에게 제공한다면 보다 효율적인 진행이 가능하다.

(1) 기초 조사 및 준비

스스로 고안한 발명을 특허로 출원하기 위해서는 단순히 발명에 대한 문서 작업부터 진행하는 것이 아니라 특허 작업을 위한 기초적인 조사를 선행할 필요가 있다. 조사는 특허에서 요구하는 두 가지 핵심요소, '신규성'과 '진보성'에 초점을 맞춰 아래와 같이 크게 두 가지에 대해서 조사를 수행해야 한다.

- 이미 특허로 등록되었거나 혹은 공개되어 널리 알려진 선행기술과 일치 또는 유사한가?
- 선행기술로부터 누구라도 쉽게 고안하거나 발명할 수 있는가?

위 두 가지 요소에 하나라도 결격사유가 있다면 해당 특허는 심사에서 거절 통지를 받을 가능성이 높다. 따라서 자료 조사를 통해 관련 선행기술에 대해서 충분히 파악하고, 그에 맞게 특허 범위를 결정하여 문서 작성 방향을 결정하는 노력이 필요하다.

선행기술 조사는 인터넷의 발달과 함께 특허의 전산화가 많이 이뤄진 덕분에 대한민국에서는 특허정보넷 키프리스(http://www.kipris.or.kr)를 활용하여 국내 특허뿐만 아니라, PCT에 따라 연계된 국외 특허의 정보 역시 손쉽게 제공받을 수 있다.

(2) 특허 명세서 작성하기

상술한 바와 같이 특허 명세서는 공적인 규격을 갖춘 문서이며 이를 위한 공통된 양식이 존재한다. 다만 이 문서 규격 자체가 공개적으로 배포되고 있는 것은 아니며, 실제 특허 절차를 대리하는 곳에 따라 세부 목차의 배치에 차이가 있을 수 있으므로 양식 견본은 제공하지 않는다. 대략적인 양식 구성에 대해서는 상기 특허정보넷 키프리스를 통해 검색되는 다른 등록 특허들을 참고할 것을 권장한다. 여기에서는 특허 명세서를 작성하면서 준비해야 되는 세부 항목에 대한 설명으로 대체한다.

- 발명의 명칭

스스로 고안한 발명의 명칭을 국문과 영문으로 기재한다. 예를 들어, 시뮬레이션 시스템을 발명했다면 '시뮬레이션 시스템{SYSTEM FOR SIMULATION}'으로, 방법을 발명했다면 '시뮬레이션 방법{METHOD FOR SIMULATION}'으로 기재한다. 시스템과 방법을 모두 아우르는 발명일 경우에는 '시뮬레이션 시스템 및 방법

{SYSTEM AND METHOD FOR SIMULATION}'으로 기재하여 명세서에서 다루는 발명이 무엇인지에 대해서 읽는 사람이 정확히 파악할 수 있도록 명확히 정의해야 한다.

- 기술 분야

출원하는 발명이 어느 산업 분야에서 무엇을 위해 적용되는가에 대해서 간략히 서술한다.

- 발명의 배경이 되는 기술

조사한 선행기술 내용을 토대로 기술의 동향에 대해서 서술하고, 선행기술의 특징에 대해서 서술한다. 이를 통해서 해당 분야에서 선행기술만으로 드러나는 한계나 문제점을 명확히 언급한다.

- 해결하고자 하는 과제

발명의 배경이 되는 기술에서 언급한 문제점과 연계된다. 해당 발명을 통해 어떠한 한계 및 문제점을 해결하고자 하는 것인지 서술한다.

- 과제의 해결 수단

발명에서 핵심이 되는 부분에 대한 구성 및 기능을 간략하게 소개하는 영역이다.

- 도면의 간단한 설명

명세서에서 첨부하는 모든 도면에 대한 설명을 간략하게 기재한다. 도면은 추후 발명에 대해서 상세히 서술할 때 참고하는 자료로 사용된다.

- 발명을 실시하기 위한 구체적인 내용

발명에 대해서 작성한 도면을 참고하여 상세하게 서술하는 영역이다. 서술하는 방식은 【과제의 해결 수단】에서 서술했던 내용과 유사하게 작성하되, 도면을 참고하여 설명하기 때문에 부호를 정확히 표기해야 한다.

- 부호의 설명

【발명을 실시하기 위한 구체적인 내용】에서 발명을 설명하면서 사용한 도면의 부호들에 대해서 설명해 두는 부분이다. 해당 부호의 번호를 기재하고, 이것이 어떤 부분을 나타내는가에 대해서 나열한다.

- 특허 청구 범위와 청구항

특허 문서에서 핵심이 되는 부분으로 앞서 언급한 항목들은 이 부분을 작성하기 위하여 발명을 소개하는 과정에 해당한다. 즉, 청구항으로 정의한 부분에 대해서 발명자가 특허권을 획득하게 되며 그에 대한 권리를 행사할 수 있다. 이 부분은 【발명을 실시하기 위한 구체적인 내용】과 연결되는 부분으로 발명자가 스스로 작성하기보다는 특허 절차를 대리하는 변리사와의 협의를 통해 명확히 결정할 것을 권장한다.

실제 발명자가 스스로 청구가 가능한 요소라고 판단했어도 심사를 하는 과정에서 신규성 및 진보성에 해당하지 않는 사안이라고 판단될 경우 해당 청구항으로 인해 즉각 거절 판정이 나오며, 추후 거절을 피하기 위해 재심사 과정에서 삭제될 수도 있다. 따라서 청구항은 신중하게 결정할 필요가 있다.

한 가지 참고사항으로 【발명을 실시하기 위한 구체적인 내용】 및 【특허 청구 범위】 항목에서 다른 사람이 얼마든지 변형하여 적용이 가능한 부분에 대해서는 발명을 한정짓는 표현을 가급적 피해야 한다. 가령 예를 들어, '다리가 4개인 지름

50cm 참나무 원형 의자'란 단정적인 표현은 다리를 3개로 줄이거나, 원형이 아닌 다른 모양으로 만들거나, 재질을 바꾸는 형태로 얼마든지 특허권을 피해갈 수 있는 여지를 만드는 요소가 된다. 따라서 다시 한 번 언급하는 사안으로 청구 범위는 대리인과 논의하여 신중하게 결정할 필요가 있다.

- 요약서 요약 및 대표도

특허 명세서를 전체적으로 요약하는 영역이다. 발명을 표현하는 가장 큰 단위의 도면을 대표도로 제시하고, 대표도에 제시한 구성에 대하여【과제의 해결 수단】에서 작성한 형식과 유사하게 간략히 요약하여 서술한다.

- 도면

발명의 구성 및 방법에 대하여 그림으로 그려서 첨부하는 영역이다. 도면은【발명을 실시하기 위한 구체적인 내용】에서 활용하는 부호까지 명확히 명시되어 있어야 한다. 따라서 먼저 도면을 준비하고 시작하는 쪽이 원활한 진행에 도움이 될 수 있다.

(3) 특허 심사 및 등록 절차

작성 완료한 특허 명세서와 필요한 서류를 구비하여 유관기관에 출원하면 이후 심사와 등록을 위한 절차가 진행된다. 대략적인 절차는 아래 그림과 같다.

기본적으로 특허를 심사하고 등록하는 절차는 학술 논문의 심사 절차와 유사하다. 심사는 출원한 특허의 청구항을 토대로 기존에 공개 또는 등록된 특허와 비교하여 내용에 모호한 부분이 없는지, 신규성과 진보성을 충족시켰는지에 대한 심사 의견을 통지한다. 출원한 특허에 문제가 되는 부분이 있을 경우에는 거절 통보가 내려오며 거절에 대한 사유가 자세히 작성되어 온다. 심사 기간은 특허를 제출한 분야에 따라 큰 차이가 있으므로 명확히 규정하기는 어렵다. 최소 6개월에서 최장 2년 혹은 그 이상이 걸릴 수도 있다.

위와 같이 거절 통지를 받았다고 해서 해당 발명이 특허를 받을 수 없는 것은 아니다. 심사 의견에 따라 기존에 출원한 특허를 수정하거나 보완하여 재심을 청구할 수 있기 때문이다. 특히 발명자가 특허권을 받고자 하는 경우라면 더욱 포기할 이유가 없기 때문에 대체로 이 절차를 진행한다. 보완 작업은 심사 의견을 참고하여 특허 거절 사유가 되는 청구항에 대해서 정리해 나가는 형태로 진행된다. 다만 공개되는 공적 문서라는 특성상 기존 내용을 아예 없었던 것으로 만들지는 못한다. 이로 인해 등록된 특허들을 찾아보면 "삭제"라고 표기된 청구항이 존재하는 경우를 많이 찾아볼 수 있다. 이는 거절 사유가 되는 부분을 지우고 재심을 신청한 흔적이다. 다만 재심은 초심보다는 심사 기간이 짧다.

이상의 절차를 통해 특허 등록 결정이 내려오면 특히 등록에 필요한 비용을 납부하는 것으로 발명자가 수행해야 할 절차가 마무리된다. 이후 특허청에서 발행하는 특허 등록 공보를 통해 자신이 출원한 특허가 등록됐음을 확인할 수 있다. 하지만 이렇게 등록을 한 것만으로는 특허권이 계속 유지되지 않는다. 발명자는 특허권

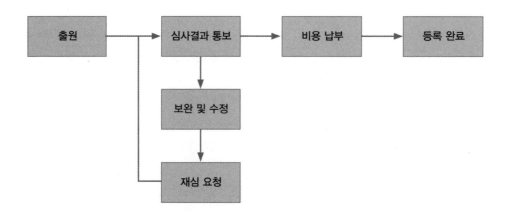

이 완전히 만료되기 전까지 주기적으로 유지를 위한 비용을 지출해야 하며, 납부를 하지 않을 경우에는 해당 발명자에 대한 특허권이 만료된 것으로 간주한다.

6. 기타 각종 실용 양식들

6.1 이력서

이력서는 취업 시 지원자의 신상, 학력, 경력, 특기, 상벌 사항 등을 담고 있는 기초 자료로서, 일반적으로 이름, 주민등록번호, 생년월일, 주소, 가족관계 등의 인적사항, 고등학교 이후의 학력과 각종 경력 등의 학력 및 경력 사항, 그리고 수상 사실, 각종 자격증, 면허증 등의 상벌 및 특기사항을 포함한다.

국내 주요 기업은 채용 지원자의 신상 정보, 학력, 수상 경력 등을 기재한 이력서를 제출할 것을 요구한다. 또 해외 주요 기업은 다양한 채용 제도를 통해 신규 인력을 충원한다는 점에서는 국내 주요 기업과 유사하지만, 국내 인력이 해외의 기업에 지원하는 경우 학력이나 스펙의 부족보다는 영문 이력서 및 자기소개서 작성에 실패하여 많은 기회를 놓치곤 한다. 해외에는 많은 다국적 기업이 존재하므로 여러 가지 양식의 이력서와 자기소개서가 존재할 수 있는데, 다음은 영문 이력서 양식에 포함될 수 있는 항목들에 대한 소개 및 서술 방법이다.

① 개인 정보(Personal Identification)
- 이력서의 상단에는 'Resume of name'과 같은 형식으로 누구의 이력서인지 표기한다.
- 현 주소나 연락처 및 전화번호는 이력서에서 요구하는 서식에 맞게 작성한다.

예) 국내 이력서의 무선(휴대폰)번호 표기: 010-1234-5678

　　해외기업 혹은 다국적기업의 무선(휴대폰)번호 표기: +821012345678(Korea)

- 나이는 월, 일, 연도순으로 기재한다.
- 가족 관계는 'The second son of Father's name'과 같은 형식으로 누구의 몇 번째 자녀인지 표기한다.

② **직업(직무) 목표(Professional Objective)**

- 지원자의 직업적(직무적) 목표를 밝히는 중요한 부분이므로, 지원자의 지원 분야 혹은 부서를 열거식으로 나열한다.

　　예) Computer Programmer, Electrical Technician etc.

- 지원자가 찾고 있는 직무를 명시하기 위해서는 해당 기업에 해당 부서가 있는지 여부를 확인하고 기재한다. 단, 지원하는 기업의 부서를 확인할 수 없을 경우에는 적성과 교육 배경을 활용할 수 있는 분야에서 근무하고 싶다는 표현을 넣는 것이 좋다.

③ **교육 배경(학력)(Educational Background)**

최근 졸업한 학교부터 적는 미국식 기재 방식 혹은 과거에 졸업한 학교부터 적는 한국식 기재 방식 모두 혼용된다. 단, 부전공 혹은 학점(GPA)이 채용에 있어 중요하다면, 특별히 기재하도록 한다.

　　예) Han Univ, Seoul - Bachelor's Degree in Education

　　　　Han Univ, Seoul - Currently pursuing Master's Degree in Education

　　　　Major: Education

④ **직업 경험**(직무 경력)(Work Experience)

• 영문 이력서 및 자기소개서를 요구하는 대다수 해외 기업의 경우 학벌이나 자격증 위주가 아니라 적성 및 능력 위주로 직원을 채용하는 경우가 많으므로, 직업 경험, 즉 직무 경력란은 매우 중요한 부분이다.

• 경력은 최근의 경력부터 역순으로 쓰며, 회사명과 근무 기간, 직무 내용을 적는 것이 공통적인 요구사항이다. 기업은 이 부분을 토대로 '지원자가 회사를 위해 무엇을 해줄 수 있는지'에 대해 판단한다.

> 예) Make&Sell Inc., Bangbae-dong, Seoul
>
> Computer Programmer (full-time, June 2013 – September 2014)
>
> IP Management, Doksan-dong, Seoul
>
> Server Programmer (full-time, March 2006 – December 2012)
>
> Plug&Com Corp., Wonkwang-dong, Seoul
>
> Owner, Project Manager (full-time, January 2004 – January 2006)

⑤ **학교 활동**(대외 활동 포함)(School Activities)

재학 시절 동아리 혹은 대외 활동을 통하여 발견한 자기 적성이나 재능이 지원하는 직무와 연결고리가 있다면 서술하는 것이 좋으며, 그 외에 도움이 될 만한 활동을 공식적으로 기재해야 한다.

> 예) Programming Society, Han Univ. (March 2000 – August 2003)

⑥ **병역 사항**(Military Service)

해외 기업이든 국내 기업이든 병역 사항은 대부분 직장에서 군필 혹은 면제를 취업의 필수조건으로 요구하는 경우가 많으므로 반드시 기재해야 한다.

예) March. 1, 1997, Enlisted in the ROK Army as a private

　　(Service Number 10963413)

⑦ 특기 및 기술(Skills)

직무에서 실제로 활용한 적은 없지만 보유하고 있는 특기 및 기술이 있는 경우 간략하게 적어 넣는다.

⑧ 상벌 경력(Reward and Punishment)

교내외의 입상 혹은 처벌 경력이 있으면 기재한다.

⑨ 추천인(References)

추천인 혹은 신원 보증인이 될 수 있는 친인척, 선배, 교수 등을 기재하고, 그들의 개인 정보를 기재해야 한다. 이때 추천인에게는 사전에 허락을 받아야 한다.

6.2 자기소개서

자기소개서는 이력서보다 깊이 있게 지원자를 소개하는 문서로서 서류전형뿐만 아니라 면접의 기초 자료로 사용되며, 성장배경, 가정환경, 대인관계, 적응력, 성격, 가치관, 지원 동기(일반적으로 40% 이상으로 구성)와 포부(일반적으로 20% 이상으로 구성) 등을 체계적으로 서술한다. 자기소개서는 독자(지원 회사의 인사팀, 면접관 등)의 기억에 남도록 자신만의 독특한 주제로 작성하는 것이 좋으며, 읽는 사람이 매우 바쁘다는 사실을 감안하여 보기 쉽고, 필요한 내용을 찾기 쉽도록 작성한다.

구체적인 지원 동기를 서술하되, 지원하는 회사, 직업, 업무에 유용한 키워드를 사용하며, 가능한 많은 사실, 보유 기술, 능력을 제시하고, 적절한 이력이나 경험을 담아 진솔하게 서술하는 것이 바람직하다. 또한 기술적이고 전문적인 명사나 명사구를 사용하되, 약어 사용은 가능한 피하도록 한다. 그리고 적절한 공백과 여백을 효과적으로 사용하고, 특히 장과 절이 명확하게 구별되도록 충분한 공간을 확보하여 작성한다.

자기소개서의 일반적인 특징은 상술한 바와 같다. 하지만, 국내 주요 기업에서는 기업의 인재상과 직무의 성격, 그리고 최신 경향 및 사회적 추세를 고려하여 해마다 이력서와 자기소개서의 항목을 재구성하므로, 지원하는 기업 및 직무에 해당하는 자기소개서 항목들은 반드시 미리 확인해 두어야 한다.

6.3 메모와 편지

일반적으로 메모(memo)는 조직 내부에서만 사용되는 간략한 내부 문서를 말하며, 편지(letter)는 상대적으로 긴 내용을 가지고 조직 외부에 사용하는 외부 문서이다. 메모와 편지를 작성할 경우에는 문서의 목적을 명확하게 하고, 내용과 범위를 적시하며, 이해에 필요한 충분한 내용을 담도록 구성한다. 또한 보는 사람의 전문성과 이해도에 적절한 단어를 사용하며, 생소한 기술 용어들에 대해서는 간단한 설명을 포함한다. 준비한 정보와 사실들을 제시하고, 요청사항, 제안사항, 대책 등을 서술한다.

08

발표 자료 작성과
발표의 기술

1. 발표의 정의와 종류

발표는 정보 전달 수단의 하나로, 듣는 사람들에게 정보를 전달하고 기획한 내용을 설명하며 제안을 설득하는 행위를 말한다. 또한 발표는 컴퓨터와 빔 프로젝터 등 다양한 멀티미디어 도구를 활용하여 여러 가지 정보를 청중 또는 대상자에게 전달한다는 의미에서 '프레젠테이션(Presentation)'이라고 불리기도 한다. 성공적인 발표를 위해서는 전달하고자 하는 내용을 효율적 형태로 구성하여 상대방에게 전달하여야 한다.

일반적으로 발표는 어떤 목적을 위해 무언가를 말하거나 전달하는 행위이다. 다시 말해 발표는 자신의 주장이나 생각, 의견, 아이디어 등을 설명하여 상대방을 이해시키고 자신이 의도한 결과를 도출하기 위한 적극적인 행동이다. 이러한 적극적인 행동을 통해 상대방의 설득을 이끌어 낼 수 있다. 발표를 위해서는 발표자와 청중이 반드시 존재해야 하며, 다양한 자료를 활용하여 청중과 소통해야 한다. 발표자는 청중의 질문에 귀 기울이면서 청중에 도움이 되는 정보를 제시해야 한다.

발표의 종류는 매우 다양하다. 사업상 클라이언트에게 계획서를 준비하여 발표하는 것에서부터 새로운 상품으로 개발된 제품의 발표, 작가의 작품 발표, 학생의 논문 및 과제 발표, 포스터 발표 등 여러 가지 발표의 형태가 존재한다.

먼저 발표를 형태에 따라 구분하면, 구두 발표와 포스터 발표로 나누어볼 수 있다. 구두 발표는 기본적으로 발표자의 입을 통해 기획한 내용을 설명하는 것으로 '발표' 또는 '프레젠테이션'이라는 말로 의미하는 보편적인 방식을 말한다. 반면, 포스터 발표는 학회 논문 심사에서 탈락한 논문 중 일부를 골라 간단히 포스터 형식으로 발표할 수 있는 기회를 마련하자는 데서 출발한 것으로, 최근에는 학회 발표의 주류를 이루는 경향을 보이고 있다.

구두 발표는 그 대상, 즉 청중에 따라 학과에서 실시하는 졸업논문 발표, 학회의 학술 발표, 취업을 위한 세미나 발표 등이 있다. 그러나 학과에서 실시하는 공개 발표와 학회에서 이루어지는 발표는 각 분야의 전문가들을 상대로 하는 것이므로 발표 내용이나 방법을 달리할 필요가 없다. 여기서는 전통적으로 학회에서 발표를 할 때 발표자가 알아두어야 할 사항들을 구두 발표를 중심으로 제시하기로 한다.

〈포스터 발표〉

원래 구두 발표에 참여하지 못한 논문을 위한 방편으로 마련되던 포스터 발표는 다음과 같은 이유로 점차 학회에서 중요한 형태로 자리를 잡아가고 있다.

- 구두 발표와 병행할 수 있다.
- 발표자와 연구 내용에 흥미를 가진 참가자가 자유롭게 의견을 교환할 수 있다.
- 구두 발표보다 구체적인 자료를 제시할 수 있고 참가자는 충분한 시간을 두고 이

를 검토할 수 있다.

그러나 앞서 언급한 장점과 더불어 포스터 발표는 다음과 같은 단점 또한 가진다.

- 자료를 큰 글자로 출력하여 제시해야 하므로 준비하는 데 불편이 따르고 비용이 발생한다.
- 전시 공간이 한정되어 있으므로 내용을 엄선하여 제시해야 한다.
- 참가자가 서서 읽어야 하므로 포스터 내용을 이해하는 데 한계가 있다.

이러한 단점들이 존재하기 때문에 포스터 작성자는 참가자들에게 흥미를 줄 수 있는 포스터를 제작하기 위하여 세심한 주의를 기울일 필요가 있다. 최근에는 다수의 학회에서 포스터 발표 시에 작성하는 포스터 규격 또한 제시하고 있으므로 이 또한 간과해서는 안 된다.

2. 발표의 절차와 기술

현대사회는 기회의 시대, 정보의 시대, 경쟁의 시대로 특징지을 수 있는데, 이러한 현대사회의 특징은 각 개인이 발표 능력을 길러 필요한 정보를 적절히 사용하여 경쟁에서 기회를 잡을 수 있도록 유도한다. 발표는 개인의 능력을 세상 밖으로 전달하고 발휘하는 중요한 통로 역할을 하며 개인 또는 단체를 대상으로 자신의 의견이나 말하고자 하는 특정한 정보를 전달하여 타인의 이해와 설득을 이끌어내는 행위이다.

발표를 성공적으로 이끌기 위한 조건은 다음과 같다. 첫째, 진실함을 담아야 한다. 사람 간의 커뮤니케이션에서 진실성은 아무리 강조해도 지나치지 않다. 진실함은 발표자가 갖추어야 할 가장 중요한 덕목이며 청중과의 신뢰감을 형성하는 데 도움이 된다. 둘째, 명쾌하게 요약하여 설명하고 요점을 중심으로 간결하게 진행하는 것이 중요하다. 말하고자 하는 것이 무엇인지, 의도한 콘셉트를 이해할 수 있게 설명하고 내용을 가치 있는 결과물로 승화시켜야 한다. 셋째, 적절한 예와 스토리를 구성하여 자연스럽게 설명하는 것이 필요하다. 시각적인 자극을 통해 강하게 호소하고 인상적인 제목, 구체적 수치 등을 그래픽으로 언급하여 신뢰도를 높인다.

주장이나 결론, 논리와 체계, 표현 방식의 명쾌함 등은 성공적인 발표를 이끄는 중요한 원동력이다. 발표가 자연스러워야 한다는 것은 개인 간 대화의 형식을 취하라는 것으로, 친구와 정열적인 토론을 벌이는 것 같이 자연스럽고 역동적인 실행이 발표의 생명이다.

성공적인 프레젠테이션을 위해서 갖추어야 할 진실함, 명쾌함, 일목요연함, 요점, 예시와 스토리 등의 요소를 빠뜨리지 않기 위해서는 적절한 발표 절차가 필요하다. 발표는 올바른 절차를 통해 완성된다. 성공적인 발표를 위해 반드시 거쳐야 할 절차와 세부적인 기술 및 기법을 발표 절차의 흐름에 따라 설명하면 다음과 같다.

2.1 준비 단계

준비 단계는 목적과 목표를 명확히 설정하는 단계이다. 기본적인 방향을 잡기 위해서는 방대한 양의 자료와 정보를 수집하고 구조화하는 작업이 선행되어야 한다. 성공적인 발표를 위해서는 목적과 목표에 부합하는 자료 분석에 집중하고 전략적 방법을 구축하는 것이 필요하다. 자료에 대한 분석을 한다는 것은 발표 자료 작성을 위하여 선행되는 조사 활동과 조사한 내용을 더욱더 분할하여 세분화해 보고 때로는 서로 다른 내용을 결합하여 더 큰 의미의 내용을 만들어 보는 등의 활동을 의미한다. 또한 전략을 구상한다는 것은, 분석을 통하여 얻어진 내용을 기획 전략과 실행 방안으로 표현하는 것을 의미한다. 그러므로 대부분의 발표는 분석과 전략이라는 큰 테두리 안에서 내용의 순서와 구체적인 설명을 얼마나 적절하게 작성하느냐가 관건인 것이다. 즉, 발표는 '논리'라는 큰 흐름에 '창의'라는 내용을 기재하는 것이 필요하다.

다음은 좋은 발표를 위하여 꼭 필요한 체크리스트이다. 발표를 준비하는 과정에서 스스로에게 체크리스트의 질문을 반복적으로 하는 것이 좋다. 이는 처음에 설정한 목표를 향해 길을 잃지 않고 도달할 수 있는 좋은 방법이기 때문이다.

〈성공적 발표를 위한 체크리스트(준비사항)〉

① 목적과 목표는 분명한가?
② 참신한 주제이며 차별화가 이루어졌는가?
② 제목이 전체를 아우를 수 있는가?
④ 전체 구성의 흐름이 자연스러운가?
⑤ 스토리가 있는 구성인가?
⑥ 현실성 있는 아이디어인가?
⑦ 발표 과정에서 발생할 수 있는 상황을 미리 점검했는가?
⑧ 문제 발생에 대한 대처법이 준비되었는가?

체크리스트가 성공적 발표를 위한 준비사항이라면, 발표 준비 단계의 3요소는 성공적 발표를 위한 고려사항이라 할 수 있다. 발표 준비 단계의 3요소는 다음과 같다. 첫째, 청중의 계층과 특성을 잘 파악해야 한다. 대상이 누구인가에 따라서 내용의 구성과 방법이 완전히 달라지기 때문이다. 둘째, 발표의 목적을 명확하게 한다. 셋째, 발표 장소에 따라 설명하려는 자료의 형태와 전달 방법을 상황에 맞게 선택해야 한다. 즉, 발표를 성공적으로 마치기 위해서는 사람(People), 목적(Purpose), 장소(Place)가 반드시 고려되어야 한다. 이 세 가지가 발표에서는 무엇보다 중요하기 때문에 이에 대한 세심한 분석과 대응 전략이 필요하다.

2.2 기획 단계

발표 기획이란 어떻게 발표할 것인지에 대한 설계와 방식, 디자인 등을 계획하고 구상하는 일이다. 기획 단계는 실질적으로 어떠한 내용을 구성할 것인지 정하고 자료와 정보를 좀 더 구체적으로 정교화 하는 단계를 말한다. 전체적인 내용을 기획하고 소주제를 중심으로 본론을 먼저 작성한 후, 도입부인 서론과 전체적인 내용을 요약하는 결론 부분을 완결하는 단계로 진행하는 것이 보편적이다. 기획이 튼튼하게 구성되면 훌륭한 발표가 될 수 있다. 건축물을 지을 때 뼈대의 밀도가 외관의 형태보다 중요한 것과 같은 이치이다. 이러한 결과는 기획자가 구성원들과 또는 발표를 직접 경청할 청중들과 매우 긴밀한 커뮤니케이션이 있을 때 가능하다.

기획을 할 때는 발표의 목적이 무엇인가를 정확하게 파악하는 것이 제일 중요하므로 먼저 기획 내용 및 문제점을 파악하는 작업을 실시한다. 기획자가 무엇을 기획할지에 대한 기획의 목표와 내용을 확인하는 것이다. 이때는 기획서 작성을 위한 체크리스트를 참고하여 여러 가지 각도에서 기획 내용을 검토해야 한다. 기획 내용은 문제점을 인지하는 데서 시작된다. 그 결과에 따라 기획서 작성의 방향을 큰 테두리 안에서 결정할 수 있게 된다. 기획서 작성에서는 주제를 잘 설명할 수 있는 콘셉트 방향의 선정과 결정이 무엇보다 중요하다. 기획서 작성의 방향을 잡을 때는 기획의 내용과 문제점을 중심으로 결정되지만 기획서를 받는 당사자 즉, 대상이 어떠한 계층이고 그들이 중요하게 생각하는 요구사항이 무엇이냐에 따라 방향이 바뀌기도 한다.

기획서 작성 방향의 결정은 기획서의 큰 그림을 그리는 것으로 기획자가 되도록 넓은 안목으로 기획의 내용 전개를 살펴 검토한다. 일반적으로 기획서 작성의 방향을 잡을 때는 최종 목적이 무엇이냐에 따라 작성 방향이 달라질 수 있는데, 통상 광고 기획, 디자인 기획, 경영 기획, 컨설팅 기획, 마케팅 세일즈 기획, 연구 분야 관련 기획 등으로 크게 나눌 수 있다. 또한 어떤 목적으로 작성 방향을 결정하느냐에 따라 서로 다른 접근법으로 기획서를 작성해야 한다.

전체적인 그림을 그렸다면 이제 기획에 필요한 정보를 좀 더 면밀히 조사해야 한다. 과학기술 분야의 연구 내용을 발표하는 데 있어서 정상적인 발표라면 발표 내용은 이미 마련되어 있으므로 발표 자료를 굳이 다시 수집하고 정리할 필요는 없다고 생각할 수 있다. 하지만 연구의 결과가 바로 청중의 눈높이에 맞는 자료가 되는 것은 아니다. 이미 확보된 자료라 할지라도 청중의 입장에서 다시 한 번 검토하고 수정하여 준비할 필요가 있다.

자료는 큰 윤곽과 틀 안에서 보편적이면서 포괄적인 주제를 시작으로 자료를 정리해 나간다. 크고 넓은 범위에서 점점 세밀하게 좁혀 자세한 내용을 찾는 방식을 채택하는 것이 좋다. 왜냐하면 시작부터 작은 범위의 세세한 자료를 찾게 되면 기획의 시야가 좁아지는 단점이 있기 때문이다.

기획 단계에서는 발표 일정 계획 및 역할 분담도 고려해야 한다. 일정은 자료 수집 및 정리 방안에 기초하여 정하는데, 이때 예기치 못한 사태에 대비한 여분의 시간을 반드시 마련해두어야 한다. 주제가 정해진 수업 발표의 경우 수집한 자료의 내용이나 의의를 파악하는 데 생각보다 시간이 많이 걸린다. 특히 공동 발표를 준비할 때 자주 범하는 잘못은 관련 자료를 한 사람씩 나누어 읽고 각자 정리하도록 계획을 세우는 것이다. 회사처럼 업무 분담이 분명한 경우에는 이런 방식으로 운영해도 무방하지만, 수업 발표는 그렇지 않다. 수업 발표의 경우 자료를 나누어 읽으면 자료들 간의 유기적 관계를 파악하기 어렵다. 따라서 공동 발표의 경우 각자 관련 자료를 모두 읽은 후에 반드시 전체적인 토의 과정을 거쳐야 한다.

그 외에 다음과 같은 사항을 주의해야 한다.

- 목적을 분명히 하고 있는가?
- 가장 핵심적인 내용이 메인 콘셉트로 도출되었는가?
- 콘셉트를 명확하고 구체적으로 제시하였는가?

전체적인 콘셉트가 정해졌다면 결정된 콘셉트를 이해하기 쉬운 구조로 다듬어 듣는 사람들을 설득할 수 있도록 발표 자료를 구성해야 한다. 발표 자료를 작성할 때 항상 염두에 두어야 할 것은 한 번에 완벽한 발표 자료를 작성하려고 해서는 안 된다는 것이다. 되도록 빠른 시간 안에 일차적인 기본 초안을 작성하고 나서 전체적인 수정과 보완작업을 반복적으로 되풀이하여 완성도를 높이는 것이 훨씬 더 효율적이다.

발표 자료에 대한 기획 초안이 다 작성되었다면 이제는 기획서 내용 전개의 완성도를 높이는 데 힘을 기울인다. 기획의 내용을 가다듬어 수정하는 과정에서는 전체적인 내용이 자연스럽게 흐르는지 점검한다. 여러 번에 걸쳐 기획서의 서두와 결말의 내용 전개를 확인하여 자연스럽고 부드럽게 내용이 전개되도록 한다.

그 외에 발표 자료의 내용을 구성하거나 구성된 내용을 재검토할 때 중요하게 살펴봐야 할 부분은 다음과 같다.

- 오자나 빠진 글자 혹은 문장의 흐름이 어색하지 않은지 꼼꼼히 체크한다.
- 혹시 주제를 설명하는 데 있어 부족하거나 빠뜨린 자료가 없는지 살핀다.
- 주제의 논점을 청중의 입장에서 고려하였는지 점검한다.
- 목차의 각 부분이 중점 사항들로 잘 표현되어 있는지 체크한다.
- 인용한 자료에는 출처 표시를 명확하게 한다.
- 내용이 쉽게 전달되는지 점검한다.

발표 자료의 기획 및 재검토까지 마쳤다면 이제는 거의 완성 단계로 접어든다. 마무리 작업은 시각적 효과를 높이는 데 있다. 발표 자료 기획을 성공적으로 이끌 효과적인 작업은 크게 두 가지를 들 수 있다. 하나는 이미지를 활용하는 방법이다. 내용을 설명하는 데 있어 과도하게 긴 문장은 요약하는 것이 좋다. 요약하여 단문으로 고친다. 단문으로 고치기 어렵다면 문장에서 핵심이 되는 키워드를 택하

〈표 8.1〉 발표의 기획과 설계

기획	설계
· 발표의 콘셉트	· 구성, 즉 목차와 순서
· 발표의 주제	· 각 항목에 대한 시간 배분
· 발표의 목적	· 기획 내용에 따른 아이디어 정리
· 발표가 추구하는 목표	· 각각의 슬라이드 구성 계획
· 발표의 범위	· 전개 방식 결정
· 발표의 실시 방법	· 전체의 전략적 흐름
· 발표 대상 분석	
· 발표에 필요한 리서치	

고　이미지를 활용한다. 도식화하여 다이어그램으로 표현하면 긴 문장을 간결하고 쉽게 이해하도록 도와줄 수 있다. 또 다른 하나는 강조 기법으로 중요한 단어나 키워드에 밑줄을 그어 두드러지게 부각시키거나 볼드체를 사용하여 중점을 두는 방법이다. 발표 자료를 읽거나 보는 사람들이 되도록 빠른 시간 내에 전달하고자 하는 핵심 키워드를 이해할 수 있도록 중요한 문장이나 단어에 밑줄 또는 볼드체 등을 활용하여 강조한다. 이러한 방법은 청중들이 좀 더 쉽게 핵심을 파악하도록 도와준다. 수정하고 보완하는 작업을 되풀이하여 거듭할수록 발표에 대한 완성도가 높아지므로 다시 한 번 전체 내용을 주의 깊게 살펴보고 또 다른 수정 사항이 있지 않은지 최종적으로 확인해야 한다.

2.3 시각화 단계

일반적으로 정보와 자료를 분석하고 가공하는 데는 많은 시간이 소요된다. 시각화된 정보가 완벽하게 준비될수록 발표 자료를 구성하는 데 시간을 절약할 수 있게 된다. 시각화 단계란 발표 내용을 시각화하여 실질적인 발표 자료를 제작하는 과정을 말하며, 이는 발표 자료의 전체 제작 시간을 단축함으로써 발표 자료 제작을 효율적으로 진행할 수 있도록 돕는다.

시각화를 위해서는 자료를 준비하고 정리해야 한다. 자료를 준비할 때에는 팀 내부의 자료는 물론 수집이 가능한 외부 자료와 때에 따라서는 연계된 다른 분야의 자료까지 입수하여 분석할 필요가 있다. 분석된 결과물은 요약하여 발표 자료를 만든다. 필요한 경우에는 외부의 자료 조사 컨설팅 업체에 의뢰하여 비용을 지불하더라도 유용하고 필요한 자료를 얻기 위해 노력한다. 또한 발표 자료를 제작할 때도, 비주얼 사용을 극대화하는 데 주력해야 한다. 발표 자료에서 설명이나 전달을 효과적으로 하기 위하여 표, 그래프, 다이어그램, 사진 등을 사용하고, 콘셉트를 표현하는 데 어려움이 있다고 판단되면 전문가에게 필요한 도표를 의뢰하여 그리는 것도 한가지 방법이 될 수 있다. 이처럼 철저하고도 완벽한 준비를 해야 성공적인 결과를 만들어낼 수 있다. 다음은 시각화를 위한 자료 정리 방법에 대한 설명이다.

(1) 자료를 정리하는 5가지 방법

　① 시간에 따른 정리

자료를 과거 - 현재 - 미래의 순서로 정리하는 방법이다. 이러한 방법은 일반적인 방법이므로 순서를 거꾸로 정리하는 것도 방법이 될 수 있다. 청중이 호기심을 가질 수 있는 시점을 먼저 말하고 그것과 연계하여 나머지를 설명할 수도 있다.

　② 공간에 따른 정리

공간의 특성에 따라 분류하여 정리하는 것을 말한다. 예를 들어, 새로 지은 주택 분양을 유치하기 위해 발표를 할 경우 새로 지은 주택의 특징과 장점, 부대시설 등을 쭉 나열하여 한꺼번에 설명한다면 듣는 사람들의 관심을 끌기 어렵다. 현관에서부터 거실까지의 공간이 어떻게 배치되었는지, 방과 욕실, 주방이나 다용도실, 창고, 정원 등 공간의 특성에 따라 구분하여 설명한다면 듣는 사람들이 좀 더 주목할 수 있을 것이다.

　③ 분할에 따른 정리

주제나 사건의 크기를 작게 나누어 정리하는 방법이다. 사건이나 주제도 작은 주제나 사건으로 나누어 접근해 나가면 기존의 방식과 다르게 접근하게 되므로 호기심을 야기할 수 있다. 예를 들어, 신규 프로젝트를 진행할 경우 한꺼번에 모두 설명하는 것보다 프로젝트와 연관된 부서나 사업부별로 나누어 설명한다면, 듣는 사람은 보다 빠르고 정확하게 이해하여 제안에 동의하고 쉽게 결정을 내릴 수 있다.

　④ 인과관계에 따른 정리

설명을 위해 자료를 인과에 따라 구분하여 정리하는 것을 말한다. 원인이 무엇인지, 결과가 무엇인지, 혹은 인과관계별로 자료를 설명한다. 주로 과학적 연구 결과물을 발표하는 데 사용되는 방식으로서, 다양한 실험 자료들로부터 원인을 추적한다든지, 몇 가지 변인들로부터 특정한 결과를 예측한다든지, 아니면 변인들 간의 상관관계로부터 인과관계를 추론하는 것 등이 모두 여기에 해당한다.

⑤ 문제와 해결 방안에 따른 정리

문제점이 무엇인지, 그 문제점을 해결하기 위해서는 어떠한 해결 방안이 있는지를 구분하여 정리하는 방법을 말한다. 이때 모든 문제점을 한꺼번에 설명한 뒤 해결 방안을 나열하는 것보다는 주제나 내용을 보다 작은 단위의 문제 및 해결 방안으로 나누어 전달하는 것이 이해를 돕는 데 더 효과적이다.

⑥ 요약에 따른 정리

요약은 분석 자료와 정보를 가지고 발표 자료의 핵심을 만드는 과정이다. 요약을 할 때는 각각의 자료를 독립적으로 분석하는 것보다 자료들 간의 연관성을 유지하면서 발표 전체의 흐름과 목적에 부합되게 정리할 필요가 있다. 때로는 요약의 수준을 넘어 분석 자료를 더욱 단순하고 명쾌하게 만드는 정보 가공의 과정도 필요하다. 정보 가공은 많은 연습과 경험, 기술, 자신만의 노하우 등이 필요한 분야이다. 평소에 책을 읽거나 자료를 볼 때 그 내용을 요약하는 습관을 들이는 것이 실전에 많은 도움이 될 것이다.

(2) 시각화를 활용하는 요령

인간의 오감 중에서 시각은 가장 큰 비중을 차지한다. 정보 전달에 있어서 시각 자료는 인간의 뇌를 강력하게 자극함으로써 오랫동안 기억할 수 있도록 도와준다. 그래서 시각 자료는 일반적인 텍스트를 통한 전달보다 크게 각인되어 이해를 돕게 되는 것이다. 여러 실험을 통해 밝혀진 것과 같이 기억력은 후각, 미각, 촉각, 청각, 시각의 순으로 그 기능이 높아진다. 그러므로 시각을 활용하는 것은 정보전달의 수단으로 매우 중요하게 쓰일 수 있다.

시각 자료를 활용하면 기억에 오래 남을 뿐 아니라 좀 더 명확하게 설득할 수 있는 효과가 있다. 한눈에 요약이 되므로 말하고자 하는 바의 분명한 비전을 제시하는 데도 한몫을 한다. 이를 통하여 청중의 공감을 얻어내는 동기부여의 효과를 이끌 수 있다.

시각화 작업은 수집된 자료를 새로운 관점으로 정보화하는 것이 중요하다. 이때 각 부분을 세밀하게 나누고 다시 큰 덩어리로 재구성한다. 기존에 자리 잡고 있는 시스템을 지우고 좀 더 새로운 각도에서 다시 분석하고 정리하여 체계화한다.

시각화 단계의 주의사항은 다음과 같다.

① 하나의 시각 자료에는 여러 가지 주제를 한꺼번에 담아 표현하지 않는다.
② 정확한 전달을 위해서는 시각 자료에 텍스트를 부수적으로 함께 사용한다.
③ 시각화는 내용을 간단하고 단순하게 하는 과정을 보여주는 것이다.
④ 시각화할 때는 목적과 내용에 연관되는지 확인하면서 작업한다.
⑤ 숫자의 표현은 그래프를 활용하고, 글을 요약할 때는 차트나 도형을 사용하는 것이 효율적이다.
⑥ 시각화 과정에서 관련된 많은 내용을 한 화면에 담으려 하지 말고 단계별로 나누어 표현한다.

2.4 리허설 및 실행 단계

리허설 및 실행 단계는 작성된 발표 자료를 가지고 발표자의 화법과 자연스러운 제스처 등을 동반한 여러 기법을 사용하여 효과적인 발표 및 의사 전달이 진행되도록 준비한 후 실제로 발표를 실시하는 과정이다. 원활한 발표 진행을 위해서는 발표자의 감성 기술과 상황 대처 능력이 요구된다. 감성 기술이란 타인의 감정에 대한 이해를 통해 상대방에게 공감을 얻는 기술을 말한다. 감성 기술을 연마하기 위해서는 먼저 목표를 설정하고 도달하기 위하여 자신에게, 그리고 상대방에게 끊임없이 동기를 부여하는 노력을 해야 한다. 이때 나 스스로가 감정 조절의 주체가 되어 감정을 관리하고 자아 인식을 분명히 하는 능력이 수반되어야 한다. 여기서 자아 인식이란 감정에 휩싸이지 않고 지금의 상태에서 한 걸음 물러설 수 있는 잠재력을 말한다.

발표자에게 요구되는 또 하나의 능력은 상황 대처 능력인데 발표를 하는 도중에 뜻하지 않은 어려운 사태에 직면하는 경우가 있다. 이러한 상황에서 상황 대처 능력은 빠른 판단으로 적절하게 대응하는 자세를 말한다. 이때도 역시 상황을 자기 위주로 판단하기보다는 타인 지향적인 대처가 필요하며 만약 청중과의 마찰에서 불거진 일이라면 눈높이를 맞추어 해결하는 태도가 중요하다. 무엇보다 순발력과 재치, 주위 상황에 대한 지각력과 반응력 등이 요구되는 덕목이다.

리허설 및 실행 단계의 주의사항은 다음과 같다.

- 발표 때 말할 내용을 정리하여 준비한다.
- 리허설을 반드시 한다.
- 기자재나 소프트웨어 등 발표를 하는 당일에 필요한 것들을 미리 준비한다.
- 배부 자료를 참가 예정자 수대로 프린트하여 준비한다.
- 발표 장소와 입구에서 발표 장소까지의 디렉션을 직접 확인한다.
- 예상 질의응답에 대한 사전 준비를 한다.
- 실제 발표에서는 자료를 사전에 배부하고 질의응답에 신속히 대응한다.

발표 준비 중 쉽게 간과하는 부분이 바로 장소에 대한 분석이다. 또한 발표가 성공적으로 끝나지 못하는 원인이 장소인 경우가 많다. 그러므로 사전에 장소에 대해서는 철저하게 살피고 준비하는 습관을 들이는 것이 중요하다. 먼저 사용할 기자재의 원활한 설치가 가능한지 확인하고 전기 배선 등을 꼼꼼하게 점검한다. 발표 장소 밖에서의 소음이나 강연장 안에서의 소음은 없는지, 발표 날짜에 관련된 다른 행사는 없는지도 확인해 본다. 장비의 불량을 미리 점검하고 청중의 좌석 배치가 편안하게 되어 있는지, 통행로가 적당하게 확보되어 있는지 확인하여 미리 대비할 필요가 있다. 발표 장소가 어디인지 확인하기 위해서는 실제로 그 장소에 가보는 것이 가장 확실한 점검 방법이라 할 수 있다. 예전에 가본 곳이라고 해서 안심해서는 안 된다. 장소를 결정할 때는 발표장에 영향을 미치는 다른 요인이 있는지 확인하고, 만일 방해가 되는 요소가 발견되었다고 판단되면 장소를 바꾸는 과감함도 필요하다. 청중들이 발표장까지 오는 데 거치는 장소들에 대한 준비도 필요하다. 주차장, 엘리베이터, 화장실, 음료수 자판기 등의 편의 시설 위치를 사전에 충분히 확인하여 잘 보이는 위치에 미리 안내표시나 방향표시를 해두어야 한다. 발표자 이외의 진행요원들도 시설의 위치를 정확하게 알아두어 청중들에게 안내할 수 있도록 준비한다.

발표의 마무리는 발표가 끝나는 시점이 아니다. 발표가 끝나면 발표를 통해 얻은 것이 무엇인지, 문제점은 없었는지, 청중의 반응은 어떠했는지, 어떤 부분에서 호응이 있었고 어떤 부분에서 실수가 있었는지 꼼꼼하게 살펴보는 것이 중요하다. 발표의 결과가 목표와 분명히 결부되도록 다시 한 번 점검한다.

발표 마무리 시 주의사항은 다음과 같다.

- 발표의 결과를 살펴보면서 다음 발표와 어떻게 연결 지어 작업할 것인지 연구한다.

- 발표에서 나온 과제나 문제점이 발생했다면 이를 어떻게 해결할 것인지 고민한다.
- 필요에 따라 보충 자료를 다시 조사한다.
- 발표 전반에 걸친 요약과 평가를 실시하여 대안을 마련한다.

3. 발표의 수단과 발표 자료의 작성

3.1 발표의 수단

발표의 수단은 발표 시에 사용하는 프로그램을 말한다. 발표 수단은 발표에서 쉽게 사용할 수 있고 가장 널리 사용되고 있는 파워포인트의 사용 빈도가 가장 높다. 따라서 '발표' 혹은 '프레젠테이션'이라 하면, 사람들은 보편적으로 파워포인트를 이용한 발표의 진행을 떠올린다. 그러나 일반적인 형식을 벗어나 자신만의 독특한 방식을 선호하는 이들은 어도비사의 플래시나 디렉터 프로그램을 사용하여 청중과의 상호 작용을 높이기도 한다. 또 프레지사의 프레지(Prezi)나 애플사의 키노트(Keynote)도 자주 사용된다.

발표자는 발표의 종류와 목적 그리고 청중의 수준을 고려하여 발표 수단을 정해야 한다. 발표 수단을 통한 발표 자료의 작성 방법에 대해서는 다음 절에서 설명한다.

3.2 발표 자료의 작성

발표 자료는 청중이 발표에 대해 시각적으로 몰입하기 위해 반드시 필요한 요소이다. 본 절에서는 보편적으로 사용되는 파워포인트에 대한 예시 자료를 통해 발표 자료의 작성을 설명한다.

(1) 템플릿과 레이아웃

파워포인트를 이용하여 작성된 발표 자료는 여러 장의 슬라이드로 구성되며, 발표 주제에 알맞은 디자인으로 구성된다. 발표 자료를 구성하는 전체 슬라이드의 일반적인 배경 디자인을 템플릿이라고 하는데, 템플릿의 사전적 의미는 '그래픽 프로그램에서 자주 사용하기 위해 미리 정해놓은 그림이나 이미지의 일정한 패턴'이다. 즉, 슬라이드의 전반적인 테마와 디자인을 제시하는 것이다.

파워포인트에서는 〈그림 8.1〉과 같이 기본적으로 무료 템플릿을 제공하며, 파

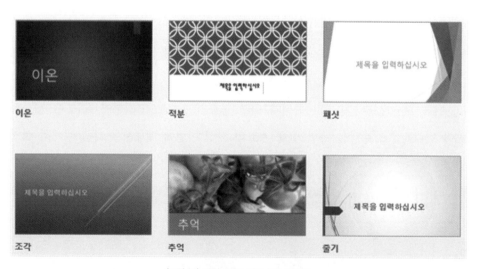

〈그림 8.1〉 파워포인트 제공 무료 템플릿

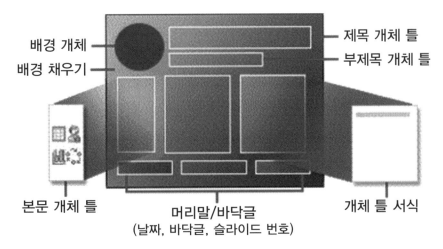

배경 개체

배경 채우기

제목 개체 틀

부제목 개체 틀

본문 개체 틀

머리말/바닥글
(날짜, 바닥글, 슬라이드 번호)

개체 틀 서식

〈그림 8.2〉 슬라이드의 레이아웃

워포인트의 제작사인 마이크로소프트사의 온라인 홈페이지를 통해 무료로 제공하는 템플릿도 있다. 발표자는 해당 템플릿을 그대로 사용할 수도 있고 참조하여 새로운 템플릿을 구성할 수도 있다.

레이아웃은 발표 자료의 슬라이드에 표시되는 모든 내용의 서식, 개체들 및 개체 틀의 상대적 위치를 말한다. 레이아웃의 배치는 각 슬라이드의 목적에 따라 다르며, 발표 내용의 중요도를 고려해야 한다. 슬라이드의 레이아웃에는 이미지의 배치와 강조, 색상의 효과까지 전반적인 디자인이 포함되고, 구성 내용에 따라 표지 이미지, 목차 이미지, 배경 이미지로 분류할 수 있다.

(2) 표지 이미지

표지 이미지는 발표의 주제를 한눈에 볼 수 있도록 형상화하는 데 중점을 두어야 한다. 표지 이미지의 구성 방법은 주제와 관련된 이미지를 사용하는 보편적인 것부터, 독특한 표현을 위해 문양 및 색채 등을 이용하는 것까지 다양하다. 표지 이미지는 내용이 무엇인지 흥미를 갖게 하고 시각적 관심과 자극을 통해 청중의 감성에 호소하는 중요한 역할을 한다.

(3) 텍스트와 색상

파워포인트 기본 슬라이드의 텍스트 색은 검정색이며, 배경색은 흰색이다. 발표 자료를 작성할 때는 자료를 여러 가지 텍스트 모양과 다채로운 색상을 통해 강조하거나 부각시킬 수 있으며, 의도하는 느낌만을 살릴 수도 있다.

텍스트를 작성하는 경우에는 다음과 같은 사항을 주의해야 한다.

〈텍스트 작성 시 주의사항〉

① 문장은 명사화한다. 즉, 음슴체로 마무리되어야 한다.

② 가급적 한 줄로 표현한다. 문장의 호흡이 길어지면 청중의 집중력이 떨어진다.

③ 한 줄에 한 가지 아이디어만 넣는다. 아이디어가 명확하게 전달되어야 한다.

④ 한 페이지에 한 종류의 주제만 넣는다. 하나의 슬라이드는 생각보다 작다.

⑤ 시청각 자료가 가능하면 텍스트 자료는 보조 자료로 사용한다. 읽는 것보다는 보는 것이 기억에 더 오래 남고, 특정 내용에 접근하기도 쉽다.

⑥ 폰트의 색이나 모양은 3가지 이상을 넘기지 않는다. 과유불급이다.

⑦ 가독성이 입증된 글꼴(고딕, 신명조, 헤드라인 등)을 사용한다.

⑧ 널리 사용되는 글꼴을 사용한다. 익숙함은 편안함을 낳는다.

⑨ 가독성과 명시성이 좋은 글자색을 선택한다.

---

(4) 도식화

도식화 작업은 청중이 내용을 이해할 수 있도록 디자인, 그래픽 등을 이용하여 설명하는 것을 말한다. 텍스트의 구조, 관계, 변화 등을 표, 그래프, 도해 디자인으로 표현하는 것으로 발표 내용을 담고 있는 슬라이드의 모든 디자인을 말한다. 청중이 발표자의 설명을 조금 더 쉽게 이해한다면 발표자는 원하는 결과를 얻을 수 있으며, 발표자에게 있어서 도식화 작업은 자신의 의도를 시각적으로 표현하여 청중을 이해시키기 위한 필수 과정이다.

① 텍스트의 도식화

텍스트는 주로 키워드를 도식화하는 경우가 많다. 파워포인트에서는 WordArt라는 기능을 통해 텍스트에 대한 도식화를 기본적으로 제공하고 있는데, 텍스트를 도식화할 경우에는 주로 중앙정렬을 기준으로 하는 것이 좋으며, 내용의 흐름에 맞도록 글을 전개하도록 한다.

② 플로우차트(Flow-Chart)

플로우차트는 문제 혹은 사건 해결의 순서를 흐름대로 나타낸 도형 집합으로, '흐름도'라고도 한다. 플로우차트는 문제의 범위를 정하여 분석하고, 그 해법을 찾기 위하여 필요한 작업이나 처

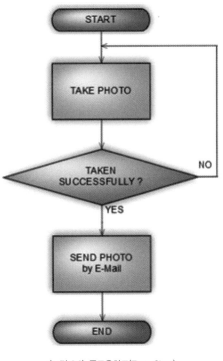

〈그림 8.3〉 플로우차트(Flow-Chart)

리 순서를 통일된 기호와 도형을 사용하여 도식화한 것을 말한다. 플로우차트를 사용하면 내용에 대한 논리적 전개가 가능하며, 청중의 이해도를 향상시킬 수 있다.

③ 그래프(Graph)

그래프는 시선의 유도를 통해 오랫동안 기억에 남을 수 있으며 발표자의 생각과 정보를 체계적으로 정립할 수 있다는 장점이 있다. 내용 전달을 빠르게 할 수 있으며 이해력을 높여 효과적으로 청중을 설득할 수 있다. 그러나 용도에 맞는 그래프를 선택하여 사용해야 하며, 그래프의 예시가 의미하고자 하는 내용과 일치해야 한다. 간단하고 명료하게 작성하여 청중이 이해하기 쉽도록 작성하고 인용과 출처를 빠뜨리지 않도록 유의한다.

④ 과정의 도식화

과정의 도식화는 좌에서 우, 혹은 상에서 하의 방향이 적당하며 순환구조는 원형을 사용한다. 결론을 유도할 때는 상하 도식을 사용하는 것이 보편적이며, 확산과 수렴을 표현할 때는 안에서 밖으로, 밖에서 안으로 구성하는 것이 일반적이다. 과정의 도식화를 사용하면 청중의 머릿속에서 정리되지 않을 수 있는 관념 혹은 내용 전개를 명확하게 할 수 있다.

발표 자료는 발표의 시작과 중간 그리고 발표의 끝까지 함께 한다. 이목을 끌 수 있어야 하는 도입부의 작성부터 내용에 대한 이해를 높이는 도식화를 통한 전개, 그리고 핵심을 정리해야 하는 마무리까지 발표 자료의 작성에 대한 중요성은 아무리 강조해도 부족하다. 훌륭한 발표 자료는 가끔 발표자의 스피치 능력을 넘어서기도 한다. 본 절을 통해 청중을 사로잡을 수 있는 발표 자료를 작성할 수 있게 되기를 바란다.

4. 발표자의 전략과 주의사항

4.1 구두 발표 전략

우리나라의 문화는 어려서부터 공손한 태도와 다소곳함을 덕목으로 가르친다. 다른 사람들이나 어른들 앞에서 가능한 한 자기 의견을 크게 말하지 않는 것을 미덕으로 생각하는 것이다. 그러므로 여러 사람들 앞에서 혼자 설명을 하거나 자기 의견을 관철시키고자 하는 발표에 대한 부담감은 대부분의 사람들이 피하고 싶은 일이 아닐 수 없다. 그 때문에 과학기술자들에게 가장 어렵게 느껴지는 일들 가운데 하나가 현장에서 반드시 해야 하는 발표일 것이다.

비단 과학기술자들에게만 국한되는 이야기는 아니다. 비즈니스맨, 연구소의 연구원, 디자이너들에게도 마찬가지다. 그러나 말하기에 자신이 없다고 해서 마냥 걱정만 하고 있을 수는 없다. 어차피 피할 수 없는 일이라면 익숙해지는 방법을 강구하는 것이 바람직하다. 익숙하지 않은 일이라 할지라도 열정을 가지고 열심히 연습하고 반복하면 익숙해져 간다. 처음부터 익숙한 일은 애초에 없지 않은가? 효과적인 발표를 위한 방법을 반복적으로 연습해 몸에 배게 하면 발표를 잘할 수 있는 능력을 틀림없이 얻을 수 있다.

먼저, 철저한 준비를 통한 자신감이 있어야 한다. 자신감이란 철저한 준비에서 나온다. 준비를 한다는 것은 말하고자 하는 내용을 정확하게 숙지하는 것이 선행되어야 한다. 그래서 숙지된 내용을 올바로 전달할 수 있도록 시각 자료를 훌륭하게 만드는 것도 필요하다. 전달할 내용을 충분한 시간을 갖고 깊이 있게 생각하고 내용을 정확하게 파악하여 말하고자 하는 내용을 정리한다. 전체 내용을 나열하고 핵심이 무엇인지 청중이 인지할 수 있도록 청중의 입장에서 내용을 단순화해 본다. 발표의 대상이 상사이거나 윗사람일 때는 더 큰 부담감을 가질 수밖에 없다. 그러나 전문적인 내용이어야만 수준있는 발표라는 고정관념을 버리고 누구나 알 수 있는 쉬운 용어를 사용하는 것이 오히려 더 좋은 결과를 낼 수 있다. 알아듣기 쉬운 예를 들어 설명하면 핵심적인 내용의 전달이 용이하다.

발표를 할 때는 힘 있는 목소리로 확신을 가지고 말한다. 말하는 목소리에 기운이 없거나 우물쭈물하면서 말하면 자신감이 없어 보이므로 내용의 신뢰감까지 떨어지게 된다. 평소에 작게 말하는 습관이 있거나 발음이 정확하지 않다면 교정하기 위한 연습을 해보는 것도 좋다. 목소리의 발성과 습관은 연습을 통해 바뀌거나 향상되기 때문이다. 발음 습관을 고치기 위해서는 정확한 입모양으로 노래를 부르거나 자세를 바르게 하여 입을 크게 하고 큰소리로 글을 읽는 연습을 하여 목소리를 틔우는 것이 좋다.

생각한 내용을 말할 때는 핵심을 명확하게 짚어내는 습관을 기른다. 주변 설명을 너무 길게 늘여 말하는 것보다 가급적 단순화한 핵심을 명료하게 말하도록 한다. 가능하다면 낯선 사람과의 대화를 시도해 보는 것도 한가지 방법이 될 수 있다. 공감할 수 있는 이슈를 가지고 이야기를 풀어나가다 보면 많은 사람들 앞에서도 긴장하지 않게 되므로 청중 앞에서 말할 때 편안하게 발표할 수 있다. 또한 기회가 있을 때마다 발언을 하는 것도 편안하게 말하는 훈련을 하는 연습이 될 수 있다.

4.2 구두 발표 시 주의사항

(1) 옷차림과 외모

발표자가 남자일 경우 짙은 색 양복을 입는 것이 가장 무난하다. 하얀색 와이셔츠에 밝은 톤의 넥타이를 착용하되, 너무 화려하고 현란한 색깔의 특이한 무늬는 피하는 것이 좋다. 지나치게 눈에 띄는 스타일은 청중의 시선과 생각이 옷차림에 집중되어 주의가 분산되기 때문이다. 구두는 끈이 달린 검은색이 정장용이며, 양말은 검은 색 계열로 하는 것이 상식화되어 있다. 여자의 옷차림은 약간 까다롭다. 일반적으로 재킷과 치마를 입어야 정장이라고 생각하는데, 꼭 그런 것만은 아니다. 정장 색깔은 남자에 비해 선택의 폭이 넓다. 짙은 색 외에 밝은 톤의 정장도 줄무늬나 체크무늬 정도면 무난하다. 구두는 뒤꿈치가 막힌 것이 정장용이다. 간혹 여름철에 날씨가 덥다고 샌들을 신는데, 이것은 피해야 한다. 발표자는 특히 장신구 사용에 주의해야 한다. 발표를 할 때는 화려한 금속 팔찌는 피하는 것이 좋다. 청중의 시선이 분산되어 집중력을 저해할 가능성이 있기 때문이다. 하지만 포인트를 줄 수 있는 액세서리를 전혀 사용하지 않으면 오히려 지루하고 답답한 느낌을 줄 수 있으므로, 포인트를 주는 조그만 브로치, 스카프, 행커치프 정도를 활용한다면 충분하다.

(2) 제스처

발표자들이 전달 기술을 구사할 때 가장 어려워하면서도 중요한 기술이 두 가지가 있는데, 바로 손동작과 시선 맞추기다. 우리나라 사람들은 대부분 말과 어울리는 손동작에 익숙하지 않고, 마음 내키는 대로 손동작을 하는 경우가 많다. 특히 많은 사람들이 평소에 매우 빠른 속도로 손동작을 하는데, 이것은 경솔하고 가볍게 보일 수 있으므로 천천히 하는 습관을 길러야 한다. 손동작의 크기도 중요한데, 너무 작거나 커서는 안 되며 중간 정도로 한다. 손가락을 바짝 모으거나 쫙 펼치는 것을 피해야 한다. 긴장하거나 어눌해 보일 수 있기 때문이다. 손가락을 적당히 펴지 않고 주먹을 쥔 상태로 설명을 하는 것도 피해야 한다. 다시 한 번 강조하지만, 흔히 하는 빠른 속도의 손동작, 너무 큰 손동작, 손가락을 적당히 펴지 않고 하는 손동작 등은 말과 어울리지 않고 부자연스럽게 보이므로 특히 주의한다.

말로 숫자를 말하면서 손동작을 함께 사용하는 것은 매우 효과적이다. 그런데 많은 발표자가 청중 앞에서 저지르는 흔한 실수가 '하나'나 '첫 번째'를 나타낼 때, 손가락을 다 편 상태에서 엄지손가락만 접어 하나를 나타내는 것이다. 올바른 표시 방법은 손을 앞으로 들어 올리고 주먹을 쥔 상태에서 집게손가락만 펴서 '하나' 또는 '첫 번째'를 나타내는 것이다. '둘'이나 '두 번째'를 나타낼 때는 엄지손가락을 접은 상태에서 집게손가락을 접는 것이 아니라 집게손가락만 편 상태에서 가운데 손가락을 펴야 한다. 숫자를 말과 손가락으로 나타내는 순서도 중요한데, 손동작으로 먼저 숫자를 나타내고, 이어서 숫자를 말하는 것이 일반적인 방법이다.

(3) 시선 관리

시선 맞추기(Eye contact)는 말을 하면서 청중의 눈을 보는 것으로, 모든 청중과 시선을 맞추려고 노력하는 것이 중요하다. 청중과 시선을 맞추는 것은 청중 개개인의 관심을 얻고 내용의 전달력을 높이며 청중의 반응을 확인할 수 있는 중요 수단이다. 다음은 시선 관리에 대한 설명이다.

① 먼저 시선을 주는 사람을 향해 몸을 돌리고 시선을 맞춘다. 시선을 이동하면서 설명한다.
② 여러 사람에게 나누어 시선을 주는 것이 바람직한데, 한 사람에게 머무르는 시간이 적당하도록 분배하는 것이 필요하다.
③ 말을 할 때는 반드시 청중과 시선 맞추기를 시도하도록 한다.

(4) 장소 및 무대의 활용

발표자가 무대를 효율적으로 활용하면 청중의 시선이 한 곳에만 머물지 않고 이동할 수 있어 지루함을 없애고 변화를 줄 수 있다. 따라서 청중이 발표를 듣는 동안 새로움을 경험할 수 있어 다양한 분위기 연출이 가능해진다.

① 무대를 골고루 이용한다.

② 적당한 보폭으로 천천히 이동한다.

③ 지나친 움직임은 집중에 방해되므로 적당한 제스처를 취한다.

④ 방향을 바꿀 때는 먼저 몸의 방향을 움직여 그쪽을 향한 후에 이동한다.

⑤ 무대에서 청중이 있는 자리로 이동했다가 제자리로 돌아올 때는 등을 보이지 않는 것이 좋다. 등을 돌리지 않은 상태에서 자연스럽게 뒷걸음으로 걷거나 천천히 이야기하면서 옆으로 이동한다.

(5) 자신감 있게 말하기

자신감을 갖고 말하기 위해서는 많은 사람들 앞에 서는 일에 두려움이 없어야 하고 조용한 가운데 나의 목소리만이 들리는 상황을 즐길 수 있어야 한다. 혹여 말실수를 하더라도 자연스럽게 넘길 수 있는 여유를 부릴 수 있어야 한다.

말을 할 때는 너무 경직되어 서 있는 것보다 손동작과 시선 처리를 자연스럽게 할 수 있도록 연습하는 것이 우선되어야 하는데, 자연스럽게 말하기 위해서는 먼저 바르게 서 있는 자세가 중요하고 이야기에 맞는 적절한 손동작과 청중과의 부드러운 시선 맞추기에 익숙해지도록 다양한 훈련을 해야 한다. 사람마다 타고난 목소리가 있기 때문에 목소리를 인위적으로 바꿀 수는 없다. 다만 소리를 제대로 낼 수 있는 발성 연습은 반드시 필요하다. 발표하는 사람은 되도록 표준어를 사용하고 너무 강한 어조로 말하지 않도록 한다. 목소리의 억양이나 톤을 조절하면 청중의 지루함을 달랠 수 있다. 목소리의 톤은 연습과 훈련을 통해 얼마든지 조절이 가능하다.

말의 속도는 전달력을 높이는 데 큰 영향을 미치므로 이 또한 연습과 훈련이 필요하다. 청중의 수가 많을 때는 의도적으로 말의 속도를 늦추어 완급을 조절해야 한다.

본인이 가지고 있는 잘못된 말 습관에 어떤 것이 있는지 찾아보고 잘못된 말습관을 고치도록 노력한다. 대부분의 발표자들은 불필요한 단어를 반복적으로 사용하거나 접속사를 지나치게 많이 붙여 말한다. 예를 들어 말의 어두에 "음~", "저~", "에~" 등을 말하면서 뜸을 들이거나, "그러니까", "그런데", "그래서", "다시 말해서", "솔직히 말해서" 등의 불필요한 단어나 접속사를 반복하여 말하게 되면 발표자의 신뢰감이나 정보전달에 좋지 않는 영향을 미칠 수 있다.

(6) 발표 시간 조절

정해진 발표 시간을 지키는 것은 매우 중요하다. 뒤이어 다음 프로그램이 예정되어 있을 경우에는 더욱 그렇다. 발표 진행 중에 예상치 못한 질문이나 상황으로 시간이 지연될 수도 있다. 이러한 경우에는 다음과 같은 대응 기법이 필요하다.

① 발표 자료를 검토할 때 설명을 줄이거나 생략해도 큰 문제가 없는 부분을 미리 확인해두었다가 상황에 맞게 조절한다.
② 일찍 끝날 경우에 대비해 유머나 재미있는 이야기를 몇 가지 준비해 두었다가 필요할 때 사용하여 시간을 조절한다.
③ 중간에 예상치 못한 질문으로 시간이 지연되는 것을 막기 위해 시작할 때 질문 시간은 따로 갖겠다고 청중들에게 미리 알린다.
④ 늦게 끝나는 것보다 차라리 일찍 끝나는 것이 청중에게 좋은 반응을 얻는다.

(7) 청중과의 교감

발표를 진행할 때 발표자의 일방적인 설명은 청중을 지루하게 만들고 집중력을 떨어뜨린다. 그래서 발표 중간에 청중에게 질문을 던지고 대화를 유도하는 것은 매우 중요한 기술이다. 이때 대화나 질문 상대를 어떻게 정하는가도 중요한 문제다. 질문이나 대화 상대를 고르는 노하우는 다음과 같다.

① 결정권자나 주요 인물을 선택한다.

② 긍정적이고 열성적으로 경청하는 사람을 선택한다.

③ 때때로 산만해 보이는 사람을 선택한다.

(8) 질의응답 요령

발표를 마치면 청중의 질문을 받는 시간이 필요하다. 이 부분까지 최선을 다해 깔끔하게 마무리해야 한다. 긍정적이고 우호적인 청중은 질문도 그렇게 한다. 발표자나 답변자는 이를 잘 활용해야 한다. 부정적인 질문에 답하는 것은 매우 어렵고 곤혹스럽기까지 하다. 만일 대답하기 어렵거나 곤란한 질문일 경우에는 개괄적인 대답만 한 뒤, '시간 관계상 다른 질문자에게도 기회를 줘야 하기 때문에 발표가 끝나고 따로 설명을 하겠다'고 말한다. 이때 성의 없이 건성으로 대답해서는 안 되며, 최대한 성의와 예의를 갖추어야 한다.

[문제 1] 다음의 요구를 만족시키는 PPT를 작성하라(PPT 직접 작성하기).

1. 발표 자료의 주제가 '1년간 장난감의 소비 패턴'이라 가정하고, 표지 이미지를 담은 슬라이드를 구성하자(단, 다음의 조건을 준수할 것: – '장난감 자동차' 이미지가 1개 이상 들어갈 것 – 배경 색상 선택에서 '원색 계열'의 색을 피하여 부드러운 느낌을 줄 것 – '1년간 장난감의 소비 패턴'이라는 제목 문구가 또렷하게 부각될 것).

2. 할미꽃의 성장을 소개하는 슬라이드를 구성해야 한다고 가정하자. 해당 슬라이드의 제목은 '흙에서 꽃이 피어나기까지'이고, 상세 내용은 '할미꽃이 씨앗으로 흙에 뿌려진 뒤, 꽃을 피울 때까지의 과정'이다. '할미꽃의 성장과정'에 대한 내용을 간략하게 담는 슬라이드를 구성해 보자(슬라이드 분량은 2장 이내).

3. 우리나라의 애국가를 소개하는 슬라이드를 구성해야 한다고 가정하자. 해당 슬라이드의 배경은 '희미하게 처리된 태극기' 이미지이고, 상세 내용은 텍스트로 애국가의 1절부터 4절까지를 표기해야 한다(단, 후렴구는 1번만). '애국가의 소개'에 대한 내용을 간략하게 담는 슬라이드를 구성해 보자(슬라이드 분량은 1장 이내).

4. 라면 전문점(식당)에서 점원이 손님에게 라면을 주문받고, 주방에 메뉴를 알린 후, 라면의 조리가 완료되어 손님에게 전달되기까지의 과정을 담는 슬라이드를 구성해야 한다고 가정하자. '라면 전문점의 커리큘럼'에 대한 내용을 간략하게 담는 슬라이드를 구성해 보자(슬라이드 분량은 1장 이내, 다음의 조건을 준수할 것: - 라면 주문 및 전달 과정은 플로우차트(Flow Chart)를 이용할 것 - '색의 지각현상'을 이용하여 라면 전문점의 광고 문구를 텍스트로 삽입할 것).

5. 하반기 '한국제과'의 실적을 정리하는 슬라이드를 구성해야 한다고 가정하자. '한국제과의 하반기 실적'에 대한 내용을 담는 슬라이드를 구성해 보자(슬라이드 분량은 2장 이내, 다음의 조건을 준수할 것: - 원그래프 혹은 막대그래프를 이용하여 실적을 표시할 것).

5. 면접

면접도 구두 표현이라는 의미에서 발표의 일종으로 볼 수 있으나, 일반적인 과학기술 발표와 구분되는 특징을 갖는다. 면접이란 면접관이 지원자를 직접 만나서 인품이나 언행 등을 평가하는 시험으로, 흔히 서류전형 혹은 필기시험 후에 이루어지는 최종적인 심사 방법이다. 취업에 있어서 면접은 꼭 거쳐야 하는 관문이다. 서류전형 혹은 필기시험의 심사를 통과한 인재들 사이에서 우열을 가리기 힘든 지원자들을 선별하기 위해 면접관이 지원자와 직접 대면하는 것이며, 최종적으로 서류전형 혹은 필기시험에서 알 수 없는 지원자의 잠재적인 능력이나 창의력, 업무추진력 등을 알아보는 취업의 핵심 과정이라고 할 수 있다.

5.1 면접 준비

면접에 임하기 전에 다음과 같은 사항들을 준비하면 면접에 도움이 된다.

• 지원한 회사 조사

면접의 가장 첫 걸음은 지원한 회사를 꼼꼼히 파악하는 것이다. 회사 관련 정보는 입사 의지, 관심 수준 등을 파악할 수 있어 면접 질문으로 많이 활용될 수 있다.

• 명확한 취업 동기

면접을 보기 전 자신의 적성과 기업의 지향점을 철저히 따져보고 자신을 납득시키는 과정이 필요하다. 지원하는 직무에 얼마나 적합한 인물인지, 회사 내에서 어떤 역할을 수행할 수 있는지, 지원한 회사에 대한 호감이 얼마나 있는지 충분한 조사를 하는 것이 중요하다.

• 자기소개서, 이력서의 모든 내용은 면접 기출문제

면접관 대부분은 면접 전에 이력서와 자기소개서를 읽고 들어온다. 나의 이력서에 기재 되어 있는 모든 내용은 사실이어야 하며, 모든 문제는 면접 기출문제가 될 수 있다. 대답은 명확하고 정확하게 핵심 있는 내용으로 준비한다.

- 면접 시간 준수

면접 시간 준수는 채용이 원활하게 진행될 수 있도록 지원자가 지켜야 할 매너이다. 지각은 기업 및 다른 지원자에게도 피해를 줄뿐만 아니라, 불성실한 사람이라는 인상을 남길 수 있다. 면접 시간 30분 전에 면접장에 도착하여 면접장 분위기 파악과 제출한 서류의 내용을 숙지하도록 한다.

5.2 면접 시 유의 사항

면접에서는 다음과 같은 발언, 행동, 옷차림, 태도 등에 유의해야 한다.

- 인사

면접장에 들어갔을 때는 가볍게 목례를 하고, 정식으로 마주보고 서서 소리 내어 인사하도록 한다.

- 시선

면접관과 눈을 맞추지 못한다면 자신감과 준비성이 부족해 보일 수 있다. 질문에 답할 때는 질문한 면접관의 얼굴을 향하고 상대방의 눈에 시선을 맞추며 대답한다. 다대다 면접일 경우 다른 지원자가 말할 때는 그 지원자를 바라보며 경청하는 자세를 유지하는 것이 중요하다.

- 자세

자세나 태도에서 평소 지원자의 모습이 나타날 수 있다. 불량한 자세나, 다리 떨기 등의 나쁜 습관은 지원자의 말보다 다른 행동에 눈길이 가게 되어 말의 전달력이 약해지고 면접관에게 불쾌감을 줄 수 있다.

- 음성

말올 할 때는 지신 있는 음성으로 면접관이 잘 들을 수 있도록 말한다. 말의 속도는 너무 빠르거나 느리지 않도록 주의한다.

- 복장

면접 복장은 첫인상을 좌우할 수 있다. 면접 복장이 명시된 곳이라면 통상 무채색 계열의 복장으로 단정함을, 자율 복장을 권하는 기업이라면 정장과 캐주얼을 적절하게 매치하여 개성을 표현하도록 한다. 과도한 치장은 자칫 감점 요인이 될 수 있으며, 진한 메이크업 역시 부담스러운 느낌을 줄 수 있으므로 주의한다.

5.3 면접 예상 질문

면접 시 면접관의 질문에 솔직하고 정확하게 대답하는 것이 제일 원칙이다. 그럼에도 불구하고 면접을 위한 답변의 전략은 존재한다.

- 1분 자기소개
- 질문 의도: 제출한 서류상의 내용들을 간략하게 듣기 위한 것이며, 지원자의 언어 구사력, 표현력 등을 판단할 수 있는 질문이다.
- 답변전략: 짧지만 자신의 강점, 성취 업적 등을 부각시킬 수 있는 자기소개를 준비한다.
- 회사에 지원한 동기
- 질문의도: 회사의 기여도 및 개인의 목표의식을 파악하기 위한 질문이다.

– 답변전략: 업무와 관련하여 자신이 회사 내에서 어떤 역할을 수행할 수 있는지, 지원한 회사에 대한 호감이 얼마나 있는지 등에 대해 구체적으로 대답한다.

• 원하는 급여의 정도

– 질문의도: 일과 급여는 밀접한 상관관계가 있다. 급여에 따른 업무에서의 열의와 의욕, 근무 여부 등 여러 가지 복합적인 부분을 알아보기 위한 질문이다.

– 답변전략: 급여는 회사를 선택하는 데 고려해야 할 사항 중의 하나로, 급여보다는 일 자체에 대한 관심과 열의를 보이는 것이 중요하다.

• 지원자의 장점

– 질문의도: 업무를 수행하는 데 회사가 가장 중요하게 생각하는 것과 지원자의 답변이 어떠한 연관관계가 있는지 파악하기 위한 질문이다.

– 답변전략: 지원자의 장점을 통해 지원한 분야의 업무에서 수행할 수 있는 부분이 무엇인지 판단하여 대답한다.

• 지원자의 단점

– 질문의도: 업무 수행에 있어 문제가 될 수 있는 점을 파악하고, 자신에 대해 객관적으로 이해하고 있는지 확인하기 위한 질문이다.

– 답변전략: 단점에도 종류가 있다. 어떤 말로도 합리화시킬 수 없는 단점이 있는 반면, 상황에 따라 장점이 될 수 있는 단점도 있다. '고지식하다'는 것은 어떤 의미에서는 단점이지만, 또 다른 의미에서는 '원리원칙을 중요시 한다'는 긍정적인 의미로 들리기도 한다. 단점을 말하되 최대한 장점화시켜 대답한다. 단점이 없다는 대답은 자신을 객관적으로 바라보지 못하거나 속이고 있다는 느낌을 주므로 좋은 답변은 아니다.

• 지원자의 취미

- 질문의도: 지원자가 균형 잡힌 생활을 하고 있는지 판단하기 위한 질문이다.
- 답변전략: 지원자의 취미는 지원자의 성격과 가치관을 반영한다는 점을 염두에 두고 대답한다.

- 특별히 하고 싶은 질문
- 질문의도: 회사에 대해 특별한 관심과 열의가 있는지 파악하기 위한 질문이다.
- 답변전략: 답변을 통해 지원자의 특징을 부각시킬 수 있다. 지원자가 지원한 전문 분야에 대한 질문을 하도록 한다. 급여, 복지, 휴가 등에 대한 질문은 최종 결정이 될 때까지 질문을 삼간다.

5.4 면접 유형

· **개별 면접**

개별 면접이란 다수의 면접관이 한 사람의 지원자를 대상으로 질문과 답변을 하는 형태의 일반적인 면접 방식이다. 면접관이 다수이므로 다양한 형태의 질문이 나올 수 있고, 이를 통해 지원자의 다양한 측면을 알아 낼 수 있다. 개별 면접에서는 자칫 답변 내용이 길어질 수 있는데, 설명을 먼저 제시하는 방식으로 시작하지 말고 결론을 먼저 제시한 뒤 이에 대한 설명을 덧붙이는 방식으로 답변한다.

· **집단 면접**

집단 면접이란 주로 대기업에서 1차 면접 시에 사용하는 방식으로, 다수의 면접관이 다수의 지원자를 한꺼번에 평가하는 면접 방식이다. 면접관들은 집단 면접 방식을 통해 지원자들을 서로 비교 평가할 수 있으며, 지원자들은 서로 비교가 될 수 있으므로 자신의 의견을 명확히 밝혀 집단 속에 묻히지 않도록 한다.

• **집단 토론 면접**

집단 토론 면접이란 일정한 주제 및 내용을 가지고 지원자들이 토론을 벌이는 면접 방식이다. 주로 대기업에서 1차 면접이 끝난 후 다음 단계로 시행하는 면접 방식으로, 면접관들은 일체 관여하지 않고 지원자들이 어떻게 토론을 이끌어 가는지 관찰한다. 토론을 할 때는 자신의 주장을 당당하게 표현하고, 논리적으로 설득력 있게 말한다.

• **프레젠테이션 면접**

프레젠테이션 면접이란 여러 주제 중 하나를 선택하여 자신이 원하는 방식으로 발표 자료를 활용하여 발표하는 면접 방식이다. 프레젠테이션 면접 시에는 말을 길게 하면 지루한 느낌이 들 수 있고, 잘못된 문장으로 끝맺음 하게 되는 경우가 발생할 수 있으므로 한 단어, 한 문장이 기억될 수 있게끔 가급적 짧고 간결한 방식으로 발표를 진행한다.

• **압박 면접**

압박 면접이란 면접관들이 지원자를 압박할만한 질문을 통해 지원자들의 위기 대처능력, 순발력 등을 평가하기 위한 면접 방식이다. 압박 그 자체를 지나치게 심각하게 받아들이지 말고 할 수 있는 만큼 설명하도록 하며, 끝까지 평정심을 유지하도록 노력한다.

09

협력 활동과
e-커뮤니케이션

1. 과학기술자의 협력 활동과 의사소통

현대에는 과학기술 활동들이 점차 복잡해짐에 따라 연구 수행을 위해 보다 다양하고 전문적인 지식이 요구되고 있으며, 많은 연구 활동이 국제적으로 진행되기도 한다. 그래서 오늘날 과학기술 활동의 대부분은 팀 단위로 이루어지는 팀 활동으로 수행된다고 해도 과언이 아니다. 널리 알려져 있는 "과학기술자가 되려면 반드시 협동해야 한다(If you want to be an engineer, you must collaborate)"는 말은 이러한 상황을 표현하고 있는 말이라고 할 수 있다. 다양한 전문성, 직업, 언어, 문화적 배경을 가지고, 전 세계에서 모인 사람들이 팀 활동을 통해 많은 성과를 얻을 수 있기 때문에 과학기술자들에게 우수한 의사소통 능력은 매우 중요한 자질이다.

근래의 과학기술 팀은 구성원들이 하나의 팀에서 하나의 기능만을 수행하는 것이 아니라, 여러 개의 팀에서 다수의 기능을 수행하는 교차적 기능(cross-functional) 개념으로 구성되어 운영되는 것이 보통이며, 최근에는 인터넷으로 대표되는 다양한

IT의 발달로 팀의 구성과 운영, 활동 자체가 가상적(virtual)으로 이루어지는 가상 팀의 형태가 많이 나타나고 있다. 가상 팀은 물리적으로 분리되어 여러 곳에 떨어 져있는 다수의 연구자들이 하나의 팀으로서 같은 자리에 있는 것처럼 공동으로 연 구를 수행하는 최근의 형태를 표현하는 말이다. 일반적으로 과학기술 분야에서 팀 활동을 통하여 얻을 수 있는 장점은 다음과 같다.

- 문제 해결을 위해 더 많은 지식을 이용하는 것이 가능하다.
- 구성원들이 서로 긴밀하게 협조하며, 더욱 창의적인 아이디어와 더 나은 해결 방 안에 도달할 수 있다.
- 기회 포착이 용이하고, 더 큰 모험을 감행하는 것이 가능하다.
- 팀 활동을 통하여 결정된 결정 사항, 의견, 해결 방안은 어느 한 개인의 결정 사항, 의견, 해결 방안보다 더욱 쉽고 호의적으로 구성원들에 의해 받아들여진다.
- 구성원들이 서로 배울 수 있고, 잘 모르는 지식도 구성원들이 상호 협력하면서 자 연스럽게 전달된다.
- 주인의식과 리더십 능력 계발이 촉진되는 환경이 제공된다.

반면, 과학기술 분야의 팀 활동 과정에서 유발될 수 있는 단점은 다음과 같다.

- 팀 활동을 통한 문제해결 과정뿐만 아니라, 팀을 구성하고 유지하기 위한 노력과 시간 그리고 팀 활동에서 전체 인원의 참여를 위한 시간과 비용 등 많은 노력과 시간, 비용이 소요된다.

- 일반적으로 과학기술 팀 활동을 통해 많은 아이디어를 얻을 수 있는 것이 사실이지만, 최종적으로는 그것들 중 단지 몇 개만이 유용한 해결책으로 사용되는 것이 보통이다. 즉, 투자하는 시간과 노력, 비용에 비하여 얻을 수 있는 결과가 양적으로는 비효율적일 수 있다.

- 좋은 팀워크(teamwork) 하에서는 강한 협력을 통해 좋은 인간관계와 구성원 간의 우애를 증진시킬 수 있으나, 팀을 구성하는 일부 구성원들이 다른 구성원들과 잘 어울리지 못하여 그릇된 팀워크가 발현될 경우에는 팀원들 간에 분쟁, 감정 악화, 적의가 발생하는 경우도 생길 수 있으며, 실제로 이러한 부작용이 많이 발생하는 것이 사실이다.

- 팀 구성원들 사이에 서로의 잘못을 건설적 비판을 통하여 고쳐주는 관계가 아니라 그릇된 "동료의식"이 발현하게 되면, 과학기술 분야의 올바른 문제해결을 가로막을 수 있다. 또한 이러한 잘못된 동료의식의 결과가 사회에 심각한 결과를 유발하는 경우도 생길 수 있다. 팀 활동 수행 과정에서 각별히 조심해야 하는 부분이다.

성공적인 과학기술 팀 활동을 위해서는 구성원들의 시간, 에너지, 선의의 투자가 필요하다. 효율적인 팀 활동을 위한 요구사항으로는 구성원들 간의 상호 존중과 명확하고 분명한 목표 설정, 구성원들 간의 빈발한 상호 작용과 의사결정 권한의 공유, 구성원들 간의 동등하게 구분된 업무와 실수나 성공 모두에 대한 책임 공유, 그리고 구성원들 간의 의견 개진과 건설적 비판 등이 자유롭게 이루어지는 분위기 등을 들 수 있다. 일반적으로 생산성 높은 팀을 구성하고 효율적으로 팀을 운영하기 위해서는 다음과 같은 사항들의 준수가 필요하다.

- 팀의 목표를 명확하게 설명하는 규정문을 제정하여 팀원 모두에게 공지한다.
- 팀 전체 시간 계획표와 일정, 투입 인원, 산출물, 마감일 등이 명시되어 있는 프로젝트 계획을 모두가 숙지하도록 한다.
- 팀 구성원들 각각의 책임과 임무에 관한 규정문을 만들고, 이를 팀원 모두에게 명확하게 공지한다.
- 팀의 기본적인 규칙들을 정하고, 공표한다.
- 회의 의제는 사전에 결정하고 공지한다.
- 회의가 완료된 후에는 회의록과 일지를 작성하고 보관하며, 필요한 경우 팀원 누구나 확인할 수 있도록 한다.
- 수행된 임무 목록을 작성하고, 팀원들이 이를 공유한다.
- 팀 구성원들에 대한 공정한 평가를 수행하며, 상호/다면 평가 등을 활용한다.

성공적인 과학기술 팀 활동을 위해서는 팀 리더의 역할이 매우 중요하다. 팀 리더는 기본적으로 관련된 기술적 문제에 대한 높은 이해를 보유해야 하며, 팀이 수행하는 프로젝트의 성공에 대한 높은 흥미와 깊은 의지를 가지고 있어야 한다. 또한 팀을 적절하게 구성하고 팀 활동을 이끌어나가기 위한 조직력과 팀원들 간의 협력을 위한 지도력을 가지고 있어야 함은 물론이다. 과학기술 팀 활동에서 팀 리더는 강력한 권한을 가지고 팀 미팅을 조직하며, 필요한 회의를 기획, 준비, 소집하고 토의 사항을 준비하여야 한다. 아울러 필수적인 문서화 작업과 결과물들에 대한 관리를 책임져야 하는데, 회의록, 활동 보고서 등을 작성하여 정리하고, 결과를 보고하며, 방해물이나 문제점들을 처리하는 것이 팀리더의 임무이다. 훌륭한 팀 리더는 팀 정신(spirit)을 고양하고, 유지하며, 팀 구성원들의 의견에 자주 귀 기울이는 대체로 좋은 청취자(listener)의 모습을 보인다. 아울러 다른 시각과 대안을 제시하도록 구성원들을 유도하고 격려하며, 각 구성원들이 팀 목표와 함께 개인적인 목표를 같이 성취할 수 있도록 유도하고 고무시킬 뿐만 아니라 구체적인 해결 방안과 도움을 팀원들에게 제공해 주는 사람이다. 또한 팀 리더는 팀이 본연의 목적과 임무에 집중력을 유지할 수 있도록 노력하고, 발생하는 갈등을 효율적이고 공평하게 해결할 수 있어야 한다.

팀 활동 과정에서 갈등의 발생은 피할 수 없는 것이며, 갈등 발생 자체를 부정적으로만 볼 필요는 없다. 오히려, 갈등이 전혀 없다는 것은 팀 활동이 활발하게 진행되지 못하고 있거나 그릇된 동료의식이 팀을 지배하고 있다는 신호가 된다. 과학기술 팀 활동의 성공적 수행은 빈번하게 발생하는 여러 가지 종류의 갈등을 어떻게 잘 다루고 해결해 나가느냐에 달려있다고 할 수 있다. 과학기술 팀 활동 과정에서 발생하는 갈등을 효과적으로 해결하기 위해서는 기본적으로 구성원 모두가 다른 사람이 자신보다 더 잘 알고 있고, 올바른 판단을 할 수도 있다는 사실을 받아들이는 것이 중요하다. 아울러 자신의 의견이나 판단에 대해 다른 구성원들이 도전하도록 적극적으로 유도하고, 판에 박힌 사고를 제거하기 위해 노력한다. 특히 주의해야 하는 것은 구성원들 간의 편협한 관계이다. 특정인에 치우지지 말고 되도록이면 팀의 모든 구성원들과 커뮤니케이션을 유지하고 발전시키도록 한다. 팀 활동 시 다른 사람의 시각과 생각을 존중하고, 다른 사람의 의견을 긍정적이고 열린 마음으로 들음으로써 합의에 도달할 수 있도록 노력한다. 또한 팀의 목적을 달성하기 위한 타협의 필요성을 이해하고 긍정적으로 대처하는 자세를 유지하도록 한다.

팀 활동에서 효과적인 갈등 해결을 위해서는 먼저 논쟁의 모든 측면을 설명하고, 모든 측면에서 신중하게 문제를 이해하도록 하며, 모든 사람들이 문제의 정의에 동의하고 있는지 확인하는 과정을 통해 해결해야 할 문제를 전체적으로 명확하게 정의한다. 다음으로 문제에 대한 여러 가지 대안들을 강구하는데, 이때 필요하면 브레인스토밍 등 여러 가지 창의적인 아이디어 생성 방법을 사용하는 것이 효과적이다. 여러 가지 대안들이 도출되면 팀 활동을 통하여 제안된 여러 가지 대안들을 평가하고, 이를 바탕으로 팀의 결론을 규정한다. 이후 내려진 결정을 팀의 모든 구성원들이 동의하고 있는지 확인하는 절차를 잊지 않도록 한다. 이제 결정에 따라 문제의 해결책을 실제 구현하여 적용하고, 해결책의 효용성에 대한 평가 시안 및 방법을 결정하고, 이에 따라 객관적이고 공정한 평가를 수행하도록 한다. 또한 결정 과정뿐만 아니라 결정 이후의 과정, 즉 구현, 적용, 평가 과정의 결과도 구성원 모두에게 명확하게 공개하여 공유하는 것이 중요함을 명심하도록 한다.

1.1 팀 단위 과학기술 글쓰기

일반적으로 과학기술 분야에서 행해지는 팀 단위 문서 작성은 긴 문서를 짧은 기간 내에 작성해야 할 경우와 다양한 방면의 전문 지식이 필요한 문서를 작성해야 할 경우로 나누어진다. 팀 단위 문서 작성은 발전된 또는 반대되는 시각에 대한 보다 다양한 분석과 연구가 필요한 경우와 팀 구성원 간의 명확한 역할 구분이나 다양한 접근방법의 시도가 필요한 경우에 많이 활용된다. 일반적으로 팀 단위 문서 작성을 통하여 다음과 같은 이점을 얻을 수 있다.

- 팀 활동을 통한 공동작업 수행을 통하여 일반적으로 더 좋은 문서 작성이 가능하다.
- 문서 작성 과정에서 팀 구성원들 간의 긴밀한 협동으로 창의력 증진이 가능하다.
- 공동 작업을 통해 인간관계에 대한 기술이 발전되고, 자신감이 증대된다.
- 자신의 문서 작성 과정과 다른 사람의 문서 작성 과정에 대한 비교가 가능하고, 그 장단점을 이해하여 발전하는 것이 가능하다.

- 팀 활동을 통하여 다른 사람들이 자신과 다르다는 중요한 사실을 실제적으로 체득할 수 있다.
- 자신과 다른 사람의 문제해결 방식이나 아이디어를 비교, 이해하여 발전하는 것이 가능하다.
- 팀 구성원들 간의 우애가 유지되고 발전된다.

이상에서 팀 단위 문서 작성의 장점들을 알아보았으나, 팀 단위 글쓰기는 일반적으로 혼자 문서를 작성하는 것에 비해 더 많은 시간이 소요되는 경우가 많고, 구성원들 사이의 합의 도출을 위한 에너지와 시간 소모로 인해 비효율적으로 진행될 가능성이 높다. 또한 팀 구성원들이 집단적으로 특정한 아이디어나 스타일에 젖어 있을 경우, 잘못된 동료의식이나 자만감이 좋은 문서 작성과 창의력 발현을 오히려 방해할 수 있는 위험을 가지고 있다.

과학기술 팀 단위 문서 작성을 위해서는 크게 공동 작문과 개별 작성, 그리고 두 가지 방법을 혼합하여 적용하는 세 가지 전략이 적용 가능하다. 공동 작문은 2명 또는 그 이상의 구성원들이 모여서 같이 구상 및 준비, 초고 작성, 교정과 편집을 수행하는 방법으로, 짧은 작문 작성의 경우, 자료가 부족한 경우, 또는 구성원들 사이의 합의 도달이 매우 중요하게 요구되는 경우에 유용하다. 개별 작성은 구성원들이 여러 개의 부분으로 나누어 각각 독립적으로 초고 작성, 교정과 편집을 수행하는 것으로 효율성은 높을 수 있으나, 팀 구성원들 사이의 상호작용이나 비판의 기회가 없어서 팀 단위 글쓰기의 장점을 잃어버릴 수 있다. 위의 두 가지 전략은 모두 장점과 단점을 명확하게 가지고 있기 때문에, 일반적으로 탐 단위 문서 작성에서는 두 가지 방법을 혼합하는 전략이 많이 사용된다. 즉, 두 가지 방법을 적절히 조합하여 진행하는 것으로, 예를 들어 구상 및 준비는 공동으로 협동하여 진행하고, 초고 작성은 개별적으로 독립해서 수행하며, 교정과 편집은 공동으로 모여서 진행하는 방법이다. 이 전략은 효율과 협동의 장점을 조합한 방법으로, 많은 경우에 유용하게 사용될 수 있다.

(1) 구상 및 준비 단계

일반적으로 팀 단위 문서 작성의 여러 문제들에 대한 토의와 대응 방안 등에 대한 협의는 다음과 같은 팀 활동을 통하여 진행한다.

- 문서의 목적을 결정하고, 독자 분석을 수행한다. 특히 독자 분석에서는 팀 구성원들의 다양한 시각이 활용되기 때문에 팀 활동이 매우 효과적이다.
- 문서 작성을 위한 공동 계획을 수립하고, 공동의 접근 방법과 개요를 작성하여 팀원 모두가 이를 공유한다.
- 글의 구성을 결정하고, 팀 구성원 각각의 역할 분담을 협의, 결정한다.
- 구상, 준비 내용 검토, 합의사항들에 대해서는 팀 구성원 모두가 명확하게 확인하는 과정을 거치고, 모두에게 공지하여 항상 숙지할 수 있도록 한다.

기본적으로 여러 사람이 협동하는 팀 활동이므로, 브레인스토밍 같은 공동 아이디어 생성 방법의 적용이 효과적이며, 일반적으로 큰 칠판이나 화이트보드가 설치되어 있거나 벽에 여러 가지 종이들을 붙일 수 있는 장소를 선택하여 사용하는 것이 좋다.

구상 및 준비 단계에서는 문서의 목적 결정과 독자 분석을 수행하는데, 성공적인 문서를 위한 명확한 글의 목적을 결정하고 대상 독자를 분석하여 효과적인 구성이나 전개 방법을 공동으로 협의하고 결정한다. 개요 작성에서는 글의 내용과 구성에 대해 결정하고, 문서에 포함될 그래픽, 스타일 등을 결정하며, 그 결과를 공유한다. 또한 문서 개요를 공동으로 작성하여 어떤 정보가 담겨야 하고, 어떤 부분을 강조할 것이며, 주제들을 어떻게 정리할 것인지에 대해 토론, 협의, 결정하고 이를 정리한다.

팀 단위 문서 작성에서는 작성 계획 수립을 위하여 문서의 구성과 접근 방법에 따른 각자의 임무를 결정하고, 초고 작성과 교정을 위해 사용할 접근 방법이나 전략을 협의하고 결정한다. 이때 가능하면 같은 운영체계, 워드프로세서, 그림 작성 프로그램 등을 사용하도록 작업 환경을 통일하는 것이 좋다. 모든 구성원들에게 개인별로 공평하게 작업이 할당되어야 하며, 전체 문서의 작성 마감을 준수하기 위한 개별 작성 마감일을 결정한다. 또한 결과 검토와 함께 합의사항들에 대한 명확한 확인 및 공유가 필요한데, 개요와 문서의 전체 구성에 대한 협의를 검토하고, 방법, 역할 분담, 일정 등에 대한 구성원들의 이해와 동의를 확인한다.

(2) 초고 작성 단계

일반적으로 초고 작성은 역할분담에 따라 구성원들이 각각 개별적으로 진행하며, 이 방법이 팀 단위 초안 작성보다 효율적이다. 그러나 공동으로 초고를 작성하는 경우도 있는데, 단어나 주제의 선택에 대한 합의가 매우 중요한 짧은 문서 작성의 경우나, 개인이 해결책을 만들기 어려운 보다 많은 창의력이 필요한 경우나, 팀 구성원들의 다양한 시각이 요구되는 문서 작성의 경우가 그 좋은 예이다.

(3) 교정과 편집 단계

일반적으로 팀원들 간의 상호 교정으로 진행되며, 상호 교정을 할 때는 팀 구성원 중 누가 주도적으로 수정 작업을 하고, 누가 주도적으로 의견 불일치를 조정할 것인지 사전에 결정하고 진행한다. 먼저 거시적 교정을 통하여 목적이 달성되었는지, 독자에 맞게 적절하게 작성되었는지, 논지는 적절한지 등 효과적 의견 전달에 대해 검토하고, 다음으로 문서의 내용과 구성을 검토한 후, 문장 구조, 스타일, 문법, 그리고 맞춤법 등을 검토한다. 마지막으로 문서 양식에 대한 검사(편집)를 진행한다.

팀원들 간의 상호 교정 시에 작성자로서 유용한 피드백을 받기 위한 좋은 기회로 인식하고, 검토자의 태도나 시각이 만족스럽지 않은 경우 문서를 교정하기 위한 시각이나 태도 등에 대해 검토자에게 설명하는 것이 좋다. 검토자로서는 지나치게 많은 부정적인 비판은 작성자를 결코 돕지 못한다는 사실을 명심하고, 의도적으로 문서를 평가하기 위한 독자가 되어 검토를 수행한다. 또한, 문서의 목적을 명심하고, 건설적 비판(constructive criticism)이 되도록 검토를 진행한다. 건설적 비판을 위해서는 항상 독자의 관점에서 평가하도록 노력하고, 문서의 목적을 고려하도록 한다. 가능하면 문서를 두 번 이상 읽고 의견을 개진하는 것이 좋은데, 처음 한번은 글의 내용, 구성, 전달 방법의 적절성에 집중하여 개략적으로 문서를 읽도록 한다. 작성자에게 무엇을 해야 하는지 직접적이고 구체적으로 지적하되 지시하지 않도록 하고, 작가에게 자신의 스타일을 강요하지 않으며, 부정적인 부분만큼이나 긍정적인 부분에 대해서도 의견을 개진하도록 한다.

1.2 과학기술 팀 단위 발표

과학기술 분야의 여러 전문가가 팀으로 구성되어 활동을 하고 발표도 공동으로 하는 팀 단위 프레젠테이션의 기회가 점점 많아지고 있다. 특히 엔지니어링에서는 팀 발표가 일반적이며, 이를 위해서 팀 단위의 공동 발표 준비와 연습이 필수적이다. 팀 단위 프레젠테이션은 개별 프레젠테이션과 같은 방식으로 진행된다. 팀의 각 구성원이 특정 단원에 대해서 책임을 진다. 예를 들면, 한 사람이 도입부와 첫 번째 요지를, 다른 사람이 두 번째 요지를, 또 다른 사람이 세 번째 요지를 설명하는 방식이다. 이러한 형식의 과학기술 프레젠테이션은 팀 구성원이 각자 가장 잘 할 수 있는 부분의 개별 발표를 하는 것을 모델로 삼고 있다. 이것은 준비시간이 부족하거나 예행연습 시간이 제한되어 있을 때 활용할 수 있는 좋은 방법이다.

팀 단위 과학기술 프레젠테이션에서 개개인에게 역할이 주어지고 나면, 각 구성원은 그룹 예행연습을 하기에 앞서 각자 자신이 맡은 단원의 예행연습을 해야 한다. 첫 번째 팀 예행연습에서는 구성원들이 발표하는 스타일에 대하여 신경 쓸 필요까지는 없고, 단지 각 단원이 적합한 내용을 가지고 할당된 시간 내에 발표될 수 있는 지에만 초점을 맞춘다. 발표내용, 구성, 소요시간, 구두발표와 관련된 중요한 문제점이 발견되고 해결되면 팀은 다시 구성원들이 서로를 지도하면서 예행연습을 해야 한다.

팀 단위 과학기술 프레젠테이션에서 상호지도를 위해서는 말하기 전에 먼저 생각하도록 하고, 피드백을 수행하기 전에 자신이라면 어떻게 반응할지를 생각해보도록 한다. 팀 동료에 대한 피드백이므로, 격려가 되는 말로 시작하고 끝내는 등 가능한 긍정적으로 행동하도록 하며, 팀 동료를 도와주기 위해 그가 필요한 것이 무엇인지 솔직하게 이야기해 주고자 하는 마음가짐이 바람직하다. 또한 어디까지나 하나의 의견으로서 피드백을 제시하고, 한꺼번에 너무 많은 제안을 하지 않도록 주의한다. 팀 단위 과학기술 프레젠테이션의 준비를 위해서는 질문 시간에 대해 팀 단위로 준비하는 것이 가능한데, 질문시간을 조정할 사람을 결정하고, 가능한 질문의 목록을 작성하여 정리하고, 누가 답변할지를 결정한다. 아울러 팀 연습의 일환으로 답변 연습을 하도록 한다.

1.3 과학기술 회의

회의는 어떤 목적을 위해 어떤 주제와 사안을 가지고서 복수의 사람들이 의견을 교환하는 활동이다. 이를 통하여 정보 전달과 상호교환, 정보의 효용 가치 분석을 용이하게 수행할 수 있으며, 참가자들의 일체감과 참여 의식의 고양이 가능하다. 일반적으로 회의의 목적은 좋은 아이디어를 창출하고 많은 사람의 중지를 모으는 것과 단체의 목적을 쉽게 전달하고 실행하는 것이다. 이외에도 회의를 통해 갈등과 관련된 문제를 해결하거나 프로젝트 혹은 시스템의 검증도 가능하다.

회의를 준비할 때는 비록 회의가 업무에 관계된 것이라 할지라도 항상 예의를 지키도록 하고, 강요하듯이 요구하지 않으면서 다른 사람의 가능한 시간을 묻는다. 회의를 안내할 때는 회의 내용과 중요성을 설명하고 관심과 참석에 대해 감사의 뜻을 표현해야 한다. 회의를 주관할 때는 사전에 명확하게 정의되어 공지된 목표에 집중하여 회의를 운영함으로써 시간 낭비를 피하도록 한다. 정해진 시간에 시작해서 약속된 시간전에 끝내는 것은 반드시 지켜야 하는 가장 중요한 원칙이다. 아울러 한 두 사람이 회의를 독점하는 것을 방지하고, 참가자들의 다양한 토론이 가능하도록 자유로운 분위기를 유지한다. 또한 회의는 다수가 참여하여 진행하는 커뮤니케이션 방법이므로 생산성을 유지하는 것이 매우 중요하다. 일반적으로 널리 사용되는 회의의 생산성 유지 방법은 다음과 같다.

- 회의는 항상 짧게 진행되도록 최선을 다해 노력한다.
- 다음 회의의 의제를 회의의 맨 마지막에 논의하여 협의하도록 한다. 추후 별도의 연락이나 의견 수렴을 위한 노력을 줄일 수 있다.
- 회의 알림, 회의록, 의제, 발표자 이름 등을 공지하고, 우편, e-mail 등으로 적어도

2, 3일 전에는 개별적으로 통지하도록 한다. 가능하면 참석 여부를 사전에 확인하는 것도 좋다.

- 물리적인 칠판이나 파일, 인터넷 게시판 등을 활용하여 "안건 대기 장소(buffer, board)"를 개설하고 운영한다.
- 회의를 마칠 때마다 "이번 회의에 투입된 시간은 생산적으로 사용되었는가?", 또 "이번 회의에서 결과를 도출해냈는가?"를 스스로 평가하고, 지속적으로 개선해 나가도록 한다.
- 일반적으로 사람의 집중력은 45분이 한계이다. 45~60분에 한번씩은 휴식을 갖거나, 최소한 30초 동안 스트레칭이나 화장실에 가는 시간을 할애하도록 한다.
- 회의 후에는 논의되거나 결정된 사항들을 정리하는 절차를 수행한다(회의록 배포, 서명 받기, 수정의견 반영 등).
- 회의는 예외 없이 정해진 시간에 시작하고 정해진 시간 전에 끝내는 것이 가장 중요하다.
- 휴식을 취할 때는 현재 시각, 휴식 시간의 길이, 다시 회의를 진행하는 시각을 분명하게 공지한다.
- 월요일 오전이나 금요일 오후는 가급적 피하며, 가능한 몸과 마음이 활기를 잃는 시간대는 피한다.

효과적인 회의를 위해서는 첫째 회의의 목적을 명확하게 하고, 둘째 적절한 참가자, 장소, 기자재 등을 선택하여 준비하도록 한다. 다음은 의사일정(agenda)을 작성하여 사전에 배포하며, 회의를 진행하고 주관할 때는 리더십을 발휘한다. 이때 화자 소개를 위한 T-I-S(Topic-Interest-Speaker)는 한 가지 좋은 방법이다. 마지막으로 회의 후에는 회의록(minutes)을 배포하고 주제를 정리하도록 한다. 회의록은 회의 후에 정리하고 작성하여 참석자들에게 확인과 서명을 받도록 하며, 지난 회의록을 모아 팀원들에게 항시 공개하도록 한다. 일반적으로 회의록에는 회의 날짜 및 시간, 참석자, 지난 회의에서 할당된 팀 구성원들의 임무 진행 과정 요약문, 팀의 결정 사항, 팀 구성원들의 새로운 임무 완성 날짜, 진행 과정자의 논평과 제안, 그 동안의 관찰 사항에 기초한 팀 활동 내역, 그리고 다음 회의의 날짜, 시간, 안건 등이 포함된다.

성공적인 회의를 위해서는 회의를 주관하는 리더뿐만 아니라 모든 참석자들이 이러한 요령을 숙지하고 따라야 한다. 회의에서의 효과적인 발언 방법은 다음과 같다.

- 요지를 정리하고 발언할 때는 정확히 발언하도록 한다.
- 상대의 의견을 경청하며 다른 참석자가 발언한 내용을 정확하게 이해하도록 애쓴다.
- 발언이나 논의가 정해진 의제에서 벗어나지 않도록 주의한다.
- 무리한 발언을 하지 않도록 한다. 특히 무엇이든 발언해야만 한다는 강박관념을 버리도록 한다.
- 가능하면 자료를 준비하여 정확하게 발언하는 것이 좋다. 시청각 자료를 준비해서 효과적으로 의견을 전달하는 것도 바람직하다.
- 회의 참가자 전원에게 골고루 시선을 준다.
- 확인하고 질문한다. 즉, 참석자들의 이해 정도를 파악하기 위해서 간단한 질문을 해보고, 그 결과에 따라 보충설명을 하도록 한다.

또한 회의에서 다른 사람의 의견을 잘 청취하는 방법은 다음과 같다.

- 발언자의 요점을 메모하면서 청취한다.
- 요약해서 듣는다. '요점은 이러 이러한 것이구나'라는 식으로 스스로 요약, 정리해 가면서 발언을 듣도록 한다.
- 발언 내용을 사실, 추론, 평가, 제안, 주장 등으로 구별하여 분류하면서 청취한다. 발언한 내용을 기억하는 데 유용할 뿐만 아니라, 어떤 것을 질문해야 하는지 결정하는 데도 큰 도움이 된다.

　　회의에서 자신의 의견을 능숙하게 제시하기 위해서는 먼저 상대방에 대한 비판을 하지 않도록 조심하고, 반대 의견의 표명은 상대방의 의견에 대해서만 하도록 한다. 다른 사람의 의견에 대해 이야기할 때는 찬성할 수 있는 점과 없는 점을 구별해서 구체적으로 제시하도록 하고, 먼저 상대방의 의견을 요약 제시한 후 자신의 의견을 제시한다. 반대 의견을 말할 때는 반대하는 이유를 구체적으로 설명하고, 실례를 들어서 반대하는 것이 좋다. 또한 회의에서 이야기할 때는 어휘 선택에 주의하도록 한다. 특히 성이나 인종 차별적 표현을 절대로 해서는 안 되고, 타인을 자극하지 않으면서 알기 쉬운 어휘를 선택하여 이야기한다. 애매한 표현을 피해 명확하게 말하되, 독선적이거나 독단적인 주장 역시 피한다. 즉, "절대로~", "불가능하다." 등 자신의 생각을 무리하게 전달하여 상대방의 감정을 상하게 하는 표현은 지양하는 것이 좋다. 항상 여유 있고 유머스러운 말을 사용하여 회의 분위기를 부드럽게 하고, 가능하면 자기 의견의 핵심을 마지막에 둠으로써 의사소통의 효과를 끌어 올릴 수 있도록 한다.

2. e-커뮤니케이션 활용

e-커뮤니케이션이란 전자 매체를 이용하여 상대방과 커뮤니케이션하는 것을 의미한다. 그런데 이러한 의미와 더불어 'e'가 가지는 다른 의미는 무엇일까? 기본적으로 전자적(electronic)이라는 의미 이외에도 쉽고(easy), 효율적이고(efficient), 신속한(expedited) 의사소통을 의미하는 것일 수 있다. 그리고 정확히 사용한다는 조건 하에서 효과적인(effective) 의사소통이라고 할 수도 있다. 그런데 특히 명심해야 할 내용으로 조직 내의 법적 책임과 관련한 문제에 노출(exposure) 된다는 것을 의미하기도 한다는 것이다. 기술의 발달로 인해 언제, 어디서든, 누구와도 쉽게 커뮤니케이션 할 수 있게 되었다. 정보통신과 컴퓨터의 발달은 커뮤니케이션의 속도와 용이성을 더해주게 되었다. 그러나 어떤 종류의 커뮤니케이션에도 장단점이 있기 마련이고, e-커뮤니케이션도 예외는 아니다. 이에 몇 가지 지침만 잘 지킨다면 좀 더 효과적인 e-커뮤니케이션을 할 수 있을 것이다. e-커뮤니케이션은 메신저에서 화상통신에 이르기까지 그 범위가 다양하다. 컴퓨터를 이용한 커뮤니케이션은 실생활에 필수적인 수단으로 자리매김하고 있다. 그러면 좀 더 효과적인 e-커뮤니케이션을 한다는 것은 어떤 것일까? 우선 메시지와 상황에 맞는 매체를 선택해야 한다. 내가 편리하다거나 선호한다고 아무 생각 없이 매체를 선택해서는 안 된다. 커뮤니케이션은 항상 상호 작용이라는 것을 염두에 두어야 한다. 매체 선택을 위한 주요 고려 사항들을 정리하면 다음과 같다.

(1) 받는 이가 선호하는 것이 무엇인가?

현재 대부분의 과학기술자들은 동료들과 전자우편을 주고받는다. 전자우편의 홍수의 시대에 살면서 대부분의 사람들은 누구나 자신과 똑같은 환경에서 전자우편을 이용할 것이라고 생각한다. 하지만 경우에 따라 자신과 똑같은 전자우편 사용이 어려운 사람도 있을 수 있다. 상황에 따라 잘 적응할 수 있도록 유연해야 한다는 것을 명심해야 한다.

(2) 나눠야 할 내용이 무엇인가?

다음 회의 일정을 공지하는 일, 중간 평가 보고서를 제출하는 일, 복잡한 프로젝트의 다음 단계를 어떻게 할 것인지에 대한 지시를 내리는 일을 생각해보자. 첫째 상황은 전자우편이 유효하지만 나머지 것들은 직접 만나서 설명하고 상대방이 어떠한 반응을 보이는지 관찰하는 편이 더 나을 것이다. 어떤 경우에는 전화를 하거나 문자 메시지를 남기는 것이 더 좋을 수도 있다.

(3) 회신이나 반응이 얼마나 빨리 필요한가?

어떤 사람들은 하루에도 몇 번씩 전자우편이 새로 들어왔나 확인하고 바로 바로 답신을 하는 경우도 있지만 그렇지 않은 사람들도 많다. 급한 일이거나 매우 중요한 전달 사항이라면 직접 전화를 하는 편이 더 좋다.

(4) 보내는 메시지가 기밀 사항을 포함하고 있는가?

어떤 사람에게 다른 사람이 보아서는 안 될 내용을 포함한 전자우편을 보냈는데 그 사람이 잠시 자리를 비운 사이에 다른 사람이 컴퓨터를 사용하다 우연히 이 전자우편을 보게 되었다면 어떻게 될 것인가 생각해 보라.

다른 커뮤니케이션과 마찬가지로 다음의 다섯 가지 기본 요소에 대해 잘 이해한다면 e-커뮤니케이션도 효과적으로 수행할 수 있다. 특히 '왜'에 대한 답이 매우 중요하다. e-커뮤니케이션은 매우 간편하고 빠른 매체를 사용하기 때문에 누구에게 무엇을 보낼지에 대해 별다른 생각 없이 보내는 경우가 많다. e-커뮤니케이션의 대표적인 매체인 e-mail의 경우 주소록에 있는 사람에게 같은 내용을 쉽게 전달 할 수 있기 때문에 확인되지 않은 이야기가 급속하게 퍼질 수 있다. 따라서 반드시 필요한 정보인지, 확인된 정보인지 점검해야 하며, 상대방이 원치 않는 정보를 보내는 것을 지양해야 한다.

- 누구(who); 커뮤니케이션의 대상이 누구인가? 직장 내부인가 아니면 외부인가? 상대의 지위는 어떻고 당신과의 관계는 어떤가? 어떤 인상을 주고 싶은가?
- 무엇(what); 메시지의 주제는 무엇이며, 요점은 무엇인가? 적절한 어조와 형식에는 어떤 것이 있는가?
- 언제(when); 약속, 회의 등에 대해 쓴다면 그것은 언제인가? 답변은 언제까지 받아야 하는가?
- 넷째, 어디서(where); 어디서 만나는가? 수신자가 어디서 답변을 주게 되는가?
- 왜(why); 왜 커뮤니케이션 하려하는가? 메시지의 목적은 무엇이며 무엇을 하고자 하여 보내는가?

2.1 이메일(e-mail) 활용

이메일(e-mail)은 electronic mail의 약자로 인터넷을 통해서 편지를 주고받을 수 있는 시스템 및 해당 편지를 일컫는다. 인터넷을 사용할 수 있는 곳이라면 어디서라도 프로토콜(POP3, SMTP)을 사용하여 이메일을 쉽게 이용할 수 있다. 이메일은 일반 편지와 다르게 자유로운 형식을 취한다. 그래도 업무적인 편지는 사적인 편지와는 다르게 반드시 지켜야할 형식이 있음을 명심해야 한다. 일반 편지를 쓸 때는 아주 친한 사람에게 쓸 때에도 기본 형식을 따라서 쓰게 되지만 이메일은 마치 서로 대화하듯이 쓰는 것이 보통이다. 하지만 일반 편지와 마찬가지로 이메일로 공적인 편지를 쓸 때는 반드시 지켜야할 것들이 있다. 회사의 로고와 주소가 적힌 편지지에 적힌 서신은 공식성을 갖기 때문에 글을 쓰는 방식이나 문체도 사적인 편지와는 다르다. 이메일이라 할지라도 공적인 문서에 사적인 어투를 사용하는 것은 바람직하지 않다. 하지만 실제로 사용자들은 이러한 사실을 염두에 두지 않고 사적이든 공적이든 유사한 어투를 사용한다.

이메일에서 가장 중요한 것은 상대방이 메일을 열었을 때 화면에 바로 보이게 하는 것이다. 대부분의 수신자들은 화면을 스크롤해서 읽는 것을 좋아하지 않는다. 그러므로 화면을 두 개 이상 스크롤을 해야 할 경우에는 따로 문서를 만들어서 파일로 첨부하는 것이 더 좋은 방법이다. 또한 메일에서 시간을 언급할 경우가 있다면 구체적으로 명시하는 것이 바람직하다. '월요일', '다음날' 이라고 쓰면 수신자가 오해를 할 여지가 있다. '11월 23일 화요일'과 같은 방식으로 정확하게 쓴다. 공적인 이메일에 사적인 내용을 쓰거나 개인적으로 만나서 하지 않을 이야기들을 이메일에 적는 등 부적절한 내용은 적지 않는 것이 좋다. 그리고 공식적인 이메일이라면 가급적 이모티콘(emoticon)은 사용하지 않는 것이 좋다. 끝으로 형식적이고 격식을 차린 마무리보다는 간략하지만 정중한 인상을 주는 말로 마무리하는 것이 좋다. 일반적으로 이메일의 본문을 작성할 때는 다음과 같은 원칙을 지키도록 한다.

- 한 단락은 되도록 짧게 한다. 한 줄 정도라면 더욱 좋다.
- 단락과 단락 사이는 한 줄을 띄어 구분한다.
- 요점을 강조할 때는 볼드체로 쓰거나 따옴표로 묶는다.

- 볼드체, 이탤릭체, 밑줄을 너무 남발하지 않는다.

- 특수효과를 남용하면 그 효과는 점점 없어지고 편지도 산만해진다.

- 읽기 편하고 보편적으로 사용하는 명조체나 고딕체를 사용한다.

- 글씨크기는 10pt이상 12pt 정도가 무난하다.

- 두 화면 이상을 넘어갈 만큼 긴 메일을 써야 한다면 한 줄에 목차를 만들어 읽기 편하게 하거나 문서로 작성하여 첨부파일의 형태를 취하는 것이 좋다.

길고 상세한 내용을 전달할 때는 워드프로세서 등을 이용하여 문서를 따로 작성해서 파일을 첨부해 보내는 것이 좋다. 그렇게 하면 그 내용을 저장하거나 출력할 때도 편리하고, 메일 편집기로는 할 수 없는 표와 그림 등을 넣을 수 있기 때문이다. 이메일에서 파일을 첨부할 경우 다음과 같은 요령으로 하는 것이 좋다.

- 파일 찾기를 이용하여 첨부하고자 하는 파일을 찾고, 이를 선택하여 파일첨부 창에 원하는 파일의 이름이 보이도록 한다.

- 반드시 파일 첨부 버튼을 눌러 파일을 메일에 첨부하도록 한다. 많은 사람들이 자신이 원하는 파일이 파일첨부 창에 나타난 것을 보고 파일이 메일에 첨부된 것으로 알고 그냥 메일을 보내는 경우가 허다하다.

- 여러 개의 파일을 첨부할 때는 위의 과정을 반복해서 파일을 첨부하고, 반드시 메일 서버에서 허가하는 용량을 넘기지 않았는지 확인해야 한다.

이메일에서 어떤 문체와 어조를 사용할지 결정할 때 명심할 것은 읽기 쉽게 쓰라는 것이다. 구어체로 쓰는 것이 수신자가 읽기 편하다. 특히 이메일은 고전적인 서신에 비해 격식을 덜 차린다. 따라서 구어체를 잘 구사해 메일을 작성하는 것이 바람직하다. 이메일을 작성할 때는 활발히 이야기 하듯이 쓰고, 행동에 관련된 단어는 동사를 사용하며, 표현은 최대한 축약해서 작성하도록 한다. 일반적으로 이메일을 작성할 때 다음의 지침들을 따르도록 한다.

- 읽을 수 있는 글을 쓴다: 어떠한 종류의 글을 어떠한 형식으로 쓰든지 가장 중요한 것은 가독성(readability)을 높이는 것이다. 사이버 상에서 전송되는 이메일이 아무리 간편하고 쉬우며 친근한 방식이라고 하더라도 수신자가 읽을 수 없는 글이라면 아무런 소용이 없다. 읽을 수 없는 글이거나 이해할 수 없는 글을 보낸다면 어떠한 효과도 거둘 수 없다.
- 항상 수신자를 염두에 두어야 한다: 그 사람의 수준이나 형편에 맞추고 그의 편의를 고려해 글을 써야 한다는 점을 명심하고 당신이 바쁜 만큼 상대방도 바쁘다는 것을 항상 명심하자.
- 용건만 간단히 한다: KISS(keep it short and simple)의 원칙을 지키도록 노력한다.

'보내기'를 누른 그 순간부터 발신자는 수신자의 답변 메일(reply)을 기다리게 된다. 그만큼 이메일은 빠른 매체이기 때문이다. 물론 수신자가 읽기 전까지 답신은 오지 않을 것이고, 상황에 따라 읽고 나서 답신을 하는 데까지 시간이 걸릴 수도 있다. 이메일을 받았을 때는 발신자가 너무 오래 기다리지 않도록 가능한 빨리, 바로 바로 다음의 요령에 따라 회신하도록 한다.

- 처음 받은 메일의 제목을 그대로 두고 "RE:" 표시가 있게 한다.
- 받은 이메일의 내용 중 일부에 대한 답신만 하는 경우 제목에 그런 사실을 명시해 준다.
- 답신을 할 때 메일 본문에 원래 받았던 메일 전문을 남겨둔다.
- 답신을 할 때는 처음 수신한 내용에 대한 답신만 한다.
- 만일 다른 내용을 그 사람에게 전달할 일이 있다면 또 다른 메일을 써서 보낸다.

2.2 메신저(Messenger) 활용

메신저는 채팅과 전자우편의 장점만을 결합하여 만든 프로그램("Instant messaging"이 정확한 표현이다.)으로 파일 송수신뿐만 아니라 1:1 대화도 가능하므로 인터넷이 보편화된 현대 사회에 꼭 필요한 프로그램이라고 할 수 있다. 자신의 업무에 관련된 사람이나, 친구와 가족 등 상대방의 정보를 입력하고 저장함으로써 로그인 되어 있는 사람의 현재 상태를 바로 알 수 있다. 계속해서 추가 기능들이 늘어나고 있으며 최근에는 모바일로 문자를 전송해주거나 홈페이지와 연동이 가능한 메신저도 등장하고 있다. 메신저를 활용하면 의견을 전달하거나 자료를 전송할 때 실시간으로 나타나기 때문에 매우 편리하고, 사전에 등록해 놓은 이용자가 지금 컴퓨터 앞에 있는지 여부를 바로 확인할 수 있어 응답이 빨리 온다는 장점이 있다.

해외 메신저든 국내 메신저든 한 가지 메신저를 사용해 본 사용자라면 다른 메신저 또한 쉽게 사용할 수 있을 만큼 메신저의 구조는 간단하다. 대화 하고자 하는 상대방의 이름을 입력하면 간단한 사용자 인증을 거쳐 대화를 할 수 있다. 또한 최근에는 많은 인스턴트 메신저가 화상회의, VoIP는 물론 화상회의와 인스턴트 메신저 서비스를 결합한 웹 회의 서비스를 지원한다. 따라서 이들 기술 간의 경계는 점차 불분명해지고 있다.

메신저는 인터넷을 통해서 실시간 대화를 가능케 함은 물론 과학기술자들 사이의 협업(collaboration)을 가능케 한다. 이메일과 다르게 즉각적인 응답을 얻을 수 있기 때문에 효율적인 업무가 가능하지만 보통의 경우 오고가는 메시지가 평문으로 전송되기 때문에 가급적 중요한 정보는 대화하지 않는 것이 바람직하다. 이러한 문제점을 개선해서 최근 메신저는 대화 내용을 암호화해서 전송하기도 한다.

서로 접속된 상태에서는 언제 어디서라도 서로 대화가 가능한 장점이 있지만 상대방의 상태에 따라서 대화를 요청하는 습관을 들여야 하며 자리를 비울 때는 반드시 상대방에게 알려주어야 오해의 소지가 없다. 메신저는 문자로서 대화를 하는 것이기 때문에 음성을 이용한 전화서비스와는 다르게 서로 주고받는 식의 대화도 가능하지만 이전 대화 내용에 대한 뒤 늦은 응답도 발생한다. 최근에는 대화창을 통해서 문자뿐만 아니라 플래시를 이용한 애니메이션이나 이모티콘 등을 전송할 수 있으며 용량이 작은 파일뿐만 아니라 URL을 주고받음으로써 정보의 공유를 쉽게 할 수 있다. 이메일과는 달리 상대방에게 보낸 메시지의 내용을 시간별 날짜별로 저장하는 것이 가능하기 때문에 이전 대화 내용에 대한 손쉬운 검색이 가능하다.

2.3 웹 게시판(Bulletin Board) 활용

근래에 게시판(bulletin board system)이 없는 홈페이지는 거의 찾아보기 힘들다. 정보의 교류를 목적으로 하는 사이트나 친목을 위한 모임 사이트 등 어느 경우든 게시판은 필요한 존재이다. 보통 게시판은 웹 기반의 소프트웨어를 통해서 다양한 지적 관심사나 개인적인 취미 등을 글로써 나타낼 수 있는 시스템을 말한다. 인터넷의 보급과 더불어 그 이용 범위는 날로 확대되고 있다. 게시판의 용도는 목적에 따라 파일과 같은 자료를 제공하는 자료실 형태의 게시판, 전문지식을 올리는 튜토리얼식의 게시판, 자신의 개인적인 생각이나 글을 올리는 블로그 등이 있다. 게시판은 단순히 글을 올리는 기능 이외에 다양한 형태로 진화하고 있다.

　게시판은 그 목적에 따라서 다양한 서비스를 제공한다. 간단한 의견을 올려놓는 게시판에서부터 각종 자료를 올릴 수 있는 게시판까지 그 범위는 멀티미디어의 발달과 더불어 다양해졌다. 어떤 글에 대한 답변이 가능한 계층형 게시판이 현재 가장 많이 사용되는 게시판이다. 초창기 형태의 게시판에 가장 근접한 계층형 게시판은 사용자가 간단한 글을 올릴 수 있는 일반 게시판이고, 멀티미디어와 관계된 게시판에는 갤러리라는 것이 있다. 여기에는 자신의 사진이나 기타 사진 등을 주제별로 올려놓을 수 있다. 계층형 게시판과 더불어 가장 많이 사용되는 것은 자료실이다. 최근에는 자료실이 불법적으로 이용되어 불법 소프트웨어와 음란물의 은밀한 공간으로 악용되고 있다. 사용자들은 불법적인 프로그램이나 음란물을 올리는 것을 자제해야 할 것이며 적발 시에는 불이익이 따른다는 것을 명심해야 한다.

　다양한 게시판을 효율적으로 관리하기란 쉽지 않다. 게시판의 개발이나 설치가 일반인들이 하기에는 약간 어려운 면이 있기 때문에 일반 사용자들은 이미 개발되어 간단한 설치 절차만 거치면 자신의 홈페이지에 게시판을 사용할 수 있게 해주는 프로그램을 사용하였다. 요즘에는 직접 게시판을 설치하지 않고서 각종 포털 사이트에서 무료로 홈페이지를 작성해 주기 때문에 게시판의 이용은 인터넷을 이용하는 사람이라면 누구나 어려움 없이 사용할 수 있다.

2.4 화상 회의 시스템의 활용

화상 회의는 네트워크를 이용하여 동영상을 통한 통신을 하는 시스템을 말한다. 주제나 사용자에 따라서 다양한 형태로 이용되고 있으며, 대표적 유형으로는 비즈니스 화상 회의와 원격 강의를 들 수 있다. 사실 화상 회의는 TV의 발명과 더불어 시작되었다고 볼 수 있다. TV의 발명 이후 인공위성을 이용한 광범위한 통신이 가능함에 따라 원거리 화상 통신도 가능해졌다. 대표적인 예로 원거리에서 발생한 사건을 TV에서 실시간으로 볼 수 있는 것은 바로 이 화상 통신이 가능하기 때문이다. 하지만 인공위성을 이용한 화상 회의는 비즈니스 회의 시스템, 원격 강의, 원격 진료 시스템 같은 일반적인 프로그램에서 사용하기에는 비용이 너무 많이 들기 때문에 현재 인터넷을 통한 화상 통신이 활발히 개발되고 있다.

실제 인터넷을 통한 화상 회의 시스템은 여러 분야에서 응용 가능하다. 비즈니스 업무에서는 회의 참석차 여러 나라를 돌아다닐 필요 없이 사무실에서 회의를 할 수 있기 때문에 시간과 경비를 줄일 수 있어 가장 많이 개발되고 있다. 교육 분야에서는 학생과 교수 간의 지리적인 한계를 극복하여 강의가 이루어질 수 있다. 원격 강의는 강의 정보를 지속적으로 이용할 수 있다는 점에서 기존 강의와 차별성을 지닌다. 또한 물리적인 공간이 필요하지 않기 때문에 교육에 드는 경제적인 부담을 덜어 줄 수 있다. 최근에는 건강과 의학 분야에서 원격 진료(tele-medicine) 및 원격 간호(tele-nursing)에 이러한 시스템을 이용해서 보다 신속하고 편리하게 진료 및 간호를 제공해 주는 시스템 개발이 늘어나고 있다.

현재 인터넷을 통한 화상 회의 시스템은 5~20여 명에 이르는 인원이 원격지 간에 회의를 하는 회의실형, 이동이 가능하도록 하나의 일체화된 시스템으로 만든 이동형, 개인용 컴퓨터상에서 1:1로 상대방의 음성을 듣고 표정을 보면서 데이터를 상호 공유할 수 있는 데스크탑형 등이 있다. 이처럼 화상 회의 시스템은 참여한 사람들이

늘 긴장된 자세로 회의에 집중할 수 있는 장점이 있지만 비공식적인 대화나 사용자 간의 실시간 통신이 어렵다는 것이 문제점으로 지적되고 있다.

원격 강의는 보통 실시간이기보다 만들어진 동영상을 시간에 구애받지 않고 사용자가 이용할 수 있는 것을 말한다. 실시간으로 강의하는 경우에는 학생과 교수 간의 실시간 대화도 가능하겠지만 현실적으로 사용자가 만족할 만한 서비스는 이루어지기 어렵다. 이러한 강의 시스템에서는 반드시 학생과 교수 간 비동기적인 대화 채널 이외에 직접적인 통신이 가능해야 하고 시험을 볼 경우 출석 확인이 요구되기도 한다. 또한 이 시스템에서는 가상 강의실, 비디오 및 오디오 시스템, 강의 내용을 배포할 수 있는 매체가 필요하며, 최근에는 모바일 디바이스에서도 접속 가능한 장비가 요구된다.

또한 인터넷을 통한 화상 회의 시스템은 최근 인간의 건강과 관련된 시스템의 구축에 영향을 주고 있다. 원격 진료 시스템은 초기에 전화를 통한 단순한 상담 서비스에서 시작하여 최근에는 멀티미디어의 발달로 보다 다양한 서비스를 제공한다. 보통 임상 치료에 정보 통신 기술을 적용하는 것을 원격 진료 시스템이라고 한다. 정보통신 기술을 이용한 진료 시스템을 일컫는 용어는 다양하나 보통 영문으로 'tele'라는 접두어를 사용하거나 'e'를 사용하여 표기한다. 다양한 용어가 있는 만큼 그 정의도 다양하다. tele-health는 직접적인 치료에 관련되는 임상적인 분야와 비임상적인 분야를 모두 포함한다. tele-medicine은 보통 임상적인 서비스를 제공함을 의미한다. e-health는 정보통신 기술을 이용한 모든 서비스를 일컫는 포괄적인 용어(umbrella term)로 주로 사용된다.

2.5 네티켓(Netiquette)

일반적인 네티켓의 기본적인 열 가지 원칙은 다음과 같다.

- 타인의 인권과 사생활을 존중하고 보호한다.
- 건전한 정보를 제공하고 올바르게 사용한다.
- 불건전한 정보를 배격하며 유포하시 않는다.
- 타인의 정보를 보호하며, 자신의 정보도 철저히 관리한다.
- 비속어나 욕설 사용을 자제하고 바른 언어를 사용한다.
- 실명으로 활동하며, 자신의 ID로 활동한 행동에 책임을 진다.
- 바이러스 유포나 해킹 등 불법적인 행동을 하지 않는다.
- 타인의 지적재산권을 보호하고 존중한다.
- 사이버 공간에 대한 자율적 감시와 비판 활동에 적극 참여한다.
- 네티즌 윤리 강령 실천을 통해 건전한 네티즌 문화를 조성한다.

또한 이메일을 사용할 때 주의해야 하는 네티켓은 다음과 같다.

- 날마다 메일을 체크하고 중요하지 않은 메일은 즉시 지운다.
- 자신의 ID나 비밀번호를 타인에게 절대 공개하지 않는다.
- 메시지는 가능한 짧게, 읽기 편하게 요점만 작성한다.
- 본인이 누구인지 분명하게 밝힌다.
- 전자우편은 회수가 불가능하다는 것을 기억해야 한다.
- 메일 송신 전에 주소를 다시 한 번 확인한다.
- 흥분한 상태에서는 메일을 보내지 않는다.
- 제목은 메일의 내용을 함축하여 간략하게 쓴다.

- 타인에게 피해를 주는 비방이나 욕설을 하지 않는다.
- 행운의 편지, 메일 폭탄 등에 절대 말려들지 않는다.
- 수신 메일을 송신자의 허락 없이 다른 사람에게 다시 전송하지 않는다.
- 첨부파일의 용량을 줄여 수신자가 바로 열어볼 수 있도록 한다.

인터넷 게시판을 사용할 때 지켜야 할 기본적인 네티켓은 다음과 같다.

- 게시판의 글은 명확하고 간결하게 쓴다.
- 게시물의 내용을 잘 설명할 수 있는 알맞은 제목을 사용한다.
- 문법에 맞는 표현과 올바른 맞춤법을 사용한다.
- 다른 사람이 올린 글에 대한 지나친 반박을 삼간다.
- 사실 무근의 내용을 올리지 않는다.
- 자기의 생각만을 고집함으로써 상대방에게 불쾌감을 주지 않도록 한다.
- 타인의 아이디(ID)를 도용하거나 다른 사람의 신상정보를 누출하지 않는다.
- 내용이 같은 글을 반복하여 올리지 않는다.
- 공지 사항을 미리 확인하고, 각 게시판의 성격에 맞는 글을 올린다.
- 욕설, 음란물, 내용 없는 글, 저작권을 침해하는 글 등을 올리지 않는다.
- 태그 사용을 자제 한다.

10

과학기술 글쓰기와
학습 윤리

1. 학습 윤리의 필요성

우리 대학가에서는 각종 과제물과 보고서와 논문 등을 제출할 때 아직도 베끼기, 짜깁기, 자료 조작, 중복 제출, 대리 작성 등 비윤리적 부정행위가 마치 당연한 일인 듯 일어나고 있다. 이를 방증해 주는 것이 한국 대학에서 교육하고 있는 외국인 교수들의 다음과 같은 지적이다.

"한국에 온 첫해에 대학생들이 아무런 거리낌 없이 표절하는 것을 보고 크게 놀랐습니다. 나름대로 주의도 주고 교육도 했지만 전혀 나아질 기미가 보이지 않아 이젠 아예 포기했습니다." 독일 출신인 고려대 경제학과 더크 베스만 교수는 "인터넷을 이용해 짜깁기한 보고서를 내는 학생이 너무 많아 일일이 점검하는 게 불가능하다."면서 "지금은 보고서를 쓰라는 과제를 아예 내주지 않고 시험 성적과 연구 발표 점수로만 학생들을 평가한다."고 말했다. ……

외국인 교수들은 이 같은 표절 문화는 개인의 도덕성 문제가 아니라 교수들조차 표절 예방 교육에 관심을 기울이지 않는 데서 비롯됐다고 지적했다. 한국 대학생들이 적절한 인용법을 알지 못할 뿐만 아니라, 다른 사람의 저작물을 마치 자신의 연구 결과처럼 사용해서는 안 된다는 것을 몰라 실수를 하는 측면도 있다는 것이다. 시몬 김 교수는 "고교와 대학이 표절 예방 교육을 안 한다는 게 학생의 잦은 표절보다 더 놀라운 일"이라며 "프랑스에선 고교 때부터 인용 자료의 제목과 쪽수는 물론이고 출판사 이름까지 쓰도록 가르친다."고 말했다.[1]

외국인 교수들의 이러한 지적에 대해 우리는 솔직하게 인정할 수밖에 없는 학습 문화 또는 연구 풍토를 가지고 있는 것이 사실이다. 심지어 일부 교수들은 너무 오랜 기간 동안 관행으로 굳어져 이제 아무도 그런 행위들을 윤리적으로 심각한 문제이며 학습과 연구에 중대한 타격을 입히는 범죄 행위라고 여기지 않는다고 고백하기도 한다. 이를 통해 우리는 한국 대학 또는 넓게 보아 한국의 교육 및 연구 집단이 학습 윤리에 얼마나 무감각한지 그리고 상대적으로 외국의 교육 및 연구 집단이 우리에 비해 얼마나 엄격하게 학습 윤리를 실천하고 있는지 짐작할 수 있다.

다행히 최근 몇 년간 우리 교육계와 학계에서도 학습 윤리의 중요성과 그 준수 방안을 다각도로 검토해 왔고, 비록 뒤늦은 감이 없지는 않지만, 이는 무척 고무적인 일이라 하겠다. 이제부터라도 학습 윤리가 무엇인지, 어떤 종류의 부정행위들이 학습과 연구 과정에서 비윤리적 행위인지, 그리고 비윤리적 행위를 예방할 수 있는 방안에는 어떤 것이 있는지 조사하여, 이를 예방하는 교육을 철저히 실시할 필요가 있다. 나아가 바람직한 학습 문화와 연구 풍토가 우리 대학 사회에 넓고 깊게 뿌리내릴 수 있도록 최선의 노력을 다해야 할 것이다.

---

1. 동아일보 특별취재팀 편, 「표절 한국, 이제는 바로잡자」, 『동아일보』, 2007. 2. 21.

2. 학습 윤리의 정의와 관련법

학습 윤리란 학생들의 학업 활동과 관련하여 요구되는 학문적 성실성(academic integrity)을 의미한다. 이를 풀어서 말하자면, "학습 윤리란 학생들이 교육과정을 이수하는 과정에서 지켜야 할 출석 상황, 보고서 작성, 협력 학습, 시험, 졸업 논문 및 작품 등에 있어서 지키도록 요구되는 윤리"[2]라고 할 수 있다. 비윤리적 학습 및 연구 활동의 대표적 예로는 표절(plagiarism), 위조(fabrication), 변조(falsification), 중복 제출, 대리 작성 등을 포함한 학업 및 연구 부정행위(academic dishonesty), 시험 부정행위(cheating), 대리 출석이나 무단 조퇴 등의 출석 부정행위, 그리고 협력 학습에서 맡은 역할을 성실히 수행하지 않는 무임승차 등이 있다.

우리 사회에서 학습 윤리가 전면적으로 부각된 것은 아마 2005년에 문제가 제기되었고, 이후 거의 모든 연구 윤리 부정행위에 대한 혐의가 사실로 드러난 '황우석 사건' 때문이었을 것이다. 하지만 그러한 사건이 발생하였다는 것은 이미 대학 사회를 포함한 우리 학계에 관행이라는 이름으로 매우 광범위하게 비윤리적이거나 범죄적인 행위가 횡행하고 있었음을 암시한다. 그리고 지금도 장관을 비롯한 고위 공직자들의 임명과 관련한 국회 청문회에서 후보자들 중 상당수가 논문의 표절, 중복 제출, 허위기재 등으로 물의를 빚는 데서 이러한 실상을 계속 확인할 수 있다.

물론 학습 윤리에 관한 법규가 이제 없는 것은 아니다. 2005년 국회를 통과한 교육기본법에서는 학생과 교원이 갖추어야 할 학습 윤리에 관한 규정을 아래와 같이 법제화하고 있다.

---

2. 고전, 「대학의 학습 윤리 관련 규정 및 교육개선 방안」, 『교육법학연구』 제21권 2호, 2009, 4쪽.

제12조(학습자) ③ 학생은 학습자로서 윤리의식을 확립하고, 학교의 규칙을 준수하여야 하며, 교원의 교육·연구 활동을 방해하거나 학내의 질서를 문란하게 하여서는 아니 된다.

제14조(교원) ③ 교원은 교육자로서의 윤리의식을 확립하고, 이를 바탕으로 학생에게 학습 윤리를 지도하고 지식을 습득하게 하며, 학생 개개인의 적성을 개발할 수 있도록 노력하여야 한다.

제17조(학습 윤리의 확립) 국가 및 지방자치단체는 모든 국민이 학업·연구·시험 등 교육의 제반 과정에 요구되는 윤리의식을 확립할 수 있도록 필요한 시책을 수립·실시하여야 한다.

이처럼 학습 윤리에 관한 법규가 이미 제정·공포되었다는 것은 대학을 포함한 각급 교육 및 연구 단체에서 그 단체에 적합한 운영 및 처벌 규정을 제정하여 실시해야 한다는 것을 의미한다. 따라서 교재에 나온 내용을 숙지하여 학습 윤리에 관한 관련법 및 학교를 비롯한 교육 및 연구 단체의 학습 윤리 규정을 위반하는 일이 없도록 주의해야 할 것이다.

다음에서는 과제물 작성 및 제출과 관련한 학습 윤리를 중심으로 그 내용을 살펴보도록 하겠다. 대학에서의 과제물 작성 및 제출은 자신의 학습 내용을 확인하고 그 결과를 제시하는 행위이다. 이에 과제물은 과제물의 작성 및 제출자가 자신의 고유한 사고와 표현을 담을 때 비로소 자신의 학습 능력을 향상시킬 수 있다. 과제물 작성 및 제출 과정에서의 비윤리적 부정행위에는 표절, 자료 조작, 중복 제출, 대리 작성 등이 있다.

3. 표절

통상 '표절(plagiarism)'은 타인의 글에서 인용을 하거나 혹은 거기에서 얻은 정보를 제시할 때 참고한 자료의 출처를 올바르게 제시하지 않는 것을 말한다. 표절이 바람직하지 않은 까닭은 우선 그것이 원저자의 공로와 노력을 인정하지 않는 행위이기 때문이다. 만일 학문 공동체 내에 표절이 허용된다면, 그 누구도 연구와 교육 과정에서 자신의 지적 성과를 인정받을 수 없게 될 것이다. 따라서 표절은 학문 공동체의 성립 기반 자체를 파괴하는 행위이다. 동시에 표절은 학문 공동체의 목적을 좌절시키는 행위이기도 하다. 학문 공동체의 목적은 연구와 교육을 통해 학문의 발전을 도모하는 것이다. 그리고 이는 학문 연구자의 창의적 지식 산출과 전수를 통해서만 가능하다. 하지만 학문 공동체 내에 표절이 만연한다면, 그래서 자신의 공로와 노력을 정당하게 인정받을 수 없다면, 학문 연구자의 창의성은 크게 위축될 수밖에 없을 것이다.

그러나 다른 무엇보다도 표절이 바람직하지 않은 가장 큰 이유는 표절 그 자체가 비윤리적이고 불법적인 행위이기 때문이다. '표절'이라는 단어는 어원적으로 '아이들을 유괴하는 해적' 혹은 '노예 도둑'을 의미하는 라틴어 'plagiarius'에서 유래한 것으로 알려져 있다.[3] 이런 점에서 표절은 기본적으로 타인의 재산을 훔치는 도둑질의 일종이자 타인의 소유권을 부당하게 침해하는 사기 행위의 하나로 간주되어 왔다. 일상생활에서 타인의 재산을 훔치고 타인의 소유권을 부당하게 침해하는 행동이 마땅히 비난받고 처벌받아야 하는 것처럼, 학문 공동체 내에서도 타인의 지적 재산을 원저자의 동의나 적법한 절차 없이 사용한다면, 이는 대단히 심각한 비윤리적, 나아가 불법적 행위라는 것은 두말할 나위가 없다.

---

2. 성균관대학교 학부대학 편, 「학습 윤리 가이드: 표절 문제를 중심으로」, 신입생 오리엔테이션 발표 자료, 2014.

3.1 표절의 정의와 대표적 사례

오늘날 대학생들의 학습 과정에서 표절은 무엇보다 심각한 문제이다. 특히 요즈음은 인터넷에서 다양하고 방대한 자료를 어렵지 않게 찾아낼 수 있고, 자료를 옮기거나 가져오는 것 역시 매우 손쉬운 일이다. 또한 그 과정에서 출처를 알 수 없게 된 부정확한 자료도 많은 실정이다. 따라서 표절의 위해성에 대한 자각과 올바른 인용 방식을 준수하려는 태도가 그 어느 때보다 중요하다.

우선, 학습 및 연구 부정행위로서의 표절이 정확히 무엇을 의미하는 지 짚고 넘어갈 필요가 있다. 표절을 한 마디로 정의하자면 "상식적이고 일반적인 지식의 영역을 넘어서 타인의 창의적 활동의 결과물을 마치 자신의 것인양 속이고 이용하는 것"을 의미한다. 즉 표절은 타인의 고유한 아이디어, 연구 내용, 결과 등을 정당한 인용 절차 없이 사용하는 행위이며, 거기에 의도가 있든 없든 상황은 다르지 않다. 대부분의 사람들은 타인의 고유한 지적 성과물을 단순히 베끼고 짜깁기하는 행위를 표절이라고 생각하는 데 동의한다. 하지만 학문 공동체에서 타인의 지적 성과물을 참고하여 보고서나 논문을 작성하고 과제물을 제출하는 일은 매우 일상적인 일이다. 도대체 얼마나 많이 그리고 얼마나 똑같이 베끼고 짜깁기를 했을 때 이를 표절로 간주하게 되는 것인가? 학습 과정에서 참고 자료를 활용하는 행위와 참고 자료를 단순히 베끼고 짜깁기하는 표절을 어떻게 구분할 수 있는가?

표절 여부를 결정하는 엄격한 기준들 중 하나는 참고 자료에 대한 인용 표시 유무이다. 하지만 악의적 의도 없이 인용 표시를 잘못할 수도 있고, 참고 자료를 변형하거나 수정하는 과정에서 그것을 부지불식간에 자신의 글로 오인하여 인용 표시를 누락할 수도 있다. 즉 참고 자료를 부주의하게 혹은 잘못 인용할 수 있는 것이다. 따라서 표절을 범하지 않는 가장 좋은 방법은 단 하나의 개념이나 문장 혹은 아이디어라도 그것을 인용할 때는 반드시 그 출처를 밝혀두는 것이다. 하지만 부주의하거나 잘못된 방식으로 이루어진 인용과 부정행위로서의 표절은 구분될 필요가 있다.

이처럼 학업 및 연구 부정행위로서 표절을 규정하는 데에는 보다 명확한 기준이 필요하다. 또한 표절 행위를 규정하는 데 따른 모호성으로 인해 표절 여부를 간단히 결정하기 어려운 경우도 많다. 따라서 여러분은 무엇이 표절 행위에 해당하는지 확실히 인식하고 이에 주의해야 한다. 이를 위해 표절의 대표적 유형을 살펴보는 것은 많은 도움이 된다. 다음에 나온 사례들은 대학 교육 현장에서 주로 발생하는 표절 행위들로서, 크게 '전면적 표절'과 '부분적 표절'로 나눌 수 있다.

(1) 전면적 표절

전면적 표절은 타인의 텍스트 전부 혹은 텍스트 일부를 '그대로' 도용하여 자신의 글인 것처럼 꾸미는 경우이다. 과제 기한이 임박했을 때, 인터넷에 떠도는 보고서를 다운받은 후 제출자의 이름만 바꿔치기하여 자신이 쓴 것인 양 수업에 제출할 경우 이는 전면적 표절의 사례에 해당한다. 그런가 하면 유명하지 않은 텍스트의 일부를 어떠한 인용 표시도 없이 통째로 가져다 썼다면 이 역시 전면적 표절이라고 하지 않을 수 없다. 이러한 종류의 표절 행위는 자신이 표절을 저지르고 있음을 충분히 인지하고 있음에도 불구하고 일어나는 경우가 대부분이므로 글쓰기에 대한 책임감이 전적으로 결여된 극소수의 파렴치한 학생들에 의해 저질러진다.

〈참고 자료〉

현대 문명과 기술

문과대학 철학과 홍길동

　기술은 현대 문명을 지탱하는 근간에 해당할 뿐만 아니라 현대인의 생활 방식과 사고 패턴에까지 중대한 영향을 끼치고 있다. 우리는 돈 아이디(Don Ihde)가 언급하였던 "기술 세계(technosphere)"에 살고 있으며 이런 현실을 부정할 수 없다. 그럼에도 불구하고 우리는 기술에 대한 진지한 탐구와 고찰을 제대로 수행해 본 적이 없으며, 무비판적으로 아니 오히려 열렬히 기술 세계의 일상에 하루하루 동화되어가고 있다. 현대 기술은 유익한가?, 어떤 기술이 좋은 기술인가?, 기술은 인간의 다른 활동과 어떻게 구별되는가?, 새로운 기술은 어떤 철학적 물음을 제기하는가? 등 기술에 관한 철학적 주제들이 우리 앞에 산적해 있다. (……).

〈표절 사례〉

현대 문명과 기술

○○계열 파렴치한

　기술은 현대 문명을 지탱하는 근간에 해당할 뿐만 아니라 현대인의 생활 방식과 사고 패턴에까지 중대한 영향을 끼치고 있다. 우리는 돈 아이디(Don Ihde)가 언급하였던 "기술 세계(technosphere)"에 살고 있으며 이런 현실을 부정할 수 없다. 그럼에도 불구하고 우리는 기술에 대한 진지한 탐구와 고찰을 제대로 수행해 본 적이 없으며, 무비판적으로 아니 오히려 열렬히 기술 세계의 일상에 하루하루 동화되어가고 있다. 현대 기술은 유익한가?, 어떤 기술이 좋은 기술인가?, 기술은 인간의 다른 활동과 어떻게 구별되는가?, 새로운 기술은 어떤 철학적 물음을 제기하는가? 등 기술에 관한 철학적 주제들이 우리 앞에 산적해 있다. (……).

(2) 부분적 표절

부분적 표절은 아무 인용 표시 없이 타인의 자료로부터 말, 사실, 의견들을 가지고 와서 교묘히 자신의 것과 뒤섞어놓은 후 글 전체가 자신의 것인 양 만드는 경우이다. 부분적 표절은 사실 매우 교묘한 방식으로, 학생들 사이에서 광범위하게 그리고 빈번하게 발생하고 있다. 게다가 일부 학생들은 자신의 생각이 어느 정도 포함되었다는 이유에서 이런 식의 표절을 하고 난 후에도 그에 대한 죄책감을 느끼지 못하는 것 같다. 그래서 어찌 보면 표절임을 인식하고 저지르는 전면적 표절보다 표절인지 아닌지에 관해 충분히 인식되지 않은 채로 이루어지는 부분적 표절이 더 위험할 수 있다. 부분적 표절에는 ① 원문의 문장이나 구절을 전부 혹은 일부 옮겨오는 경우, ② 중요한 표현이나 핵심 개념을 표절하는 경우, ③ 글의 구성이나 구조를 차용하는 경우, ④ 그 밖에도 표나 그림을 인용 및 출처 표시 없이 가져오는 경우 등이 있을 수 있다. 아래에서는 동일한 참고 자료를 가지고 표절한 경우와 활용한 경우를 각각 보여주고 있다.[4]

---

4. 임홍배 외 7인, 「서울대학생 글쓰기 윤리 교육을 위한 연구」, 정책연구 2007-12, 2007, 서울대학교 교무처, 37~39쪽.

<참고 자료>

필자가 이해하는 한, 기존의 대부분의 일제 시기 근대화 문제에 관한 연구는 다양한 입장 차이에도 불구하고 대단히 대립적인 두 가지 주장으로 정리될 수 있다. 즉 일제가 조선을 지배하지 않았다면 조선에서는 근대적 변혁이 제대로 이루어지지 않았을 것이라는 주장과 일제의 조선 지배는 한국 근대화를 압살하였기 때문에 결국 근대는 해방 이후부터 시작될 수밖에 없다는 주장이 그것이다. 거기에는 일제의 조선 지배에도 불구하고 조선인들이 주체적으로 대응해 나가는 역사가 탈락되어 있다. 일제 시기의 역사가 한국 역사의 일부가 되기 위해서는 민족해방운동 같은 적극적인 항일운동뿐만 아니라, 지배의 억압 속에서도 치열하게 삶을 영위해가면서 자기 발전을 도모해나간 조선인의 역사도 정당하게 평가되지 않으면 안 되는데 기존의 여러 연구에서는 바로 이런 인식이 거의 나타나지 않는다는 것이다.*

* 출전: 허수열, 「개발과 수탈론 비판」, 『역사비평』, 1999 가을, pp. 165~166.

<표절 사례>

허수열에 의하면, 기존의 일제 시기 근대화 문제 연구에는 일제가 조선을 지배하지 않았다면 조선에서는 근대적 변혁이 제대로 이루어지지 않았을 것이라는 주장과, 일제의 조선 지배는 한국 근대화를 압살하였기 때문에 결국 근대는 해방 이후부터 시작될 수밖에 없다는 주장이 대립하고 있다. 그러나 그 대립에는 조선인들의 주체적인 역사가 빠져 있다. 일제 시기의 역사도 한국 역사의 일부라고 본다면, 민족해방운동 같은 적극적인 항일운동뿐만 아니라, 지배의 억압 속에서도 자기 발전을 꾀했던 조선인의 역사도 정당하게 평가하지 않으면 안 되는데, 기존의 여러 연구에서는 이런 인식이 거의 나타나지 않는다.

〈활용 사례〉

지금까지 일제 시대 근대화론을 둘러싼 논쟁에서는 개발론과 수탈론이라는 두 가지 입장이 대립하고 있다. 개발론은 일제가 조선의 근대화를 가능케 하였다는 입장이고, 수탈론은 일세의 목적은 조선의 수탈이었으며 이 때문에 조신의 근대화가 저해되있다는 입장이다. 허수열(1999)은 이 두 입장이 경제적 주체로서의 조선인의 역할을 인정하지 않는다는 점에서 서로 다르지 않다고 비판한다. 개발을 했든 수탈을 했든, 경제적 변화의 주체는 모두 일본으로 상정되고 있다는 것이다. 이러한 관점에서 그는 일제 시대에 조선의 근대화가 일정 수준까지 이루어졌음을 인정하면서도 그것을 가능케 한 요인으로서 식민 지배에도 불구하고 시대에 적응하며 좀 더 나은 삶을 도모한 조선인의 주체적 역할에 주목해야 한다는 제3의 입장을 제시한다.

3.2 인용 표시와 주석 작성법[5]

대학에서의 학습과 연구 과정에서 표절을 피하고 타인의 아이디어나 글을 자신의 보고서나 논문에서 활용할 수 있는 방법은 올바른 인용 표시와 출처 표기를 하고 성실한 참고 문헌 목록을 작성하는 것이다. 즉 참고 자료를 활용할 때 기존의 연구 성과를 인용한 부분과 자신이 직접 작성한 부분을 명확히 구분하여 이를 밝히는 것이 중요하다. 인용과 주석 및 참고 문헌 작성 방법은 학문 분야마다 차이가 있지만, 여기에서는 일반적으로 접할 수 있는 방법을 중심으로 설명해 나가기로 한다.

---

5. 이 글은 성균관대학교 글쓰기 교재인 『학술적 글쓰기』(손동현 외, 성균관대학교 2005)를 참조하여 작성하였다.

(1) 인용의 방법

　인용에는 직접 인용과 간접 인용의 두 가지 방법이 있다. 다른 사람의 글을 그대로 가지고 와서 제시하는 것을 직접 인용, 글을 요약 및 환언하여 제시하는 것을 간접 인용이라고 한다. 직접 인용을 할 경우에는 본문의 지문에서 따로 분리하거나 " " 부호를 이용하여 본문에 포함시킨다. 직접 인용이든 간접 인용이든 인용한 글의 출처, 즉 저자의 이름, 책의 이름, 출판지, 출판사, 출판연도, 인용 면수 등은 주석란에 분명하고 정확하게 밝혀주어야 한다.

① **직접 인용의 예**

> 벡스터(William Baxter)는 『사람과 펭귄: 적정 상태의 오염』이란 책에서 DDT 살충제가 펭귄에게 가한 위험을 분석하면서 환경 정책에 관한 자신의 입장을 다음과 같이 명확히 밝힌다.
>
> 　나의 기준은 인간을 위한 것이지. 펭귄을 위한 것이 아니다. 펭귄이나 잣나무, 기암괴석에 해가 가해졌다는 말은 무의미하며, 고려할 필요가 없다. 펭귄은 그것이 바위 위를 걷는 것을 인간이 보는 한에 있어서만 중요하다. …그 자체로 펭귄을 보전할 이익관심은 없다(Baxter, 1974, p.5).

② 간접 인용의 예

> 『사람과 펭귄: 적정 상태의 오염』이란 책에서 벡스터(William Baxter)는 DDT 살충제가 펭귄에게 가한 위험을 분석하면서 인간이 모든 가치의 근원이고 환경 정책은 인간을 위한 것이어야 한다고 가정한다(Baxter, 1974, p.5).

(2) 주석(註釋)의 방법

다른 사람의 글을 인용하거나 혹은 그 글에서 필요한 정보를 얻게 되었을 경우, 인용문이나 정보의 출처를 밝히기 위해 주석을 달아야 한다. 또한 본문의 내용을 보충하거나 부연 설명을 제시하고자 할 때에도 주석을 달 수 있다. 여기에서는 다른 사람의 글을 참고하였을 때 출처를 밝히는 주석의 방법을 살펴보기로 한다. 주석을 다는 방식은 다양한데, 가장 일반적으로 사용되는 것은 내주(內注)와 외주(外注) 방식이다. 내주는 통상 인용한 글의 저자, 출판년도, 인용면수를 본문에 밝혀 적는 방식으로서, 인용한 글의 제목을 비롯한 완전한 서지사항은 참고 문헌에서 확인할 수 있다. 이에 비해 외주는 인용한 글의 출처를 본문에 밝히지 않는 대신에 완전한 서지사항, 즉 저자, 도서명, 출판지, 출판사, 출판년도, 인용 면수를 본문 아래 따로 마련된 주석란에 적는다. 다음에서 그 예를 살펴보도록 하자.

① 내주 기입의 예

하이데거의 주장에 따르면, "기술에 관한 물음" 가운데 일차적인 물음은 "그것이 무엇인가"이다(Heidegger, 1977, p.4). 그가 인정하듯이 기술에 관한 공인된 두 측면을 혼합하여 정의를 제시하면, 이 질문에 간단히 답할 수 있다. 첫째, 기술은 목적 탐색의 인간 활동이며, 둘째, 기술은 이런 목적을 성취하기 위해서 설비, 연장, 기계 등을 사용한다. 이 정의의 각 요소는 이 책에서 내가 제시하는 정의에 포함되어 있다. (……).

하이데거는 기술에 대한 "도구적이고 인간중심적인" 정의가 "정확하다"는 것을 인정했다(Heidegger, 1977, p.5). 그러나 이 대목에서 그는 "정확한" 것과 "옳은" 것을 구분하는데, 이는 유용하다. 이 구분은 화이트헤드가 "잘못 놓인 구체성의 오류"에 반대하면서 경고한 내용과 어떤 면에서 유사하다(Whitehead, 1929, p.51). 화이트헤드에 따르면 이 오류는 전체인 구체적 실재의 중요한 일부분과 실재에서 추상된 일부분을 혼동하는 경향이다. 하이데거는 다음과 같이 말했다.

정확한 것이란 무엇이 되었든 고려대상에 관련된 어떤 것을 고정한다. 하지만 정확하기 위해서는 이런 고정은 문제의 사물을 본질 면에서 폭로할 필요가 없다. 그런 폭로가 발생하는 그 지점에서만 옳은 것이 생겨나게 된다. 그런 이유로 단지 정확한 것이 아직 옳은 것은 아니다(Heidegger, 1977, p.4).

② 외주 기입의 예

하이데거의 주장에 따르면, "기술에 관한 물음" 가운데 일차적인 물음은 "그것이 무엇인가"이다.[1] 그가 인정하듯이 기술에 관한 공인된 두 측면을 혼합하여 정의를 제시하면, 이 질문에 간단히 답할 수 있다. 첫째, 기술은 목적 탐색의 인간 활동이며, 둘째, 기술은 이런 목적을 성취하기 위해서 설비, 연장, 기계 등을 사용한다. 이 정의의 각 요소는 이 책에서 내가 제시하는 정의에 포함되어 있다. (……).

하이데거는 기술에 대한 "도구적이고 인간중심적인" 정의가 "정확하다"는 것을 인정했다.[2] 그러나 이 대목에서 그는 "정확한" 것과 "옳은" 것을 구분하는데, 이는 유용하다. 이 구분은 화이트헤드가 "잘못 놓인 구체성의 오류"에 반대하면서 경고한 내용과 어떤 면에서 유사하다.[3] 화이트헤드에 따르면 이 오류는 전체인 구체적 실재의 중요한 일부분과 실재에서 추상된 일부분을 혼동하는 경향이다. 하이데거는 다음과 같이 말했다.

정확한 것이란 무엇이 되었든 고려대상에 관련된 어떤 것을 고정한다. 하지만 정확하기 위해서는 이런 고정은 문제의 사물을 본질 면에서 폭로할 필요가 없다. 그런 폭로가 발생하는 그 지점에서만 옳은 것이 생겨나게 된다. 그런 이유로 단지 정확한 것이 아직 옳은 것은 아니다.[4]

----

1) Martin Heidegger, *The Question Concerning Technology and Other Essays*, translated by William Lovitt, New York: Harper & Row, 1977, p.4.

2) Martin Heidegger, *The Question Concerning Technology and Other Essays*,

translated by William Lovitt, New York: Harper & Row, 1977, p.5.

3) A. N Whitehead, *Science and the Modern World*, New York: The Free Press, 1929, p. 51.

4) Martin Heidegger, *The Question Concerning Technology and Other Essays*, translated by William Lovitt, New York: Harper & Row, 1977, p.6.

한편 외주 방식에서 동일한 자료를 여러 번 사용하는 경우, 번번이 완전한 서지 사항을 밝혀 적는 것이 번거롭기 때문에 이를 간략히 적는 방법을 사용하기도 한다. 바로 앞에서 인용한 자료를 다시 인용할 때에는 '위의 책' 또는 '*Ibid.*', 혹은 '상게서(上揭書)'라고만 적고 인용한 면수를 밝혀주며, 바로 앞은 아니지만 그 앞의 어느 각주에서 인용했던 자료를 다시 인용할 때에는 저자의 이름을 적은 후, '앞의 책' 또는 '*Op. cit.*', 혹은 '전게서(前揭書)'라고 적고 인용 면수를 밝혀 준다. 구체적인 예를 보면 다음과 같다.

1) Martin Heidegger, *The Question Concerning Technology and Other Essays*, translated by William Lovitt, New York: Harper & Row, 1977, p.4.

2) 위의 책, p.5. (또는 *Ibid.*, p.5.)

3) A. N. Whitehead, *Science and the Modern World*, New York: The Free Press, 1929, p.51.

4) Martin Heidegger, 앞의 책, p.6. (또는 Martin Heidegger, *Op. cit.*, p.6.)

3.3 참고 문헌 작성법

참고 문헌 목록은 본문에 인용되거나 연구 과정에서 참고한 문헌 자료의 자세한 서지 사항을 확인할 수 있도록 정리해 놓은 것이다. 참고 문헌 목록을 배열하는 순서는 저자 이름의 가나다순(혹은 알파벳순)으로 배열하는 방법과 본문에서 인용한 번호순으로 배열하는 방법이 있다. 일반적으로 저서를 참고한 경우에는 "저자 이름, 저서명, 출판지와 출판사, 출판년도"를 표시하고, 논문을 참고한 경우에는 "저자 이름, 논문명, 학술 저널의 이름, 권수, 출판년도, 논문이 게재된 부분의 면수"를 표시하며, 인터넷 자료의 경우에는 "저자 이름, 제목, 작성(혹은 접속)일자, 사이트의 주소"를 기록한다. 참고 문헌 작성 시 주의해야 할 사항은 다음과 같다.

① 저자 이름: 참고 문헌에는 저자의 전체 이름을 모두 기록한다. 저자의 이름을 작성하는 방법은 한국인의 경우 성을 먼저 쓰고 이름을 나중에 쓴다. 그러나 영문을 사용하는 외국인의 경우 성을 먼저 쓰고 이름을 나중에 쓰는 방법(원칙)과 이름을 먼저 쓰고 성을 나중에 쓰는 방법이 모두 통용된다.

② 저서명, 논문명: 모든 제목은 원어를 그대로 사용한다. 국문 저서의 경우 『 』, 국문 논문의 경우 「 」혹은 " " 기호를 사용하고, 영문 저서의 경우 이탤릭체, 영문 논문의 경우 " " 기호를 사용한다.

③ 출판지와 출판사: 출판지는 도시 명을 적는 것을 원칙으로 하고 국문 저서의 경우 생략할 수 있다. 출판사는 출판지 뒤에 : 표시를 한 후 기재하도록 한다.

④ 출판년도: 동일 저자의 출판년도가 같은 여러 자료를 참고하였을 경우 간행된 순서에 따라 제시하되 출판년도 뒤에 a, b, c 라든가 ㄱ, ㄴ, ㄷ 혹은 가, 나, 다 등을 붙여 구분한다.

⑤ 권수 및 논문이 게재된 부분의 면수: 권수 및 논문이 게재된 면수는 참고 문

헌을 찾을 때 꼭 필요한 정보이다. 만일 권수에 발행 호수가 있으면 이 부분도 동시에 기록하여야 한다.

(1) 참고 문헌 작성의 예

① 단행본

노상도 · 강무진 · 권영돈 · 손미애 · 신동렬 · 한신일, 『과학기술 커뮤니케이션』, 서울: 시그마 프레스, 2007.

Paras, I. ed., *Anticipations of Scientific Revolutions: Deterministic Chaos in Nineteenth Century Physics*, London: Butterfly, 1985.

② 논문

김문영, 「剪斷變形을 고려한 뼈대 구조의 기하학적인 비선형 해석」, 『대학토목학회논문집』, 35권 2호, 대학토목학회, 1993, 241~245쪽.

Becker, R., "The effect of porosity distribution on ductile failure", *J. of Mech. and Phy. of Solids*, Vol. 35, No. 5, 1986, pp. 577-599.

③ 보고서

박상진 등, 『PC용 하처누질 관리 모델의 개발 연구 보고서 (I): 반응계수에 대한 연구를 중심으로』, 건기연 87-EE-113, 한국건설기술연구원, 1987.

④ 학위 논문

이병훈, 「속도변환법을 이용한 탄성 다물체계의 동역학적 해석」, 박사학위논문, 한국과학기술원, 1992.

⑤ 인터넷 자료

Greenleaf, G. June, "A proposed privacy code for Asia-Pacific cyberlaw",

Journal of Computer-Mediated Communication 2:1, 1996(30 Aug.
2000), http://www.ascusc.org.vol2/issue1.

앞에서 자료를 인용하고 주석을 표기하는 방식과 참고 문헌 목록을 작성하는 일반
적인 방법을 살펴보았지만, 과학기술 분야의 인용 및 주석법과 참고 문헌 작성법을
참고할 수 있는 규정으로는 ACS(American Chemical Society) Guide, CBE(Council of
Biological Editors), CMS(Chicago Manual of Style), IEEE(Institute of Electrical and
Electronics, Inc.) 등이 있다. 하지만 이러한 규정들 역시 학문 분야 별로 혹은 학술
저널별로 서로 다르며, 특히 학술 저널 논문을 작성할 때에는 해당 저널의 투고 및
게재 규정을 잘 숙지해서 적용해야 한다. 다음에서는 과학기술 분야에서 관례적으로
사용하는 인용 주석법과 참고 문헌 작성법의 일반적인 한 가지 사례를 소개한다.

(2) 과학기술 분야 인용 및 주석법

① 참고 문헌을 본문에서 인용하는 경우, 일반적으로 아래의 예와 같이 저자의 성과
   발행연도를 표시하거나, 일련번호를 매겨서 번호를 가지고 인용한다.
   ex) "강감찬(2001)이 주장한 이론은~", "2001년 강감찬[1]은은 새로운 이론을 주장
   하였는데~"
② 저자의 성은 발표 언어를 준용하여 사용하고, 같은 참고 문헌을 반복해서 인용하
   는 경우도 독립적으로 인용한다. 또한 저자가 여러 명인 경우는 "강감찬 등(2001)
   이 주장한~", "Kang et al.(2002)~"과 같이 표기한다.
③ 한 위치에 여러 개의 참고문헌이 인용되는 경우는 세미콜론(;)으로 구분하고, 동일

저자의 여러 자료가 인용될 경우 연대순으로 배열한다.

ex) "~와 같은 다수의 연구결과가 발표되었다(Kang, 2001; Hwang 2003; Lee, 2004).", "강감찬(2001; 2003; 2004)은 다수의 이론을 주장하였는데~"

(3) 과학기술 분야 참고 문헌 작성법

① 학술 저널(journal article): 저자명, 발행년도, 제목, 잡지명, 권수, 호수, 페이지 순으로 표시.

　ex) Hillier, M. S. (2000), Component Commonality in Multiple-Period Assemble-to-Order Systems, IIE Transactions 32 (8), 755-766.

② 단행본(book): 저자명, 발행년도, 책명, 편자/역자의 이름, 판차, 출판사항, 인용 페이지순으로 표시.

　ex) Bai, D. S. (1992), Statistical Quality Control, Yeongji Moonhwasa, Seoul, Korea, p.5.

③ 학술대회 논문(conference paper): 저자명, 발행년도, 제목, 학술대회 논문집명, 페이지순으로 표시.

　ex) Hwang, H-S. and Lu, J-C. (1996), A Study on an Inventory Model for Items with Weibull Ameliorating, Proc. 20th Int. Conf. on Computers & Industrial Engineering, 579-582.

④ 학위 논문(dissertation): 저자명, 발행년도, 논문명, 학위, 대학 관련 사항순으로 표시.

　ex) Newland, P.A. (1990), Understanding Designers' Knowledge Acquisition

Processes, Ph.D dissertation, Portsmouth Univ., Portsmouth, UK.

⑤ 온라인 자료(on-line source): 저자명, 발행년도, 제목, 잡지명, 권수, 호수, 접속 날짜, URL주소 순으로 표시.

ex) Greenleaf, G. June 1996, A proposed privacy code for Asia-Pacific cyberlaw. Journal of Computer-Mediated Communication, 2:1, 30 Aug 2000 〈http://www.ascusc. org.vol2/issue1〉.

이상의 과학기술 분야 인용 및 주석법과 참고 문헌 작성법은 일반적인 한 가지 사례일 뿐, 문서의 종류나 해당 기관의 요구 양식에 따라 다를 수 있으므로, 사용할 양식을 미리 조사하여 사용하는 것이 필요함을 다시 한 번 강조한다.

4. 자료 조작: 위조와 변조

대학에서의 학습과 연구는 정직하고 공정하게 수행된 학습 결과 및 연구 내용에 의거하여 동료와 선배 그리고 교수님을 포함한 학문 공동체, 나아가 사회 구성원 일반을 설득하는 글쓰기 작업으로 귀결된다. 이에 자신의 학업 결과와 연구 내용을 담은 과제물, 보고서, 졸업 논문 등에서 발생하는 위조(fabrication)와 변조(falsification)는 타인의 지적 성과물을 훔치는 표절(plagiarism)과 더불어 학습 윤리에서 가장 문제시되는 대표적 부정행위들이다. 하지만 이러한 부정행위들은 오늘날 대학의 학습과 연구 과정에서 쉽사리 근절되지 않고 있으며, 학습자들의 학점 경쟁과 연구자들의 연구비 수주 및 연구 선취권 경쟁이 치열해짐에 따라 오히려 더욱 증가하고 있는 상황이다. 그래서 부끄럽게도 이러한 부정행위들의 머리글자를 딴

'FFP'라는 명칭[6]이 사람들 입에 공공연히 오르내리고 있다.

소위 'FFP'라고 불리는 학습 및 연구 부정행위들 가운데, 거짓으로 연구 성과를 지어내는 위조와 연구 과정에서 자료를 임의적으로 조작하는 변조는 무엇보다 학습자와 연구자가 준수해야 할 학문적 성실성(academic integrity)에 위배될 뿐만 아니라 학문 공동체의 신뢰를 파괴하는, 그래서 학문과 사회의 발전을 저해하는 매우 심각한 부정행위들이다. 따라서 이러한 행위들은 윤리적 비난과 제재에 그치는 것이 아니라 경우에 따라 법적 처벌에 이를 수 있는 일종의 범죄 행위로 간주된다. 이에 대학에서의 학습과 연구 과정에서 발생할 수 있는 자료 조작인 위조와 변조가 무엇이고, 어떠한 유형들이 있으며, 이를 예방할 수 있는 방법이 무엇인지 살펴보는 것은 대학 교육을 이수하고 장차 학문 연구를 계속해 나갈 가능성이 있는 여러분에게 반드시 필요한 교육이 아닐 수 없다.

4.1 위조의 정의와 대표적 사례

교육과학기술부의 「연구 윤리 확보를 위한 지침」에 따르면, "'위조'는 존재하지 않는 데이터 또는 연구 결과 등을 허위로 만들어내는 행위를 말한다."[7]위조는 주로 실증적 경험 자료를 많이 다루는, 예를 들어 자연과학 분야, 공학 분야, 의약 분야, 그리고 사회과학 분야 등에서 발생하는 가장 심각한 수준의 부정행위이다. 우리에게 잘 알려진 '황우석 사건'은 데이터와 연구 결과의 위조를 보여주는 대표적 사례이다.

전 서울대학교 수의대 교수 황우석 박사와 그의 연구팀은 2004년 2월 『사이언스(Science)』에 세계 최초로 인간 체세포를 복제한 배아 줄기 세포를 만들었다고 발표

---

6. 윌리엄 브로드 · 니콜라스 웨이드, 『진실을 배반한 과학자들』, 김동광 역, 미래인, 10쪽, 주석 1) 참조.
7. 교육과학기술부, 「연구 윤리 확보를 위한 지침」, 교육과학기술부훈령 141호, 2009, 제 4조 2항 참조.

하여 학계의 주목을 받았고, 2005년 5월 같은 잡지에 환자 맞춤형 배아 줄기 세포 11종을 추가로 만들었다고 발표하여 전 세계를 놀라게 하였다. 그러나 MBC의 〈PD 수첩〉을 비롯한 몇몇 언론과 생물학연구정보센터(BRIC)의 젊은 과학자들은 황우석 교수 연구팀의 연구 윤리 위반 및 연구 부정 의혹을 세기하여 진국적인 논란이 발생하였다. 이에 2005년 12월 서울대학교는 자체 조사 위원회를 결성하여 진상 조사에 나섰고, 2006년 1월 황우석 교수 연구팀이 2005년 5월에 발표한 맞춤형 줄기 세포 11개에 대한 증거가 어디에도 존재하지 않으며, 2004년 2월에 발표한 줄기 세포 역시 핵이식에 의해 인위적으로 수립된 것이 아니라 자연적 단성생식에 의해 생겼을 가능성을 배제할 수 없다는 결과를 최종적으로 발표하였다. 이후 2006년 3월 서울대학교는 징계 위원회에서 황우석 교수를 파면하였고, 2006년 5월 검찰은 사기, 업무상 횡령, 생명윤리법 위반 등의 혐의로 황우석 박사와 해당 연구 관련 인사들을 불구속 기소하였다. 결국 긴 재판 끝에 2010년 12월 서울고등법원 형사 3부는 황우석 박사에게 징역 1년 6월 집행유예 2년을 선고하였다.[8]

사실 '황우석 사건'과 같은 연구자의 위조 행위는 드물기는 하지만 과거에도 연구 결과의 재연과 입증이 어려운 첨단 과학 분야에서 간혹 발생하는 경우가 있었다. 그러나 대학의 학문 습득 과정에서도 이러한 위조 행위는 적잖이 발생한다. 특히 자연 과학, 공학, 의약 분야 등에서 관찰, 실험, 시뮬레이션 등을 수행하지 않고서도 데이터 혹은 연구 결과를 허위로 만들어내는 실험 보고서 과제가 대표적이다. 또한 사회과학 분야에서도 설문 조사를 할 때 설문 응답자의 답변 내용을 가상으로 꾸며내는 경우를 종종 보게 된다. 그리고 답사 보고서의 사진을 인터넷이나 서적 등에서 가져와 마치 자신이 직접 방문한 것처럼 꾸미거나 지정된 책을 읽지 않고서도 마치 자신이 직접 읽은 것처럼 과제물을 작성하는 것 역시 명백한 위조 행위이

....
8. 「황우석 배아복제 연구 · 재판 일지」, 「연합뉴스」, 2010년 12월 16일 송고, http://www.yonhapnews.co.kr/bulletin/2010/1 2/16/0200000000AKR20101216089500004.HTML?did=1179m, (2011년 3월 19일 접속) 참조.

다. 심지어 자기 소개서에 자신이 경험하지 않은 거짓 체험을 꾸며내는 학생들마저 있다. 다음에 나온 내용들은 학생들의 과제물에서 발견된 위조 행위의 유형들이다.

(1) 실험 및 조사 자료의 위조 행위

답사, 조사, 관찰, 관측, 실험, 실습 등을 실제로 수행하지 않고 이를 통해 얻어야 할 자료의 전체나 일부를 허위로 작성하여 보고서를 제출하는 경우이다. 이때 위조 행위자들은 통상 자료 전체를 위조하기보다는 충분한 경험 자료를 확보한 것처럼 교수자를 속이려는 경향이 있다. 예를 들어 예비 실험의 일부 내용을 전체 실험 과정의 데이터로 제시하거나 극소수의 설문 조사만 실시한 후 충분한 수의 설문 조사가 이루어진 것처럼 실험 및 조사 보고서를 제출하는 사례들이 대표적이다. 간혹 다른 매체로부터 답사지의 사진이나 정보를 취득하여 이를 자신이 직접 답사한 것처럼 꾸미는 답사 보고서도 있으며, 사진 자료의 경우 포토샵 등의 프로그램을 이용하여 필요한 증거 사진을 합성하는 경우도 있다.

(2) 문헌 및 작품의 위조 행위

독후감이나 영화, 연극, 예술품 등에 대한 감상문을 과제로 작성할 때 발생하는 경우이다. 물론 읽어야 할 문헌이나 작품을 물리적으로 직접 위조하는 경우는 거의 없지만 문헌에 없는 내용을 과제물에 추가하거나 감상한 적이 없는 영화, 연극, 예술품을 2차 자료를 통해 마치 직접 감상한 것처럼 과제물을 제출하기도 한다. 다음의 사례는 텍스트의 주장을 강화하기 위해 원문에 거짓 실험을 위조한 경우이다.

[원문]

먼저 〈주관식〉 질의를 예로 들어보자. 이 문제를 꼼꼼히 풀어보면 논점을 정확히 파악하는 데 도움이 될 것이다.

　　토머스 제퍼슨은 _____년에 사망했다.

이번에는 질문을 객관식으로 바꾸어보겠다.

　　토머스 제퍼슨은 ⑴ 1788 ⑵ 1826 ⑶ 1926 ⑷ 1809년에 사망했다.

　어느 질의에 대답하기 쉬운가? 아마 두 번째 질의가 쉽다고 할 것이다. 어쩌다 우연히 제퍼슨이 죽은 해를 정확히 알 기회가 있었던 사람이 아니라면 말이다. 안다면 두 문제 모두 쉽게 보일 것이다. 그러나 제퍼슨이 죽은 해를 어렴풋이 알고 있는 우리 대부분에게는 질의가 기억을 도와서 정답을 〈알〉 가능성이 높아질 것이다. 학생들은 같은 문제라도 주관식 시험보다는 객관식 시험을 볼 때 더 〈똑똑해〉진다. [닐 포스트먼, 『테크노폴리─기술에 정복당한 오늘의 문화─』, 김균진 역, 민음사, 2001, 177-178쪽에서 발췌]

[문헌자료 위조의 예]

어떤 질문에 대답하기가 쉬운가? 아마 두 번째 질문을 쉽다고 할 것이다. 어쩌다 우연히 제퍼슨이 죽은 해를 정확히 안다면 두 문제 모두 쉽게 보일 것이다. 그러나 제퍼슨의 죽은 해를 어렴풋이 알고 있는 우리 대부분에게는 질문이 우리의 기억을 도와서 정답을 〈알〉 가능성이 높아질 것이다. 그래서 내 수업을 듣는 학생들 100명에게 물어본 결과 첫 번째 질의에 대답을 한 학생은 2명뿐이었지만, 두 번째 질의의 정답률은 50%를 상회하였다. 학생들은 같은 문제라도 주관식 시험보다는 객관식 시험을 볼 때 더 〈똑똑해〉진다.[1]

___

1) 닐 포스트먼, 『테크노폴리―기술에 정복당한 오늘의 문화―』, 김균진 역, 민음사, 2001, 177-178쪽.

(3) 자기 체험의 위조 행위

자기 소개서를 작성하면서 교수자에게 강한 인상이나 애절한 감동 등을 자아내기 위한 수단으로 자신이 체험하지 않은 사건을 위조하는 경우이다. 이러한 위조 행위는 과제물의 경우 단순히 좋은 학점을 취득하기 위한 거짓말에 불과하지만 입학이나 취업과 관련될 경우 심각한 법적 문제까지 야기할 수 있는 사안이 될 수 있음을 명심해야 한다.

위에서 살펴보았듯이 굳이 학습 및 연구 윤리를 거론하지 않더라도 여러분은 위조 행위가 어떤 경우에도 용납될 수 없는 기만적 사기 행위임을 잘 알 것이다. 그렇다면 학습자들이 과제물을 작성하는 과정에서 왜 위와 같은 위조 행위를 저지르는 것일까? 그것은 과제물의 작성을 통해 좋은 학점을 받아야 한다거나 취업에 유리한 우수한 졸업 논문을 작성해야 한다는 이차적 이해 관심이 학습과 연구의 성실성을 추구해야 한다는 일차적 이해 관심을 압도하였기 때문이다. "사기꾼은 붙잡히기 마련이다!" 여러분은 남보다 좋은 학점을 받고 자신이 원하는 직장에 취업하기 위해 반드시 공정한 게임에 참여해야 한다. 긴 인생을 살아가면서 부족한 능력은 자신의 노력 여하에 따라 얼마든지 보충할 수 있고 이를 만회할 기회도 반드시 생긴다. 하지만 순간의 유혹으로 위조 행위를 함으로써 범하게 되는 과오는 쉽게 회복할 수 없는 도덕적 낙인으로 남는다. 그러나 무엇보다 중요한 것은 징계와 처벌이 두려워서가 아니라 학습자의 일차적 이해 관심에 대한 진정한 자각일 것이다.

4.2 변조의 정의와 대표적 사례

앞서 살펴본 「연구 윤리 확보를 위한 지침」에 따르면, "'변조'는 연구 재료·장비·과정 등을 인위적으로 조작하거나 데이터를 임의로 변형·삭제함으로써 연구 내용 또는 결과를 왜곡하는 행위를 말한다."[9] 이를 구체적으로 살펴보면, 수집한 데이터의 내용을 임의로 변경·누락·추가하는 것, 연구 노트의 내용을 사후에 바꾸는 것, 연구 가설이나 연구 방법 등을 부정확하게 설명하는 것, 표본을 임의로 조작하거나 통계 분석 결과를 그릇되게 설명하는 것, 사진 자료에서 일부만 부각시키거나 삭제하는 것, 데이터를 선택적으로 선별하는 것 등이 모두 변조 행위에 해당한다.

변조는 방대한 경험 자료를 다루는 분야에서 자주 발생한다. 그래서 과학사를 살펴보면 때때로 뜻밖의 변조 사례들이 우리를 깜짝 놀라게 한다. 예를 들어 로버트 밀리컨(Robert A. Millikan, 1863~1953)은 전자(electron)의 전하량을 밝혀낸 공로로 1923년 노벨 물리학상을 수상한 20세기 초 미국의 대표적 물리학자이다. 당시 전자의 전하량 측정은 매우 어려운 물리학의 과제였고, 시카고 대학교 교수였던 밀리컨은 1910년 전자의 전하량 측정치 38개의 값을 처음으로 발표하였다. 그러나 전자의 전하량 측정 문제에서 밀리컨의 경쟁자였던 빈 대학의 에렌하프트(Felix Ehrenhaft, 1879~1952)는 밀리컨이 발표한 측정치에 심한 편차가 있는 것은 하전입

---

9. 교육과학기술부 편, 「연구 윤리 확보를 위한 지침」, 교육과학기술부훈령 141호, 2009, 제 4조 2항.

자(subelectron)의 존재에 대한 자신의 가설을 입증하는 것이라고 주장하기 시작하였다. 밀리컨과 에렌하프트 사이의 논쟁은 곧바로 세계적 물리학자들 간의 논쟁으로 발전하였고, 밀리컨은 에렌하프트의 주장을 반박하기 위해 1913년 전자의 단일 전하를 입증하는 28개의 새로운 측정값을 제시하여 논쟁을 종식시키고 훗날 노벨상을 수상하였다.

하지만 하버드 대학의 역사학자 제럴드 홀튼(Gerald Holton)은 밀리컨이 자신의 노벨상 수상 업적인 전자 전하량 측정 실험에서 실험을 통해 얻은 데이터들 가운데 자신의 가설을 뒷받침하는 데이터들만을 선별하고 나머지 데이터들을 은폐함으로써 자신의 가설이 실험을 통해 완벽하게 입증된 것처럼 꾸미는 변조 행위를 했다고 주장한다. 그에 따르면, 밀리컨의 연구 노트를 조사해 보았을 때 1913년에 발표된 논문에 포함된 58회의 관측 결과는 140회나 실시한 관측들 중에서 선별된 것이고, 최소한 49개의 액체 방울에 대한 관측이 제외되었다는 것이다. 따라서 홀튼은 아마도 밀리컨이 1910년 최초로 발표한 관측 결과 이후 전자의 전하량을 구하기 위해 140회에 걸친 실험을 했지만 일정한 값을 얻지 못하자 이 가운데 자신의 가설로부터 예측된 값에서 벗어나는 측정값들을 은폐하고 자신의 예측에 가장 가까운 28개의 편차가 적은 측정값만을 1913년에 발표하였을 것이라고 추정한다.[10]

지금 여러분은 교과서에도 실려 있는 저 유명한 밀리컨의 전하량 측정 실험에서조차도 자료의 은폐나 누락과 같은 변조 행위가 발생할 수 있는 가능성을 보고 있다. 사실 실증적 연구 과정에서 수집한 방대한 데이터를 과제물, 보고서, 논문 등에 모두 포함시킬 수는 없다. 그래서 우리는 어떤 형태로든 자료에 대한 처리 과정을 거치게 된다. 하지만 이러한 자료 처리 과정에서 데이터를 임의적으로 조작하는 행위가 개입한다면 그 순간 통상적인 자료 처리는 변조라는 부정행위로 변질되고 만

---

10. 윌리엄 브로드 · 니콜라스 웨이드, 『진실을 배반한 과학자들』, 김동광 역, 미래인, 49–50쪽 참조.

다. 이런 점에서 어쩌면 여러분은 합법적 자료 처리와 임의적 자료 조작 사이의 경계에 다소 혼란을 느낄지도 모르겠다. 따라서 다음에서는 학습자들의 과제물에서 발견되는 변조의 유형들을 살펴보고 이러한 변조 행위에 대한 예방책을 생각해 보도록 하자.

(1) 실험 자료의 조작을 통한 변조 행위

데이터를 수집하고 처리하는 과정에서 발생하는 대표적 변조 행위로서, 자연과학 분야에서는 이를 "데이터 마사지"라고 부르기도 한다. 이러한 유형의 변조 행위에는 원하는 데이터만을 선별하기, 데이터 수정하기, 데이터 누락하기 등이 있다.[11] 아래의 사례는 이론값에 맞추어 자신의 실험 결과를 조작한 변조 행위이다.

[원자료]

〈철의 비열측정실험〉

1) 철

m철(g)	m물(g)	t1(℃)	t2(℃)	t3(℃)
50.3	100	23.3	97.2	25.5

	평균비열(c)	오차	상대오차(%)
실험값	0.07843	0.3716	473.7983
이론값	0.45	-	-

---

11. 강명구 · 김희준 · 정윤석 외, 『과학기술 글쓰기』, 서울대학교출판부, 2008, 50–55쪽 참조.

[실험 및 조사 자료의 조작을 통한 변조 행위의 사례]

〈철의 비열측정실험〉

m철(g)	m물(g)	t1(℃)	t2(℃)	t3(℃)
50.3	100	<u>23.5</u>	<u>32.7</u>	25.5

	평균비열(c)	오차	상대오차(%)
실험값	<u>0.4356</u>	<u>0.0144</u>	<u>3.3058</u>
이론값	0.45	-	-

실험 결과 이론값과 실험값의 오차(0.0144)와 상대오차(3.3058)가 매우 적었다. 이런 점에서 이번 실험은 매우 성공적이었다고 판단된다. 본 실험을 통해 일상생활 속에 쓰이는 철의 비열값을 알게 되었으며 성공적인 실험에 보람을 느낀다. 또한 다음 번 실험에서도 충분한 사전조사와 철저한 실험 준비를 통해 본 실험과 같은 정확한 값을 얻도록 노력할 것이다.

(2) 실험 방법의 조작을 통한 변조 행위

　　이러한 유형은 연구 방법을 조작함으로써 자신의 가설을 입증하고자 하는 경우이다. 그러나 연구 방법은 연구의 타당성을 보장하는 결정적 요소로서 이렇게 수행된 연구 결과는 정확성과 객관성을 확보할 수 없다. 구체적으로 이러한 유형에는 변인을 통제하지 않고 데이터 모으기, 잘 알려진 통제 변인 생략하기, 부적절한 샘플 선택하기 등이 있다.[12] 아래의 사례는 실험 연구의 방법을 임의로 변경한 후 그

----

12. 강명구 · 김희준 · 정윤석 외, 『과학기술 글쓰기』, 서울대학교출판부, 2008, 50-55쪽 참조.

사실을 숨기고 있는 변조 행위를 보여준다.

[올바른 실험의 방법]

⟨클렌징크림 만들기⟩

① 일정하게 저으면서(stirrer 이용) 60℃의 sodium borate(Borax) 용액을 60~70℃의 파라핀 용액에 천천히 가한다(스포이트 사용).

② 혼합한 용액이 식기 전에 미리 준비한 용기에 옮겨 담는다.

③ 클렌징크림이 식을 때까지 계속해서 젓는다: 액체 상태에서 시간이 지날수록 뻑뻑해지므로 충분히 저어야 균일한 에멀션을 얻을 수 있다.

④ 손등에 립스틱이나 다른 색조 화장품을 바른 뒤 각자가 만든 클렌징크림을 이용해서 닦아본 경우와 그냥 휴지만으로 닦아본 경우를 비교해 본다.

[실험 방법의 조작을 통한 변조 행위의 사례]

성공적인 클렌징크림을 만들기 위해서는 반드시 실험 방법 ①의 번거로운 절차를 따라야 하는데, 많은 학생들이 이를 무시하고 sodium borate(Borax) 용액을 한꺼번에 대량으로 투입함으로써 성공적인 실험 결과를 얻지 못한다. 그럼에도 불구하고 마치 성공적인 결과를 얻은 것처럼 실험 결과를 변조하는 경우가 자주 발생한다.

---

(3) 문헌 자료의 왜곡을 통한 변조 행위

　문헌 조사를 통한 연구에서 문헌 자료의 내용이 목표한 결론과 일치하지 않을 때 문헌 내용의 전체 또는 일부를 자신의 결론에 유리하게 변경하거나 생략하여 글을 쓰는 경우이다. 다음의 사례는 학습자가 원문을 누락, 왜곡하는 변조 행위를 통해 자신의 쟁점이 선명하게 보이도록 과제물을 작성한 경우이다.

[원문]

그런데 논의를 전개하다보면, 또 다른 쟁점을 만나게 된다. 위에서 말한 사랑, 특히 자기 사랑(자애), 정체성 추구, 자아의식 따위는 정치적 '가치'라기보다는 '욕구'가 아닌가 하는 점이다. 경제적 풍요라든가 사회적 지위, 또는 소속감이나 공동체 의식 등도 마찬가지다. 더욱이 먹고 살고자 하는 욕구, 비바람을 피하고자 하는 욕구는 가치라기보다는 분명히 욕구다. 자유, 평등 또한 욕구이기도 하지만, 의식적이고 합리적으로 추구할 가치의 성격이 강한 것 같다. 그 중간쯤에 있는 것이 소속감, 정체성, 자애 등의 욕구가 아닐까? 어쨌든 이런 세부적인 구분의 정당성과 관계없이, 중요한 질문이 있다.

곧 가치의 추구와 욕구의 추구 둘 중 어느 것이 우월하며, 어느 것이 우선되어야 할 것인가? 우선순위로 보면 답은 비교적 쉬운 것 같다. 식-의-주의 욕구가 자유나 평등의 욕구/가치보다 우선되어야 하고 또 실제로 우선되는 것은 '보편적'인 현상 아닐까? 그렇지만 이러한 기본적인 욕구가 자유나 평등보다 더 우월하거나 고매한 욕구/가치라고 말할 사람은 많지 않을 것 같다.

그러면 자애, 정체성, 소속감 따위는 어떻게 평가해야 할까? 이런 가치/욕구들이 우선되어야 할까, 아니면 자유가 우선 추구되어야 할까? 또 이들 중 어느 쪽이 더 우월한 가치인가? 자유주의자들의 대답은 명백할 것이다. 그러면 공동체주의자들의 대답은? 아마 모호할 것이다. 지금 영-미의 공동체주의자들도 근본적으로 자유주의의 가치에 입각한 사람들이므로 자유 쪽에 점수를 더 줄지 모르겠다. [김영명, 『우리 눈으로 본 세계화와 민족주의』, 도서출판 오름, 2004, 84쪽에서 발췌]

[문헌 자료를 왜곡한 변조 행위의 사례]

보편적 '욕구'와 보편적 '가치' 중 어느 것이 더 우월한가? 이와 관련하여 김영명은 다음과 같이 말한다. "그러면 자애, 정체성, 소속감 따위는 어떻게 평가해야 할까? 이런 욕구/가치들이 우선되어야 할까, 아니면 자유가 우선 추구되어야 할까? 또 이들 중 어느 쪽이 더 우월한 가치인가? 자유주의자들의 대답은 명백할 것이다. <u>그러면 공동체주의자들의 대답은? 아마 공동체주의자들은 자애, 정체성, 소속감과 같은 욕구/가치가 자유보다 더 우월한 가치/욕구라고 주장할 것이다.</u>"[1] 그렇다면 자유주의자들의 '자유'라는 보편적 가치와 공동체주의자들의 '자애, 정체성, 소속감'과 같은 보편적 욕구의 날카로운 대립 속에서 우리는 어떤 기준으로 어느 쪽 보편적 가치/욕구에 우선성을 둘 수 있을까?

---

1) 김영명, 『우리 눈으로 본 세계화와 민족주의』, 도서출판 오름, 2004, 84쪽.

실증적 연구가 주류를 이루는 오늘날의 연구 과정에서 변조 행위는 매우 빈번하게 적발되는 연구 부정행위이다. 일례로 미국국립보건원(NIH)의 지원으로 연구 프로젝트에서의 부정행위를 조사하고 있는 과학윤리국(Office of Research Integrity)은 1993년부터 1997년까지 약 1천 건의 고발을 접수하였고, 그 중 150건을 조사한 결과 절반 정도가 부정행위를 저질렀다고 결론지었다. 또한 1995년 노르웨이에서 300명의 연구자들에게 설문 조사를 한 결과 응답자의 22%가 연구 윤리 지침에 대한 위반 사례를 알고 있고, 9%는 개인적으로 위반 사례에 직접 가담한 경험이 있으며, 60%는 자신의 대학에서 일어난 연구 부정행위를 안다고 대답하였다.[13]

물론 이러한 연구 부정행위들을 모두 변조의 사례들이라고 단언할 수는 없지만 실증적 연구와 관련한 연구 부정행위에서 변조가 상당한 비중을 차지할 개연성은 매우 높은 편이다. 의도적 자료 변조 행위는 위조와 마찬가지로 변명의 여지가 없는 학습 및 연구 윤리 위반 행위이다. 물론 학습 및 연구 과정에서 의도하지 않은 변조 행위를 범하는 경우가 발생할 수도 있다. 그러나 법에 대한 무지가 범법의 사실을 변명할 수 없다는 점에서 여러분은 과제물 작성 과정에서 발생할 수 있는 이상의 사례들을 잘 숙지하고 변조 행위를 예방하는 데 만전을 기해야 할 것이다.

5. 중복 제출, 자기 표절, 그리고 대리 작성

이상에서 살펴본 'FFP' 이외에도 대학에서 학습자가 과제물을 작성하는 과정에서 범할 수 있는 부정행위들 가운데 하나가 과제물 '중복 제출'이다. 과제물 중복 제출이란 다른 교과목에서 이미 제출했던 과제물을 마치 새로 작성한 과제물인 양 교수자를 속이려는 행위를 말한다. 구체적으로 말하면, 이미 제출한 동일한 과제물을 다른 과목에서 다시 제출하는 경우, 이전 과제물의 내용이나 표현을 일부 수정하는 경우, 여러 과제물들을 짜깁기하는 경우, 하나의 과제물을 여러 과제물들로 나누어 제출하는 경우 등 자신이 이미 작성한 과제물을 해당 목적 이외에 다른 용도로 활용하는 일체의 모든 행위들이 과제물 중복 제출에 해당할 수 있다.

학습 윤리에서는 학습자의 부당한 이득을 막고 대학 교육의 목표를 달성하기 위해 과제물 중복 제출을 엄격하게 금지하고 있다. 이처럼 대학 교육에서 과제물 중복 제출을 금지하는 것은 과제물 중복 제출이 하나의 학습 결과물을 가지고서 학습자가 이중의 이득을 얻으려 하는 것이기 때문이다. 이는 정직한 노력 없이 부당한

---

13. 엘리슨 애버트, 「과학에서의 기만행위가 주는 교훈」, 『과학연구 윤리』, 당대 2001, 300쪽 참조(김진 외, 『공학 윤리―기술 공학 시대의 윤리적 문제들―』, 철학과 현실사, 2003, 28쪽에서 재인용).

이득을 취하려 한다는 점에서 앞서 살펴본 'FFP'의 기만적 부정행위들과 그 성격이 조금도 다르지 않다. 또한 과제물 중복 제출은 전공 교육의 심화된 전문 지식뿐만 아니라 다양한 교양 교육을 통해 지적으로 균형 잡힌 지성인을 양성하려는 대학 교육의 근본 취지에도 어긋나는 것이다.

한편, 과제물 중복 제출은 최근 연구 윤리에서 활발히 논의되고 있는 '자기 표절'의 일종으로 간주되기도 한다. 통상 표절이 타인의 지적 성과물을 도용함으로써 타인의 지적 재산권을 부당하게 침해하는 부정행위라면, 자신의 지적 성과물에 대한 도용을 의미하는 자기 표절은 애당초 성립할 수 없는 개념일지 모른다. 하지만 한 학술 저널에 이미 발표한 동일한 연구 논문을 다른 학술 저널에 중복 게재한다면 이는 부당한 이득을 얻으려는 기만적 부정행위이므로 자기 표절이라는 개념과 이를 금지할 근거가 성립한다.

물론 하나의 주제에 천착하여 오랜 기간 여러 편의 논문을 발표한 연구자들의 경우 동일한 연구자가 자신의 선행 논문 중 일부 내용이나 표현을 후행 논문에서 그대로 반복할 때가 있다. 이때 중복 게재 금지 규정을 적용하기에는 모호한, 그래서 후행 논문의 주요 주장이나 연구 내용이 선행 논문과 얼마나 겹치는지에 따라 자기 표절 여부를 결정해야 하는 매우 미묘한 상황이 발생할 수 있다. 이와 유사하게 학습자들이 과제물을 작성할 때에도 이전에 수강한 어떤 과목의 과제물과 유사하거나 동일한 과제물을 다른 과목에서 작성해야 할 경우 자신의 이전 과제물을 비록 그대로 제출하지는 않더라도 이전 과제물의 개념이나 표현 그리고 내용의 일부를 차용하는 상황이 발생할 수 있다. 이러한 상황에서 학습자는 자신이 과제물을 중복 제출한 것인지 아닌지를 판단하는 데 다소간 어려움을 느낄 수 있을 것이다.

사실 학습 윤리의 많은 내용은 연구자를 위한 연구 윤리의 내용을 학습자의 눈높이에 맞추어 다루고 있는 것들이다. 이런 점에서 과제물 중복 제출을 금지하는 학습 윤리의 내용은 현행 연구 윤리의 논문 중복 게재 금지 규정과 이와 긴밀하게 연관된 자기 표절이라는 개념과 관련하여 검토할 필요성이 있다. 그러나 현행 연구 윤리에서도 자기 표절 문제에 관한 한 아직 명확히 확정된 규정과 지침을 마련하지 못하고 있는 상황이다. 왜냐하면 학문 분야의 관행이나 학술 저널 편집자의 성향에 따라 동일한 행위가 전혀 다르게 해석되어지고 있기 때문이다.

그러나 자기 표절의 성립 여부를 떠나 훌륭한 연구자라면 선행 논문의 개념이나 표현을 비롯한 연구 내용을 그대로 차용하지 않을 이유가 분명히 존재한다. 하나의 논문은 독립된 유기체와 같다. 비록 한 연구자가 동일한 주제나 문제를 가지고 여러 편의 논문을 발표했다 하더라도 한 논문의 목적, 방법, 결과 등이 다른 논문의 목적, 방법, 결과 등과 동일하지 않다면 선행 논문에서 작성한 개념이나 문장을 그대로 차용하는 것은 새롭게 작성하는 논문의 독창성과 설득력을 위한 최선의 선택이 될 수 없다. 따라서 우리는 자기 표절 문제와 관련하여 훌륭한 연구자의 본분이란 단순히 부정행위의 혐의를 벗는 데 있는 것이 아니라 논문 작성 과정에서 자신의 연구 내용을 새로운 개념과 표현을 통해 제공함으로써 학문 발전에 기여하는 것이라고 생각해야 한다.

마찬가지로 대학 교육에서의 모든 과제물들은 각 교과목의 교수 목표, 교육 과정, 교육 내용과 긴밀한 연관성을 가지고 있다. 일견 동일한 주제나 문제를 다루고 있는 과제물이라고 할지라도 다른 과목의 과제는 결코 해당 과목의 과제와 동일한 것이 아니다. 왜냐하면 각 교과목의 어떠한 과제물도 다른 교과목의 교육 목표, 교육 과정, 교육 내용과는 다른, 해당 과목 고유의 교육 목표, 교육 과정, 교육 내용에 기여하기 위한 것이기 때문이다. 그러므로 여러분은 자신이 이전에 작성한 과제물을 활용하는 정도 및 범위와 관련하여 앞에서 학습한 '표절' 규정과 지침을 자신에게도 적용하는 것이 안전하다.

이런 점에서 2010년 개정된 「서울대학교의 연구 윤리 지침」은 학습 윤리의 과제물 중복 제출과 자기 표절 문제와 관련하여 중요한 제안을 하고 있다. 이에 따르면, "연구자는 연구 문헌을 작성함에 있어 당해 연구의 독자성을 해하지 않는 범위 내에서 이미 게재·출판된 자신의 연구 결과물을 부분적으로 사용할 수 있다." 그러나 이때에도 이것을 해당 연구에서 최초로 발표하는 것처럼 서술해서는 안 되고, "과거에 작성한 논문에서 최소한 한 단락 이상, 또는 5개 이상의 문장을 연속적으로 재사용하는 경우에는 정확한 출처와 인용 표시를 하여야 한다."[14]라고 명시하고 있다.

대학에서의 학습 과정은 누구에게나 힘든 과정이다. 하지만 대학 교육을 이수하는 학습자의 경우 대학의 다양한 교과목들을 통해 풍부한 교육 내용을 학습하는 것이 자신의 학문적 성장에 더 많은 도움을 제공한다는 사실을 잊어서는 안 된다. 여러분은 이미 습득한 지식을 재활용하는 쉽고 편한 길을 선택하는 것은 자신이 대학에서 공부하는 이유가 될 수 없다는 것을 누구보다도 잘 알 것이다. 그리고 여러분이 이러한 사실을 진정으로 자각한다면, 아마도 여러분은 어떠한 유형의 과제물 중복 제출도 스스로 용납하지 못할 것이다.

끝으로 과제물 '대리 작성'은 자신이 직접 작성하지 않은 과제물을 자신의 것으로 위장하는 행위를 의미한다. 인터넷 과제물 대행 사이트에서 보고서를 구매하거나, 친구나 선후배 혹은 연인에게 보고서의 대리 작성을 부탁하는 경우가 이에 해당한다. 대리 작성된 보고서의 내용은 표절이나 위·변조와 달리 내용적으로 하나의 완벽한 과제물이 될 수 있다. 문제는 과제가 부여된 사람과 과제의 작성자가 다르고, 바로 그러한 사실이 감춰져 있다는 점이다. 특히 대학가에서 벌어지는 대리 작성 중 가장 흔하게 일어나는 것은 대리 작성된 과제물이 이전에 이미 제출된 과제물인 경우이다. 예컨대 선배나 동료가 이전에 제출했던 과제를 동일한 주제의 과제가 부과되었을 때 중복 제출하는 것이다. 하지만 이러한 중복 제출은 이중, 삼중의 과오

---

14. 서울대학교 편, 「서울대학교 연구 윤리 지침」, 2009(교육과학기술부·한국연구재단 편, 『좋은 연구 실천하기-연구 윤리 사례집-』, 교육과학기술부, 2011, 31쪽에서 재인용).

를 범하는 것으로, 전면적 표절과 대리 작성의 잘못까지 동시에 범하는 보다 심각한 부정행위이다.

이처럼 과제물 대리 작성은 윤리적 관점에서 보았을 때 표절보다 더 심각한 도덕적 문제를 야기한다. 물론 표절도 전면적 표절이냐 부분적 표절이냐에 따라, 그리고 의도적 표절이냐 결과적 표절이냐에 따라 심각성이 달라진다. 그럼에도 불구하고 표절은 과제를 작성하는 데 있어 그래도 자기 나름대로 구도를 설정하고, 다른 이의 연구 성과물을 읽고 이해하는 과정이 포함되어 있다(물론 100% 표절이라면 대리 작성과 다를 바 없을 것이다). 다시 말해 표절은 과제를 통한 학습이라는 과제 자체의 교육 목표를 100% 좌절시키는 것은 아니다. 반면에 과제물 대리 작성은 과제 제출자에게 어떠한 학습 효과도 가져다주지 않는다. 이런 점에서 과제물 대리 작성은 학교 교육 시스템 전반을 뒤흔들고 파괴하는 악영향을 끼칠 뿐만 아니라, 학습자가 자신의 학습 기회를 완전히 놓친다는 점에서 이중의 문제를 야기하고 있다. 결국 과제물 대리 작성은 학교와 교수자의 불신을 낳고, 학습자의 지적 빈곤을 낳을 뿐이다.

대학은 어머니의 자궁과 같다. 자궁이 세상 밖으로 아이를 내보내기 전에 한 생명체가 홀로 살아가기 위해 갖춰야 할 기본적 생존 능력을 만들어주는 생물학적 인큐베이터이듯이, 대학은 여러분이 이 사회에서 살아가기 위해 요구되는 다양한 소양과 교양 그리고 전문 지식을 기르고 연마하게 해주는 사회학적 인큐베이터이다. 대학을 벗어나는 순간 생존은 자신의 능력에 의해 좌우되며, 그 생존의 질 또한 자신의 능력에 따라 좌우된다. 만일 대학에서 그러한 능력을 갖추는 데 실패한다면 그것을 만회할 기회를 다시 마련하는 것은 결코 쉽지 않은 일이다. 과제물 대리 작성은 여러분 자신을 망치는 지름길임을 깨닫고 그 어떤 경우에도 용납해서는 안 된다.

6. 시험 부정행위와 출석 부정행위

대학 교육 현장에서는 교육적 이유에서 무감독 시험을 시행하기도 한다. 하지만 아무런 감시가 없는 상황에서 일부 학생들은 종종 마음이 흔들린다. 그래서 어떤 이들은 스스로 세운 규율에 따라 공정하게 시험을 치르고 있는 대부분의 학생들과 달리 다른 이의 답안을 훔쳐보거나 컨닝 페이퍼를 이용하여 부당하게 점수를 받으려는 부정행위를 저지른다. 그 결과 때때로 열심히 노력한 학생에게 정당한 대가가 주어지지 않고, 오히려 노력하지 않은 학생에게 부당한 대가가 주어지기도 한다. 이처럼 시험 도중 다른 이의 답안을 훔쳐보거나 컨닝 페이퍼를 이용하여 부당하게 점수를 받으려는 시험 부정행위, 그 밖에도 자신의 출석을 다른 사람에게 부탁하거나 수업 중 무단으로 몰래 조퇴하는 출석 부정행위 등은 모두 비난받고 처벌받아야 할 학습 윤리상의 심각한 부정행위들이다.

여러분은 초등학교 시절부터 시험과 출석 부정행위가 대단히 잘못된 행동이라는 것을 귀에 못이 박히게 들어왔을 것이다. 그리고 다행스럽게 대부분의 학생들은 이러한 부정행위들을 저지르지 않는다. 하지만 이러한 부정행위를 저지르는 일부 학생들은 "그것이 나에게 이익이 될 것"이라는 심각한 착각을 한다. 그들은 이러한 부정행위들을 통해 공부하지 않고도 좋은 점수를 받고, 출석하지 않고도 수업을 이수할 수 있다고 생각한다. 또한 그렇게 절약한 시간에 다른 일을 할 수 있다고 생각하는지도 모르겠다. 그렇다면 이러한 부정행위들을 저지르지 않는 사람들은 그것을 모르는 바보라서 그렇게 하지 않은 것일까? 사실 시험 부정행위나 출석 부정행위를 저지른 사람들에게는 결과적으로 매우 크고 가혹한 벌이 주어진다.

다른 부정행위들과 마찬가지로 학교에서 행해지는 시험과 출석 부정행위들은 습관적인 경우가 많다. 처음에는 망설이다가 점차 그러한 부정행위들을 반복하다 보면 나중에는 죄의식조차 없어진다. 왜냐하면 자신의 행위에 대해 내리는 비판적 평가의 잣대가 희미해지고, 수단과 방법을 가리지 않고 결과에만 주목하는 결과지상주의가 자연스럽게 몸과 마음에 배기 때문이다. 어쩌면 뉴스를 통해 종종 접하는 일부 정치인들과 기업가들의 불법적 행위들은 바로 학교에서의 이러한 부정행위들로부터 자라났던 것이 아닐까? 자신의 행위에 대한 무비판적 태도와 결과지상주의는 우리 사회가 요구하는 바람직한 인간상과는 거리가 멀다. 학교에서 시험 혹은 출석 부정행위를 저지르는 이들에게 당장은 좋은 점수나 어떤 혜택이 돌아갈지 몰라도 결국엔 요령에 익숙해지고 부정에 피폐해진 초라한 모습만이 그들에게 남겨질 것이다.

7. 협력 활동을 위한 학습 윤리

"인간은 사회적 동물이다." 우리는 타인과 소통하면서 서로의 발전을 도모하고 있다. 그래서 대학에서 어떤 과목을 수강하거나 학내외의 다양한 활동을 수행할 때 협력 활동이 빈번하게 일어나고, 또한 필수적으로 요구되기도 한다. 그런데 간혹 협력 활동을 하는 과정에서 불성실한 태도로 일관하면서도 자신의 몫을 챙기려는 학생들을 볼 수 있다. 소위 '무임승차'를 하려는 이들이다. 또한 협력 활동 과정에서 종종 자신의 이익을 관철시키기 위해 전체에 손해를 끼치고 분위기를 망치는 일부 학생들도 볼 수 있다.

무엇보다 협력 활동 과정에서 가장 문제시되는 비윤리적 행위는 무임승차이다. 여러분은 어떤 경우에도 자신이 아무런 역할도 수행하지 않고 대가를 얻을 수 있다고 생각해서는 안 된다. 그런데 이것은 역으로 생각하면 여러분이 무임승차를 하는 사람을 묵인하거나 방조해서도 안 된다는 것을 의미한다. 특히 나의 친구, 나의 선배, 나의 후배라고 해서 모든 사람들이 동의하고 인정할 수 있는 불가피한 사유가 없음에도 불구하고 그 사람이 협력 활동에 참여하지 않았는데 참여한 것처럼 조작하는 것은 매우 심각한 부정행위가 아닐 수 없다. 이는 친구와 동료를 돕는 행위가 아니라 구성원들을 무시하고 모독하는, 그래서 협력 활동 자체를 파괴하는 행위일 뿐이다. 그런 경우 담당 교수가 이러한 사실을 인지하고 그에 합당한 조치를 취하도록 고지하는 것이 오히려 바람직한 윤리적 행위이다.

이런 점에서 최근 문제가 불거지고 있는 이공계 연구 활동의 "다중 저작권(multiple authorship)" 역시 협력 활동의 무임승차 행위와 관련하여 살펴볼 필요가 있다. 오늘날 이공계의 연구 활동은 대부분 팀 단위 협력에 힘입어 이루어지고 있다. 그 결과 이공계 연구 활동의 결과물들, 특히 학술 저널 논문의 경우 여러 명의 연구자들이 교신저자, 제1저자, 공동저자 등의 자격으로 하나의 논문에 동시에 이름을 올린다. 팀 단위 연구 활동을 통한 결과물을 발표하고 게재할 때 이에 공헌한 여러 연구자들의 노력과 성과를 정직하고 공평하게 존중하는 것은 반드시 필요한 일이다. 하지만 이러한 과정에서 가능한 많은 연구 업적을 생산하려는 연구자의 욕심과 동료나 선후배에 대한 잘못된 온정주의가 개입하여 해당 연구 결과물에 저자의 자격으로 기여하지 못한 이들이 포함되는 경우가 때때로 발견된다. 무임승차한 연구자들이 포함된 다중 저작권은 협력 활동의 신뢰성을 떨어뜨려 학문 공동체의 기반을 위협하고 지적 사기 행위를 사회적으로 묵인하게 만든다. 어떠한 경우에도 협력 활동에서 가장 중요한 미덕은 '공정함'이라는 사실을 잊어서는 안 될 것이다.

무임승차 이외에도 협력 활동 과정에서 반드시 고려해야 할 기본 사항들이 있다. 우선, 우리는 구성원들이 협력 활동을 통해 효과적이고 발전적인 결과를 획득하고자 한다는 사실을 잊어서는 안 된다. 하지만 협력 활동 과정에서 때때로 자신의 의도와 무관하게 구성원들을 무시하고 모욕하는 경우가 빈번하게 발생한다. 이는 협력 활동을 함께 수행하는 사람들의 관심사, 전공, 이해관계, 성장 배경, 학업 조건

등이 상이하다는 사실을 간과하고, 자신의 관점과 상황만을 기준으로 생각하고 행동하며 발언하기 때문이다. 따라서 여러분은 협력 활동 과정에서 타인의 관점과 상황을 고려하여 가급적 중립적 태도와 신중한 자세를 가지고 협력 활동을 수행해 나가려고 노력해야 한다.

또 한 가지 여러분이 유념해야 할 기본 사항은 협력 활동 과정에서 비판과 토론의 목적은 다른 사람의 의견을 무너뜨리는 데 있는 것이 아니라 나 자신의 의견을 보완하고 발전시키는 데 있다는 점을 깨닫는 것이다. 물론 우리는 나의 의견을 비판하는 사람을 싫어하거나 다시 공격하여 이기려는 태도를 취하기 쉽다. 우리 모두 비판에 익숙하지 않다. 하지만 비판이란 '옳고 그름의 한계를 정하는 활동'이다. 협력 활동 과정에서 나의 발언이나 주장이 비판된다면, 그것은 진술된 나의 발언이나 주장에 관한 문제이지, '나'라는 개인을 공격하거나 모욕하는 것이 아니다. 그것은 다만 주어진 과제나 임무와 관련한 나의 진술 내용이 부적절하거나 불충분하여 수정과 보완이 필요하다는 사실을 의미할 뿐이다.

따라서 여러분은 협력 활동을 수행함에 있어 어떠한 경우에도 무임승차를 해서는 안 되고, 동시에 이를 묵인하거나 방조해서도 안 된다. 그리고 협력 활동 과정에서 이루어지는 모든 비판과 토론은 상호 발전을 위한 생산적인 것임을 깨닫고, 구성원 모두의 관점과 상황을 배려하는 중립적 태도와 신중한 자세로 자신의 의견을 개진하고 타인의 비판을 수용할 줄 알아야 한다. 만약 협력 활동 과정에서 무임승차를 하려는 이가 없어지고 이러한 기본 사항들이 잘 지켜진다면, 여러분은 개인적 활동만으로는 결코 도달하기 어려운 풍부한 경험과 유익한 결과를 협력 활동을 통해 얻을 수 있을 것이다.

참고 문헌

강명구 외, 『과학기술 글쓰기』, 서울대학교 출판부, 2008.

강호정, 『과학 글쓰기를 잘하려면 기승전결을 버려라』, 이음, 2009.

고전, 「대학의 학습 윤리 관련 규정 및 교육개선 방안」, 『교육법학연구』, 제21권 2호, 2009.

교육과학기술부, 「연구 윤리 확보를 위한 지침」, 교육과학기술부 훈령 141호, 2009.

교육과학기술부 · 한국연구재단 편, 『좋은 연구 실천하기-연구 윤리 사례집』, 교육과 학기술부, 2011.

김삼묘 외, 『논문제대로쓰기』, 자유아카데미, 2006.

김원, 『성공적인 대학원 생활과 프로의 길』, 생능, 2002.

김진 외, 『공학윤리-기술 공학 시대의 윤리적 문제들-』, 철학과현실사, 2003.

김혜숙 외, 『초보자를 위한 학위논문 작성법』, 학지사, 2013.

나가야마 요시아키, 『프레젠테이션 전략 & 실무기술 200 무작정 따라하기』, 정은영 역, 길벗 2006.

노상도 외, 『과학기술 커뮤니케이션』, 시그마프레스, 2009.

동아일보 특별취재팀 편, 「표절 한국, 이제는 바로 잡자」, 『동아일보』, 2007.2.21.

데이비드 버스, 『진화심리학』, 이충호 역, 웅진씽크빅, 2012.

로널드 N. 기어리, 남현 외 2인 역, 『학문의 논리: 과학적 추리의 이해』, 간디서원, 2004.

마릴린 모라이어티, 『비판적 사고와 과학 글쓰기』, 정희모 외 2인 옮김, 연세대학교 출판부, 2008.

마이클 J. 밴턴, 『대멸종』, 류운 역, 도서출판 뿌리와이파리, 2007.

박선의 외, 『비쥬얼 커뮤니케이션 디자인』, 미진사, 2001.

서울대학교 편, 「서울대학교 연구 윤리 지침」, 2009.

성균관대학교 학부대학 편, 「학습 윤리 가이드:표절 문제를 중심으로」, 신입생 오리엔
   테이션 발표 자료, 2014.

스티븐 핑커, 『언어 본능』, 김한영 외 역, 도서출판 소소, 2004.

신형기 외 5인, 『모든 사람을 위한 과학글쓰기』, 사이언스북스, 2006.

원만희 외, 『학술적 글쓰기』, 성균관대학교출판부, 2014.

윌리엄 브로드 외, 『진실을 배반한 과학자들』, 김동광 역, 미래인, 2007.

이인재, 「인문사회계열에서의 표절의 기준과 예방책」, 제3회 연구윤리 심포지엄 자료
   집, 서울대학교연구진실성위원회, 2003.

임영규, 『청중의 마음을 사로잡는 프리젠테이션 기획 실무 테크닉』, 북스홀릭, 2010.

임재춘, 『한국의 이공계는 글쓰기가 두렵다』, 북코리아, 2003.

임홍배 외, 「서울대학생 글쓰기 윤리 교육을 위한 연구」, 정책연구 2007-12, 서울대
   학교 교무처, 2007.

통계청 http://www.kostat.go.kr

칼 포퍼, 『과학적 발견의 논리』, 박우석 역, 고려원, 1994.

_____ , 『추측과 논박』, 이한구 역, 민음사, 2001.

클리프 앳킨슨, 『유쾌하게 상대의 마음을 사로잡는 프레젠테이션을 부탁해』, 오세영
   외 역, 정보문화사, 2009.

「황우석 배아복제 연구·재판 일지」, 『연합뉴스』, 2010.12.16.

하철수 외, 『논문 작성법 : 체육학 분야 논문 작성에서 논문 발표에 이르는 모든 노하우』, 가림출판사, 2009.

한영신 외, 『엔지니어를 위한 커뮤니케이션 기술』, 이한미디어, 2013.

과학기술 글쓰기

이론과 실제

초판 1쇄 발행 2015년 8월 31일
개정판 1쇄 발행 2018년 3월 16일
개정판 6쇄 발행 2024년 8월 31일

지은이 노상도·박상태·한기호·한영신
펴낸이 유지범
책임편집 신철호
편집 현상철·구남희
마케팅 박정수·김지현
펴낸곳 성균관대학교 출판부
등록 1975년 5월 21일 제1975-9호

주소 03063 서울특별시 종로구 성균관로 25-2
대표전화 (02)760-1253~4
팩시밀리 (02)762-7452
홈페이지 http://press.skku.edu

ISBN 979-11-5550-274-7 03710